U0440080

Stephen Owen

宇文所安作品系列

Just A Song

Chinese Lyrics from the Eleventh and Early Twelfth Centuries

只是一首歌

中国11世纪至12世纪初的词

〔美〕宇文所安 著

麦慧君 杜斐然 刘晨 译

生活·讀書·新知 三联书店

Simplified Chinese Copyright © 2022 by SDX Joint Publishing Company.
All Rights Reserved.
本作品简体中文版权由生活 · 读书 · 新知三联书店所有。
未经许可，不得翻印。

图书在版编目（CIP）数据

只是一首歌：中国 11 世纪至 12 世纪初的词 /（美）宇文所安著；麦慧君，杜斐然，刘晨译．—北京：生活 · 读书 · 新知三联书店，2022.1（2023.2 重印）
（宇文所安作品系列）
ISBN 978－7－108－07235－1

Ⅰ．①只… Ⅱ．①宇… ②麦… ③杜… ④刘… Ⅲ．①词（文学）－诗词研究－中国－宋元时期 Ⅳ．① I207.23

中国版本图书馆 CIP 数据核字（2021）第 179140 号

责任编辑 冯金红
装帧设计 蔡立国
责任印制 董 欢
出版发行 生活·讀書·新知 三联书店
（北京市东城区美术馆东街 22 号 100010）
网　　址 www.sdxjpc.com
图　　字 01-2021-6505
经　　销 新华书店
制　　作 北京金舵手世纪图文设计有限公司
印　　刷 三河市天润建兴印务有限公司
版　　次 2022 年 1 月北京第 1 版
2023 年 2 月北京第 2 次印刷
开　　本 880 毫米 × 1230 毫米 1/32 印张 13.5
字　　数 300 千字
印　　数 10,001－13,000 册
定　　价 69.00 元
（印装查询：01064002715；邮购查询：01084010542）

给 Sam 和 Maddie，“双胞胎”

目 录

第三部分　苏轼时代

第四部分　进入 12 世纪

附　录

致　谢

有些书稿一搁就搁得太久了。每一次作者回过头来，都不得不重写整部著作。不过，在这本书的写作过程中，我发现了耽搁的价值：有些东西我最初几遍浏览材料时没有发现，后来重读就变得显而易见了。在重新阅读材料的过程中，我们总能发现之前忽略的东西。

我要感谢在过去十多年来参加我的宋词讨论课的学生们。虽然写作和研究从许多方面来说都是孤独的事情，但是教学给学术注入了生命力。前几个章节的材料我在上海复旦大学的几次讲座和科罗拉多大学 2012、2013 年的两次讲座上发表过，后者讲稿题名为《那是谁写的？北宋词的作者归属问题》［"Who Wrote That? Attribution in Northern Song *Ci*"］，收入柯睿［Paul Kroll］编辑的《阅读中世纪中国诗歌：文本，语境与文化》［*Reading Medieval Chinese Poetry: Text, Context, and Culture*, Leiden: Brill, 2015］。我要特别感谢我的学生刘晨、杜斐然、麦慧君，她们自告奋勇，承担了这本书的中文翻译工作。

作者一般会在致谢时感谢家人。这个传统相当合理，家人给予的支持和欢乐（有时还包括必要的分心）在这漫长的过程中支撑着作者。所以，谢谢你们，晓菲和成吉。

宇文所安于麻省新城

导　论

1

嗅给我节拍　宝贝　让我的灵魂自由
我要迷失在你的摇滚中
漂荡　渐行渐远

——Mentor Williams

长恨此身非我有，
何时忘却营营？
夜阑风静縠纹平。
小舟从此逝，
江海寄余生。

——苏轼

词给我们提出了一个有趣的难题。研究宋代的严肃学者并不严肃对待宋词。词所呈现的世界并不是他们所熟知的宋代：旧的贵族政治落幕；在地方精英的支持下，权力从雄踞一方的武将手中转移到中央；中央对各领域的干涉也逐步强化。儒学重新兴起，并发展为更加注重内省的道学。道学最初还是独立于国家朝政之外，到了宋末却已渗透到社会结构和科举制度的方方面面。

商业得到前所未有的发展，而政治理论也被应用到治国方面。学者们熟知的宋代在思想上是个“严肃”的、试图把事物合理化（如果还不是完全理性化）的时代，这个时代在各种层面寻求清晰的统一性。

然而，跟这个理智的朝代最紧密相连的文体却是词。在词的世界里，人们不关心统一的整体。他们更关心的是失落的爱情，是一刻的悲欢，是一杯酒、一盏茶。大约在1028年，一位高官奉命回京，在日程紧凑的归途中路过晏殊任职的地方。晏殊办了一场酒席，写了以下词作，让年轻歌妓在宴会上给这位官员表演：

2　只有醉吟宽别恨，不须朝暮促归程。雨条烟叶系人情。

这是最温柔的抗议。它殷切地提醒着帝国的臣仆：除了尽忠职守，为朝廷卖命，他还有别的选择。

论者一般对于这种“逃避主义”嗤之以鼻，但那样就等于草率地放过了宋代文化中一些根本性的东西。宋朝朝廷及其士人都把自己看作公共价值的看守者，这是在唐代无法想象的。对于如何分配时间和精力，宋代官员自有一套行事的先后标准。词，又称诗余，是“诗的剩余物”。对歌词感兴趣的士大夫在处理完公务以后，才会把剩余的时间和精力投放到词上。而且，词似乎越来越代表着能把人引入歧途的那种在规矩上的松弛无度。一位士人首先应该把时间和精力用于服务朝廷与家庭。在这之上如若游刃有余，他可以写诗。在这之后如果仍旧有余力，他或许可以填填词。填词是在可接受范围内最边缘的活动。

宋词经常抒发对入仕的悔恨，或者劝听众无须进取功名。在歌词的世界中，更加普遍的现象则是：国家、功名、家庭统统消失了；词中只剩下情人——眼前的、想象中的，或者已经失去的——深深烙在心上，刻入记忆之中。在词的世界里，社会约定俗成的等级和价值体系轰然倒塌。

“逃避主义”本身无甚趣味，然而，逃避主义就像相片的底片一般，其特定形态正好折射了产生“逃避主义”的那个社会。它暴露了人们体验那个特定社会体系时的真实面貌，也暴露了这个社会如何辜负了人的需求。

我们可以这样理解：对于道德和政治统一性的追求，一点一点把人类经验中不符合这种统一性的东西过滤出来，整个社会就出现了这样一个被隔离的空间，也就是“剩余物”，或者说是“多余物”。活在这个空间里的话语是被藐视的，它们常被称为“小词”。它们代表了一种抒发个人感性的声音，这种声音在外面更广大的世界里无法占有一席之地。与此同时，在那个更广大的世界里生活和工作的人往往为词所吸引，有时词对他们的吸引力比任何别的东西都要大。的确，维护统一政权和道德宇宙的理想，首先要把与其对立的力量隔离在另一个话语的禁区里，即便所有人都造访过这个禁区。

在宋代的笔记里，当论家论及一个词人时，语气往往夹杂着一种困惑。这些评论往往说：“某某是位极好的诗人（或学者），但他（或他的读者）却只在乎他的词——太可惜了！”没有人真的会反思，世俗认可的那一套价值体系与实际经验隐含的价值体系之间的罅隙。社会公认填词为“无关紧要”的事情，但由于人们的关注（不管这种关注体现为参与还是否定），词也就取得了意义。

性别在这里也是关键。宋代精英士人惯用的文体越来越排斥女性。唐诗中的男女挑逗、情欲和怀想，全都从宋诗中消失了。本来乐府诗可以让诗人不做自己而扮演另一个角色，但这种体裁在宋诗中所占的分量也大大缩小了。甚至连母亲、妻子、女儿这些“严肃”的家庭女性角色，在宋代诗文中也仅仅是边缘的存在。

然而，词从一开始就和女性有很强的联系，无论是作为词的表演者，还是词所题咏的对象。传统评论也将男性词人笔下“雨条烟叶”这种语句，看作一种女性化的感性表达。苏轼确实追求一种“男性化”的词；但是，将苏词标志为男性化的标准，跟标志女性化的标准一样，都是一种以性别划分风格的话语，与性别标志相对不明确的古典诗歌形成鲜明对比。换言之，由于词体一般被认为是女性化的文体，词评话语中的性别区隔产生了所谓的“男性化”词这一副产品。

关于晏殊的一则逸事正好反映了词体的性别区隔：据说，晏殊每日在家中宴客，都不提前准备，客人来了就端出酒食，每每有歌者乐人为宾客表演佐兴。稍息后，晏殊就会让歌妓乐人退下，说：“你们已经充分展示了你们的才艺，现在轮到我们展示我们的艺术了。”说罢，晏殊就会为客人备好纸笔，跟他们一起作诗。(即罢遣歌乐曰：汝曹呈艺已遍，吾当呈艺。乃具笔札相与赋诗。)[1]

要充分体会到晏殊这种说法的奇怪之处，读者们就必须知道，理论上，上半场宴会时歌女演唱的歌词，其作者正是包括主人晏殊在内的男性词人。一种奇特的现象正在中国文化中浮现。

---

〔1〕 叶梦得：《避暑录话》，《全宋笔记》，第二编，第十册，大象出版社，2006，第267页。

我们将会追踪词从11世纪到12世纪初的发展轨迹，看看词是如何从一种表演实践——把歌词写在纸上递给宴会上演唱的歌者——演变为一种独立的文学体裁。词自成一体，表现为词人开始编选个人词集，为词集作序，并传播开来供人阅读。至此，词体已逐渐取得正统的地位。然而，即使已经正统化，词仍然是被隔离的——词作常常单独结集出版，即使跟传统诗文一起选入作者的别集中，词一般也会被搁在“车尾”*，不是跟在诗后面就是在整个文集的末尾。没有证据证明当时的词人和词迷们对这种排序有任何异议。然而，文体的隔离同时也给词提供了一个安全空间。相对而言，早期词比较直接地表达追慕之意，或会直接铺写爱情、失恋、欲望等主题。这种直白的表达也逐渐被取代，而隐然指涉这类主题的比喻意象逐渐变为主流，但是，在词人日臻完美的技艺下，在他们对唐诗片段巧妙的运用中，词那如梦似幻、怅然若失的境界却得以延续。

自12世纪以来，古典诗歌便陷入了危机。随着道学地位的上升，诗被贬斥为不够“严肃”的追求。历来一直占有文化优势地位的诗统，在道统的轻蔑中崩溃倒塌。当时的诗人围绕着“应该”如何写诗展开了无休止的讨论。不少人替诗的形式辩护，然而，这些围绕诗歌的争论，却限制在道学的逻辑范畴之内，所触及的都是道学关心的课题，这本身就确保了诗永远不够“严肃”。〔2〕词人和词迷却毫不介意。外面的世界日益一体化，他们在这个被隔

5

---

* 在美国20世纪60年代的平权运动之前，黑人只允许坐在公交车车尾，“车尾”后来即喻指遭受歧视或差别待遇。——译者注

〔2〕 关于南宋诗歌所面临的困境，傅君劢［Michael Fuller］有精彩的论述。参见 Michael Fuller, *Drifting among Rivers and Lakes: Southern Song Dynasty Poetry and the Problem of Literary History* (Cambridge, MA.: Harvard University Asia Center, 2013)。

离开来的空间内，继续快乐地创作。李清照所说“词别是一家”，最是恰当地捕捉了词人享受这种隔离的状态。

在本书涉及的历史时段内，歌词从表演文本变成一种文学体裁。另一方面，我们也要注意，许多歌词作品从未彻底离开表演场域。在表演之外，或者和表演一起，歌词也以手抄本形式在词迷之间辗转相传，通常这些手稿还附有题注和词评。曾慥于1146年为《乐府雅词》写的序里就提及，在他本人收藏的“成篇”的名公长短句以外，“又有百余阕，平日脍炙人口，咸不知姓名”的作品。[3]看起来，曾慥所指显然不是一个完整的手抄本词集，而是一张张写着一两首词的笺纸，有些注明了作者，有些则未标明。这些词作可能是从词集中摘抄出来的，但是曾慥的评论说这些作品“脍炙人口”，这显示甚至在12世纪中期，这些词作也还在表演和书写之间来回移动，而且流传时不一定附带着相关的作者信息。

词从一种表演文本，或者从一种在词迷之间流传的来历不明的文本，成为一种文学体裁，这一转型并不容易。纵使在讲究版权和网络搜索功能如此强大的当下，我们仍然常常听到一首喜欢的歌而不知道歌词的原作者是谁。我们觉得自己最熟悉的版本就是“正版”，但是当我们进一步调查，却经常会发现一首歌从一个歌手传到另一个歌手口中，歌词发生改动是常有的事，有时甚至歌词作者权也有争议。当词成为“文学”，它们就会按照作者时代先后排列起来。一个文本只应归属于一位作者名下。12世纪

〔3〕《乐府雅词》，《四部丛刊》，初编，商务印书馆，1919—1936。

的宋代更是如此。一首歌词最终只会跟一位作者关联在一起，原本漂浮游荡的文字最终停泊靠岸。我们将会看到，歌词对这种秩序是非常抵抗的；歌词常常会再次从岸边起锚，又停靠在另一个地方；一首词有时会变成另一个词人的作品，有时又会在选集中以另一名目现身。

6

上述方方面面的问题理应跟歌词本身放在一起讨论，本书正是这样一种尝试。然而，研治宋词的当代中文论著对这一点却不甚着意。论者一般把词和作者的归属看成既定事实。唐圭璋的巨著《全宋词》（1940年初版、1965年重编订补再版、1991年冉出新版），在体例上按词人年代先后排列，同时标明文本来源，其中宋词作品互见于多个作家词集的情况也清楚标注出来了。[4]在此之上，后来的学者又试图把重要词人的词作按创作时间先后编年整理。除此之外，有些学者详细笺注了各个词人的词集。我们也有丰富的词论研究资料选，以及大量研究宋词的论著，包括多种宋词文学史著作。

如果我可以不加批判地接受这些研究成果，那么本书将会以完全不同的面貌展现在读者面前。我的研究建立在前人的成果之上，但是我认为在继续探讨其他重要问题之前，我们需要重新梳理目前宋词研究在基本假设和方法上的一些根本问题。问题就出在中文学界的研究一直想把宋词作品纳入一个以作者为归属的文学体系，而忽略了一个事实：作者是由传世书籍缔造出来的；当我们将词史看作词集史（考虑词的来源及这些书籍的性质），而

---

〔4〕 唐圭璋学识渊博，其《全宋词》清楚标注了文本重出的情况，却并未说明这些重出的说法是宋代就有的，还是明清才产生的。读者必须掌握原来文献的版本和流传状况，才能厘清词作的作者归属是否早有分歧。

不是词人史，那么我们对词体演变的理解将会随之改变。

一旦我们打开了文献的潘多拉魔盒，开始考察个别宋代词集的编纂和流传的历史，我们便会看到一个与宋朝诗文迥异的、充满不确定性的世界。本书的主旨不在于描述宋词编选刊刻的种种细节，但会讨论几个尤为重要的案例，并分析其特点。明人和清人常常自诩他们找到了宋版词集，但这些号称宋版的词集常常是被编者“校订”过的文本，编者为了得到“全本”，往往会添加新发现的作品，或者删除那些被认为并非出自作者的作品。他们的理想版本是宋版，影宋本次之——有的影刻本所依据的宋代底本仍然流传于世，有的则没有了。

7

在苏轼之前的 11 世纪所有词集，其现存文本都来自同一个源头：吴讷于 1441 年编选刊刻的《百家词》——唯一的例外是欧阳修的词集，现存有两种版本。吴讷《百家词》本身，现存两种抄本均有残缺。13 世纪长沙书坊曾汇刊印行一部同样题为《百家词》的词集。虽然吴讷的选本很可能部分基于这部已佚词集而编订，但吴讷的选本跟长沙本所收录的词作有很大不同。这种不同足以使我们怀疑两书的关系。无论如何，冯延巳、晏殊、张先、柳永、晏几道以及其他许多词人的作品最早的文本来源，正是吴讷的《百家词》。

这就把我们带到了核心的问题上：对于宋代诗文集，我们大多可以根据它们的序、跋、书志目录等信息，复原出该诗文集从作者自己的手稿到现今版本这一过程的大致路线；但是我们**没有**关于北宋词集的类似信息。我们不太知道词集是怎样编订的、什么时候编订的，同样重要的是，我们也不知道文本在早期流传中有多稳定。假如我们有一部 15 世纪中期的抄本，而这部抄本抄自 13 世纪书商的刻本，我们有理由庆幸；但是，至于每部词集如何流传到 13 世纪的书商手上，我们确实知之甚少——而我们有理由对 13 世纪书商的顾虑有所警惕。本书试图从有限的信息中梳理出这些词集早期的历史。

本书不打算讨论唐五代词，只有南唐朝臣冯延巳的词集是例外，他的词作是 11 世纪中期词曲表演常备曲目的一部分。田安 [Anna Shields] 已经对《花间集》（附有 940 年写成的序文）做了具体而微的考论。[5]《花间集》在词集史上有一个稳定的位置，但它**不是**这个延绵的历史的一部分。除了那些通过某种途径进入了冯延巳词集的作品以外，直到 11、12 世纪之交，我们看不到证据能证明当时人知道这一部选集的存在。《花间集》及增补该集的、编年不详的《尊前集》的回归，都应该被视为后代词人重新建构词史的一种努力。这种努力伴随着词成为“文学”的过程。若非 12 世纪读者对词体的历史产生了新的兴趣，《花间集》亦不太可能在 12 世纪被刻印印行，也不会有做工精良的 1148 年版《花间集》流传至今。再者，没有这个刻版，没有对该集一定的关注程度，《花间集》这本词选本身也就不太可能留存下来。祖先之所以成为祖先，完全是依靠他们的子孙。现存《尊前集》的最早来源也是吴讷的《百家词》，而试图把《尊前集》定位于 11 世纪 70 年代前的材料极不可靠。

8

除了冯延巳词和南唐二主李璟、李煜的若干作品以外，在

[5] Anna Shields, *Crafting a Collection: The Cultural Contexts and Poetic Practice of the* Huajian ji (*Collection from among the Flowers*) (Cambridge: Harvard Asia Center, 2006). [中译本见田安著、马强才译：《缔造选本：〈花间集〉的文化语境与诗学实践》，江苏人民出版社，2016。——译者注]

《花间集》与 11 世纪初的柳永、晏殊、张先之间的这段时期几乎什么词作也没有留下来。现存作品中只有很少的歌词被认为是活跃于北宋第一个五十年的词人写的，即使是在这少量的作品之中，大部分词作也是很晚才被书面记录下来的。换句话说，歌词的实践是持续不断的，但是关于词的记录却是断裂的。

本书第一部分分为两章，主要处理一些基本问题，为后面架设讨论框架。第一章《早期宋词的流传》试图通过现存的证据，复原词的传播过程，考察一首词如何从词人的笔端，进入我们现在能在图书馆中找到的词集之中。由于材料有限，钱锡生等学者处理这一课题时用的是分类学——而不是历史学——的方法，对词的流传渠道进行了分类整理。我把我的问题拟为一种叙事，而这一叙事展现了一种巨变：11 世纪 50—70 年代编订的最早的个别词人的词集，与一个世纪以后编成的词集完全不同。更复杂的问题是：这些早期词集在被收入后来出版的词集以前，经历了怎样的传播历程、有过哪些改变？

直接的文献证据，以及我们据早期词集的文本问题而做的推断，同时提醒我们，歌妓在歌词的早期传播阶段扮演着重要角色。我会用 12 世纪中期词评家王灼的一则评论作为引子，探讨歌妓的问题。王灼注意到，宋代以前，著名歌妓有男有女；然而到了宋代，职业歌者几乎都是女性。

9

我会探讨产生歌者的社会机制，讨论活跃于京城及主要城市中的勾栏瓦肆的歌妓，并分析她们与家妓、官妓之间的区别。我会在本书行文中不断强调，真正专业的音乐人不是男性词人，而是女性歌者。我们会看到，这些女性歌者有时会跟男性词人比赛创作新词，或者按新曲调来改编旧词。而且我们有丰富的笔记材料，记载这些女性歌者在填词上的精湛技艺。如果说男性词人填词常常只是“为一笑乐而已”，那么对于歌女来说，得到一个好用的歌本在她们的事业中举足轻重。

厘清了歌者的角色，我们才能回来重新处理关于词体来源的问题。第二章中，我会先检视唐五代的文本传承，并给出一个假说，试图说明词体是如何从唐诗演化而来的。我们或许有许多方法把齐言诗歌改写成歌词，让它可以入乐。我们不妨考虑这种可能性：即使词体的真正起源无人知晓，我们所看到的文本不外乎一种抄录的实践，即将唱词抄录下来。

这一猜想的前提是：这种歌唱实践其实就是后来被称为“檃栝”的过程，即把齐言诗改编成杂言歌词。[6]当歌者演唱一首古典诗时，听众若听到这首诗主要的语汇，并且这些语汇出现的次序不变，那么就能“辨认”出歌者唱的就是那首诗。在唐代，古典诗的文本在歌唱时可能发生改变，但在理论上依旧是“同一首诗”。然而，宋代是学者的时代，这个时代需要精确的文本；这时就产生了一个“诗文本”和一个“词文本”，二者的区别不再是一首诗以及可以演唱这首诗的方式。这样一来，我们所谓词体“起源”，可能单纯就是把唱词写了下来而已——为了供歌者按照某一特定曲调演唱。换言之，这并非一种新创，而是既有实践的文本化。我会列举王维绝句如何变成了歌词的各个示例，以此作为本章结尾。通过这些例子，我们也会看到文本形式的改变如何导致迥异的审美标准。 10

〔6〕 关于檃栝，第二章《文本来源》将有更详尽的讨论。

本书第二部分将讨论代表11世纪初年至六七十年代这一时期的词集和词人。读者马上会发现，这些词人之中，有一位活跃于10世纪，其他几位则属于更晚的一代。但是这些案例都以11世纪中期填词实践为中心展开。

读者可能会疑惑，我既然认为我们应该把注意力从作者转移到书籍，为何在这一部分却看似回归了传统的作者研究？这是因为歌词的彻底文本化这一过程，恰恰伴随着人们搜求著名词人作品的兴趣而来。正因如此，这些文本也由于跟著名词人的名字捆绑在一起而保存了下来。在这几章里，我们会看到文本和作者之间扑朔迷离的关系。

第三章讨论《乐章集》及其身份模糊不清的作者柳永。虽然我们有相当的把握认为柳永确实是历史上真实存在的人物，但是存世文献中，来自与柳永同时代的文献**完全没有**提及柳永此人。柳永身后却有大量笔记和词话材料，人们对他的生平和作品津津乐道——柳永可以说是这些逸事和词评的产物。更重要的是，词评家们对柳永及其作品的判断在柳永身后的一个世纪里有所改变。最近有学者根据这些传闻逸事，并参考柳永词作（这些作品本身并未交代写作背景），撰写出详尽的柳永传记。该传记假定有一部分（但不是全部）关于柳永的传闻逸事是真实的，同时也认为我们现在所看到的《乐章集》的版本中收录的作品全都出自柳永之手，并且这个版本一字不差地保留了柳永当时写的文本。如果这些条件都是真的，那么柳永是11世纪上半叶独一无二的个例。我们不知道《乐章集》是谁、在什么时候编订的，也不知道编者采用的是哪些文献，但我们有理由怀疑这一词集随着柳永名声的变化而有所增补。

《乐章集》本身是个奇迹。相较于现在能看到的当时或更早的小令词集，这部作品完全是个异数。柳永的慢词运用了从俗语到“高雅”语言的一整个语域［registers］，他用这种雅俗混同的语言来歌颂帝王和城市。柳永的羁旅行役词创造了一种全新的描写风格，影响了11世纪七八十年代的慢词写作。柳永描写勾栏瓦肆中的爱情的词作也有相当大的影响力，但这些词同时也给了柳永“浪子”的恶名。柳永的浪子形象在12世纪上半叶愈来愈鲜明。12世纪肇始，黄裳曾将柳永比作杜甫；仅仅几十年后，到了12世纪40年代，王灼在他的笔记里已经称柳永词为“野狐涎之毒”了，时人相信一旦食用这种东西就会产生幻觉。

11

从敦煌考古发现的材料中，我们能断定慢词并不是柳永的独创，也不是11世纪初汴京城的产物（诚然，当时宋代宫廷和勾栏瓦肆不断在创作新的音乐曲调）。从现存的其他歌本来看，大多数的歌词都是小令，配乐用的都是旧有的曲调。无论是在家筵或公家的官宴上，小令都是士大夫宴会时最普遍的表演形式。比起慢词，小令更容易创作和演唱。

第四章和第五章处理11世纪50—70年代产生的几本小令词集。张先的词集是个例外，因为该集收录了他晚年创作的大量慢词。除此以外，几乎每一本词集都有两三成作品在其他地方被归到不同词人的名下。面对这样的情况，我们的任务并不是去判断哪些词是冯延巳写的、哪些是欧阳修写的。那样做只能迎合一种鉴赏的需求，而这种需求假定了我们有一个相当稳定的大型歌词库，假定了我们对这个歌词库里每首作品的作者归属都有十足把握——但是，这样的东西并不存在。另一种做法就是思考为什么当时词作会被反复归到不同人的名下。这个问题的答案就在词集的形成过程之中。

这一时期的文献中，只有两条材料直接提及词集编订所根据的文本来源，这两条材料的描述是一致的：这些集子确实是从多个文本来源中搜“集”而成；而且，职业歌者的歌本往往是其中最大也最易获得的文本来源。那些歌者是否真的知道他们所唱的流行曲词到底是谁作的？无处不在的重出现象有力地表明，也许歌者并不知道词作者到底是谁。

11 世纪中期，数量可观的小令正在流传。这些作品只被归于屈指可数的作者名下。其中一位是 10 世纪南唐词人冯延巳（903—960）。到了 11 世纪中期的宴会上，人们还在演唱他的作品。他的词集《阳春集》最初成于 1058 年的一次“宴集”。该集收录的一些作品显然有别的来源：有的是出自《花间集》（940）的作品，有的是南唐的宫廷词，有的作品同时被归于南唐二主名下，还有一些被归于 11 世纪中期的晏殊和欧阳修等词人名下。那些在《花间集》出现的作品很明显不是冯延巳所作。这现象进一步提醒我们，其他归属于多个作者的文本可能有些什么问题。

12

这个案例可以显示出关注词集而非作者这一研究方法的优越性。《阳春集》收录有晚唐词（9 世纪中叶）、蜀词（940 年以前）、南唐词（940 年以后），也许还有一些来自 11 世纪上半叶的宋代的作品。一方面，这部选集涵盖了几乎两个世纪的词作，却将自己呈现为单个作者的作品集。可以说，其作品的多样性并未被理解为历史性的，而被理解为“冯延巳风格”。这本**词集**在历史上的位置应该是 1058 年，而非 10 世纪。如果我们知道里面每首作品出自何人、作于何时，那么就可以拆散这本书了——但我们并不知道。它的重要性就在于，它是一份曲目表，它给我们呈现了 11 世纪中期人们能够接触到的看似“旧词”的词作。

晏殊是另一位著名的小令词人。他是 11 世纪早期至中期小令文化的中心人物：一方面，他自己创作小令；另一方面，他以喜欢举行家宴而闻名，而表演小令正是饮宴仪式的一部分。他推崇冯延巳词，对张先和更年轻一辈的欧阳修的才华也很赏识。虽然晏殊的《珠玉词》曾经有张先的序，但是现存版本却没有收录这篇序文。现存版本的晏殊词集中作品重出的比例仅仅稍低于《阳春集》，这说明晏殊词集的编者也不知道每篇作品的作者是谁。

晏殊集中有相当数量的作品，跟《阳春集》放在一起也毫不突兀（事实上，这两部集子有一部分重出的作品）。另一些词作却进一步发展了《阳春集》中一些常见的主题，这说明这一部分歌词的创作要晚于“旧词”曲目表中的作品；也就是说，它们把歌词中的陈套当作陈套来处理。另外，《珠玉词》比《阳春集》收录了更多的宴会词，这类作品多用于劝酒和挽留客人。

13

欧阳修名下的两部词集不仅有类似的作者归属问题，而且还被怀疑是伪作，因为读者不相信当时流传的集子里收录的一些不雅的艳词居然出自备受尊敬的“大儒”欧阳修之手。我们会考察这两部刊刻印行的词集如何构建了欧阳修词集截然不同的面貌。

最后，我们会讨论张先的词集。张先寿命较长，因此他的作品集同时展现了旧的小令世界和在 20 世纪六七十年代逐渐流行的慢词。张先的词集中也有些作者归属不一的作品，但比例远小于上述几部词集。这表明张先集中的重出现象可能不是因文本来源不明而造成的，反而是由编辑或者抄写过程中一种常见的做法所导致——编者或抄写者常常会为已有的词集“补遗”，把自己认为是某词人的作品“补”入词集中。

第六章是这一部分的最后一章，我们将讨论晏殊的儿子晏几道。晏几道跟苏轼几乎是同时代的人，也就是说，他生活的时代要比上述几位小令词人更晚。然而，晏几道却生活在他父亲那一代人的小令世界里。晏几道的词集不是有一篇，而是有两篇序文，分别是他的自序，以及由著名的黄庭坚写成的序言。细看现存的晏几道词集，似乎已不是当时流传的本子，至少它不太符合晏几道自序里的描述。

当晏几道还沉浸在旧有的词作风格中，宋词的世界正在发生深刻的变化。晏几道对于旧有的小令传统非常熟悉，却呈现出跟这种传统不一样的风格。他的作品中处处展现了强烈的情感、反讽和失落感，也常常指涉老一代小令传统中的公式和陈套。

第三部分探讨的是苏轼（生于1037年）以及大致生于1045年至1056年间的一代年轻词人。他们都活跃于11世纪最后25年，有些一直到12世纪依然活跃于词坛。这是词体的成熟期，这一群词人给词的发展确定了方向。也是在这一时期，词开始被认为是一种文学，不仅是用来演唱的，也是用来阅读的。

14

苏轼给宋词带来了深远的变化——他引进了原本不属于词的吟咏范围的新题材，尝试了新的词风，并通过添加副题、自序和交互指涉的方式而使词成为作者的传记。苏轼的词作很大程度上给词体去女性化了。大部分他的追随者都有相当的自知之明，并没有试着去模仿他——只有苏轼本人才能成功地模仿苏轼。不过苏轼的这些创新还是有深远的影响。后来有人批评苏轼“以诗为词”。苏词提出了困扰后世词人的问题：词人填词是否应该像诗人写诗那样，将生活中的事物直接写进词里去？抑或，词应根植于音乐，自成一体，保留所谓词之“本色”？

我认为苏轼并没有“以诗为词”。我将在第七章讨论苏轼如何在古典诗歌和歌词中，以不同的处理方式表现同一个主题。同时，我们也会检视苏轼如何继承并改造柳永词的遗韵；他对柳永的作品——至少有一部分作品——显然很熟悉。

词在根本上是一种社交形式，用于宴饮助兴。我们会看到苏轼词中有一部分作品完全不适合在宴会场合表演，比方说那首梦见亡妻的词。我们看到跟苏轼同时代的晏几道不屑于保存他自己的词稿，而苏轼却一面给友人们寄送他的词作，一面也保留了一份底稿给自己。苏轼提到自己“吟”词——“吟”与歌唱不同，本来只适用于古典诗歌。苏轼在方方面面都堪称奇才，他最好的词作无法模仿，都有一种奇气。

第八章《苏轼的下一辈》简短地评论了生于1045年（黄庭坚）至1056年（周邦彦）之间的那一代词人。在他们成长的时代，柳永依旧是创作慢词的中心人物。我们将会在接下来的四章深入讨论这些词人，但我想先在第八章处理一些更基本的问题。比如说，随着词逐渐进入文学领域，这趋势也使人更希望给词作编年，把各词作与词人生平相关联。由于慢词常常附有表明创作场合的副题，这种系年方式比较可行。相对而言，这不太适用于“本色词”，尤其是小令。这一做法容易导致人们侧重可编年的慢词，而忽略了其他词作。

15

另一个问题，说得好听就是所谓的“生存优势”——从反面说来，就是容易由于词人的政治阵营，又或者由于他们的词作冒犯了12世纪中叶日益道学化的士人群体，而导致某些词人作品的流失。这个问题严重限制了我们对那些在徽宗朝受欢迎的词人的认识。苏轼交游圈里的词人有明显的“生存优势”。相反，舒亶的词则只在《乐府雅词》里有所留存，而从《乐府雅词》选入的作品数量看，舒亶排行第三。舒亶是在苏轼乌台诗案中弹劾苏轼的御史之一，知道这一点对我们理解他的词的保存状况很有帮助。如果不是因为曾慥，舒亶的词作很可能会彻底消失。

在进入更有意思的一些词人之前，我在第八章还用了一些笔墨来讨论一位很平庸的词人——晁端礼。我们现在还能看到他作品的南宋本子。“平庸”是我对他的评价，也是后人对他的评价；然而，晁端礼晚年被徽宗召入宫廷为大晟府协律。而且，他的词有南宋书肆刻本，而该系列刻本是迎合大众口味的。由此可见，他的作品在南宋颇为流行。

第九章讨论苏轼门下几位没有成为经典的重要词人：黄庭坚、晁补之、李之仪。黄庭坚值得重点讨论，因为他格外有天赋，并且也苦心钻研词艺。除了黄庭坚以外，很少有人同时擅长这么多种不同的词风——甚至包括“俗”词。黄庭坚的例子暴露了词作为一种文体的残酷性：他在古典诗歌创作上的成功来源于他构筑诗“法”的努力，但是填词要求的是完美而简单的表达，这种表达是无法通过勤奋努力获得的。这一章我们还会分析晁补之和李之仪二人。

接下来的三章——第十章至第十二章——介绍这一代的主要词人：秦观、贺铸、周邦彦。这三位词人可以说是南宋人心目中北宋词风的代表人物。

16

秦观以情人的角色为时人所知。这种名声为我们提供了很好的材料，让我们研究旧有词作如何被读者赋予新的生命。后来的读者常常寻找所谓“本事词”（背后有故事的歌词）。但是只有在极少数例子中，这些歌词背后的爱情故事或者写作背景是有一定可信性的。随着歌词逐渐变成“雅文学”，词作与作者生平联系得更紧密，寻找本事的做法就更流行。我们会通过一个例子，看看一个后起的叙事如何试图将自己建构成为秦观词的创作起源，我们也会看到这种建构所带来的阐释学的问题。

我们在讨论秦观时，恰好可以处理这个时代愈加普遍的一个问题：“感性”[sensibility] 的话语体系及其重要性。这个问题很复杂，因为我们的时代并不特别同情词的叙述者在面对外在世界的变化时，高度敏感甚至有些矫揉造作的倾情投入。然而，为何他们对这种话语体系如此着迷？这个问题值得我们反思。

或许有点矛盾，这种反思让我们思考那些显而易见的改造的标识。这一代词人成长在柳永作为慢词核心人物的时代。除了贺铸（其现存作品大部分为小令）以外，其他词人都忙着消化和改造柳永的慢词，他们笔下的慢词已经变得与柳永时代的大不相同，对“技巧”和距离的标识方式是这种改造的本质。

关于贺铸的这一章，首先我们要面对的是文本保存的反常。我们需要提出的问题是：这些是否真的“反常”，抑或它们是贺铸词的流行和保存途径的多样性造成的结果。现存有两个版本的贺铸词集，但是同时收录于这两个集子的却只有八首词；另外，贺铸有数目可观的作品被选入《乐府雅词》，但是这些作品里有四成没有出现在这两个表面上是“全集”的版本中。我们将先处理这个问题。与他的同代人相比，贺铸经常借用以往的诗句，而且也更明显回归到唐乐府的模式。我们接着会讨论贺铸词对早期诗句的使用。

周邦彦是这三位中唯一不属于苏轼圈子的词人。他的词在北宋时几乎不曾被提及，他的异军突起似乎是个南宋现象。我们会讨论周邦彦在徽宗大晟府中的位置这一麻烦问题，人们常常把周邦彦跟大晟府联系在一起（即使他大部分可编年的作品都创作于11世纪最后25年，也就是在徽宗朝以前）。

17

周邦彦词集现存两个版本：一个本子更早，收录作品更多，依据的是一次“欢宴歌席”；另一个本子更晚近，收录的作品较少，有注解。这两个本子未收的词，多数是跟当时的填词活动联系在一起的作品。至于较晚近的那个本子，它收录的作品似乎更加符合“典型”的周邦彦风格。这就引出了一个明显的问题：被排除在外的那些作品的真伪的确有问题吗？抑或，所谓“典型”的周邦彦词风是一种编辑上的建构？

我们会看到，周邦彦的语言愈加华美，在主题上，词中追恋的对象也愈加遥远错置。我们在讨论秦观词时已可看出这些现象，周邦彦将此推到极致。

第四部分是本书最后一部分。我们会在这里看到词这一文体在12世纪初彻底地变为“文学”。当时的词人开始勾勒词体的历史，更热衷于从唐五代歌词中寻找词体的起源。截至12世纪40年代，我们已经能看到一种词史叙述：词的发展贯穿整个北宋，并于12世纪最初的25年里在近代词人手上达到高峰。

第十三章《找回一段历史》集中讨论三篇论述早期词作的文章。这三篇作品作于12世纪初至12世纪40年代间，最早的大概是李之仪的《跋吴思道小词》，接着是李清照的《词论》，最后是王灼《碧鸡漫志》（1149）中一篇词论的前半部分。王灼显然是在回应李清照的论述。对比三种说法，我们不仅看到三种不同立场，还能看到半个世纪中对词的认识和评价发生了一些根本的改变。这些改变之中最重要的一环，就是唐五代词和《花间集》的回归。

18

第十四章《北宋最后一代词人及其后辈》试着勾画新一代的词人。他们大多出生于11世纪70年代至80年代之间，并在徽宗朝变得赫赫有名。由于材料较多，我们很难在一章里展开细致的讨论。我们只会集中探讨王灼那一长篇词论的剩余部分，分析王灼提及的一些词人。当代研究宋词的学者可能会批评王灼的叙述失于偏颇。然而，王灼似乎代表了他那个时代的性情——请记住，王灼的时代是决定作品是否会被保存、被刊刻印行的关键时期。我们会注意到，王灼激赏的那些词人的作品通常被保存至今。至于那些王灼不太欣赏，却因时人推许而被称引的词人，他们的作品仅有部分被保存下来。那些留下来的残篇，无疑是被保存它们的特定文献过滤了的。

这就把我们带到了李清照那里。李清照的作品也被上述的文献流播过程过滤了，因此只有一部分词作被保存下来。在艾朗诺的权威专著之后，我能补充的不多。我把自己的讨论范围限制在王灼的评论之内。王灼以毫无保留的言辞赞扬了李清照的才情和词采，同时也以严厉苛刻的语言谴责她的词作伤风败俗。当代读者在现存的李清照集中已经看不到引起王灼激烈批判的那些淫词浪曲，请谨记：王灼能看到的李清照作品比我们多，而且收录李清照词的集子不会挑选那些有问题的词作。

我并不是主张建构一个放荡轻浮的李清照形象——虽然我相信，以她的才情，她很有可能以机智幽默的方式说出放荡的话。更确切地说，我在结尾处回到了我在本书开头提出的一个观点：

“作者”是文学史的一部分（包括可能创作了我们最喜爱的一些作品的那些没有留下名字的歌者）。但是，一些很有意思同时也相当混乱的因素介入了文本传播的过程，决定了我们现在能看到什么。无论如何，历经这一切之后，那些稀有而美好的作品仍得以留存。

第一部分

搭建舞台

第一章　早期宋词的流传

直到11世纪最后二三十年，歌词还远远算不上“文学”；但是人们已逐渐把词视作一种新的表演体裁，并在社交场合广泛演唱词作。从早期词论来看，词似乎是一首首单独流传的，并非依凭词集或词选。大约在11世纪最后二三十年间，我们开始看到关于特定词人“作品”的评论——不过，我们不知道论者是否真的对词人的作品有全盘的认识，也不知道他是听到了还是读到了这些作品。当时似乎已经有零星几位词人的词集在流传，但是以呈现词人风貌为目标的词集还没有那么普遍。

词人一开始写了什么？他的作品如何被编入早期的词集？我们能在现代流传的词集本子中看到什么？这三个问题环环相扣，并不简单。虽然例子不多，而且不无瑕疵，我们还是希望透过这些绝无仅有的证据，追踪词作如何由词人笔下辗转来到我们今天可以找到的词集之中。

11世纪的词作提到了一些创作场景。柳永的《玉蝴蝶》中，词人与一位旧相识重逢。她把柳永带到卧房[1]：

〔1〕《全宋词》，中华书局，1999，第51—52页；薛瑞生：《乐章集校注》，中华书局，1994，第184页。

22 亲持犀管，旋叠香笺。要索新词，殢人含笑立尊前。

她接着演唱了这首词，然后二人便共度良宵。由于她是私妓，拥有柳永创作的一首“新词”能够增加她的资本。这是两种服务的交换。这是个特殊的例子，而不是常规，但是词中描述的创作情境却并不特殊。

11 世纪中期的小令经常会描写欢宴过后的失落。晏殊（991—1055）在《破阵子》中就提到了这个创作场面[2]：

多少襟怀言不尽，写向蛮笺曲调中。此情千万重。

“笺”在这儿又出现了。笺上之词，将会在将来的某个宴会上作为为旧曲所填的“新词”重现。这里我们必须把“言”理解成日常言语，这种言语辜负了错综复杂的情感。相较于古人的嗟叹不足而咏歌之，这首词把情感“写”成形式固定的歌词，把情感倾“泻”（“写”的另一种含义）出来。词人对旋律非常熟悉，大概知道这首词听起来如何。他写下来的词作最后总是要交给受过训练的歌者，让歌者为文字赋予声音。

不过，最能展现标准的创作情境的，是晏几道（1038—1110）给自己词集写的自序。这部集子由其友人高平侯范纯仁（1027—1101）于 1089 年缀辑成稿。晏几道在序中追忆自己与友人（这些友人皆已亡故）欢宴的片段，其中就提到他们平常创作歌词的场景：

---

〔2〕《全宋词》，第 111 页；张草纫：《二晏词笺注》，上海古籍出版社，2008，第 15 页。

> 始时，沈十二廉叔、陈十君龙，家有莲、鸿、蘋、云，品清讴娱客，每得一解，即以草授诸儿。吾三人持酒听之，为一笑乐而已。[3]

23

小令很短，不难创作。宴会上，晏几道每想出一阕歌词（文中的“草”暗示写得潦草，是一份草稿而已），便会即刻写下来交给歌妓。这些例子引导我们思考一个至关重要的问题：然后呢？一首交给歌妓的草稿如何变成词集中的一首作品？

晏几道这篇序文也回答了这个问题。沈、陈二位旧友故去后，沈家和陈家的歌妓班子也解散了，各自有了新的雇主：

> 昔之狂篇醉句，遂与两家歌儿酒使俱流转于人间。自尔邮传滋多，积有窜易。七月己巳，为高平公缀辑成编。[4]

文中所谓“歌儿酒使”很可能就在歌词创作和初次演唱的现场。他们是最先参与传播词作的人。另外，我们得记住：歌妓首先必须能**阅读**词作，把词作记诵出来，然后才可能表演。

从宋词文本内部的证据可知，宋人的宴会可以持续相当长的时间。然而小令很短，所以歌手们为了支撑一个长时间的欢宴，就得有个相当丰富的小令曲目单。[5]一旦主人把家财散尽、转职

24

---

〔3〕 Robert Ashmore, “The Banquet’s Aftermath: Yan Jidao’s Ci Poetics and the High Tradition,” *T’oung Pao* 88, No. 4-5 (2002), 231.［以下简称 Ashmore。］

〔4〕 Ashmore, 231.

〔5〕 歌手们当然也有可能在听别人演唱时，暗中记下她们的唱词，以充实自己的曲目。但是，由于歌手们有一定的读写能力，我们认为她们很可能有书面的曲目单。陈振孙提到一本成书于 986 年的词选《家宴集》（已佚）。这部词（转下页）

或死亡，这些歌儿酒使也就各散东西。他们或会带着他们的表演曲目投奔新主人。

“新词”在重复演唱的过程中变为旧词，这些旧词反复从一位歌者口中传给另一位歌者。我们当然有理由怀疑：后来的这些歌妓是否真的知道谁是这些歌词的原创作者？稍后我们会看到早期小令集中，同一篇词作经常会被归到不同的作者名下。彼时，我们会重访这个问题。晏几道虽然没有提及词作张冠李戴的情况，但他注意到自己的词作在传唱的过程中已变得面目全非。当然，这可能只是因为晏几道自己记错了歌词，但更有可能的是：歌手在实际表演时，为了迎合自己及宾客的品位，自行修改了唱词。〔6〕

这里最耐人寻味的是范纯仁如何搜集晏几道的作品。范纯仁从晏几道手上拿到他的词作，这并非完全不可能。但一个词人的友人在词人生前为他编订词集，并把词集送回作者手上，请他题序，这种情况实在很不常见。晏几道描写自己轻率地草就作品，又提到自己作品在流传时滋生各种“窜易”，还有“补亡”这个词集的题名，再加上在上文没有引述的篇章中，晏几道提到自己因读到这些词作而掩卷怃然，都说明范纯仁搜集到的是歌妓演出的

（接上页）选收录了晚唐五代的词作，其集名《家宴集》很能说明问题。参见陈振孙：《直斋书录解题》，上海古籍出版社，1987，第 615 页。

〔6〕 关于这一点，有一则关于晏殊的逸事可以从反面说明同一个问题：“晏元献早入政府，迨出镇，皆近畿名藩，未尝远去王室。自南都移陈。离席，官奴有歌‘千里伤行客’之词。公怒曰：‘予生平守官，未尝去王畿五百里，是何千里伤行客也。’”参见唐圭璋：《词话丛编》，中华书局，1986，第 131 页。原文出自吴曾的《能改斋漫录》。这是一部 12 世纪中期的笔记，所以我们没有理由把逸事当作信史；但我们可以理解的是，一位好的歌手应该会小心谨慎，避免冒犯听众，甚或替换唱词中不当的言辞。

版本。[7]换句话说，正如晏几道所言：他在酒席上即兴写出狂篇醉句，就把词笺递给了歌儿酒使。这些歌词从此就与晏几道再无关系，直到范纯仁努力寻回这些作品，它们才再度出现在晏几道面前。

25

假设上述是苏轼的时代以前的词集编纂的一般情况——除了词人亲眼看见自己的词作被编缀成集的特例——那么我们就能看到：在歌词被创作出来的那一刻，到词人作品结集之间，歌词文本及其作者归属都变动不定。这种情况在11世纪最后几十年发生了剧变。晏几道填词只"为一笑乐而已"，然而，这种状态在一批词曲爱好者（尤其是苏轼及其交游的文人）那里则演变为大家彼此交换词作，并为在文人聚会等场合演唱而填词。晏几道与苏轼虽然是同时代人，但晏几道代表的是上一个时代的词，苏轼则开创了宋词的新时代。除了晏几道的自序外，我们还可以在11、12世纪之交，看到有一位词人（贺铸）邀请一位声望显著的友人为自己的词集写序，还看到有人（黄裳）谈论自己阅读柳永词集的感受。这些证据虽然薄弱，但它们都说明了在以作者为单位的词集中，歌词的文本化趋势。然而，即使有证据证明11世纪末已有词集流传，我们知道当时流传的词集中，至少有一部分跟现在看到的版本并不一致。

成书于940年的《花间集》是早期宋词史中的特例。我们有相当把握确认现存的《花间集》跟早期流传的版本一致。[8]这本

---

〔7〕 参看穆尔［Robert Ashmore］有关"补亡"的讨论。穆尔从晏几道自己如何理解"补亡"来展开讨论，罗列"补亡"相关的典故；我认为我们不妨对晏几道的解释加以附会。从晏几道的自序来看，人们不太可能把这部集子看成小晏词的全集，它更像是收录了某场合或某一段时间的部分晏几道词。

〔8〕 这是我的推测。晁谦之在宋绍兴十八年（1148）写的跋中提到，自己使用的底本是建康郡斋本。他认为这个版本比较完备，其他版本则"讹舛"百出。

词选似乎在11世纪晚期已开始流传——至少在当时已引起广泛兴趣——并在南宋刊刻。《花间集》和上文提及的《家宴集》是我们目前所知仅有的两本专门收录11世纪中期以前词作的"书籍"。[9]这两部集子都是选集，而后者更像当时流行的歌本。《花间集》则显然是文学产物：它有一篇精心构思的序，旨在为词这种文体辩护。这并不是说除此之外就没有别的词选了，而是我们无法确认是否有其他词选存在。[10]撇除个别词作（大多附在笔记里），词只以很小的规模通过书面形式流传，例如敦煌写本保留了题为《云谣集》的33首词，以及从早期的一方石刻传抄而来的潘阆（1009年卒）的11首《酒泉子》。

26

《花间集》之后，我们现在看到的第一本词集是陈世修编辑的《阳春集》(或《阳春录》)。集中收录了冯延巳（903—960）的词作。冯延巳是陈世修的"外舍祖"(即外祖父或外曾祖父)。陈世修的序至关重要，以下是序中谈及歌词的部分：

> 南唐相国冯公延巳，乃余外舍祖也。[11]公与李江南有布衣旧……公以金陵盛时，内外无事，朋僚亲旧，或当燕集，多运藻思，为乐府新词，俾歌者倚丝竹而歌之，所以娱宾而遣兴也。日月寖久，录而成编。观其思深辞丽，韵律调新，真清奇飘逸之才也。……及乎国已宁，家已成，又能不矜不

---

〔9〕温庭筠的《金荃集》到宋代仍然流传。这可能是《花间集》中温词的来源。

〔10〕据说五代的和凝刊刻了自己百余卷的文集。和凝也因长于写词而得名，参见钱锡生：《唐宋词传播方式研究》，复旦大学出版社，2009，第219页。不过，这并不代表他模印刊行的文集之中包括了词。

〔11〕大概是他的外曾祖父。

伐，以清商自娱，为之歌诗以吟咏情性，飘飘乎才思何其清也。核是之美，萃之于身，何其贤也。公薨之后，吴王纳土，旧帙散失，十无一二。今采获所存，勒成一帙，藏之于家云。大宋嘉祐戊戌十月望日，陈世修序。

陈世修序是继《花间集》序之后现存最早的词集序。陈序撰于1058年，比《花间集》序晚了一百二十年。当时的文化环境与《花间集》时已截然不同。[12]同时，《阳春集》也是现存最早的个人词集。陈世修是怎样为编纂词集进行辩护的呢？首先，他一开始就提到自己和冯延巳有亲属关系，而有孝道的子孙有义务给自己的父亲或祖先编纂文集，并为文集作序。[13]其次，冯延巳常被指责为南唐“颓废”的朝臣，人们认为他沉迷填词，乃至失职误事；然而，陈世修反复强调冯延巳是在朝廷内外无事、天下太平时才写这些词的，以此来替冯延巳辩护。他先称词为“乐府”（后来“乐府”便成了对歌词比较礼貌的指称），接着又称之为“歌诗”，相当于把冯词放在了经典诗歌传统里，认为他的词与经典诗歌一样有“吟咏性情”的功能。最后，陈世修谦恭地说自己把所编词集藏在家里——但是我们知道这本词集自编成始几十年内已在更广范围流传，而陈世修的序也因此和词集一起保存了下来。陈世修所指的显然是最初的手稿。

27 28

〔12〕我没有将潘阆为他的一组《酒泉子》词所作之序计算在内。参见《全宋词》，第6页。

〔13〕假如宋词有一定的地位，编修词集就成为父系子孙的责任。陈世修为冯延巳编词集的做法，也就显然会冒犯冯氏的后人。关于这一点，参见附录“冯延巳手稿”。

我们的确更常从后来的词集序中看到人们为歌词辩护。冯延巳的歌词大多与男女之情有关，陈世修试图把他的词作都放进一部标准的别集之中。我们可从当时的两个现象去为这做法提供更多的文化背景：第一，早在 11 世纪伊始就出现了对南唐历史和文物的怀旧热潮；第二，在陈世修撰序的同时，宋人开始大规模整理和编辑唐代的文学遗产。王洙在 1039 年编成《杜工部集》，他的儿子王琪在 1059 年初次刊刻这个本子。这比陈世修序只晚了一年。

陈世修在序中声称冯延巳"录而成编"的词作更多，而他所编的本子收录的根本"十无一二"。我们不知道陈世修的说法有什么根据，不知道这会不会只是他的猜测。有几点需要注意：其一，为了使传世文集显得不同寻常，宋人编采旧著时常常有"旧帙散失，十无一二"的套路说法；其二，陈世修并没有说冯延巳有"集"，因为如果冯延巳的确有自己的别集，他必定会给集子命名——然而，这显然不存在。陈世修用了"编"字，意思可能是该"旧帙"是私人编纂，而非为了流传而正式编纂的别集。但是，如果冯延巳确实曾经编过自己的词集——我很怀疑这种可能性——那么该集当为个人词集的首例。〔14〕

陈世修说他"采获所存"，这就说明他并没有很好的单一文献来源，而是要从多方搜寻冯延巳的词作。这就给我们留下了最重要的问题：他究竟从哪里拿到了这些文本？

这个问题很重要，因为陈本《阳春集》中有不少文本和《花间集》重叠，也有部分作品同时被系于其他词人名下，这些词人

〔14〕 参见注〔9〕关于《金荃集》的讨论。

在陈世修为《阳春集》作序时仍在世。由于重出的现象在苏轼和晏几道以前极其普遍（此后也不罕见，只是程度不同），其他个人词集（没有证据证明任何一部早于1058年）似乎也不是不可能依循相似的途径编成。这就意味着，当时的词人以及切切实实知道作者写过哪些词的人都没能提供一个简单的词作底本。相反，后人通过各种渠道来"采获"那些被认为是该作者所写的词作。晏几道的词集最初就是这样来的。

29

还有一点需要注意：我们常常在现有的词集中看到一篇作品被归到两个或更多的著名词人名下，这并不是说**只有**这些作品可能不是某位词人的真作。恰恰相反，我们应留意的是，有名的作者就像强力的磁铁，吸引着本来佚名的文本。11世纪50—70年代，也就是最早几本词集编纂的时期，词坛名家不外乎冯延巳、李煜（937—978）、晏殊、欧阳修（1007—1072），或者写小令的张先（990—1078）、写慢词的柳永。这些词集收录的作品中，可能多数（甚至是占压倒性的绝大部分作品）确实是署名作者所写——问题在于，除了极少数例子，我们无法判断到底哪些作品的作者归属可信，哪些不可信。同时，掺入词集的无名氏词的比例可能比通常认为的要多。

这也让我们以不同的视角考虑其他议题，例如围绕欧阳修艳词的"诬陷"论，即认为欧阳修的政敌为了丑化他，而把艳词系于他的名下。[15]1045年，欧阳修被指与其外甥女私通。当一位政坛新星卷入这种重量级丑闻之中，他的政敌未必会因此刻意

〔15〕Ronald Egan, *The Literary Works of Ou-yang Hsiu (1007-72)* (Cambridge: Cambridge University Press, 1984), 第177页及其后。[以下简称Egan 1984。]

写词去诋毁他，更有可能的是，他们“心领神会”地把某首已经存在的佚名艳词归于他的名下。同理，当人们听到一首有关汴京的勾栏瓦肆的词，他们会想：除了柳永，还有谁能写出这样的词呢？由于现存所有词集都来自南宋，我们很难判断一首无名氏的词是北宋的还是南宋的；但是，明显出自 11 世纪小令传统的佚名词作却没有很多。这一点实际上也说明，对于 11 世纪的歌词来说，拥有著名作者署名的作品有更大的生存优势。

30

至于陈世修从什么渠道搜集到冯延巳词这个问题，也许最好的答案就在《南唐二主词》中。《南唐二主词》成书于 12 世纪下半叶，并于 1208 年刻印。该集虽然只有 37 首词，篇幅短小，但保存了很多关于文本出处的信息。[16]这 37 首词中，有些作品保存于各人家藏的抄本中——考虑到宋人对南唐“文物”的怀旧热，陈世修可能通过这个渠道收集了一部分冯延巳词。其他作品有的仅注明散见于诗话、笔记中，有的甚至没有给出文本出处。这就有个问题：这些诗话、笔记的作者又是从哪儿找到这些词作的呢？ 1058 年陈世修在为冯延巳词集写序时，还没有诗话（欧阳修的《六一诗话》可能是唯一例外），而且北宋的笔记也少之又少——况且没有一部笔记引用冯延巳词。陈世修所编冯延巳词集的文本来源，与后来诗话和笔记作者搜集材料的渠道大概很相似——它们都来自文人的记忆。这让我们在处理冯延巳的歌词上，进入了一个狭窄的文本传播的渠道。

这儿一首、那儿一首地把被记录下来的歌词收集回来，这当

[16] Daniel Bryant, “Messages of Uncertain Origin: The Textual Tradition of the *Nan-Tang erh-chu tz'u*,” in Pauline Yu ed., *Voices of the Song Lyric in China* (Berkeley: University of California Press, 1994), pp. 307-12. [以下简称 Bryant 1994。]

然是一种方法；但若要完成相当大的一本词集，用这种方式则太费劲了。更简单的方式便是利用唱词传统中相当大而普遍的歌曲库——也就是从歌手们那儿入手。歌手会被要求上场表演，而且要一首接一首不间断地唱，有时甚至每天都要演出。所以，歌手得熟记大量的歌曲。我们在笔记中常常读到的一类故事就是文人试图回忆某首词，但只能想起其中的两三句而想不起来剩下的部分（叙述者通常是声称发现了剩下那部分歌词的人）。职业歌手可没有这种余裕。

陈世修的措辞是"采获"，这个"采"字在文学史上的意义非同寻常。关于《诗经》作品的来源和编订，有一种说法就认为是周代派乐官到民间去"采"诗。这一说法也被用来解释传为出自汉代的佚名乐府诗，即乐府诗是由汉代的音乐机构（乐府）"采"获的歌词。尤其是9世纪初以来，"乐府"重新流行，成为讨论社会问题的诗歌的模范。在这一背景下，我们特别要牢记的是当时的歌词仍被认为是"乐府"。这样一来，从歌手处"采"词的说法自然容易引起文化上的共鸣，使歌词有更正统的地位。（但这些训练有素的歌手远远不是《诗经》和乐府"采诗"说所想像的那些乡民。）

31

这种"采"的方式，适用于搜集无名氏歌词；但当编者尝试搜集某位特定"作者"的作品时，问题就出现了：他预设歌手确切知道（或在乎）一首好词的真正作者是谁。问题是歌手有将歌词归属于著名词人的倾向，他们并不以学者的心态考虑问题，不太在乎这种作者归属是否准确。当时规模最大的词集——柳永的词集——文本来源也很可能是歌者的曲目库。对于文人来说，熟记一首小令或许不难，但是熟记一首慢词的难度就不可同日而语了。另外，如果当时有人要把一首慢词归属于某位词人名下，柳永是唯一可想到的“大名”。

新词当然吃香，但是旧词——尤其是负有盛名的作者创作的词——才是歌词库的名品。苏轼写过一首优美的《木兰花令·次欧公西湖韵》[17]：

> 霜余已失长淮阔。空听潺潺清颍咽。
> 佳人犹唱醉翁词，四十三年如电抹。
>
> 草头秋露流珠滑。三五盈盈还二八。
> 与余同是识翁人，惟有西湖波底月。

32

这是1091年的一个美好时刻。当时，苏轼到访颍州。那是“醉翁”欧阳修晚年生活的地方。欧阳修在颍州题咏西湖的一组连章之作，应该是以书面形式保存下来了，因为现存的版本仍保留了一段以骈文写成的“念语”，让歌手在演唱前向听众宣读。

当地歌者想必知道鼎鼎大名的苏东坡，也知道他和欧阳修的关系，她从自己的曲目库里选了一首欧阳修的词来演唱。苏轼当然“认出”了这首词，但这不代表歌手所唱的版本一字一句都和苏轼曾听到或读到的一致（如果苏轼真的读过或听过这首词的话），也未必就是欧阳修所写下的文本。

职业歌者要做的，当然不限于熟记一个相当大的曲目库。我们偶尔能在柳永的词中看到他们其他的技能——填词。试看柳永

〔17〕《全宋词》，第364页；邹同庆、王宗堂：《苏轼词编年校注》，中华书局，2002，第699页。

的《惜春郎》[18]：

玉肌琼艳新妆饰。好壮观歌席。
潘妃宝钏[19]，阿娇金屋[20]，应也消得。

属和新词多俊格。敢共我勍敌。
恨少年、枉费疏狂，不早与伊相识。

当然，不少歌者都是歌词真正的专家。她们能够填词是意料中事，但**她们**所创作的歌词都到哪儿去了呢？我们不妨想象这样一个场景。有人询问："这首词是谁作的？"假若歌者回答说"这是我写的"，那么她本人和她的词几乎一定会被礼貌性地忽略。[21]但如果她回答说这是"冯延巳"或者"柳永"的作品，那么这首词就可能会被记住，被抄写下来，甚至被收入当时流传的词集中。

33

柳永、张先、欧阳修的词集中都包含了一部分为特定的社交场合而创作的歌词——这些作品的"作者"没有疑问。在这些早期词集中，很可能有大量（甚至绝大部分）作品都在某种意义上"出自原作者"之手——即使有些歌词可能因实际演唱而做了改

〔18〕《全宋词》，第 26 页；《乐章集校注》，第 56 页。
〔19〕潘妃是南齐最后一位君主的贵妃。
〔20〕汉武帝为年轻的阿娇吸引，宣称自己如果娶得阿娇，将会把她藏在金屋之内。
〔21〕唯一的例外是有些笔记保留了一些歌妓创作的歌词，但这些笔记的写作时间都要更晚。

写（这种做法在后来相当普遍，但当时也有可能发生）。[22]除去文本内部有明确指向词人生平中某一特定时间与场合的这一部分作品以外，我们根本不知道其他作品到底是谁写的，不知道它们是什么时候写的；从更深远的意义上看，这些问题并不重要。当我们进入苏轼和晏几道的时代，我们也就进入了一个对于“著作权”（authorship）有不同理解的时代。晏几道认为在范纯仁编订的词集中，自己的许多作品都有“窜易”之处。即使晏几道表面上似乎对于保存自己的词作漫不经心，但他仍婉转地说明了自己拥有作品的著作权。然而，晏几道所说的文本“窜易”，在口头或者抄写流传的过程中相当普遍；这些改变有可能是刻意为之的：为了更方便演唱，或者歌者因表演场合而随机应变——包括改动字句来避免冒犯听众。

如果说我们对早期词集的形成，以及它们如何流传到南宋都知之甚少，那么南宋时期北宋词流传的情况更让人困惑。一方面，我们看到南宋有大量关于北宋词的评论；另一方面，除了少数的词集序以外，我们基本上不知道北宋词是如何在南宋初年传播开来的。

许多中国学者认为，北宋末年就已经有宋词词集的刊印本了。这一推断有可能符合史实，但我并未看到任何确凿的证据。我能找到最早的证据，就是晁谦之于1148年为《花间集》刊本所作之跋。在那之后不久，我们又有曾慥在1151年为苏轼词集刊本所作之跋。曾慥在跋里提到自己在苏词镂版以后又发现了更多的苏词。同年，王安石（1021—1086）的诗文集也付版印行，

34

〔22〕 参见附录《词的流转》。

集中包含了他的词作。虽然可能有更早的词集刊印本，但12世纪中期见证了一个重要现象的开端——著名词人的子孙、门生和追随者开始刻印他们父辈及老师的词集，并把词作包括在“全集”里一起出版。[23]

问题在于那些最初刊刻的词集的文本来源。对于宋人的古诗文，要复原一个文本如何从作者笔下收入现传诗文集刊本的过程并不困难；但是对于宋词，情况就不一样了。编辑词集的人只能找到什么用什么。我相信1151年刊的王荆公集很可能有比较好的文本来源，但除此之外，对于别的集子来说，文献来源的可信程度各有不同。但凡我们有一个词人两种或以上的南宋词集刊本，或者有一个南宋刊本以及一个底本可以追溯到南宋的较晚的刊本，这类情况带来的问题往往比它解决的多。

现时传世的词集和词选都经过了补遗。这类集子往往依据词话（如吴曾《能改斋漫录》）转引的作品来作考订。词话的作者在引用词作时，经常会利用词话这类文体的权威，来纠正“错误的作者归属”。然而，这种权威有没有根据，我们不得而知。除非他们从友人或者歌手那里听到那首词，不然这些词评家为现行版本“补遗”，必然意味着他们看到过不同的版本。我们所知道

---

〔23〕我并不否认11世纪最后三十年到12世纪最初二三十年这段时间内，词人作品的刻印本可能存在，尤其是廉价的商业版本。时代越晚，印本的数量也可能越多。但是，在这个时期，印本是较为稀见的，所以会被标记出来；而到了13世纪，抄本则变成需要被标记的稀见本子了。上述几本词集都没有特别标记为“印本”。强焕在1180年为周邦彦词集写的序里明确表示他要“鸠工锓木，以寿其传”。见金启华等编：《唐宋词集序跋汇编》，江苏教育出版社，1990，第68页。我能追踪到的最早提及宋词词集的商业印本的材料，是周刊在1173年为周紫芝词集所作的跋。见《唐宋词集序跋汇编》，第106页。

35 的是，即使在11世纪中期以后，同一首词在多个作者的词集中出现的情况依旧存在。相比起宋代甚或唐代的诗歌，一首宋词归属于多个作者名下的现象比例显然更高。

这里的主要问题是词的传播——以歌曲、抄本、刊本的形式传播三者之间的关系，以及抄本本身的稳定性，因为抄本往往是刊本的基础。中文的论著在研究词作时几乎完全依赖刊本，但任何研究宋代目录学的学者都知道，现存许多宋词词作来自明清年间的抄本。这些抄本有很多都是抄自刊本，而这些刊本大多已经散佚；但我们同时也要记得每一个北宋词的刊本也都依据一个抄本传统。这跟欧阳修的家人藏有他的诗文集抄本，决定把它刊刻出来不是一回事。到了南宋，我们看到已经有词人开始左右自己词集的编纂了，但是没有证据证明这种现象在北宋徽宗朝之前存在。

综观明清年间编纂的宋词词集的序跋，我们经常会碰到同一词人的词集不同版本和抄本之间在内容和卷数上有很大的出入。为了让词集更“全”，编者往往依据其他版本，把词作补入底本中。这一点正是北宋词的最大问题：在删改和补充的过程中造成词的“漂流”。这种文本的流变大多不在最初编集的词集中，而是中途被补充进词集里去的，因为有人声称这是某词人的作品，或听起来“像”某词人的作品。又或者，有些作品听起来“不应该”是某词人写的——正如我们即将看到的，欧阳修的例子就是绝佳的例证。

曾慥在1146年为其所编的《乐府雅词》题序，其中我们能一窥当时宋词爱好者的藏书：

予所藏名公长短句，裒合成篇，或后或先，非有诠次，多是一家，难分优劣。[24]涉谐谑则去之，名曰乐府雅词。九重传出，以冠于篇首，诸公转踏次之。[25]欧公一代儒宗，风流自命，词章幼眇，世所矜式。当时小人或作艳曲，谬为公词，今悉删除。凡三十有四家，虽女流亦不废。此外又有百余阕，平日脍炙人口，咸不知其姓名[26]，则类于卷末，以俟询访，标目拾遗云。绍兴丙寅上元日，温陵曾慥引。

36

这篇序值得细细咀嚼。首先，我们认为这是一个“选集”，但该序没有明确表明这一点；曾慥在序中只提及他删除了谐谑的词作（大概指的是那些俗曲，其中通常带有不敬或不端的歌词）和欧阳修那些道德上非常可疑的作品。[27]的确，曾慥明确表示自己无法评判词作的质量（“难分优劣”）。五年后，曾慥编了一本苏轼词集。他可能在编《乐府雅词》的过程中还没有收集到苏轼的词作，也可能他本来就有一个底本，却不觉得苏轼写的是“雅词”。同样，他手上可能也有一本柳永的《乐章集》，但他并未把它选入《乐府雅词》中。[28]我们也要考虑另一个可能性，就是曾慥确实把他手中所有的文本全都编入《乐府雅词》里——除去那

37

〔24〕我在翻译时选择理解为：“这些词人都可以自成一家，因此难以区分他们谁比较好。”这句评论也可以指歌词本身：“我们很难区分他们的作品哪一首更好。”

〔25〕转踏是一种表演类型，意思是把即兴写成的古典诗歌重新转为歌词。

〔26〕《文献通考》“咸”字作“或”，我在这里选择按照《四部丛刊》本。现在我们看到的本子许多类于卷末的篇章都有作者，原因很容易解释：曾慥接着已邀请其他词迷补遗。

〔27〕当时“雅词”的对立面并非“谐谑”；它一般与“侧艳”相对。

〔28〕万俟咏在自编词集时，将自己的词作分成“雅词”和“侧艳”二体。曾慥应该知道这一点。参见王灼著、岳珍校正：《碧鸡漫志校正》，巴蜀书社，2000，第35页。曾慥大概把“侧艳”的词和“谐谑”的作品一并删去了。

些明显被他删除了的作品。

在曾慥编制“选集”前的半个世纪，李之仪（1048—1118）为吴可的词集写了一篇跋文。对比曾慥和李之仪罗列的著名词人，我们会发现同时出现在两部著作中的只有两位词人。[29]相比之下，曾慥的选集和王灼（1105—1175）在《碧鸡漫志》(1149年成书，初稿成于1145年）中列举的著名词人名单较为一致。

以下是三卷《乐府雅词》收录的词人及其作品数量：

卷一

欧阳修（1007—1072）	83
王安石（1021—1086）	13
晁补之（1053—1110）	28
李元膺	8
张先（990—1078）	12

卷二

周邦彦（1056—1121）	29
陈瓘（1057—1124）	19
徐俯（1075—1141）	17
贺铸（1052—1125）	46
舒亶（1041—1103）	48
叶梦得（1077—1148）	55
赵令畤（1061—1134）	22

〔29〕 参见第十三章《找回一段历史》。

王履道（1075—1134）	19
晁次膺（1046—1113）	19
晁冲之	13

卷三

陈与义（1090—1138）	18
苏庠（1065—1147）	23
李祁	14
吕居仁（1084—1145）	19
毛滂（1060—1124）	12
曾纡（1073—1135）	9
李甲	8
向子諲（1085—1153）	14
谢逸（卒于 1113 年）	22
朱敦儒（1081—1159）	19
沈蔚	16
陈克（1081—1137？）	36
赵子发	10
曹组（活跃于 1121 年）	31
魏夫人	10
李清照（生于 1084 年）	23

38

我们马上会注意到《乐府雅词》选词明显侧重该集编成之前半个世纪的词人。这一点不奇怪，但奇怪的是这个名单和传世的经典词人几乎没有重叠。当然，我们得把获得某位词人作品的偶然性考虑进去。这还不是南宋末年刊印丛刻《百家词》的时代。晏殊和晏几道也未被包括在内，但最不可思议的是秦观（1049—1100）的缺席。我们或会以为这是针对苏轼及其交游的文人，但这又无法解释为什么卷一中收录了晁补之的词作。

如果曾慥的确是把手头上有的都选入集中（除去那些不是“雅词”的作品），那么我们注意到最关键的一点就是他手中这些抄本的规模都较小（从这个规模看起来，大概除了欧阳修以外，《乐府雅词》收录的可能就是其他词人词作抄本的全部）。不少词人的所有或绝大部分作品都依赖《乐府雅词》而得以保存。但对于著名词家，我们这里看到的则更像是“词选”。欧阳修的情况是个例外；如果把曾慥删掉的那些词作补上去，我们得到的词集和传世的欧阳修词集规模基本一致。

最简单的解释是这个时期的歌词不是以“全集”为单位传播的，而是像唐代诗歌抄本一样以小规模的选集形式传播；选集的形态不一，受个人品位、作品流行程度，或者偶然得到新词等因素左右。《乐府雅词》“拾遗”目下包含数量众多的词作，说明了当时的歌词也往往以单首作品或者两三首（写在一张信笺上）为单位流传。这些个别流传的作品有的有作者署名，有的则没有（把“咸”读成“或”）[30]。

我们可在最早的宋词词选——黄大舆在1129年编的《梅苑》——中看到相似的现象。他选入的412首有关梅花的词作，其中就有260首是佚名的。如同曾慥一般，这意味着个别（或以两三首为单位的）词作正在广泛流传，而且它们都没有附上词人

〔30〕 这一读法的根据可参看注〔26〕。

的姓名。

曾慥的“补遗”中有些歌词并没有附上以古文写成的副文本，如关于作品创作场合的故事（本事词）、词评，以及与其他歌词的比较——这些简短的评论似乎会附着在单篇或以两三首为单位传播的歌词上。杨湜的《古今词话》题为南宋初年所作。这本书到明朝仍然流传，现在我们只能从散见于各书的条目中重新采辑这部作品的部分内容。[31]这本书被视为“词话”最早的例子是相当合理的。[32]然而，最有趣的是，其中佚名的歌词与已知作者的歌词所占的比例，与曾慥所藏的词作情况相似。

此外，重新采辑的《古今词话》有的条目引录了词作，这些词有些带有副文本，有些则没有。这一情况使得《古今词话》实际成了居于词选和词话之间的一种中间产物。它和同时代的另一个集子——计有功（1121 年进士）编的 81 卷本《唐诗纪事》——在形态上非常相似。除此之外，南宋初还有一部由鲖阳居士（不著本名）编的《复雅歌词》。这本书虽已亡佚，但似乎也属于词选和词话之间的一种中间形态。[33]《复雅歌词》似乎是在南宋初编纂的，全书 50 卷，收录了由唐五代迄北宋宣和年间（1119—1125）超过 4300 首词作。

40

〔31〕《词话丛编》，第 13—54 页。其中有些条目是来自胡仔于 1167 年完稿的《苕溪渔隐丛话后集》。这就给我们一个时间的下限。

〔32〕我们还可以在此加上北宋时杨绘的《时贤本事曲子集》。这部集子的一些片段收录在《词话丛编》，第 3—12 页。

〔33〕《词话丛编》，第 59—63 页。马兴荣认为《复雅歌词》编订于 1151—1154 年，参见马兴荣：《中国词学大辞典》，浙江教育出版社，1996，第 392 页。现传的引文数量太少，我们很难一概而论，但它们的确有时会把词与其他围绕文本的材料一起刊行，有时则没有。吴熊和发现了这部集子的序文，参见吴熊和：《吴熊和词学论集》，杭州大学出版社，1999，第 90 页及其后。

我们发现自己正处于一个有意思的边界上，这就是口头传播和文字传播的边界。1146 年，曾慥说他的藏书中有百余首脍炙人口的歌词，这些歌词却没有作者署名。王灼在 1145 年随手记录了平时口头谈论的笔记，到了 1149 年，他重新整理这些笔记。在这个世界里，书写的文字似会在口头讨论中出现；与此同时，口头论说也会在回忆中被重新创造，以书面形式记录下来。

曾慥的选本编订于 12 世纪中期，当时宋词的传播方式正处于激烈的变化之中：刊刻越来越频繁，导致 12 世纪末至 13 世纪出现了一系列大型宋词选本。[34]虽然有些收录在曾慥选本中的集子，如欧阳修的词作，此前已经以规模更大的本子流传开来，但是词集的刻版印刷这时才刚刚开始。现存最早的刊刻本《花间集》正是在《乐府雅词》面世以后两年（1148 年）印行。胡仔的《苕溪渔隐丛话前集》也在同年写成，其中有一卷即是专门评论宋词的。1149 年，王灼完成了词话《碧鸡漫志》（基于 1145 年完成的初稿）；随后还有吴曾的《能改斋漫录》（作于 1154—1157 年），该书亦有关于宋词的长篇论述。我们有 1151 年曾慥为苏轼词拾遗所作之跋，文中提及当时一个苏词的刊印本。12 世纪中期，词评家作评论时，使用的文本形态很可能更接近于曾慥所藏的宋词文本，而不是此后面世的大型词集。

41

词集的编订是一项更为严谨的工作。[35]晁谦之的《花间集跋》和曾慥的《东坡词拾遗跋语》都提及拿不同的本子进行比

〔34〕 这类丛书包括各本《琴趣外篇》、《典雅词》、《百家词》（约成书于 1208 年），以及南宋后期的《六十家词》。

〔35〕 这至少是官刻本和家刻本的情况；坊刻本的编辑惯例则没有那么清晰，但我们现在还是很依赖流传下来坊刻大型丛书的拾零。

较，他们似乎都看到了比较完整的全集。后面我们还会看到，罗泌在编欧阳修词时，把那些他认为道德有问题而不像是欧阳修的作品删去，同时也补充了一些“新发现”的词作，所以罗泌的本子在规模上并不比他的底本小多少。〔36〕

我们可能不太会认同这一时期的初代学术型词集的文本取舍标准，但无论如何，从更广阔的层面看，自从陈世修编冯延巳词起，词集的编订过程似乎没有太大改变。我之前提出，当时的词作似乎是以“小集”的形式传播的，曾慥所藏的“名公长短句”就是其中的典型。曾慥的《乐府雅词》只收录了周邦彦29首词，更完整的周邦彦词集要到1180年才编成。编者强焕在他的序中也描述了他编纂词集的过程。时为溧水县令的强焕留意到溧水邑人对周邦彦词的喜爱（周邦彦亦曾为溧水县令）。〔37〕这种喜爱，表现在每当歌者在宴会上表演，他们总会首先演唱周邦彦的词。强焕并未对歌者所唱版本的可信性表示一丝怀疑，这些文本无疑是强焕“采获”周邦彦词的重要来源。他要通过编选词集来纪念周邦彦在溧水的政绩。强焕在序中称：“余欲广邑人爱之之意，故裒公之词，旁搜远绍，仅得百八十有二章。”〔38〕这是周邦彦词集最早的传世刊本，保存在明代毛晋（1599—1659）的刻本中（虽然毛晋已“厘其讹谬”），而且这一版本收录作品远多于成书

〔36〕参见第五章《小令词集（下）》中“欧阳修及其词集”一节。

〔37〕孙虹：《清真集校注》，中华书局，2002，第500页。强焕时任地方官，所以他编刊的词集被视为“官刻”。此前的官刻本宋词词集仅仅是全集的一部分：按时间先后依次是王安石的文集（1151）、黄裳的文集（1166）和秦观的文集（1173）。晁谦之在1148年编的《花间集》也是官刻本。参见钱锡生：《唐宋词传播方式研究》，复旦大学出版社，2009，第215—217页。

〔38〕《清真集校注》，第500页。

于1211年的陈元龙注本。[39]虽然一般倾向偏好陈元龙注本，但当我们仔细检阅陈元龙本，就会发现这一版本和1180年本的文本异文甚少。如果1211年本所依据的是一个不同的文本来源，或者通过一个独立的“采获”过程而编成，那么二者之间的文本差异理应更大（至少类似于《乐府雅词》本与1180年强焕本之间的差异）。综上所述，我们认为1180年本就是1211年本的底本。

这就是问题所在：当编者通过“旁搜远绍”的方式来获取文本，他们就进入了在歌词爱好者之间传播的小集的世界，更别说那些（可能连同副文本一起）抄写在一张张笺纸上的零散歌词，以及歌手们的常备曲目了。根据“多多益善”的编纂原则，编者们恨不得把系于某位词人名下的所有作品都收入其词集（强焕就不无遗憾地慨叹：“**仅得**”周邦彦词百八十有二章）。况且，经过了八十年的流传之后，编者根本没有办法判断哪些作品是可靠的，哪些不是。这些通过“旁搜远绍”而编订的词集，又常常成为编订下一部词集的底本。

我们应该回到每一部词集本身的历史中去看待它们。那些仅存于一种早期材料中的文本可能相对比较“稳定”，但这种稳定后面同样隐含着传播上的问题。我们讨论的是北宋词的版本。问题的重点**不**在于传世的北宋词集是不是有宋本作为底本，而在于所谓宋本自身究竟以哪些文献来源为依据。在多种不同的宋本及版本系统并存的情况下，其中差异往往非常多样。

12、13世纪之交，宋词几乎成为印刷文化的产物——虽然我

〔39〕 参见第十二章《周邦彦》的相关讨论。

们不能忽视抄本的角色，尤其在宋词的传播过程中，抄本所扮演的角色远比它在传统诗文的传播中重要。但总的说来，这些南宋末年刊印的词集就是传世“宋本”（通常以“翻刻”的方式得以保存），以及后期版本所依据的底本。 *43*

我们知道男性一般不会演唱这些歌词。抄本和写有歌词的笺纸在人们手中反复传阅；那些由男性吟诵而转写出来的词也一样被来回传阅。但女性歌者一直都在。从苏轼词提到自己听到欧阳修词，到强焕听到溧水歌者的演出，女性歌者成了保管过往歌词的人，被赋予了特殊的光环。

歌　者

王灼写成于1149年的《碧鸡漫志》里有“古人善歌得名不择男女”一条，其下罗列了自战国至唐朝的著名歌者。他记录了这一名单以后，接着不以为然地说：“今人独重女音，不复问能否。而士大夫所作歌词，亦尚婉媚，古意尽矣。”为了论证他的观点，王灼引用了一则关于李方叔（活跃于11世纪末）的逸事。故事中，有人向李方叔引荐了一位擅歌的老人。于是，李方叔戏作《品令》一首，词曰[40]：

唱歌须是玉人，檀口皓齿冰肤。

〔40〕《碧鸡漫志校正》，第26—27页。

意传心事，语娇声颤，字如贯珠。

老翁虽是解歌，无奈雪鬓霜须。

大家且道是伊模样，怎如念奴[41]？

44 我们的确看到有一些关于男性唱词的评论，但这些评论最早出自 11 世纪晚期，而且数量甚少。这说明男性演唱歌词在当时引起特别的关注，应考虑作偏离标准的例外。[42]

到了 11 世纪末，我们开始发现各种关于"吟"词或"诵"词的说法。同时，我们也在这段时间看到了不适合当众表演的词作。这种把宋词看成纯"文学"的趋势在 12 世纪愈加普遍。然而，词还是一直可以演唱的。演唱仍是表现词作最合适的方法。当时的人认为把词诵念出来是寡淡无味的举措。署名王君玉所作的《杂纂续》把一系列的情状归类，其中就有"冷淡：念曲子"。[43]

---

〔41〕唐代一位有名的歌女。

〔42〕参见谭新红：《宋词传播中的男声演唱》，http://big5.gmw.cn/g2b/www.gmw.cn/01gmrb/2003-11/12/17-DD49368CE9D4717A48256DDB0080D060.htm。感谢艾朗诺向我指出这篇文章。王灼显然读过李清照的《词论》。李清照一开篇即提到唐代一则富有想象力的逸事：一位新科进士在曲江开宴。他把有名的男歌手李八郎乔装成自己的表弟，带到筵席之上。当时，几位驰名的女歌手演唱完毕，这位进士提议让其表弟为众人演唱。听众们起初都不太乐意，但当李八郎把一曲唱完，这些进士无一不为之感动泣下。李清照在文中提到男女角色互相反串。这在王灼的序言中完全消失了。

〔43〕曲彦斌校注：《杂纂七种》，第 64 页。另见 Beverly Bossler, "Shifting Identities: Courtesans and Literati Identity in Song China," *Harvard Journal of Asiatic Studies* 62, No.1 (2002), p. 8。[下简称 Bossler。] 宋代似有两个王铚，且以"君玉"为字。他们一个活在仁宗在位期间（1023—1063），另一个则活在绍兴年间（1131—1162）。详参《杂纂七种》，第 189—190 页。

王灼列举了自古以来至唐代的歌手。虽然他不论男女全都收录，但这名单也还只是凤毛麟角。王灼只能找到名气足以让他们留名青史的歌者。但是曲词的表演是一种更广泛的活动，是宋代官员和文人社交场合不可缺少的节目。因此，当时对于年轻貌美且从小接受训练的女性歌者，也就形成了一种庞大而稳定的需求。如同许多其他方面，唐代的制度在这一点上规模似乎要比宋代的小。

45

这些女性歌手隶属于一个不甚可爱的制度。柏文莉［Beverly Bossler］对此有精细的研究。〔44〕和其他朝代类似，宋代也有一套社会等级制度，违反这套制度的人会面临严重的法律后果。处于社会最底层的不是庶民，而是“贱”民。贱民包括从事特定行业的人（包括艺人）、奴婢（一个比较好听的说法是“役男”“役女”，但他们可被买卖），以及因罪籍没的犯人家属。贱民不仅限于上述三类人，但这三类人数量众多，已足够充实这个独特的政治制度了。那些为各级文官服务的歌妓叫“官妓”，而为军官服务的则称为“营妓”。她们都由政府提供衣食。当时的少女对于能当上“妓”还是比较肯定的。“妓”在现代一般会与“妓女”连在一起，但如果我们把当时的“妓”理解为“妓女”，这是不准确的；更恰当的理解应该是“艺人”——她们主要负责在筵席或其他饮酒的场合陪伴官员，提供音乐助兴。因为力量微弱，也因为所唱之词大多不外乎男女情爱，她们常常会成为席上官员的性伴侣。上文提及王君玉的《杂纂续》就把“无妓逃席”纳入

---

〔44〕 参见 Bossler, pp. 5-37。

“冷淡”的类目下。[45]有些现代学者试图避重就轻，避谈这一体制中的性关系，仅仅关注她们作为歌手的技艺。她们的技艺当然非常重要，但这也是使她们更诱人的要素。但凡我们对宋词稍有涉猎，就会意识到歌唱技艺只是其中一部分，它和服装、美貌、举止等共同促成这种求爱游戏。朝廷有时会下诏禁止官员嫖妓，但这类禁令反复出现，恰恰揭示了其所禁之事才是常态。

蓄养于家中的是“家妓”。她们大多通过买卖、赠送、转让而来，也有部分是官员从官妓队伍中赎来的。大多数情况下，这些家妓在年幼时就被父母卖到主人家中，在主人家接受培训。由于家妓一般会在家宴上表演，因此她们可否跟别人交欢，大概取决于主人的态度。

46

最值得探讨的情况是私妓，尤其是那些在大城市的勾栏瓦肆中的歌妓。单纯提供性服务的不叫“妓”。我们不清楚这些专业的私妓来自哪里，但很有可能她们在年幼时即被父母卖为学徒。她们大多终生留在这一行，直到遇上好的婚姻（通常是嫁给商人）或成为鸨母。

在最高级的私妓之中，表演的才艺非常重要。这大概跟许多学者想象的一般情况比较接近。她们是“明星”。她们的名声本身就是一种权利，可以让她们跟掌握权力的男性讨价还价——正因为人人都渴望与她们交往，她们可以说不。

柏文莉对《杂纂续》中行为类别的讨论很有价值，向我们揭示了这里的游戏规则。我们可以看到，“被妓女不采后，强门

〔45〕 Bossler, p. 8.

前过”被归类为“不识羞”。〔46〕虽然《杂纂续》并未明确说明这是哪一种歌妓，但女子拥有拒绝的权利。这是其中一种行为的规范。

官妓、家妓、私妓之间的巨大差别，不仅限于她们的艺术才能以及能否与别人交欢，也在于她们所擅歌曲的门类。最初，官妓和家妓普遍会唱小令。小令，顾名思义，与酒令相关。这大多是众所周知的旧曲调。在京城的勾栏瓦肆里，私妓们渐渐开始演唱慢词。慢词通常会用新的曲调，在风格上也和小令不同。宫廷歌乐班子也会模仿这些私妓，不断生产新曲新词。对歌妓而言，唱小令很简单，但要唱好一首慢词则需要大量的训练。

曲词表演在社会中的性别化产生了耐人寻味的后果。苏轼之前的歌词大多以男女之间的浪漫邂逅和爱慕为主题。这类歌词的文本声音有时是男子口吻，有时是女子口吻，有时则没有清晰的性别特征；但无论以什么口吻书写，这些作品都与女性婉约柔弱的特征联系了起来。苏轼的词作自觉地背离了这个传统，他写出了一种被认为具有“男性”特征和呈现“阳刚”之气的词。在苏轼的想象中，他的一首词应该由一群东州的壮汉来演唱。〔47〕

47

然而，事实上，唱词还是需要女性歌者。辛弃疾（1140—1207）是苏轼最著名的追随者。他有些作品可以说是比苏轼更“男性化”甚至强硬，但是我们从可靠的材料中得知，辛弃疾写他最有

---

〔46〕《杂纂七种》，第 53 页；Bossler, p. 8。

〔47〕 参见第七章《苏轼》中“苏轼与柳永”一节。

名的那几首词时，邀请了朋友来家里聚会饮酒，并让女性歌者演唱这些词。[48]我们必须想象他那义愤填膺的怒气需要通过少女婉转的歌声来实现。由此我们可以看到：在早期宋词的表演文化中潜伏的强烈性暗示，跟这里以中性演员自居的歌妓之间，存在一种明显的反差。如果辛弃疾仅仅把歌词念给他的朋友听，那才叫“冷淡”。

〔48〕 唐圭璋：《宋词纪事》，上海古籍出版社，1982，第305页。

第二章　文本来源

48

中国歌词的历史一般会从8世纪中期宫廷音乐开始讲起。这些史书会先讨论宫廷音乐里一些熟悉的曲调名，接着论述人们所理解的“歌词”的概念跟唐代的歌曲演唱之间错综复杂的关系。我们在王灼的《碧鸡漫志》里就已经能清楚看到这种建立连续性的欲望。《碧鸡漫志》花了大半篇幅追踪各种曲调的历史。词的历史叙述自讨论唐代歌曲和音乐开始，接着列举传世的“唐五代词”，最后才转入宋代。对于这种叙述所依据的材料及其背后的假设，我们都有充分理由来重新考虑。

对于11世纪的歌词来说，我们应该考察其文本来源，思考这些来源隐含的意义。我们还需要注意这个时期的词曲演唱与把歌词誊抄成文之间的关系。毋庸置疑，词曲的演唱从唐代开始至11世纪一直没有间断——虽然其具体形式可能随时间、场所和地域的不同而有所变化。但是，歌词的誊录及其文本流传是另一回事：它不一定忠实地呈现了当时歌曲演唱的习惯。我们还需追问：在唐代，当一首歌被抄录成文本时，抄录者是否会按照歌词被演唱的形态把它抄写下来？当一个文本被演唱时，歌者又是否会按照所抄录的文本来演唱？这些问题可帮助我们更有效地思考唐代的歌词。

49 我们最早的文本来源，是包含在敦煌写本中数量可观的曲子辞。当然，这批文本是现代才被发现的，宋代词人大抵没见过这些文本。不过，透过这些歌词，我们可以一窥当时流行歌曲的面貌。这里需要提醒读者的是，敦煌处于汉文化的边缘，而我们无从知晓这些曲子辞的流传范围有多广。在这批材料中有一个短小的"选集"——《云谣集》。该选集收录了33首作品，在风格上比敦煌出土的其他曲子辞要更高雅一些。对我们来说，最有意思的一点是，大部分的作品以数首一组的形式或单篇独行的形式被保存下来：有的写在一两张笺纸之上，有的则被抄写在其他文件的纸背。单张笺纸大概是最常见的歌词流传的形式。我们在曾慥把不知姓名的词作附在《乐府雅词》卷末时看到这种模式的痕迹。同样的情况也可从编订于12世纪的《南唐二主词》的凡例中看出。这些敦煌曲子辞为什么会被抄录下来？我们不得而知——兴许跟早期爱尔兰歌诗的珍贵残卷一样，只因"抄写者的无聊"［the scribe's boredom］而得以保存。

在发现敦煌曲子辞以前，人们对于唐五代词的理解依赖于三本词集以及笔记中引用的作品。这些笔记的编纂年代距唐五代愈远，其中引用的词作可信程度就愈低。第一部词集——《花间集》是唯一完全可信的文献来源。这部词集附有作于940年的欧阳炯的序。该集收录了温庭筠的66首词。它们全都收到温庭筠的《金荃集》这一可靠的文献之中，因为《金荃集》一直到宋代仍然在流传。我们不清楚《花间集》中皇甫松的12首词从何处来。皇甫松也是唐代诗人，其生活年代比《花间集》的编订要早一个世纪。此外，《花间集》还收录了48首韦庄（约836—约910）词。唐末瓜分豆剖，韦庄辞官逃往成都，逃到割据一方的政权之中。对欧阳炯而言，韦庄代表了在成都的老一辈词人。《花间集》余下的作品年代大致与该集编订的时代相近，而且多数作品出自成都朝臣之手。下一部跟《花间集》文本一样可靠的词集的出现，就要等到12世纪了。

第二个文本来源是陈世修的《阳春集》，这本集子我们在上一章已经讨论过。这里我们最多只能说《阳春集》有一部分作品的确代表了南唐，但其比例有多少，我们还不清楚。 *50*

第三个来源是《尊前集》。《尊前集》一般不收录已选入《花间集》的作品，由此可推断，这部词集的编订显然要比《花间集》晚。现在看到的《尊前集》出自明初《百家词》本。该版本没有任何序文，也没有标明谁是编者。12世纪以前，只有据称是崔公度为冯延巳词集所作的跋文中提到该集；如果我们给这则材料打个折扣，那么《尊前集》直至12世纪才进入公众视野。〔1〕《尊前集》是个非常奇怪的文本：它以三位唐代皇帝的词发端，紧接着是“李王”——宋人的确惯称李煜为“李王”，但从唐代的皇帝到李煜这一排位却是让人震惊的，因为宋人不承认李煜是李唐的合法继任者。〔2〕然后，在这部选集的中间，“李王”又出现了。这回收录了他的其他作品，它们排在冯延巳的七首词之前。然而，在冯延巳后面，“李王”还会再次出现。而且，冯延巳自己也出现过两次。他第一次出现时名下有三首词，排在后面的是温庭筠。这在时间上突然又往回溯了。《尊前集》像是两个

〔1〕 参见附录《冯延巳手稿》。

〔2〕 对于明清或现代读者来说，一本选集以帝王作品开头是再自然不过的方式；但是，现存文献中第一次出现这种安排的是计有功的《唐诗纪事》。它的编纂时间是南宋初年。

选集合在一起了，或是编者把几次采词所得的成果拼合了起来。不过，即便如此，也无法解释这部集子在宋代选集中的独特性。

假如论者有更丰富的文献材料，他们大概会马上把这样的选集搁到一边去。但是，学者们几乎只能依赖它来了解五代前的唐代词曲，特别是对于在温庭筠词和皇甫松的少数作品以外的情况。由于完全不知道这是谁在何时编纂的选集，关于这部集子的文献来源，我们连猜测都无从下手。

尽管《尊前集》没有序文，它的编纂目的还是很清楚的：一方面补充《花间集》的不足，另一方面给词这种文体建构一个唐代先祖（其中包括唐代很多齐言诗，这些诗的诗题已经有词牌的感觉了，但人们在 11 世纪多半没有把它们看作词）。这说明《尊前集》应该是在《花间集》重新流通以后才被编订的，当时爱好词作的词迷们开始对这一文体的历史感兴趣：这就把《尊前集》的出现定位在 12 世纪上半叶。不过，这也有另一种可能：《尊前集》早在宋初已经成书，后来因为宋人对《花间集》和唐代词重新提起了兴趣，所以才广泛流通。

51

在这三个坚实的文本来源之上，我们还应该加上《南唐二主词》。该集大约编订于 12 世纪后半叶，并在 13 世纪初刊行。这部集子主要依据更早的材料编成，其中虽然有部分作品同时被归到其他词人名下，但由于学界对李煜词有强烈的渴求，作者归属的问题被草草搁置。

简言之，词曲史和一些选集或会试图勾勒出一个从唐五代延绵到宋代的连贯叙事。其实，这种叙事的根基极其脆弱。五代有丰富的文献材料；相比之下，唐代的材料中，除了《花间集》以外，没有什么是确凿无疑的。在词体发展到某个阶段后，词迷们想要了解词的历史。《尊前集》恰好为词史叙事提供了材料。这样的材料在日后也被不断重复利用，以满足词史叙事的需求。

许多研究词曲的文学史家都注意到：词“史”在宋代建国后的半个世纪一片空白。这个空白不是歌词实际演唱的问题，而是文本传播的问题。歌词通常在实际创作之后的一个世纪甚至更晚的时候，才会以文本的形式出现。这些文本里面有一部分是可信的，也有一部分似乎相当不可靠。

如果我们小心考察《花间集》之后的五代时期，就会发现，要找到歌词以书面形式流传的证据并不容易。我这么说，并不是完全不相信《南唐二主词》的编纂者有可能见过李煜亲笔书写的一两首词的手稿，也不是不相信陈世修有可能用了从冯延巳的原稿中抄出来的一些文本。关于文本如何流传，我们仅有的证据是编订于 986 年的《家宴集》。这部选集现已亡佚，其中收录了晚唐和五代的词作。从题名可知，这个选本是为实际表演而制作，并非为了吹捧其所录词人的名气而编订。

因此，我并不会在这里把歌词的“来源”处理为宋词产生的具体历史背景。反之，我会把这“来源”视作一系列文本——可靠程度不一的一系列文本——进入宋代词史的过程。随着词体在 11、12 世纪之交逐渐成熟，人们开始为这一文体寻找它的历史，这一系列文本也就进入了宋词史的叙事之中。

52

到目前为止，我都在考察早期歌词史的标准叙事，试图区别其中哪些是可确定的、哪些是有疑问的。以下我想尝试以推测的方法重新考虑这个问题。研究中国文学的学者经常会对推测感到不安，他们想确定无疑地证明某件事。但是，当现有的信息不足时，若勉强以“确定无疑”的方式证明某些事，通常只会造成曲解。

与其证实某种结论，我将会在这里提出一个假说，如同科学研究一般。一个好的假说其实是回答一个或者一系列互相关联的问题的最简单方式。在科学研究中，假说的成立与否可以通过做实验来检验；至于宋词，我们没有足够的材料去证明或者推翻这个假说，所以它只能作为一个假说存在。

一个好的假说首先会检视现存的说法中是否有错误的前设，尤其是那些基于时代错置的错误前设。关于唐代词的标准叙事所依据的假设之中，最严重的时代错置是人们往往把歌词的演唱活动和书面文本混为一谈。歌词的演唱与文本的一致，这个前提的出现要到 12 世纪中期，学术风气越来越盛、宋词获得了“文学”身份的时代。

在此，我们需要考虑任半塘的学说。他的《唐声诗》搜集了一大批以已知的词牌为题的齐言诗，其中不少作品的平仄都有不协律的情况。任半塘极力主张这些诗篇不能按照现有的词调来歌唱，但他的论点有两个问题：首先，这论点假设乐曲是稳定不变的；更重要的是，他假设书面记录下来的文本和实际演唱的唱词大致相同。

我的假说如下：当时人们并没有期待书面记录的文本和实际唱词完全一致，唱词只需要让听众能够“认出”它是来源于某首诗即可。换言之，我们称为“词”的东西，实际上是在抄录方式上的改变：人们开始按照歌词被演唱的面貌把它抄录下来，词是怎么唱的就怎么记下来；或者说，作者希望这首词怎么唱的就怎么记下来。这种抄录方式似始于 9 世纪中期。相对而言，11 世纪以前，唱词的抄录方式则是将一首歌词或者歌词中的一小段拿出来，以齐言诗的形式抄录下来。举个最简单的例子：李煜《虞美人》的最后一句是“恰似一江春水向东流”；一则笔记在引用时，把这一句写作“一江春水向东流”。“恰似”的意思是“就好比”。这种口语化的表达驯化了原本高度“诗化”的句子，用自然的方式把它说出来了：它成了“说话人”［speaker］的明喻，而不再是作者［author］的暗喻。这就是词“区别”于诗的其中一个方面。这种区别很有吸引力，诱使文人把这种区别写进了文本之中。

53

换言之，我的假说是歌词的写作是从“檃栝”而来的，也就是把齐言的诗歌拿来，根据曲调而进行调整。我们知道许多歌妓——与文人一样——随时可以这样做。

当代研究词曲的论者可能会质疑：古典诗歌的平仄怎么可能与众多词牌复杂的格律相互协调？然而，在檃栝的诗能被“识别”的前提下，只要我们给予歌手相当的自由，让她们灵活调整，这件事就变得很简单。唐代一首广为传唱的诗——王维的《送元二使安西》，就是一个很好的例子。我们知道这首诗大约创作于安史之乱前，当时家中排行第二的元氏正要出发前往“西域”，到安西这最北的边疆，因此王维在为他送行时写了这首绝句。我们无法知道创作这首诗的确切年月，也无法查明“元二”为何人，但我们知道这首诗是为一个特定的场合、特定的人物所作的。王维和元二都不知道的是，这首小诗将会成为最广为流传的诗歌之一：

渭城朝雨浥轻尘，客舍青青柳色新。

劝君更尽一杯酒，西出阳关无故人。

在王维的别集里，这首诗还是为一个具体的时刻、一个具体的友人而作的。不过，到了8世纪末，这首诗就已经变成了一首被反复演唱的歌曲，特别是在各种饯别的聚会上。人们依然能认出它是王维写的，但元二已经被遗忘了。“渭城”进一步成为了送别之地的代名词，而“阳关”也成为了离别之人遥远的目的地。随着《送元二使安西》从一首有具体写作背景的诗变成一首通用的歌词，其题目也变得越来越不具体——《渭城曲》或《阳关曲》。在成为一首可被重复利用的歌曲的过程中，这首诗褪去了它具体的历史指涉；诗句中所暗含的亲密情感却未因此而淡化，相反，这首歌在各种送别时刻**总是**会被唱起，离愁别绪在新的语境获得了新的意味。

54

在白居易的《对酒》中，我们看到这首歌被用在一种比较轻松的场合——不是送别友人前往危险的中亚地区，而仅仅是劝酒友留下来多喝一杯：

相逢且莫推辞醉，听唱阳关第四声。

白居易的“第四声”指的显然是所谓《阳关三叠》。到了北宋，这个题名的确切含义已经模糊了。我们可以想象一位醉醺醺的文人命令官妓唱“《阳关》三叠”，歌妓听命唱了三遍《阳关曲》，或者每一句重复了三遍。苏轼得意扬扬地称他发现了古本《阳关三叠》，其中只从第二句开始叠唱，这就合理解释了白居易诗中所说的“第四声”。苏轼看到的古本《阳关三叠》第四句应该是“劝君更尽一杯酒”，与白居易诗中的“相逢且莫推辞醉”一句相呼应。[3]我们不知道苏轼的“古本”是否代表了唐代的唱词习惯；又或者，即使它代表了唐代的唱词习惯，它又是否为唐代唱《阳关曲》的**唯一**方式。

55

歌曲是宴会中不可或缺的一部分：唐代的歌曲是绝句，往后则为小令。《阳关三叠》的叠唱只是其中一种演唱方式。《蔡宽夫诗话》中提及另一种方式，即“和声”：“歌者取其辞与和声相叠成音耳。”[4]这种和声的方法，我们可从皇甫松在9世纪写下的词作找到一些例子。

我们没有理由怀疑这些说法的可信性，但也没有理由认为这就是诗歌入乐的唯一形式。不过，应注意的是，宋代的评论家选择的这些逸事，大多**保持了齐言诗在形式上的完整**。但宋代的檃栝并不都是这样的。

关于宋代的檃栝，有一首很有意思的词作。《苕溪渔隐丛话》引录这首词时，认为它的作者是寇准（961—1023）。[5]这首词符合我们对于北宋“檃栝”的预期。这首词调寄《阳关引》，是这个词牌现存的**唯一**作品。也就是说，这首词可能是《阳关曲》的一个版本。[6]

---

〔3〕 苏轼自己也创作了三个版本的《阳关曲》（见《全宋词》，第401页）。这些作品都是绝句，与王维的原诗相类。南宋还有一首慢词，题为《阳关三叠》，作者是生活在13世纪的词人柴望（见《全宋词》，第3834页）。

〔4〕 转引自胡仔：《苕溪渔隐丛话》前集，人民文学出版社，1962，第140页。

〔5〕 胡仔提到这词的出处是孔夷（一般称作孔方平）的《兰畹曲会》。孔夷的生卒年不详，不过我们知道他是位隐士，活跃于元祐年间。由此可见，这首词的创作年代相对较早。

〔6〕 《全宋词》，第4页。

塞草烟光阔，渭水波声咽。春朝雨霁轻尘歇。征鞍发。
指青青杨柳，又是轻攀折。动黯然，知有后会甚时节。

更尽一杯酒，歌一阕。叹人生，最难欢聚易离别。
且莫辞沈醉，听取阳关彻。念故人，千里自此共明月。

56

这便是檃栝：词中包含了王维绝句的所有字句，它们出现的顺序也和王维原诗一致。那么，这首词是不是对王维原来绝句的一种扩写？抑或，它是一种入乐的调整：是不是因为王维诗入乐时，必须考虑乐曲较长，且韵脚需要押仄声韵，所以才被这样改写下来？

因为这首词显然用了上述白居易《对酒》诗的典故，它也可能是文人之作；虽然这个时期的歌词作者归属基本上都不太可靠，但我们没有别的理由去质疑这首词的作者是寇准。〔7〕即使如此，这种写法依然可能是文人对职业歌者改诗入乐方式的模仿。

回到我们的假说，“词”这种文体可能起源于对口头唱词的书面记录方式的改变，即按照歌词实际被唱时的面貌写下来。这个转变过程有两个关键时刻。第一，敦煌曲子辞的例子就是抄写员把听到的唱词按原样记录了下来。第二个关键时刻则体现在《花间集》：当时的文人可能为唐代温庭筠的先例所鼓舞，也开始按照他们**期望**某一首词被演唱的形式来写词。我们原来认为：词的平仄律和仄声韵出现之频繁说明了词体不可能来自合律的绝

〔7〕 我说这首词“可能是文人之作”，原因是我们发现词作中的一些典故往往会被反复使用，以至于它的出处早已被遗忘了。

句，因为绝句要求平声韵；但《阳关引》的例子让我们重新评估这个判断。齐言诗在某些场合有可能按齐言的形式演唱（不过律诗对形式格律的要求使得选择曲调的灵活性很小），但一首绝句就有可能被打破成零散的碎片，再被重组入乐。《阳关引》也许是早期**文本**的例外，但它也有可能是歌词**唱作**实践的常规方式。

57

我们的假设隐含了一些限制条件。歌者起初面对的是齐言诗。她引用诗歌，把诗句编织成歌词。的确，当听众听出熟悉的字句按正确的顺序出现时，他们会得到辨认出一首诗的乐趣。只要保证听众能够**认出**歌词所依据的诗歌文本，歌妓可以自由删改歌词的内容。

《阳关引》用了一系列不同的方法来改编王维的绝句。这些方法跟11世纪词人引用唐诗字句来创作歌词的方式如出一辙。王维诗中有“渭城”；寇准词中则有“渭水”。歌者需要把作为绝句韵脚的平声字“城”换成符合词律的仄声字“水”。“渭水”在“渭城”旁，这样一来，地点也依旧被具体指出来。王维原句是“劝君更尽一杯酒”，寇准的版本虽然省略了“劝君”，但这种语气仍被暗示出来了。

王维用“浥”字表示“湿润”，每位听众都知道这首绝句，也自然知道这个字，但“浥”并非早期歌词常用的字。因此，歌词重新措辞，以“歇”字表示同样的概念。毕竟“歇”是歌词常用字。

最耐人寻味的改变发生在结尾处。王维对友人“更尽一杯酒”的劝告被末句“西出阳关无故人”的严厉警告强化了。与之相比，歌词则更倾向于提供平常的安慰；寇准词的结句不再是一个威胁，而变成了千里共明月的承诺。王维诗的大部分字句仍在，足以使这首词能被听众识别出来，但它的言说方式已经被彻底改造了。

原诗的字句被放进了“相框”里——这个过程既内在于齐言绝句变成长短句，亦内在于一种新的审美。我很想把这种新的审美称为“反讽”[ironic]，因为它创造了落差，不论是在叙述者及其叙述之间，还是在歌及其“檃栝”的诗之间。当歌词在“指青青杨柳”，它随即又以主观的立场评论道：“又是轻攀折”。这种语言上的差异在中文里很明显，它同时指向歌词语言的重复和情境的重复。“指”是当下的动作，但“青青杨柳”是永恒的重现，把听众带回王维的绝句。“又是”是对当前一瞬的评价，但“轻攀折”则是重复发生的事件。从中文语句的结构来说，形式上还可以更加复杂；如果我们把上述词句中“檃栝”的部分放在一起，则变成了一句合乎格律的“诗句”：“青青杨柳轻攀折”。

王维的《阳关曲》让人很有共鸣，原因是它经常被用于送别的场景。直到宋代，它仍一直被传唱。大家可以想象，对于听惯了长短句的耳朵来说，一个齐言的版本该有多么无趣。我怀疑这首歌曾被多次重新改编成“流行歌曲”（新声）。我们有另一例可以佐证这个猜想，它是一首无名氏词，被收入南宋初的《古今词话》，词牌为《古阳关》[8]：

> 渭城朝雨，一霎挹轻尘。更洒遍客舍青青。
> 弄柔凝，千缕柳色新。
> 更洒遍客舍青青，千缕柳色新。

〔8〕《宋词纪事》，第54页。

休烦恼。劝君更尽一杯酒，人生会少。
自古富贵功名有定分。
莫遣容仪瘦损。
休烦恼。劝君更尽一杯酒，
只恐怕西出阳关，
旧游如梦，眼前无故人。
只恐怕西出阳关，眼前无故人。

这首词比寇准的《阳关引》更接近流行词曲的唱作方式。王维诗的一字一句都按原来的顺序收入唱词里：有的句子被断为两截。重复的地方很多（这也和我们对唐代词曲唱作方式的想象一致）。如果我们再考虑苏轼关于古本《阳关曲》叠法的讨论，那么我们在这里看到的正如苏轼所说：原诗第二句至第四句各重叠一次。歌词中也填充了各种冗余的陈词滥调（如“自古富贵功名有定分”）。 59

最耐人寻味的一点是，这首词和寇准词都保存下来了，但这两首词都算不上值得重复演唱的好词。两者放在一起，使我们意识到王维的这首诗可以通过数以百计的不同方法来改编，使它能够伴着任何旋律、用平声韵或仄声韵来演唱。与其说它们是为了保存而写下的文本，不如说它们是唱作实践的抄录。我们知道当时有很多方法把一首绝句分解重组，以适应不同的曲调。这是职业歌者都能做到的——在上述情况下，她们大概也的确是那样做的。

如果这种唱作形式在唐代存在，那么它是隐形的——因为人们理所当然地认为它是“唱词的方法”。而它在宋代变得可见，则是由于彼时在古典诗歌和长短句之间呈现了书面文本上的区别。

我无法证明这就是唐代唱词的方式，我也不会试图去证明。我能做的就是指出这种方式在后来确实存在，而且很容易实现。这是一个假说，是解释这个现象最简单明了的方式。除非有人能够证明这个假说是错误的，或找到更好的证据去支持另一种阐释，否则这个假说是值得考虑的。

第二部分

二十世纪初、中期

第三章 《乐章集》与柳永

63

柳永和他的词集《乐章集》是典型个案，反映了词作与历史上的词人之间复杂的关系。[1] 翻阅同时代的文字记录，我们完全看不到柳永的踪迹；没有同代人跟他对话，他们甚至都没有提及柳永的名字。但毫无疑问，柳永是存在的，他的哥哥柳三接在当时的文书上有两条任官记录。海陶玮［James Robert Hightower］指出，柳永生平中唯一可靠的日期是1034年，那一年柳永科举及第，当时他大概50岁——虽然他的生年也同样是依据后来的笔记推算出来的。尽管这个举进士的年份大致是对的，但关于柳永的最早一则评论里，科举考试的年份却被记录为1037年。事实上，关于这个词人及其作品的几乎所有评价，我们拥有的最早“资料”都不早于11世纪七八十年代，其中绝大部分资料来自12世纪。围绕着柳永，我们有丰富的传闻逸事，但这些逸事有不少是同一个故事的变体。这使我们不得不怀疑他的故事各个版本的真实性，

［1］ 许多中国学者利用柳永词为证据，重新写作了柳永的传记，并分析他的性格。海陶玮在三十多年前即检视了这些证据，指出我们到底知道柳永本人的哪些资料，并尝试将他的词作和生平区分开来。参见海陶玮分载于两期的论文：“The Songwriter Liu Yung,” in *Harvard Journal of Asiatic Studies* 41.2 (1981), pp. 323-76; 42.1 (1982), pp. 5-66。

64 怀疑柳永生平的真相可能在哪里。更麻烦的是，柳永亡故以后，他的形象从北宋末到12世纪50年代间发生了明显的改变，而且我们能在传世的柳永词集中找到佐证这种变化的词作。我们有理由担心：《乐章集》本身是否一直在增长变化，以迎合柳永不断进化的浪子形象？[2]早期关于柳永的评论提到柳词多么受欢迎，甚至将柳永和杜甫相提并论；苏轼则批评柳词的风格过于多愁善感。

正如歌词是柳永创作出来的，“柳永”也是《乐章集》中的歌词塑造出来的；进一步说，《乐章集》也许是从各种渠道“采集”而成的，但随着柳永的传说不断演进也使得柳永变成一个磁体，吸引着来历不明的“慢词”，仿佛这些词“理应”是柳永所写。[3]

我们知道他活跃于11世纪上半叶。虽然学者们对于具体年份提出了不同的假说，但是我们无法确切知道他的生卒年。我们知道他考中了进士，并且有一段宦游的经历。他常常在行旅途中写词怀念汴京的勾栏瓦肆，也提到自己对踏入仕途的悔恨。从这些相对可靠的材料出发，我们可以推测他也写了一些以勾栏瓦肆为背景的词作。现存的《乐章集》中即收录了很多这一类的词作。

虽然这样说可能很奇怪——考虑到我们对柳永生平所知甚

---

〔2〕 笔者曾研究柳永的形象如何在笔记里不断改变，以及柳永形象的改变与现存各个版本的《乐章集》之间的关系，详见 Stephen Owen, “The changing Faces of Liu Yong (?-?)”, 刊载在哈佛大学亚洲中心的网站：https://asiacenter.harvard.edu/publications/just-a-song-chinese-lyrics-from-the-eleventh-and-early-twelveth-centuries-5b16a2b4455de72a8254200c。［中译本《“三变”柳永与起舞的仁宗》，见《川合康三教授荣休纪念文集》，凤凰出版社，2017，第241—263页。——译者注］

〔3〕 与其说《乐章集》是一个词集的“书题”，不如说这是一个泛称，指“用于入乐歌唱的词集”。选择用“乐章”这个经典的用语，为这部书赋予了一种古典的色彩。

少，但他的羁旅行役词是第一批有分量的以自传的声音写成的词作。夜宿野店孤馆，被船只来往的声音吵醒，这类具体而微的细节很有说服力；但这是种无法被定位于帝国地图上的具体性——我们不晓得它发生于何时何地，也不知道其具体的情境。有一些细节的确是指向帝国的，比如说城市的名字、季节、宴会上某位显贵的官阶等等。学者们大多在这种细节上倾注心力，但问题是这种固定的细节常常带出一连串逻辑薄弱的推理，其说服力越来越弱。学者们也试图把羁旅词里自传的声音转移到描写勾栏瓦肆的词里去。有些情况下，这样做是恰当的，但是这个潜在的自传叙述者声音很快就变得很模糊了，变成了一个类型化的声音。这些情景可能无外乎是为了娱乐观众而虚拟的场景罢了。

65

在某种意义上，词也被称为乐府。诗人不一定要在乐府诗中以自己的声音写作，反而可扮演其他角色——虽然这种角色往往"有可能"被理解为诗人在借他人之口表达自己的真情实感。词继承了乐府这一特点：作品与作者生平之间关系暧昧。《花间集》序并未提到所收录的作品应该被解读为词人的真实情感和经历。序文既不认为这是词人的直接抒情，也不觉得他们把感情隐藏在"香草美人"的比喻之下。然而，要建立一种体裁的正统地位，人们就有必要把历史上的作者与词作中的再现勾连起来。我们可以从陈世修作于1058年的《阳春集序》中清楚看到这一点。冯延巳的词不太有"吟咏性情"的特征，但陈世修的序用了"吟咏性情"来形容他的作品。这个说法将词人与古典诗歌联系在了一起。李煜词里或有少量作品明白提到具体的个人经历；不过，后来的读者将现存为数不多的李煜词都跟历史上的李煜挂起钩来，甚至认为这种关联是李煜词真正的价值所在。

到了苏轼写词的时候，即11世纪的最后二三十年，词这种体裁在某些情况下显然已经被当作古典诗歌来写了：诗人抒发己志，讲述自己的经历和想法。如果一首词没有清楚交代写作情境的副题，人们就会编造一些荒诞不经的故事来说明这些词的创作缘起，借此“解释”这些词作。[4]

要注意的是，在柳永写作的时代和场合，词主要是供人演唱而不是供人阅读的。场合不同，对同一个文本的理解方式也往往随之改变。比如下面这首《长寿乐》，应该是在勾栏瓦肆中普遍能听到的一首歌词[5]：

66

> 尤红殢翠。近日来、陡把狂心牵系。
> 罗绮丛中，笙歌筵上，有个人人可意。
> 解严妆巧笑，取次言谈成娇媚。知几度、密约秦楼尽醉。
> 仍携手，眷恋香衾绣被。
>
> 情渐美。算好把、夕雨朝云相继。
> 便是仙禁春深，御炉香袅，临轩亲试。
> 对天颜咫尺，定然魁甲登高第。等恁时、等着回来贺喜。
> 好生地。剩与我儿利市。

67

轿夫扛轿子送新娘至新郎家，一般主人会以喜钱打赏他们，这些喜钱即“利市”。“利市”也泛指喜庆节日封的红包。我们不

〔4〕 这种做法是从古典诗歌因袭而来的。
〔5〕《全宋词》，第50页；《乐章集校注》，第167页。

知道他是要给她封红包，还是要在把她接走前给她喜钱，好让她用来打赏别人。

这首词中的“他”是一个类型，人人都能认出这种人物的类型：一位有志于考取功名的年轻人爱上了一位妓女。

随着这首词被放入以作者为框架的文学论述中阅读，这个类型化的“他”就变成了柳永自传的“我”。这会对我们解读文本带来一些有意思的改变。词中那位涉世未深的年轻举子坠入爱河，想入非非，幻想娶他的女友为“妻”——更有可能是纳为妾。作为一首在勾栏瓦肆中演唱的歌，词中年轻人的痴心妄想会让座中听众发出会心一笑。我还想补充一点，就是只有在这个语境下，下阕才能成立：只有在幻想中，他们才可以云雨相继。

如果我们把这首词理解为柳永以自传式的“我”表达情志，那么它就变成了柳永自己的热望。下阕不再是一位举子的天真痴想，而变成了展示柳永对自己才华的自负。最后，柳永这位传奇的浪子走马灯似的换情人，他不能有跟一个女子安定下来的愿望；这样一来，末句的“利市”（或“买卖所得的利润”）就仅仅指他付给歌妓的一点儿赏钱罢了。

在相当一部分的作品中，柳永都在扮演一个词人，在自己的词作里玩着勾栏瓦肆的恋爱游戏。当他不在汴京的时候，他常常会以充满眷恋的目光回望过去，书写那个世界。11 世纪末，论者越来越喜欢以作者的生平来解读其词作。在这种情形下，人们开始认为柳永得为其作品承担责任。最广为人知的一则关于柳永的掌故，出现在柳永过世后五十年；这则材料几乎肯定是编造的，但它充分体现了舆论要求作者为其创作承担后果的意思——不是对作品中的细节负责，而是对他所写的那一类作品承担责任：

柳三变，字景庄，一名永，字耆卿，喜作小词，然薄于操行，当时有荐其才者，上曰：“得非填词柳三变乎？”曰：“然。”上曰：“且去填词。”由是不得志，日与狷子纵游娼馆酒楼间，无复检约，自称云：“奉圣旨填词柳三变。”呜呼，小有才而无德以将之，亦士君子之所宜戒也。[6]

考虑到柳永在史料里几乎不见踪迹，这则材料值得我们深思。柳永改名这件事——不管他因何而改——是可信的；但是他连字都改了，这样一来他的名字就有点太多了。柳永获引荐给宋仁宗（1023—1063年在位）之前，就已经被指品行不端（大概也因此柳永才会被仁宗巧妙地拒绝）；但是，仁宗拒绝任用他这件事，反过来也成了他放弃“检约”操行的原因。歌词中的呈现被视为词人品行不端的证据，它同时是词人仕途失败的原因和结果。

柳永这个不羁浪子的形象是什么时候确立起来的，以至于被理所当然地接受了呢？我们没有十足把握回答这个问题，但是以下这则材料让我们看到一个形象完全不同的柳永。这可能是最早提及《乐章集》的材料，其中作者回忆起自己少年时听柳永词：

予观柳氏《乐章》，喜其能道熹［嘉］祐中太平气象，如观杜甫诗，典雅文华，无所不有。是时予方为儿，犹想见

〔6〕《苕溪渔隐丛话》后集（1167），人民文学出版社，1962，第319页。引自严有翼（12世纪初）《艺苑雌黄》。

其风俗，欢声和气，洋溢道路之间，动植咸若。令人歌柳词，闻其声、听其词，如丁斯时，使人慨然所感。呜呼。太平气象，柳能一写于《乐章》，所谓词人盛世之黼藻，岂可废耶？[7]

这则材料出自词人黄裳（1044—1130）的《书乐章集后》，这篇跋文没有标明年份。[8]黄裳在字里行间表达了自己对少年时代太平气象的怀念，我们可从这一点推断这篇跋文应该写于作者迟暮之时、北宋陷落前后的多事之秋。

黄裳所言并非为柳永申辩，因为他似乎完全不知道当时有对柳永生活放荡的种种指责。[9]黄裳似乎也不了解柳永生活和写作的年代：他以为柳词呈现了嘉祐年间的太平气象，但如果目前学界估算的柳永生卒年是正确的话，即使柳永活到了嘉祐初，那时他也已经是 70 岁出头，他的词人生涯早就已经成为过去了。他将柳永和杜甫相提并论这一点相当惊人，这完全没有成为传统中评论柳词的标准说法。大概只有这个绝无仅有的例子才会认为柳词“典雅文华”。简言之，黄裳对柳永的解读与后代读者大相径庭。我们应该揣摩一下这个可能性：黄裳读到的《乐章集》版本可能和我们现今看到的版本相当不同，不过其中肯定也收录了所有讴歌帝王及其繁华都市的作品。

---

〔7〕 黄裳：《演山集》（四库全书本），卷 35。

〔8〕 柳永词集在 11 世纪末、12 世纪初就已为人所知，但这并不一定代表他的词集是刊本。我们所确知最早的词集刊本是 13 世纪初（1210 年成书）的《百家词》。

〔9〕 跋尾的“岂可废耶”可能暗示时人对柳词的“轻视”，但是从整篇跋文的语境看来，当时普遍对词这种体裁都持有一种“轻蔑”的态度。

姑且不管《乐章集》究竟是何时出现的，其现存版本有一个奇特之处（只有少数词集也有类似的特征）：它是按宫调分类收词的。事实上，我们往往会发现同一个词牌的作品被分别收在不同宫调之下。这种编排方式表明该词集是面向乐工和歌妓的需求而编纂的；这些职业艺人一般不会去找某个特定词牌下的作品（比方说，他们不会去找《倾杯乐》），而是去查找适合在某个宫调演唱的词（例如“仙吕宫”或“大石调”，他们会在这两个宫调下同时找到调寄《倾杯乐》的作品）。

70

我们可以尝试把柳永词放回它自己的历史语境中。我们要回到11世纪最后二三十年以前，也就是在词这一体裁还未获得新的文学生命以前的歌词世界。冯延巳卒于960年，而李煜卒于978年。即使我们全盘接受《南唐二主词》中所有署名为李煜的作品，暂且认为它们都是李煜写的（虽然这不太可能），这部词集的篇幅仍然很小。从978年一直到柳永和晏殊活跃于词坛的时代——也许早至11世纪20年代——只有零星的词作和组词保存了下来。

歌词的内部证据告诉我们，柳永和晏殊都把他们的词作书写了下来，但是在11世纪下半叶以前，词似乎还未开始以“书”的形式传播和供人阅读。我们已经讨论过，冯延巳词集就是那个时代的产物。李煜的词集是在12世纪下半叶通过搜集零散的作品编成的。词似乎的确曾以单首作品或者一组作品的形式流传，家用的歌本很可能也存在——也许我们称之为常备曲目更贴切。不过，在11世纪下半叶以前，没有任何证据显示歌词被普遍“阅读”，更别说以“书”的形态被传阅了。

慢 词

琅珰：村妓唱长词。[10]

——王君玉《杂纂续》

宋词被分成两个大类：小令和慢词（长调）。有些词牌字数处于二者之间，模糊了小令和慢词之间的界线，但这两类词的标准仍有非常明显的差别。小令大多沿用人们耳熟能详的旧调，新的小令只会偶尔出现。慢词则不同，虽然敦煌曲子辞中已经有慢词了，但新的慢词还是不断被创作出来，进入歌妓的常备曲目中。有些慢词流行开来，另外一些则只出现了一两次，之后就渐渐从常备曲目中消失。《乐章集》虽然也收录了很多小令，但它大部分是慢词。相比之下，11 世纪上半叶其他有代表性的词集或是全由小令组成，或几乎全是小令。唯一的例外是长寿的张先，他在晚年似乎已经转向创作慢词了。

71

11 世纪上半叶，家妓和官妓似乎只被训练演唱小令。这并不奇怪，因为小令学起来容易得多。虽然很难确证，但是到了 11 世纪下半叶，这种情况似乎在大城市里已经有所改变。王君玉所说的“琅珰”大致可以理解为“不大对劲”，这说明了聆听一位不够专业的歌妓试图演唱一首复杂的慢词可能是种别扭的体验。

我们无须怀疑京城的“私”妓们是否**能够**唱小令——就像歌剧的头牌女角都能随时用新的歌词来演唱《得克萨斯的黄玫瑰》

〔10〕《杂纂七种》，第 67 页；Bossler, p. 8 也引用了这一则材料。

[*The Yellow Rose of Texas*]——但至少在最初一段时间，慢词主要是她们的领域。小令和慢词是两个不同的世界。小令属于更大的社交活动（如宴会），是这些活动必不可少的部分，而且小令的演唱似乎经常在户外进行。慢词则属于勾栏瓦肆之内的世界，通常是在室内演唱的；柳永往往将慢词呈现为表演给观众欣赏的作品，是真正意义上的演出。也就是说，表演本身才是观众注视的主要对象，而不只是组成更大的社交活动的一个环节。唱慢词的歌妓们，她们的名字往往会被提及。下面这首柳永的《柳腰轻》所呈现的场景就和小令里看到的宴会很不一样[11]：

> 英英妙舞腰肢软。章台柳[12]、昭阳燕[13]。
> 锦衣冠盖，绮堂筵会，是处千金争选。
> 顾香砌、丝管初调，倚轻风、佩环微颤。
>
> 乍入霓裳促遍。逞盈盈、渐催檀板。
> 慢垂霞袖，急趋莲步，进退奇容千变。
> 算何止、倾国倾城，暂回眸、万人肠断。

72

这里的英英与我们在小令中以及柳永自己的一些作品中看到的无名“美人”完全不同。英英是位“明星”。我们在探讨柳永描写羁旅的慢词时，要谨记这一点。在长江下游的大城市，他很

---

〔11〕唐圭璋：《全宋词》，第 20 页；薛瑞生：《乐章集校注》，第 22 页；顾之京：《柳永词新释辑评》，中国书店，2005，第 36 页。

〔12〕出自韩翃写给爱人柳氏的诗《寄柳氏》。

〔13〕赵飞燕受汉皇宠幸，以善舞闻名。

可能可以找到相当有实力的歌妓。他在那些大城市里创作的一些作品是为那儿的社交场合而写的；不过，每当他在旅途，或到了荒郊野外，他的作品常常都会以感伤的思念作结，思念汴京的勾栏瓦肆，思念某位没有指名的伊人。这可能意味着柳永把作品寄回了帝都，他的词能在那儿被演绎得恰到好处；彼时柳永本人亦俨然一位“明星”，他的名气能增添歌曲的价值。

勾栏瓦肆中的爱情

73

在此我重申一点：词本来是表演的文本，它再现了一个有自己的礼节和价值体系的世界，它是为其他参与那个世界的人而写的。词文本提倡、肯定并且引导那个世界的生活方式。它们呈现着参与者的激情本身，同时却又对他们的迷梦和妄想报以反讽的微笑。如果说词人柳永把自己呈现为那个世界里的一位多情郎，他有可能是“认真”的，也可能不是；但是，这**不是**表白心迹的情词。随着歌词稍后在 11 世纪被当作古典诗来读，渐渐地，词似乎也成了私密的、表白个人内心的歌。在这种新的阅读机制下，加上 12 世纪公共的伦理道德变得更加严苛，柳永这位历史人物与他在词中所扮演的角色就被画上了等号。有人谴责他，但后来也有人将他追认为城市中反抗主流文化的英雄。

柳永对汴京的勾栏瓦肆了如指掌。他精通那儿的行话和身段，熟知恋爱游戏的每个情节。他有时会在再现这种恋爱游戏时给人一个会意的眼神，有时则把它呈现为一种严肃认真的互动，而这种互动跟词中的意象密不可分。晏殊那些酒宴上的小令描写两个素昧平生的人之间的情欲——“不如怜取眼前人”，与此相比，柳永的世界则充斥着个人的缱绻缠绵。这些女子有时被指名。这些关系也都是独特的，带有许下的承诺和破碎的誓言。这些女子会读书写字——的确，在下文将会讨论的一首词中，柳永想象爱人如何写下了他眼下正在阅读的信。尽管这些关系大概很少会有恒久不变的，但是坚贞已经成为了一种价值。词中不仅陈列女子对忠贞不渝爱情的渴望，也展示男子的长情：确实，柳永让我们看到了男性的热望，借此来平衡歌词对女性的展示（对女性的展示本来就是男性欲望的产物），虽然这种男性的热望建立在传统的思妇传统之上，并且大多与思妇互为镜像。有人可能会想当然地认为这单纯是一种情感表达，但在多数情况下，这种男子角色似乎只在帝都的勾栏瓦肆中出现。在柳永词里，我们首次看到男女关系的这一种呈现。这种再现在某些方面是现代的，却又问题重重，且也带有强烈的感情。柳永在《慢卷紬》中以一贯的姿态辗转难眠，他思念不在身边的情人，想象她也因为思念自己而难过[14]：

又争似从前，淡淡相看，免恁牵系。

不管这种表达有多简单，也不管它后来在词中变得多么司空见惯，在柳永的时代它的确是前所未有的，独立于中国文学传统爱情的话语之外（甚至在别的文学传统中亦属罕见）。恋爱应该发生在“初见”之时。我们不太肯定应该如何解读“淡淡”：究竟它指的是

---

〔14〕《全宋词》，第27页；《乐章集校注》，第65页。

男女在尚未相爱时，彼此以“不在乎”的态度对看，还是两人因为一直在一起，怀着心照不宣的“得意”相视。无论是哪种情况，肯定是发生了一些事情；两人或渐渐疏远，或分隔两地，但无论如何，彼此的心还是互相牵系的。柳永说出了世上最质朴的道理。

这质朴的道理被一位歌妓演绎出来。她以明星的身份演唱，既是表演者，同时也是一群男子欲望的对象。《北里志》记载了9世纪晚期的歌妓文化，其中我们已能窥见这种现象的端倪[15]；但是，柳永词把这种集体倾慕的场景带到一种新高度。柳永的歌妓“明星”代表了一种价值体系，金钱和社会权力能够影响这套体系，却不能彻底掌控它。它包含了权力阶级的反转——对于小令世界的家妓和官妓来说，这种反转将会引起深刻的不安。

私妓是容易接近的，但她也有自己的条件。她一旦成功了，那么她的成功将会是商人式的——她贩卖的不是性爱，也不是歌曲，而是幻象；她有能力销售幻象，而不仅仅是表演幻象，这就改变了整个游戏规则。权贵们尽管可以用金钱或者地位来竞购她的青睐，但是要出售什么样的幻象则由她全权决定。人人都知道她的感情可能仅仅是个幻象，但这种不确定性也成为了歌词的一种主题，如以下这首《瑞鹧鸪》[16]：

75

宝髻瑶簪。严妆巧，天然绿媚红深。

绮罗丛里，独逞讴吟。

---

[15] 关于该现象的延伸讨论，参见 Paul Rouzer, *Articulated Ladies: Gender and the Male Community in Early Chinese Texts* (Cambridge, MA.: Harvard University Asia Center, 2001), pp. 249-83。

[16] 《全宋词》，第61页；《乐章集校注》，第224页。

一曲阳春定价，何啻值千金。
倾听处，王孙帝子，鹤盖成阴。

凝态掩霞襟。动象板声声，怨思难任。
嘹亮处，迥厌弦管低沈。
时恁回眸敛黛，空役五陵心。
须信道，缘情寄意，别有知音。

虽说定价高昂，但歌曲还是有价的。歌曲演绎的是爱情——而中国文学中关于爱情的曲目，最常见的主题是闺怨。她的演绎激起了听者的欲望，但柳永认为她的表演之所以动人，是因为她对自己所演唱的歌词有真切的感受，而且的确有知音能听懂曲中的“情意”——这位知音也许就是台下某位倾心于歌者的听众。有的学者认为这位知音指的是柳永自己——不过这并不重要。这首词游弋于“真心话”和“看似真心话”的边缘。我们也不应忘记，这首关于歌的歌本身也是被表演的；那些为之倾倒的“歌迷”并不介意它被如此描述，只要词人保证歌者的艺术有可能根植于她个人的真情，而不仅仅是她模拟情感的高超技艺。

柳永将自己呈现为那个世界的玩家，也是中介人和广告商。他制造幻象，他参与那个世界的游戏，最终也为它的价值观所羁绊。小令呈现欲望的场景；而柳永词则再现了复杂的个人关系，反复以情之深、情之长作为主题。关于柳永的传说，我们不确定有多少是可信的，不过柳永词的确建构了这么一个浪子角色。我们有时看到他毫不讳言自己为了取悦女人而填词，而我们也能推测出他常常这样做。如果事实果真如此，那取悦了众人的柳永词，即是对中国传统中关于爱情与欲望之诗歌的彻底颠覆。

当情郎不在身边，诗歌传统中的女子总是“懒”得梳妆打扮，也总是为伊消瘦。我们在柳永《锦堂春》的开头也认出了这样一位女子。这首词的背景似乎是在勾栏瓦肆，但也有可能是在闺闱之中。[17]

坠髻慵梳，愁蛾懒画，心绪是事阑珊。
觉新来憔悴，金缕衣宽。
认得这疏狂意下，向人诮譬如闲。
把芳容整顿，恁地轻孤，争忍心安。

依前过了旧约，甚当初赚我，偷翦云鬟。
几时得归来，香阁深关。
待伊要、尤云殢雨，缠绣衾、不与同欢。
尽更深、款款问伊，今后敢更无端。

我们应记住这个文本是用来表演的。我们看到词中对女性慵懒的传统描绘，听众们立即就能认出她慵懒的原因。这首词在一个经典的场景中补充了思妇的言语和思考，反映了一个主体正在盘算自己应该做些什么，或后悔自己当初应该做些什么。它打破了虚假的表象，到达了那看似真实的内心活动。这应该可让听者莞尔。这并非没有先例。我们在唐五代的流行曲词中也能看到相似的写法：女子被独自留下来，于是她咒骂情郎，又或者等到情

77

〔17〕《全宋词》，第37页；《乐章集校注》，第118页。

郎回家时再呵斥他，赶他出门。[18]

女性在精英文学中被表现为消极的情感容器，在流行的再现中则被赋予了自主性——即使只是一种想象的自主性，两者的界线可能是导致柳永名声转坏的痛点之一。我们不妨从柳永最出名的一首词作《定风波》开始讨论。这首词表现了家庭场景。作品中处处有动机、意向、姿态、演出——这并不是为了证明激情的虚假，相反，它们是激情的后果。这里女子的痛苦缘于她一开始没有实践自己的自主性，但我们可以从字里行间猜测到，正如上面那首《锦堂春》一样，她已经从中吸取了教训。[19]

自春来、惨绿愁红，芳心是事可可。
日上花梢，莺穿柳带，犹压香衾卧。
暖酥消，腻云亸，终日厌厌倦梳裹。
无那。恨薄情一去，音书无个。

早知恁么。悔当初、不把雕鞍锁。
向鸡窗、只与蛮笺象管，拘束教吟课。
镇相随，莫抛躲。针线闲拈伴伊坐。
和我。免使年少，光阴虚过。

如同上述这首词，男女抒情主人公常常被置于听众可能想窥视，但一般情况下不会被允许窥视的私密情景中。这跟早期诗歌

〔18〕 任半塘：《敦煌歌辞总编》，上海古籍出版社，1987，第254、348、353页。
〔19〕《全宋词》，第37页；《乐章集校注》，第119页。

中的窥视不一样：这里有花街柳巷的男性听众津津乐道的闺房场景。这些词作往往在上阕展示静态的陈列，下阕则用来评论上阕的场景。

79

这首词也成为了关于柳永早年一则掌故的背景（即便这则掌故流传开来时柳永已经身故，而且大概距离该事件的发生时间已经过了七十年）。在那一时期，柳永似乎还未获得词人或浪子的骂名；他的过失仅仅是用词不当。柳永把祝寿词献给了仁宗皇帝，却因作品与仁宗御制父亲真宗的挽词暗合，因而得罪仁宗。柳永不能接受自己不获进用，于是便去找晏殊。[20]

> 晏公曰："贤俊作曲子么？"三变曰："只如相公亦作曲子。"公曰："殊虽作曲子，不曾道'彩线慵拈伴伊坐'。"柳遂退。

这则掌故有一清晰的教训：听任自己所写的东西流传开来是件非常危险的事。现代读者可能不明白为何如此无害的一句话也会冒犯晏殊，尤其是词的主题早已有唐诗的珠玉在先。[21] 描写少妇被丈夫抛下，独对春景，盼望郎君归来——我们知道这是完全没问题的。也许，让人不能接受的是下阕中这位女子的言论——她提到自己应该怎样做才能挽留夫君，那就相当于她有可能要操纵夫君，让夫君按照她的意思做事。又或许，真正的越界在于词

〔20〕 张舜民：《画墁录》（《四库全书》本）。

〔21〕 参见王昌龄《闺怨》，收于《全唐诗》，06803（此编号出自平冈武夫、市原亨吉、今井清等编《唐代的诗篇：唐代研究指南》，日本京都大学人文科学研究所，1964—1965。——编者）。

人描写了夫妇相伴而坐这样一个亲密的日常家庭场景，更何况，这个场景在唱词中会被表演出来。唐诗中，闺中的妇人只会后悔鼓励夫君外出求取功名而已。但在柳永词中，这位少妇居然提出了一个驯服丈夫的对策。这就跟上一首《锦堂春》中那位被情郎惹怒的思妇一样。

虽然晏殊和柳永很可能从未谋面，而晏殊自己也写过远远比柳永这首词更香艳的词作。但是，这则逸事的确揭示了当时影响宋词发展的一些力量。

80

被想象的意象

以上两首词最后都以这样的场景归结：它们展现一个女子会说什么，又或者如果那位年轻女子当初做出对她有利的行动结果将会如何。她们变成了词作的焦点。

当然，被想象的意象往往是恋人的形象。下面我们来看一组很有意思的《凤衔杯》。〔22〕远方的恋人寄来了一首诗和一封信：第一首词认为这足以治愈相思之苦；第二首则认为诗与信都于事无补。这两个论点都是必要的：一方面，艺术的再现必须成功地替代缺席的恋人，并且将关系维持下去；另一方面，艺术的再现就像广告一样，它必须把读者或观众的注意力引导到现实世界的事物上，即它必须创造欲望。在第一首《凤衔杯》的上阕里，引

〔22〕《全宋词》，第22—23页；《乐章集校注》，第36页。

人注目的是，阅读恋人的书信和诗作唤起的不是两人共度春宵时感官的欢愉，而是词人对于写信和写诗场景的幻想。

> 有美瑶卿能染翰。千里寄、小诗长简。
> 想初襞苔笺，旋挥翠管红窗畔。渐玉箸、银钩满。

好的作品使人见字如晤；这首词的下阕提到了珍惜来函，并以“似频见、千娇面”作结。但是，词人所想象的画面其实是有关创作的，是一位女子在**写作**。这“表达”的一刻被赋予了一种诱惑力，类似于在这两首词后面的一首词中那位床上女子的那种诱惑力。词人在描绘创作场景时，其实关注的是身体摆动的姿势，这时情欲是通过书写文字表达，并不是以性爱的方式来传达的。

81

第二首《凤衔杯》里，词人身处江南的“越水吴山”之中。南方美景如画。他发现自己就在歌中所唱的古老悠久的光景里。他试图享受眼下的欢愉，却只是徒劳：

> 赏烟花，听弦歌。图欢笑、转加肠断。

江南的声色不再能诱惑他、使他浑然忘我，即使他已想尽办法要沉醉在江南之中：像玄宗对杨贵妃“三千宠爱于一身”的那种沉迷。他再也无法满足于以往那种无名的声色欢愉，因为缺席的恋人总通过各种媒介出现：丹青、书信，甚至回忆。虽然它们在恋人缺席的时候维持了这段关系，然而就像广告一样，它们本身是不自足的。每当他看到恋人的丹青和书信——他的确时时刻刻都在看（“频频看”）——这些物件都在提醒他，丹青再妙，书信再好，它们又怎么能跟亲眼看到她相比呢（“又争似、亲相见”）？

像这样想象中的恋人，这种被简化为未遂之欲望的恋人形象，带我们回到现实中的邂逅。正如陶渊明在《饮酒》诗序里看到他自己的影子独自喝酒一样，不自觉的自然气度必须通过一种不自觉的形象才能间接再现；同样地，性爱也变成了一种再现，它是一个演出的事件，这不单要搬演出来，同时也需要观看和被看。这一点在以下这首小令《迎春乐》中有所体现。[23]

82

近来憔悴人惊怪。为别后、相思煞。
我前生、负你愁烦债。便苦恁难开解。

良夜永、牵情无计奈。锦被里、余香犹在。
怎得依前灯下，恣意怜娇态。

《迎春乐》中，我们看到相思在心中产生了一种形象，回忆重组成欲望，正如上面第二首《凤衔杯》中的丹青一样。这种欲望强烈得难以言喻，词人只能把它解释为自己前生欠了恋人的“愁烦债”。佛教的业报观在宋代有关情爱的俗文学中已经变得很重要，而业报观在这里成了一种阐释法，用来解释对一个人那种说不出的痴迷（而不是分散于众多对象的那种欲望）。

叙述者心中的形象，反映的是他盼望重复，盼望可以旧事重

〔23〕《全宋词》，第38页；《乐章集校注》，第123页。

演。沉迷当下的主题变成了希望某一刻重复上演的欲望——这里的那一刻是情人在灯下的时刻。末句是“恣意怜娇态”。“怜”是爱的欢愉，但爱怜的对象是她迷人的身体（“娇态”），是她的样子。享乐的目的不完全是观看，但色欲的缠绵却无法跟观看分离。在任何一种文明之中，要从单纯的性爱发展出爱情和恋爱故事，那必须依靠各种形式的再现——故事、歌曲、舞蹈和图画艺术。诡异的是，再现过程中的错位竟然也变得与爱情关系本身密不可分。换言之，词与情之间的关系不再是词简单地再现情爱，而是恋人们试图在现实中实践词中意象，用想象来衡量现实。然而，歌词中的形象本身也源自人们的内心。这种情况下，我们简直无法分清哪个是因、哪个是果，但是现实与对现实的再现这二者很显然呈现一种互为因果的关系。

83

《菊花新》正是这种“再现的再现”的一个特别出众的例子。这首词中女子试图把缱绻缠绵的一幕表演出来，而她的做法恰可跟《迎春乐》中那位男性的臆想遥相呼应。[24]

> 欲掩香帏论缱绻。先敛双蛾愁夜短。
> 催促少年郎，先去睡、鸳衾图暖。
>
> 须臾放了残针线。脱罗衣、恣情无限。
> 留取帐前灯，时时待、看伊娇面。

首句的睡前场景，几乎是最家常的一幕，但这景象似乎也是

〔24〕《全宋词》，第48页；《乐章集校注》，第162页。

最让词评家为难的。[25]晏殊对柳永《定风波》的末句很反感，而李调元则认为这首《菊花新》是柳永淫词之首。

词中女子想到秋夜的短暂，于是皱起双眉：她显然打算充分享受整个夜晚。然后，巧妙的是，她先催促少年郎到床上去把被子睡暖。过了一会儿，她放下针线，脱去罗裳。当然，重要的是“留取帐前灯”的动作，她有意不吹灭帷帐前照明的烛火。我们不知道留灯的是女子还是少年郎，但是考虑到女子最后才上床，我们可以合理地猜测是女子留的灯。另一方面，时时看她姣好容颜（“娇面”）的人一定是那位少年郎。她似乎主导了整台戏的表演，设计了她被看的方式。这种表演跟妓女词中的展示方式不无关系。

在这一语境下，我们可以考虑《斗百花》一词中那女孩天真形象的吸引力。[26]

满搦宫腰纤细。年纪方当笄岁[27]。
刚被风流沾惹，与合垂杨双髻。
初学严妆，如描似削身材，怯雨羞云情意。
举措多娇媚。

争奈心性，未会先怜佳婿。

---

〔25〕我把针线女红视为家庭生活一类的场景标记。这在悼念亡妻的歌词里出现过，但在涉及勾栏瓦肆的歌词中却不常见。但是，妻子按理也不会称呼自己的丈夫为“少年郎”。

〔26〕《全宋词》，第18—19页；《乐章集校注》，第14页。

〔27〕虚岁15岁，按西方算法很可能是14岁。

长是夜深，不肯便入鸳被。
与解罗裳，盈盈背立银缸，
却道你但先睡。

词中少妇让夫婿先到床上去，意思是要让他先睡。她脱下罗裳时刻意背对灯火。她不想被看——或至少是半推半就。在这里，被欣赏的不是天真无邪本身。天真是一个迷人且转瞬即逝的阶段，它存在于留取帐前灯、好让男人看伊娇面之前。这里的天真是那个背对灯光的身体——它既被遮掩，又被充分想象——这种天真也被充分展示和传达出来。西方艺术常常把沉迷性爱这件事视为一种丑行，这在柳词中却一点儿也不适用。比起《迎春乐》中直接展示身体的女子，《斗百花》中这位小姑娘的天真无邪几近无知。这种不希望被注视的不成熟欲望（也就是，小姑娘那种成为欲望对象的不自在），跟渴望被看的成熟欲望，同样迷人。在这两种情况下，同样重要的是情欲的媒介：意象、再现。

广　告

我们有许多围绕柳永及其歌词之流行的故事，其中有一则13世纪的逸事，跟《望海潮》这首描述杭州美景的歌词相关。故事讲述的是金国皇帝一听到这首歌，便对词中的杭州山水心生向往，因此起了南侵的念头。这则逸事跟《望海潮》末句构成有趣的关系[28]：

异日图将好景，归去凤池夸。

虽然这则关于大金皇帝的故事明显不足凭信，但这种传闻却跟柳永词本身的写法脱不了关系：这首词被写成了广告，“夸”——描述一个地方并传到外地，在那里激起人们的向往和欲望。就像旅行海报一样，这首歌是为了展示而生的浮华图像。它所追随的是歌颂城市的诗歌传统；词中有几处呼应《江南好》的主题。[29]无论柳永写的是歌妓，还是女子的独白，又或是他自己身处其中的山水景观，其词作常常包含一种广告营销的元素。我们可以在柳永许多歌颂帝都汴京和其他城市的词作中看到这一点。

柳永也通过类似的方式来给歌妓打广告。《昼夜乐》写的是歌妓秀香。歌词赞美了这位女子的美貌及歌艺，还提到客人能从她那儿得到鱼水之欢。[30]这种歌词是纯粹的广告。通常词中会把歌妓的住址，连同她们的名字一并附上。

秀香家住桃花径，算神仙，才堪并。

尽管这种歌曲的流传很可能有某种商业的功能，但这首词却不限于此：它不仅是对这位女子说话，同时也对潜在的顾客发言，它以最公开的形式肯定了这位女子的价值。

---

〔28〕《全宋词》，第50页；《乐章集校注》，第169页。

〔29〕 全文见第十章《秦观》。

〔30〕《全宋词》，第20页；《乐章集校注》，第21页。

山　水

我们知道，柳永及第后当了一段时间的地方官，偶尔他也会返回汴京。虽然撰写柳永传记的专家们试图给他的生平进行精确编年，但是确切的日期根本无从推敲。我们也无法知道柳永在及第以前究竟走过多少地方。这一点很重要，因为《乐章集》中有数量可观的慢词是作于旅途中的。这些慢词一般有一个或多个描述性的片段，最后结尾处一般表达对汴京勾栏瓦肆中某位女子的思念，或者说自己后悔离开那个地方。其中有一些作于荒郊野店的词，词中并未表明他是有公务在身的官员。另外，柳永有时会在作品中说明自己为了仕途而离开勾栏瓦肆，表明自己对此懊悔不已——像这一类型的词显然作于1034年之后。及第以后，一旦被派了公职，他便没有那么多的选择了。然而，柳永不断表达对入仕的失望，这样显然不能为他赢取上司的青睐：他应该表达的是“报答”皇上的恩赐，而不是抱怨自己为了追逐“名利”而迷失方向。不过，只要这些歌词是在勾栏瓦肆之内表演的，它们就还是对于大宋帝国的一种美丽动人的记录，与此同时，它们也肯定了在这庞大帝国之内，那小小的勾栏瓦肆才是真正值得流连的归宿。

87

关键的问题是这些被反复表达的失落和遗憾——它们的意义在哪里？一般论者会纯粹把这些词理解为柳永的“抒情”之作，但是这种做法太常见，变得几乎和弃妇词中那种忧郁倦怠的感觉一样。可以说，它就是弃妇所对应的男性变体。

我们有必要在这里考虑两点。首先，如上所述，在这个时期，歌词还没有成为大家在书籍里阅读的“文学”。它是需要表演出来的。即使《乐章集》也是按照宫调编排的，以方便歌手查找适合某个调式的词牌。业余的词迷不需要这样的编排，这是为了方便职业歌者的设计。其次，如同中国文化的其他方面，音乐也是地方性的，而在各个不同的地方音乐之外，我们还看到一个特别的、跨地域的音乐文化，它由宦游各地的官员所代表。这个时期，他们的音乐是小令，通过官妓和家妓流传开来。跟早前类似，帝都中勾栏瓦肆的音乐有一些可能流传到各地方城市的娱乐场所，不过只有帝都的勾栏瓦肆才拥有最完备、最精良的曲目库，并囊括了所有新潮的歌曲。

我们不禁会考虑：柳永在创作有关羁旅的慢词时，目的可能是要把作品寄回或带回汴京，好让这些歌曲可在勾栏瓦肆中演唱出来。如果做这样的假设，那我们也就无须设想地方歌妓如何琅珰地表演这些慢词，也无须担心她们要演唱的词作内容刚好在抱怨地方歌妓如何逊色，比不上帝都的歌者。我们也无须担心，柳永在词中声称自己后悔走上仕途时，是否会冒犯到地方政府的官员（尽管有一部分作品似乎是为地方官员写的，但那些作品显然不会表达这种失落和遗憾之情）。最后，柳永反复诉说自己离开汴京的悔恨，以及自己归去的愿望——不管他的话是否真诚——其实是在称颂汴京是个理想的表演场所，并突出了汴京相较于其他地方县城的优越性。

88

暂且不考虑柳永作品典型的结尾，他有很多羁旅词相当与众不同。他把歌词带到了一个全新的话语场，塑造了慢词独有的一种融会情绪与描述的书写方式。这些似乎都跟描写帝都节日庆典的词有关，比如说每年正月十五的灯节——也许黄裳所赞叹的就是这一类词。一个擅写慢词的人必须在有严密要求的形式中，以看似自然的方法捕捉思想和经验中不规则的运动轨迹。以下这首《祭天神》开端直陈词人的遗憾，这一点是很不寻常的。[31]

> 叹笑筵歌席轻抛弹。背孤城、几舍烟村停画舸。
> 更深钓叟归来，数点残灯火。
> 被连绵宿酒醺醺，愁无那。寂寞拥、重衾卧。
>
> 又闻得、行客扁舟过。篷窗近，兰棹急，好梦还惊破。
> 念平生、单栖踪迹，多感情怀，到此厌厌，向晓披衣坐。

难以置信，那些描写城市和乐坊之欢的雅致歌词竟变成**这样**！这一文学形式正向着私人化的歌词转变；不过，我们还是必须想象一个表演的语境：歌者正演唱着柳永词。那个失落的欢宴世界是唯一的群体；综观这首词余下的内容，其他人全都在船里，他们或以残灯渔火的样子被词人看见，或以扁舟兰棹的声音被词人听到。这声响把他从“好梦”中惊醒——一个有关失落的群体的梦——他不得不面对自己的孤单。

89

就连旅途的快乐，最终也变成失落。因为当他进入一个新的世界，就不免觉察旧世界的消失。含羞倩笑的南方少女们躲避着这位年长的陌生人。这场面既充满诱惑，又产生一种疏离感，使他想起京城的一个女子，以及她所代表的过往。我们不禁猜想，

---

〔31〕《全宋词》，第47页；《乐章集校注》，第157页。

被他留在京城里的情人是否有姓名，抑或她代表了一个“类型”，即参与勾栏瓦肆中爱情游戏的人？

夜半乐〔32〕

冻云黯淡天气，扁舟一叶，乘兴离江渚。
度万壑千岩，越溪深处。
怒涛渐息，樵风乍起，更闻商旅相呼。
片帆高举，泛画鹢、翩翩过南浦。

望中酒旆闪闪，一簇烟村，数行霜树，
残日下，渔人鸣榔归去。
败荷零落，衰杨掩映，岸边两两三三，浣纱游女。
避行客、含羞笑相语。

到此因念，绣阁轻抛，浪萍难驻。
叹后约丁宁竟何据。惨离怀，空恨岁晚归期阻。
凝泪眼、杳杳神京路，断鸿声远长天暮。

90 开首两片尽管精致，我们还是很难对这首名作感到完全满意。这种新的词体带着它本身的特质，冠冕堂皇地入侵了原来 91 只属于古典诗歌的领地。它在这片领域自由航行，顺风顺水，直到它碰到那些含羞倩笑的农家女孩——一个属于江南诗歌的典型

〔32〕《全宋词》，第47页；《乐章集校注》，第155页。

形象。

一首只有上、下阕的小令完全可以在这里收束；但这是一首由三片组成的慢词，它必须继续下去。到了这里，词人和词体都被抛回他们的过去：曾是家园的失落了的都市，勾栏瓦肆中世故的情人。我们不禁想起屈原，在将要登仙的那一刻，回望他曾经视为家园的伟大的都市。

古典诗歌的基础是齐言对句，每个对句内部都是语意完整的。词则不同，不管一首词怎样受词牌的格律限制，词（尤其是慢词）仍然很不规则，句子的韵脚不受对句的形式捆绑，这似乎更能模仿动态的语言或经验。某种程度上，它就像从古典诗歌严密的结构秩序中解放了一样。

进入古典诗歌描画山水的领域后，词这种体裁的优势就展示出来了。首句勾画出一片巨大而凝固的“冻云”，在一片忧郁寂静的气氛之中，一叶扁舟顺流而下。在中国古典诗歌的语言中，一抹云朵（尤其是从一大片云中剥离的一小朵云）一般会被称为“云叶”，而“叶”恰巧也是诗歌中用以衡量小船的量词。在视觉上冲破静态的一瞬，被描述为“乘兴”。“乘兴”用在这里，使人联想起公元 4 世纪的风流名士王徽之的故事。他在雪夜乘舟至剡地看望好友戴逵，自由自在，乘兴往返。剡地的主题与下一句的“越溪”也有所呼应。王徽之到了戴逵门前却又旋即折返，旁人问及原因，王说：“吾本乘兴而来，兴尽而返，何必见戴！”跟王徽之一样，柳永的船一到达诗意的越地山水，也便开始“转身”回念他所牵挂的京城了。

那“一叶扁舟”从阴郁的天气中剥离，从两个静止凝固的物事——冻云和岛渚——中离开，驶入湍流。这一动作“乘兴”而

起，赋予整首词一种自由的感觉。前景中的一叶扁舟继续自由航

行，驶过“万壑千岩”，在没有标记时间的情景下开展旅程，直至“越溪深处”。王徽之并不是走过类似旅程的唯一一人：美女西施一开始就是在“越溪”浣纱时被人发现的。范蠡发现西施以后，把她献给吴王，从而辅佐越王灭了吴国；事成后，范蠡拒绝了越王的封赏，驾一叶扁舟浮游于江湖之上。随着范蠡的故事不断发展，后来传说范蠡带上西施一同归隐江湖。与其说这些故事是“典故”，更确切地说，它们更像一个迷人的世界的文化回响，就像英文语汇 greenwood（绿林）* 一样。

终于，小舟慢了下来。它的背景不再是一幅巨大的山水图，而是一个更为亲切的场面：

> 怒涛渐息，樵风乍起，更闻商旅相呼。
> 片帆高举，泛画鹢、翩翩过南浦。

一切慢了下来。人物出现了，村人和行旅商人站在岸上。（这时我们是否要想起范蠡，那个成为了商人，然后泛舟江湖的人？）现在，小船的移动不再以“万壑千岩”为参照，而是利用岸上固定的物事来作衡量。我们必须留意：“南浦”以诗意的方式使人们想到离别，为词的最后一片埋下伏笔。

第二片酒馆的标志（在旗旌上）把词人的注意力吸引到村庄上。他在那里看见渔人们在夕阳下归家，还敲打着榔木——他们本来用此叩击船舷，惊鱼入网。接下来的一幕是高潮：当地的美

---

* greenwood，在中世纪一般是义贼聚集的地方。——译者

丽女子，被零落的树木掩映着，咯咯倩笑，含羞相语，诱惑着他往更亲昵里去。

“到此因念”：这是词的“转”，从往前看转向回忆，从眼前含笑的游女想到留在汴京的那个人，从新的歌词世界退回到熟悉的传统的世界。“此”指的当然不仅是那诗意的越溪山水，还包括第三片的开场。那向前行进的势态开始逆行。越地的美女（“游女”是在外面走动的女子，她们并不会守在闺中）被替换成京中伊人。“绣阁”是京中所爱的转喻，它把我们从一个户外景观引领到一个室内的场景中去。词作开头那种逃出一片死寂的振奋心情，在这里变成了一种悔恨，后悔自己那么轻易离开了爱人（“轻抛”）；旅行的快乐变成了一棵奄奄一息的水生植物：“浪萍难驻”。开始的“离”是离开阴郁的环境，在这里却变成了离愁别绪（“离怀”）。自由的感觉变成了阻塞感，阻止他适时归家。王徽之可以兴尽而返，但是柳永却不能转身归去。随着他转身回顾前事，开头两片都被翻转了。

93

柳永把自己引入了困境。最终，他可以做的就唯有放弃慢词的新法，并以一个古典“诗歌”的传统意象收束：“断鸿声远长天暮”。曾经的自由到此变成了离群的孤鸿发出的遥远声响。

到此为止，我们的分析一直紧抓住历史上的作者“柳永”这个名字。但是现在，关于柳永的一切都分裂了。这个分裂可能本来就存在于柳永本人的作品中，或是在最早的柳永词集的本子中。但是我们不禁想到另一种可能性：后来有新的作品增补进柳永的词集，那些新增的作品证实了柳永的浪子形象，进而强化了这种分裂。一方面，我们知道柳永本名柳三变，他是后来俗文学中的英雄人物，代表了宋代衍生的反主流文化。《乐章集》里有几首歌词，在元散曲里都能找到明显的对应。我们无法知晓，到底是柳永先创作了最初的版本，创作了一首通俗的流行曲，让它在勾栏瓦肆中传唱；抑或有人听到了这样的一首曲子，认为它"一定是柳永写的"。

另一方面，这一点较少被申明：柳永开创了整个慢词传统。从苏轼到出生于1045—1056年的那一代精英词人，他们都是这个传统的继承者。在他们成长的年代，柳永是慢词界唯一的领军人物。但因为柳永词的模式经常被复制，而且风格也在复制的过程中出现变化，很少人留意到柳永的慢词模式占有的主导地位——事实上，其他词人经常嘲笑柳永的措辞。

94

我们很快会看到，在11世纪下半叶的歌词中，读者很容易找到柳永羁旅词中山水描写的变体。不过，从一个更广的角度来看，歌词传统建立在一些通用的主题上，每一主题往往有一系列的变体。也许柳永本人正是吸收了已然消失的勾栏瓦肆词传统，在现存的文本记录中，他往往站在这些类型主题的起点，如浪子之歌和旅人之歌。

我们可以看下列一组词，开头是两首《看花回》。以下是其中的第一首[33]：

> 屈指劳生百岁期。荣瘁相随。
> 利牵名惹逡巡过，奈两轮、玉走金飞。[34]

〔33〕《全宋词》，第23页；《乐章集校注》，第39页；Hightower, "The Songwriter Liu Yung," Part 2, p. 60。

〔34〕"玉"为玉兔，即月亮；"金"为金乌，即太阳。

红颜成白发，极品何为。

尘事常多雅会稀。忍不开眉。
画堂歌管深深处，难忘酒盏花枝。[35]
醉乡风景好，携手同归。

95

士大夫的官宴上往往会创作小令，借此劝酒作乐。上面这首词就是它在勾栏瓦肆的对应：莫为功名牵绊，莫为仕途担忧，尽情饮酒作乐吧。

杜安世的一首作品也同样以计算自己生命的光阴开首，劝听众不要一心想着“往上爬”。他以感激的姿态向圣朝致意，因为只有朝野清明，他才可以这么“疏懒”。然后他说：“莫教欢会轻分散”。这首词调寄《凤栖梧》[36]：

闲把浮生细思算。百岁光阴，梦里销除半。
白首为郎[37]休浩叹。偷安自喜身强健。

多少英贤裨圣旦[38]。一个非才，深谢容疏懒。
席上清歌珠一串[39]。莫教欢会轻分散。

[35] “花枝”指女子。
[36] 《全宋词》，第237页。关于杜安世，参见第五章《小令词集（下）》。
[37] 指西汉冯唐，他曾被问到为什么须发皓白还在当郎官。
[38] “圣旦”后来多指皇帝生日。这里也可能有同样的意思，指欢庆的场合。
[39] “珠一串”指的是歌曲。

96 据说苏轼有评论贬低柳永词风，但是对于苏轼那一代写慢词的词人来说，柳永确实是唯一有名的慢词作家。苏轼想要从根本上改变词体，他成功了；但是苏轼词从语句到词章，处处都有柳永的痕迹。柳永代表了慢词这一体裁的传统。苏轼有一首《满庭芳》，巧妙地改造了柳永的《看花回》。二者最显著的区别，就是苏词留下了酒杯，抹去了女人。[40]

> 蜗角虚名，蝇头微利，算来着甚干忙。
> 事皆前定，谁弱又谁强。
> 且趁闲身未老，尽放我、些子疏狂。
> 百年里，浑教是醉，三万六千场。
>
> 思量。能几许，忧愁风雨，一半相妨，
> 又何须，抵死说短论长。
> 幸对清风皓月，苔茵展、云幕高张。
> 江南好，千钟美酒，一曲满庭芳。

97 苏轼“思量”；他细数日子（还能喝得烂醉的日子，这一写法来自李白）；他并没有劝听众不要钻营升官，但是他说他不想在忧愁中度过余生；然后他以田园牧歌式的饮酒唱歌的场景作结。

苏轼以“蜗角”和“蝇头”这两个意象开端，这很有冲击力。“蜗角”出自《庄子》，说的是“触氏”和“蛮氏”分别在蜗牛的左右两个角上建国，互相争逐。“蝇头”的出处不太确定，

---

〔40〕《全宋词》，第359页；《苏轼词编年校注》，第458页。

但二者均有偏狭琐碎的意思。[41]“蜗角”和“蝇头”成对出现可能有其他先例，但是在有文本记录的文学作品（包括诗歌和散文）中，这种用法的首例出现在柳永《凤归云》的下阕[42]：

> 驱驱行役，苒苒光阴，
> 蝇头利禄，蜗角功名，毕竟成何事，漫相高。
> 抛掷云泉，狎玩尘土，壮节等闲消。
> 幸有五湖烟浪，一船风月，会须归去老渔樵。

一个人在功名事业之外，还可能有其他选择——这是同一主题的另一变体。苏轼的天才不在于从无到有的创新，而在于完美的演绎，以致没人注意到他灵感的出处。 98

词别是一家，后来的歌词既建基于早期的歌词传统上，同时也不断改造这个传统。当然，词也从古典诗歌中汲取养分；但是它主要的养分还是来自歌词传统本身。学者们往往看到一首词引用了古典诗歌中的典故，却忽视了同一语汇反复在早期歌词中出现。有些看似博学精深的典故，事实上在歌词中很常见。还有一点，至少在11世纪下半叶丰富多彩的歌词世界，没有谁的存在感比得上柳永。

---

〔41〕 比较以下两种注本对这一典故的注释：《柳永词新释辑评》，第466页；《苏轼词编年校注》，第460页。

〔42〕《全宋词》，第56—57页；《乐章集校注》，第205页。

99

第四章　小令词集（上）

我们有四本从11世纪中叶小令实践中产生的集子。这一类型的小令不同于勾栏瓦肆的曲子，是为官员宴席而作的歌词。这些歌词之所以被编成词集，在于它们的“作者”名声很大；但是，这些词集各有各的问题，因此以“词集”为单位去考虑它们是较为行之有效的办法。这些词集中，我们考查的第一本是《阳春集》，署名作者是南唐鼎鼎大名的冯延巳。集中所辑录之词出处不明，集前有陈世修作于1058年的序。这本词集最早的版本中，有相当大比例（约30%）的作品同时出现在别处，并被归到其他作者的名下。其中一部分作品很明显来自10世纪南唐宫廷；可是另外一些作品，则重出于晏殊和欧阳修这两位11世纪中叶最突出的小令词人名下。[1]

第二本集子是代表晏殊词的《珠玉词》。同样，我们不知道这本集子中作品的出处，也不知道它的编纂时间。该词集的某版本据传有晏殊好友张先的序文，但已经散佚。[2]和《阳春集》类似，这个集子很有可能也产生于11世纪六七十年代。

---

〔1〕　有关词集形成的讨论，详见第一章《早期宋词的流传》。

〔2〕　序文一般不会佚失。我们现在没有看到张先序。我们不清楚这究竟对于该词集的早期形态有什么意味，也不肯定这和《百家词》本的来源有没有关系。

另外两本集子是12世纪晚期的刻本（其中一本可能是13世纪早期的本子）。两本都是欧阳修词的结集。欧阳修的词作常以不同的题目流传，而且版本往往不尽相同。这两部集子收录了不少词作，但如果撇除在别处系于他人名下的一部分作品，那么同时收录于这两部集子中，并且作者归属没有争议的词仅有86首。 100

第五部词集的作者是长寿的张先。这部集子代表了张先所属的小令词人群体，但它同时也收录了数量可观的慢词。这些慢词多属张先晚年的作品，展示了11世纪六七十年代出现的社交风格。

这些集子各有特点，每个集子中也都有那么一些作品能让我们联想到词人的个人风格。中国文学批评从古至今一般以作者为中心，注重标举和区分不同作者的个人风格。然而，从风格学和文献学的层面说，这些集子里面绝大部分的作品风格非常一致，甚至有些作品以不同题目出现在别的集子中；我们无法将一首10世纪中期的词作和一首11世纪中期的词作区分开来。

这种作者归属的分歧助长了一种似乎过度精细的鉴赏方式，即判断甲词之作者必为X而非Y。对于这种判断方式，我们首先要注意：假设甲词并未收入X的词集，那么论者会立即接受甲词出自Y之手，并将此作品融入他对Y的理解之中。虽然统计数据并非看起来那么简单直接，但在冯延巳、晏殊和欧阳修的集子中，有20%—30%的作品重复出现于两个或以上的词集。[3]冯

〔3〕 我在此处拓展了第一章的论点。由于现代的本子通常以明清的刊本为底本，而明清的刊本多经过编辑校订，有些作品被删除，有些作品被添加进来，因此我们有必要回溯那些最早的版本，考察它们所保留的词集的原始形态。对于冯延巳和晏殊的分析，我采用了15世纪吴讷编的《唐宋名贤百家词》（以下简称《百家词》）。这本子有部分可能来自南宋本的《百家词》。参见王兆鹏：《词学史料学》，中华书局，2004，第105—115页。

延巳的集子和《花间集》有很多重出的地方，他的作品有时会被归到 11 世纪中期的其他北宋词人名下。同时，宋代的小令词人彼此的作品也会有重叠的情况，这些词作有时也会归到宋代其他词人（以及冯延巳）的名下。[4]

101

这就导致了另一个难题。假设我们接受冯延巳是生活在 10 世纪的人，而第一部小令词集大约在 11 世纪六七十年代编订，那其实这部词集编纂时，以小令著名的作者屈指可数，只有冯延巳、晏殊、张先和欧阳修（柳永集里的小令作品有时也被归到这些作者名下）。[5] 这一类词作的作者归属，很少落在上述这几大词人之外。我们很难相信 11 世纪中期流传的所有小令全都是这几位作者写的。换言之，即使是仅见于一部集子里的词作，我们也不一定知道它们的真正作者是谁。这类作品的作者归属很多都可能被替换到一个名气更大的词人名下。

我们必须想象歌者的世界跟学者的世界相遇的那一刻。歌者熟悉一首歌，她也许还有一本有唱词而没有作者名字的歌本；也许歌本上记有词人的名字，但我们不知道这个本子上记录的作者署名有多少权威性。宴会上的文人会问："该词何人所作？"我们不一定知道自己耳熟能详的许多歌曲的原创者是谁；跟我们一样，很多时候歌者演唱时也不一定关心这个问题。这时，歌者可以回答说她不知道——有些歌者的确不知道。发问者会认为这

---

〔4〕《花间集》的作品大体上没有在宋代的小令词集中被归属于其他作者。这一现象表明，《花间集》与冯延巳词不同，它所收录的作品并非当时的表演曲目。

〔5〕张先是个特例，我们将会在第五章详细讨论他。张先的词集在比例上远远没有那么多的作品重出于他人名下。不仅如此，他的很多作品都带有副题，说明了创作的场景。这些副题将词与其创作时间关联起来。对于词这一体裁从可重复使用的歌曲变成一种附属于作者（权）之下的文学，这些副题发挥了重要的作用。

是歌者的无知。下一次当他又听到了这首歌时，他询问另一位歌者。这位歌者选了一个听起来合情合理的名字："此为冯延巳所作。"这位文人现在满意了，因为他终于找到一位"知之者"。

上述这些与我们这几本集子有关联的词人，他们的相交点汇合在晏殊这儿。晏殊，这位15岁考中进士的神童，在11世纪上半叶的政坛上是个关键人物。北宋任何政治人物都无法避免"贬谪"的遭遇，但对晏殊来说，所谓"贬谪"不过就是被调任到京畿那些条件不错的地方当官罢了。晏殊深受仁宗皇帝嘉赏，一生身居朝廷要职。他提拔并从各方面资助了不少青年才俊，包括范仲淹（989—1052）、欧阳修和张先，这些人后来都成为了11世纪中期政治和文化的中坚人物。

102

晏殊的家宴是出了名的，这些宴会上有人会演唱歌词，为人饮酒助兴。我们知道张先是他宴席上的常客；可以想象范仲淹和欧阳修应该也偶尔光临。[6]虽然以宋代政治人物为中心的诗歌唱和群体已经形成，但是晏殊是首位跟歌词联系起来的政治人物。毫无疑问，歌者在所有宴饮集会上都会演唱他们熟悉的歌曲，但晏殊应该被视为关键人物，是他将写词变成了地位崇高的士大夫文学实践的一个正当的选项。

这场冒险也成了他的宿命。晏殊大量的诗文作品几乎全数散佚，只有一本词集流传下来。张先的情况也一样。

晏殊也把老一辈的词人冯延巳连接到这一个以官场为中心的宋词的传播网络。刘攽（1022—1088）在《中山诗话》中提及

---

〔6〕 虽然有轶事提到晏殊不喜欢欧阳修，但这些材料同时也记载了欧阳修曾拜访晏殊。见丁传靖辑：《宋人轶事汇编》，中华书局，1981，第289页。

晏殊格外喜爱冯延巳词。[7] 刘攽的评论不同于南宋流行的那些街谈巷议；他是与晏殊生活在同一时代的青年词人，非常熟悉晏殊家宴上的宾客，甚至有可能他自己也是那些宾客之一。陈世修提到自己在晏殊逝世几年后收集他散落四处的词作，因此，我们可推想：冯延巳的词作可能已被收入一些正在流传的“歌本”[songbooks]，比如《家宴集》；或者，他的词可能在歌妓的常备曲目中继续流传下去。

103 我们不清楚晏殊知道的是冯延巳的哪些词。不过，这些词作让我们看到了整个时代的背景：那个较古旧的歌词传统仍在继续。正是这个旧传统的巨大存在感，给了我们“新词”这一被标记的术语。

上文我们提到，现存《阳春集》最早的版本收有 118 首词，其中有大约 30% 的作品也被归属于其他作者名下，有时甚至同一首词被系于多位作者名下。我们假定《阳春集》与 940 年撰成的《花间集》相同的那些词作显然不是冯词，由此可见，冯延巳作为著名词人，他的名字已成为当时佚名词作的归宿之一。《阳春集》中有一些词作，也被归到同时代的南唐词人李璟和李煜名下，又或者归到晏殊、欧阳修，以及 11 世纪中叶其他词人的名下。我们不太确定这些词作的情况，但这说明冯延巳的风格得到了延续。相对于《阳春集》，晏殊的《珠玉集》中有更多更突出的宴会词，但同时出现在晏殊集和冯延巳集中的那些词的风格跟两部集子剩下的那些作品太相似，因此我们根本无法判定谁更有

---

〔7〕 吴文治主编：《宋诗话全篇》，江苏古籍出版社，1998，第一册，第 448 页。

可能是《阳春集》与《珠玉集》重叠的那些词作的作者。

在性别这一层面，社会等级秩序是清晰的：歌手是女性，词人被认为是男性。而在具体的词作内部，性别的归属往往更多变。《花间集》中的词常常是以女性口吻叙述的，以男性口吻发言的词较少。有些词作会从一个外部观察者的目光审视事物，而词人往往不会标明这个观察者的性别（虽然这使人联想到男性的窥视）。有时我们并不能确定叙述者的性别。相比之下，《阳春集》的词作叙述者往往既可能是男性，也可能是女性。早期的诗歌世界通常假定男性和女性的情感有根本性的区别：当女性因思念情人而彻夜未眠，男性则在别处快活。然而，在 10 世纪中叶的作品中，我们却看到男性与女性的“浪漫”情感一般是可互换的。有时是女人思念缺席的男人，有时我们也看到男人渴望缺席的女人——二者在许多作品里并无区别。然而，我们一旦进入了渴望与欲望的话语体系，作为**社群**的男性却从文学的再现中消失了（虽然这个社群是歌词的目标受众）；词里只剩下两个人：一个男人和一个女人。这一现象还延伸至更大的感性的话语体系中，并与男性的**公共**世界相对立。

假定冯延巳这个名字处于被接受的歌词传统的中心，这个假设或可帮助我们更加深刻地理解晏殊词。我们无法回到那个世界，但可以利用我们所知道的东西来构筑我们的猜想。我们先想象一下晏殊在 11 世纪举办的一场宴会：这场景有许多值得推敲的地方。宴会现场有些是位高权重的士大夫。他们是整个大宋最有权力的人。这宴会上无疑也有些年轻一点的男子，但这些赴会的人大多数处于 30 岁到 60 岁的年龄段。晏殊的家妓都是些十几岁的年轻女子——有些甚至是 10 岁出头的少女。 *104*

虽说这是个娱乐休闲的场合，我们估计这些男人大概还是会交换八卦消息、讨论政治发展，他们的谈话大概会涉及相当数量的公事。歌词的演唱与酒相伴，他们可能遵循某种简化了的唐代饮酒礼——以特定仪式的秩序来包装酩酊大醉时失控的倾向。如果歌手在表演一些老歌，那么客人们可能会听见类似这样的词[8]：

鹊踏枝

冯延巳

梅花繁枝千万片，犹自多情，学雪随风转。
昨夜笙歌容易散，酒醒添得愁无限。

楼上春山寒四面，过尽征鸿，暮景烟深浅。
一晌凭栏人不见，红绡[9]掩泪思量遍。

105　习惯会告诉听众，词中叙述者的无限愁绪与男女之情有关。这首歌的歌词本身并没有清楚表明叙述者是男性抑或女性。宴会的客人可能很自然地以为叙述者是女性，但如果他们曾经听过柳永的歌词，或者宴会主人晏殊所作的歌词，就会知道一个男人也能够有相同的感受。

传统歌词以及古典诗歌倾向于明确交代忧愁的原因是分离。这里我们也可以做同样的假设，但词中却没有交代清楚。我们可

---

〔8〕《冯延巳词新释辑评》，第1页。引文据吴讷《百家词》本。
〔9〕一本作“鲛绡”，此处从吴讷本作“红绡”。

以从“人不见”的两种理解看出这一问题：我们会把它理解为“不见那人”，而不是“无人出现在视线之中”。

花儿从枝头飘落的形象在诗中也是女性的比喻。白色的梅花从来都被比作雪花，因为它们也在暮冬初春的时节于雪地上绽放。

这首词铺写了一个情感强烈的场景，该场景同时展现出彻底的不确定性：我们对这里面所有的细节都无从知晓——谁是叙述者？叙述者身在何处？发生了什么事？为什么？这种不确定性帮助我们将文本的再现与历史上具体的作者生平经历分离开来，使得这首词适用于任何听众——以至将来的任何歌手。随着歌词在11世纪渐渐成熟，并逐渐被吸纳到古典诗歌的社交场合，歌词的不确定性逐渐降低。表明创作背景的副题被加到词牌之后，词人也常常在字里行间提到作品创作和表演的具体情况。

第二点值得注意的是内心世界的再现方式：内心世界主要是以感官世界来呈现的，我们主要通过能够被观察到的事物——花、雪、山、鸿——来理解词曲包含的情感。我们看到有人擦眼泪。每当有类似“愁无限”这样明显直接的情感表现时，它都让人反思其原因或对象——为何而愁？当他/她陷入沉思，我们并不知道他/她在想什么。哀愁——甚至包括“愁无限”——也许是漂浮无着、没有缘由的；但是，思索则需要一个对象。年轻的歌妓也许双眉紧锁，甚至挤出些眼泪，让胭脂染上泪痕；但是，这位忧郁且酩酊大醉的中年听者则可能从歌声里听到自己的往事。他可能因此而为自己流泪。 *106*

也许最重要的是，这些宾客出席酒宴时，满脑子想的是谁升官了，某人说了什么，皇帝又对谁不满了云云。然而，在年轻歌妓的朱唇上吐露出来的歌的世界里，那些事情全变得无关紧要了。这儿只有热烈的（或没有清晰来由的）感情，以及一个呼应这种情感的场景。

一如其他词作，这首词描写的是狂欢之后的情景。叙述者并没有直接回到日常的琐事——如关心谁人升官等等——有关宴会的某种东西羁绊着他/她，也许是宴会上遇到的某人，也许是没有出现的意中人。如果我们讶异词为何渐渐流行起来，这就是答案之一环：词建构了一个在修辞上悬置于“帝国之外”的空间；在这个自我的空间，帝国事务无关紧要，也不会被提起。

随着公共人物渐渐习惯表达自己一心忠于公共事务，宾客或许会在听到这首歌词时感叹：“冯延巳作为一朝宰相也太沉迷于男女之情了——这正是南唐灭亡的原因。”这向来是一种可能的解读，也是宋代常见的一种评论方式。从许多方面来说，这种阐释点出了问题的关键：如果士大夫没有把国家政务放到最优先的位置——即使仅仅是短暂的一刻——整个帝国将会毁于一旦。那是帝国中的一个破洞。然而，即使是这些批评者也有同样的欲望。在下面这首词里，晏殊试图挽留宴会上的一位高官，但晏殊没有试图勾起他对一段已逝之恋的激情，反而把他引向了一个感性的世界。这个感性的世界恰恰是由被它拒诸门外的东西所定义的。〔10〕

浣溪沙

杨柳阴中驻彩旌〔11〕。芰荷香里劝金觥。小词流入管弦声。
只有醉吟宽别恨，不须朝暮促归程。雨条烟叶系人情。

〔10〕《全宋词》，第114页；《二晏词笺注》，第30页。

〔11〕 高官出巡时的仪仗。

“雨条烟叶”为何“系人情”？只有在歌词的世界，烟雨中的枝叶才会有这样的力量去对抗公事行程的步履匆匆——通常它们只是意味着可怜的官员不得不冒雨赶路。宴会的主人撰写了这样的一首作品，却交给年轻的歌女演唱，让她一边唱一边劝酒。这首词无疑是一个诱惑，诱使人想起，作为一个尽忠职守的官员，自己在生活中所失去的东西——这是一个象征性的“失恋”，在那里，当下的感觉制造出了一个封闭的空间，它将帝国、仕途、井井有条的生活排斥在外。 107

宋代是一个我们太过熟悉的世界。在这个世界，一个人的价值取决于他的作为、成就和言行。相比于唐朝，晏殊身处的这个世界更需要词所划分出来的空间，让他可以栖身其中，即使只是短短一瞬。

小令的类型

虽然类型学——尤其是二元式分类——有很多问题，但是作为入门的途径，我们不妨把这个时期的小令区分成两种基本形态。第一种小令对现场听众说话，描述眼前场景，并且直接或间接地催促嘉宾们饮酒狂欢。第二种小令则描述通俗的爱情故事中的一个片段，勾起听众的情欲。有时这一类型的小令描述一个情景，有时则好像插画般的小品——虽然所谓“情景”和“插画”之间的界线非常模糊。尽管有些词作并不能归属于这两种类型，但是这两种类型的词作构成了现存小令作品中的大多数。各个词 108

人的集子中，分属这两个类型的作品比例不尽相同，但每部词集都一定同时有这两类作品。

爱情故事中各种情景的变体是目前最复杂的问题。[12]我们最常见的情景，是女子在失眠的夜晚想念不在身边的男子。随着词人继续发挥这一情景，与这些情节相关的曲目也随之增加。听众听到这类词之前，已经听过它的种种变体，由此也就理解了这些作品所间接唤起的情景。

如果说，女子思念不在身边的男子是最传统的场景，那么男子思念不在身边的女子则很明显是个反转。我们在柳永词中常常能看到这种情况：他是将恋人抛弃在京城中的那位男性旅人。又或者张先的这首《菩萨蛮》中的男子似正在等待一位女子到来，其中暗含偷情的意味[13]：

> 夜深不至春蟾见。令人更更情飞乱。
> 翠幕动风亭。时疑响屧声。
>
> 花香闻水榭。几误飘衣麝。
> 不忍下朱扉。绕廊重待伊。

> Deep in the night she does not come, the spring moon appears.
> From each hour to hour it makes a person's feelings fly in

〔12〕白润德有一精彩的综述，见 Daniel Bryant, *Lyric Poets of the Southern Tang: Feng Yen-ssu, 903-960, and Li Yü, 937-978* (Vancouver: University of British Columbia Press, 1982), pp. xxxvii-xl.

〔13〕《全宋词》，第 73 页；吴熊和、沈松勤：《张先集编年校注》，江苏古籍出版社，1996，第 96 页。

confusion.

The kingfisher hanging stirs in a breeze-catching pavilion.

Then I suspect it is the sound of her echoing clogs.

The fragrance of flowers is whiffed in the kiosk by the water.

I often mistake it for the musk wafting from her clothes.

I cannot bring myself to bar the red door.

And again I circle the veranda waiting for her.

以上我的翻译会立即引起宋词爱好者的激烈争论。一些读者会说，为了等待情人而留着门不上闩的永远是女子，比如说莺莺。因此译文里的人称代词应该倒转过来：叙述者应该是个女子。持相反观点的读者则会列举诗词中的许多例子，证明女子经常到访情郎住处，与情郎会面。这些读者或会提出，衣香总是与女子相关——尤其是当衣香与花香混在一起时。孰是孰非，无法定夺。而且，这争论只会一直进行下去，直至我们提醒争持不下的这些读者，他们都在一个错误的“话语”中阅读这首词；这是一种学术话语，它要求我们在“赏析”（或翻译）一首词时诠释大意，而这一过程需要我们做出许多诠释上的选择。但这“只是一首歌”而已；这首歌里有与性别规范相冲突的地方，因而情人们处于性别的边缘。听众可以听从自己的意愿去决定这位叙述者的性别——如果他们真的在乎叙述者的性别。 109

爱情叙事中的某些片段有时会被带到宴会上——我们要谨记：这些片段并不直接与观众对话，它只是单纯地站在爱情叙事和表演该词的宴会之间的交叉点上。正当年轻的歌妓在做下列的动作时，那些赴宴的宾客究竟在想象些什么呢？[14]

踏莎行

张　先

波湛横眸，霞分腻脸。盈盈笑动笼香靥。
有情未结凤楼欢，无憀爱把歌眉敛。

密意欲传，娇羞未敢。斜偎象板还偷瞰。
轻轻试问借人么，佯佯不觑云鬟点。

110　　对于男性听众来说，这场景给了他们窥视歌妓世界的机会：她们群体内部隐秘的激情。每一位男性听众都可以想象自己就是那位年轻娇羞的歌妓偷瞰的对象。这是个写进了文本里的爱情游戏，让人可以接连表演下去。它给帝国的公仆们提供了一个希望：他们仿佛可以在片刻之间体验一个不一样的世界。

《阳春集》

《阳春集》中有大量词作提到南京及其著名景点与宫殿。这

〔14〕《全宋词》，第 74 页；《张先集编年校注》，第 98 页。吴熊和以为下阕“借”当作“者”，今从其说。

似乎说明该词集出自南唐。不过，由于《阳春集》的几首词也同时被归到李璟和李煜名下，我们只能确定这部词集的源头在南唐的宫廷文化。

《阳春集》中有一首给新科进士劝酒的词，还有一些祝愿来宾们健康长寿的词——这些作品应该是歌妓演唱的标准曲目。〔15〕虽然这些作品没有被归到别的词人名下，但我们极难相信它们真的出自冯延巳之手。这些作品收入《阳春集》中，大概只能证明陈世修的疏略轻率。其他绝大部分的词作与恋爱相关，讲述情人的相聚或分离。性别的标志使我们倾向于将这类描写理解为男女之间的关系，其中大部分情况叙述者既可以是男性也可以是女性。

现存《阳春集》的版本形塑了我们对冯延巳词“应当”是怎样的理解。晏殊两次提到“新词”这个术语，而欧阳修则提到一次；也就是说，冯延巳的词作已是“旧词”的代表。它们听起来很熟悉，让人觉得曾经在哪儿听见过。它们是一种标准。

111

我们说冯延巳的词是“标准”，大概只是换了一种比较悦耳的说法来点明这些作品十分普通，甚或有“平庸”的意味。《阳春集》中许多作品的确平庸。平庸的美学近年成为了理论批评中热烈讨论的话题；然而，10 世纪到 11 世纪的平庸可能有迥然不同的意义。

我们通常认为，在文学创作中，重复是不可取的，只有创新才是好的。但我们或可以反思一下平庸的意义。平庸显然与习惯的熟悉感有关；它不是彻头彻尾的重复，而是一种小心翼翼地限定了的、平易的变异，在这种变异中，我们还是能识别出熟悉的

---

〔15〕 这三首词作包括《谒金门》（圣明世），见《冯延巳词新释辑评》，第 89 页；《长命女》（春日宴），见《冯延巳词新释辑评》，第 114 页；《抛球乐》（年少王孙有俊才），见《冯延巳词新释辑评》，第 130 页。

东西。这种熟悉的意象必须提出一个更宏大的主张，即在词作那重复的熟悉感之下，隐含于其中的其实是它极其强烈的特性。

词作中经常出现那些满腔热情的主人公，他们夜夜无眠，日复一日地眺望远方。他们的形象恰好符合了我们对平庸的定义。当词作沿用这类旧有的诗学母题，词人也只可在预料范围内有所变动。但即使这样，我们肯定会留意到：平庸的使人疲乏的重复感与作品主题上的重复非常相似，也就是词中人激情的表达（夜夜、日日、春来秋去）。对于一个个体来说，他的处境和词的主题没有两样：时间不断流逝，这个人也不断做出同样的回应。

有些歌词不仅依赖平庸的重复，它们甚至将这种重复变成了一个主题。这种意识到自身为重复的重复，就不再是简单的重复了，而成为了一种被表达、被言说、被结构的重复。它们并没有因此变得更不平庸，但它们的平庸是自觉的。词人知道平庸自身的边界，因此也能想象如何摆脱平庸。我们在对事物更了解时会重复它，这使得重复的冲动似乎是由某种外部或内在的力量驱使的，并不受我们控制。这种冲动确实是平庸的歌词惯用的主题。

鹊踏枝〔16〕

冯延巳

花外寒鸡天欲曙。香印成灰，起坐浑无绪。

檐际高桐凝宿雾。卷帘双鹊惊飞去。

〔16〕《冯延巳词新释辑评》，第12页。

屏上罗衣闲绣缕。一晌关情。忆遍江南路。 112
夜夜梦魂休谩语。已知前事无寻处。

“忆遍江南路”出自岑参的一首绝句。这首绝句本来描写一个人梦到自己爱慕的女子，但这一诗句已经被彻底地吸纳到诗学的话语中，以至于它可以被用来指梦见任一性别的情人。“罗衣”是唯一清晰的性别符号，似乎暗示词作的叙事者是一位女性人物，但有时“罗衣”也指代所爱女子遗留下来的衣物。

在这个例子里，我们得以一瞥平庸最深刻的核心。我们在这一瞥中看到了相思之苦，而这痛楚正是推动小令体裁发展的力量之一。仪式是一种成功的重复。平庸则是失败的重复：一个人从未成功，却又不断地重新尝试；每一次尝试都指向原来“已发生了的”事，但此事已再不可能发生。可是，人们还是一次次重返梦境，一次次重听那首熟悉的歌。

“新词”理应是新鲜的。“旧词”听起来却彼此相似，而且它们每一首都在一代又一代的流传中被重复了一遍又一遍。歌手可能已经厌倦了，不想再唱它们，而听众也都曾经听过这些词。它们常常是关于失去的：即使不断重复，有些东西亦是失而不可复得。

采桑子[17] 113

冯延巳

画堂昨夜愁无睡，

〔17〕《冯延巳词新释辑评》，第52页。

风雨凄凄，林鹊单栖，落尽灯花鸡未啼。

年光往事如流水，
休说情迷，玉箸双垂，只是金笼鹦鹉知。

这些歌词经常被重复。它们既在诉说爱的愚蠢（“情迷”——在爱情中迷失自己），又常常要求人们闭口休说这种痴迷。这里词作宣称：除了笼中鹦鹉之外，此情无人知晓。或许，正如歌者一般，鹦鹉只是简单地重复字句，而不懂得词曲里的感情。这首词讲述的是无法抵达的内心世界——甚至当言说者也沉默起来，只倾听外面喧嚣的世界时，我们还是无法看透其内心。外面的世界充满了细节，既有音乐，也有欢愉，但只有当这些东西与沉默的言说者的内心世界建立联系时，它们才获得意义。就像这位言说者的眼睛一般，他 / 她的心正凝视着那落在视野之外的东西。

采桑子〔18〕

冯延巳

马嘶人语春风岸，芳草绵绵。
杨柳桥边，落日高楼酒旆悬。

旧愁新恨知多少，目断遥天。
独立花前，更听笙歌满画船。

---

〔18〕《冯延巳词新释辑评》，第 41 页。

这里另有一首冯延巳的词作，其中我们可以清楚看到窥探的场景。这场景变成了一种内在经验的符号，最后词人都没有把人物的内心说破。 114

采桑子[19]

冯延巳

画堂灯暖帘栊卷，禁漏丁丁。
雨罢寒生，一夜西窗梦不成。

玉娥重起添香印，回倚孤屏。
不语含情，水调何人吹笛声。

这两首词呈现了不同的场景，但人物的内心世界只凝聚在一件事物之上。他们也同时被音乐吸引——这里是熟悉的旋律——这乐声的重复，是她保守在心里的情感世界的外在对应。

然而，有时候《阳春集》中的作品对于心理层面的挖掘要比11世纪常见的词作更深。我们怀疑——但无从考证——我们在读着一首更晚出的词。 115

鹊踏枝[20]

冯延巳

几度凤楼同饮宴。此夕相逢，却胜当时见。

---

〔19〕《冯延巳词新释辑评》，第46页。
〔20〕 同上书，第22页。

低语前欢频转面。双眉敛恨春山远。

蜡烛泪流羌笛怨。偷整罗衣，欲唱情犹懒。
醉里不辞金盏满。阳关一曲肠千断。

一个人在宴会上邂逅旧爱。这主题更接近柳永，而不像标准的《阳春集》词。叙述者并未拥有全知视角。他身在场景之中，以旧爱的身份仔细观察着女性的一举一动，试着从她举手投足的姿态阅读她的心情。与前例相似，这首词最终又回到了音乐：《阳关》一曲总在离别时唱起，他也终于从曲中读出了她的心情——“肠千断”。

116

《珠玉词》：晏殊

晏殊于 1055 年辞世，比陈世修开始收集冯延巳词要早三年。我们知道接下来的二十年内，有人编了一个晏殊词集，因为这本集子原来有张先的序，可惜该序文现已散佚。这本集子也有可能比冯延巳的词集编得还要早一些（但可能性不大）。无论孰先孰后，我们可以确定的是，11 世纪后半叶已经出现了以个人为单位的词集。某个版本的柳永词集似乎也在这个时期开始流传。[21]

〔21〕关于这一点的证据非常少，但我们知道生活于 11 世纪最后二三十年的一些词人已经熟知一系列柳永词，其中包括那些不太可能会在官员酒席上被演唱的作品。然而，他们也可能在一些没有那么正式的场合听到柳永的词作。

晏殊词集的某些版本南宋时已经在流传。[22]虽然并不能确定所有的作者归属都是正确的，但我们还是有理由相信这部集子的。晏殊以其家宴闻名，在这些宴会上会有小令歌词的演唱；曾赴晏殊家宴的男子，以及在这些宴会上表演过的歌女，他们有些在晏殊死后的二十年内还活着。为晏殊词集作序的张先自己就是晏殊的门人，也是晏殊家宴的常客。这纯粹是一种推测：晏殊词集的基础有可能就是他家妓的表演曲目库（这可以解释集中作品有多个作者归属的现象，因为曲目中不一定所有作品都是晏殊创作的）。换句话说，有人可能在晏殊家宴上听到某一首词，他也知道晏殊自己常常填词，于是他很有可能想当然，以为这首词是晏殊的作品。

现存《珠玉词》的版本开篇第一首词作即告诉我们：晏殊的词集以及他的歌词世界或包含了冯延巳的作品，但是他已经超越了冯延巳。[23]

117

谒金门

晏　殊

秋露坠。滴尽楚兰红泪。

往事旧欢何限意。思量如梦寐。

---

〔22〕12世纪晚期编订的《近体乐府》有罗泌的校记。这是存世的材料里最早研究歌词的论著。罗泌谈及晏殊的词集时用的是晏殊的名字，但当他谈到冯延巳的词作时，则会用上《阳春录》这部词集的名字。

〔23〕《全宋词》，第111页；《二晏词笺注》，第13页。

人貌老于前岁。风月宛然无异。

座有嘉宾尊有桂。莫辞终夕醉。

在冯延巳的词中，我们基本上看不到酒席上的其他客人；即使词里提到酒宴，酒宴通常也已经结束。但这首词不仅仅提及宴会上的其他客人，还对他们讲话。词中的叙述者既可能是男主人，也可能是歌女。歌女以“楚兰”的意象现身，而“红泪”指的可能是女子所承受的痛楚，又或是花期较晚的兰花上的露水。主人和歌女都显得更苍老了些：他们各自拥有丰富的“往事旧欢”。我们在柳永词中也能看到相似的怀旧情绪，看到他对于往事旧欢的依恋；但是柳永的怀旧是由词人离开了汴京的勾栏瓦肆而引发的，晏殊的怀旧则源于词人的日渐衰老。我们在冯延巳的几首词中也能看到这种怀旧情绪，但是冯词一贯的问题是它的可信性和写作年代。

过阕的地方以铺叙事实一般的语气提到：“人貌老于前岁。”这是一种叙述者清醒而直白的自我评估。相对而言，他在上阕还沉浸在回忆之中。“风月”既是眼前之境，也是浪漫世界的标准说法。我们很难想象“风月”不包括歌词的世界。情感不变，歌词——也许都是冯延巳所作——也相同，唯有衰老的感觉是新的，它把相同的情感和歌词放进怀旧的语境之中。

118

以上是为了填词和劝酒所做的完美铺垫。当叙事者将自己的情感抛诸脑后，听众们也理应如此。当然，那些情感并非从此就消失了；它们逗留着，使人们更急切地把握当下的欢愉。因此，在另一首词里，歌者敦促嘉宾们及时行乐[24]：

---

〔24〕《全宋词》，第114页；《二晏词笺注》，第31页。

一向年光有限身。等闲离别易销魂。酒筵歌席莫辞频。

满目山河空念远，落花风雨更伤春。不如怜取眼前人。

我们不知道“空念远”的人在想念些什么。在词的世界里，这可能是一位不在场的情人。当别人都在色彩鲜亮的游船上享受宴会时，此人“目断遥天”。结句与《莺莺传》遥相呼应。在《莺莺传》中，这句话被用来劝人放下旧情，移情新欢。[25]在演唱这首歌的社会环境中，“空念远”更有可能是来自仕途的忧虑。[26]

119

至此我们讨论了公共价值与声称自己沉迷爱情——往往是消逝的爱情，或者笼罩在消逝阴影之下的爱情——二者之间的对抗。晏殊词的特别之处在于，他以“空念远”来联结这两个对立的概念。他给我们提供了既逃离责任又避免重复的一条路：活在当下。

柳永及其后继者们的慢词在情绪上婉转曲折，晏殊之子晏几道则可以在短小的小令中做出同样的转折。晏殊的天赋在于他能轻巧流畅地将读者带入此时此刻的诱惑。酒席上，歌手的责任是劝酒，而晏殊常常把这个任务写入词中，例如下面这首《木兰花》[27]。

---

〔25〕注意“爱”字不常用于词，可能是由于“爱”暗含了不愿放下情人的意思。因此，当一位有权势的人物想抢走绿珠时，3 世纪的名士石崇正是用了“爱”字来表明他不会放走绿珠的决心。虽然这不能一概而论，但这首词所用的“怜”字意指当下这一刻的爱。

〔26〕为挽留即将启程回京的官员，晏殊曾创作了一系列的词作。这首词或许是其中一首。参见本章讨论过晏殊的另一首《浣溪沙》（杨柳阴中驻彩旌）。如果这首词真的属于那一组词作，所谓的“远”指的便是有关仕进和公务的焦虑。

〔27〕《全宋词》，第 121 页；《二晏词笺注》，第 77 页。

燕鸿过后莺归去。细算浮生千万绪。
长于春梦几多时，散似秋云无觅处。

闻琴解佩神仙侣。挽断罗衣留不住。
劝君莫作独醒人，烂醉花间应有数。

120 词中虽有典故，但都非常隐蔽：第三句重写了白居易诗中的一对对句；司马相如琴挑卓文君；汉水游女解佩赠郑交甫，郑回首而不见二女；屈原在“举世皆醉”时做“独醒”之人。这些典故尽人皆知，以至于直到当代才有注释的必要。

下面这首《浣溪沙》也许是晏殊最出名的一首词，它被后人视为词之所以区别于古典诗歌的试金石。[28]

一曲新词酒一杯。去年天气旧亭台。夕阳西下几时回。
无可奈何花落去，似曾相识燕归来。小园香径独徘徊。

121 评论者最感兴趣的是下阕“无可奈何”和“似曾相识”两句。清代王士祯（1634—1711）认为这两句不可能用到诗歌之中，是词区别于诗的最佳例子。[29]张宗楠（1705—1775）则指出，在晏殊少量的传世诗作中，他的确在其中一首诗里使用了这个对句（以及这首词作的另一句，只是两句有一字之差）。但他也认为，同一个对句用在词里非常完美，用在诗里则显得“软弱”。[30]

〔28〕《全宋词》，第112页；《二晏词笺注》，第21页。
〔29〕《二晏词笺注》，第23页。
〔30〕 同上。

晏殊词其中一个最显著的特点是歌词的语境化。虽然柳永也在他的词里书写主人公与旧情人的邂逅，但在晏殊那里，创作承担了古典诗歌的功能——“诗缘情”。这“情”是恋情与相思之情，它们在宋代被驱逐出古典诗歌。以下一首《破阵子》把我们带到宴会结束以后。在词的世界，这个场景总能唤起强烈的情感〔31〕：

多少襟怀言不尽，写向蛮笺曲调中。〔32〕此情千万重。

在文字中倾注的感情同时也是希望送给爱人的消息。这消息通常难以寄出——尤其当词人把送信的任务交付往返的鱼雁。〔33〕

清平乐

晏　殊

122

红笺小字。说尽平生意。
鸿雁在云鱼在水。惆怅此情难寄。

斜阳独倚西楼。遥山恰对帘钩。
人面不知何处，绿波依旧东流。

---

〔31〕《全宋词》，第 111 页；《二晏词笺注》，第 15 页。

〔32〕“蛮笺”的字面意思是“南方蛮地的笺纸”，指的是一种精致的笺纸。虽然以“蛮”命名并不合适，我们知道这种纸是朝鲜的舶来品。成都也出产这种纸，但成都比任何“蛮”地都更靠近京畿。到了北宋此时，“蛮笺”仅仅指代一种精致的纸，通常被裁成长条形，便于人们在上面写作诗词。注意“笺”与“尺素”（信）不同，如《鹊踏枝》末二句：“欲寄彩笺兼尺素。山长水阔知何处。”

〔33〕《全宋词》，第 117 页；《二晏词笺注》，第 51 页。

冯延巳当然也曾写下自己的词作，但冯延巳和他以前的词人都没有提及文本的流传，除了偶尔会提到词被表演的短短一瞬。

即使我们只是从字面阅读他的词作，从最后的例子可见，晏殊词具有歌曲的力量。有些情感和主题在后世词人的作品中或已变得庸俗不堪、平淡无奇，但它们在晏殊词中却很有说服力。即使在使用了类似材料的作品中，我们也无法找到他儿子晏几道的作品那样的反讽与激情。晏几道曾在他的词中以无法记起离别一刻开篇，到了《玉楼春》中即以这样的句子作结[34]：

> 忆曾挑尽五更灯，不记临分多少话。

也许他的确正在回想父亲晏殊的那首《红窗听》，其上阕如下[35]：

123

> 记得香闺临别语。彼此有、万重心诉。
> 淡云轻霭知多少，隔桃源无处。

这里的"桃源"指的是"桃源洞"，是刘晨、阮肇到天台山采药迷路，遇见两位仙女的地方；正如陶潜的"桃花源"，刘晨、阮肇一旦离开，就再也找不到回去的路径。小晏词更贴近人情错综复杂的面向；晏殊的词则不一样，他真的"记得"。即使我们

---

〔34〕《全宋词》，第306页；《二晏词笺注》，第416页。
〔35〕《全宋词》，第117页；《二晏词笺注》，第54页。

不能确定作品创作时间的先后，但冯延巳《阳春集》中的《应天长》则把这两首词背后的问题直接写出来了（我采用女性的口吻来翻译这首词，但是这位叙事者同样可能是男性）[36]：

兰房一宿还归去。底死谩生留不住。
枕前语，记得否。说尽从来两心素。

同心牢记取。切莫等闲相许。
后悔不知何处。双栖人莫妒。

读的小令越多，我们越能看到一个由各种主题交织的网。在这里，我们看到词人问了一个问题，而这一个问题又获得两种截然不同的答案。冯延巳问道："记得否？"晏殊回答："记得"；而晏几道则说："我忆起挑灯的场面，却不记得临别的细节。" *124*

词的表演和它所歌颂的欢愉一样短暂。当人们意识到词作转瞬即逝，这又更强化了它的转瞬即逝。最完美的词句并不是描写这一瞬本身，而是关于这一瞬的回忆。

采桑子[37]

晏　殊

阳和二月芳菲遍，暖景溶溶。

---

〔36〕《冯延巳词新释辑评》，第 88 页。
〔37〕《全宋词》，第 118 页；《二晏词笺注》，第 56 页。

戏蝶游蜂。深入千花粉艳中。

何人解系天边日，占取春风。
免使繁红。一片西飞一片东。

“留春住”是古来常用的意象，有不可能的含义。这里晏殊再次使用了这个意象，但同时也消解了它：词人以诗意的方式完成了他企图阻止的事。我们看到繁花渐渐零落，片片飞散。

第五章　小令词集（下）

125

欧阳修及其词集

欧阳修是文坛与政坛领袖。由于他地位超然，即使在 1072 年逝世，人们仍旧对他的词作感兴趣。欧阳修身后不久，他的诗文被编纂为别集；然而，按照当时的惯例，他的词并未被收入文集之中，而先是以单篇或一组的形式流传。我们并不知道这些词最初是在什么时候被收集到文集里去的，但欧阳修的大名会吸引词作归属到其名下，他的词集里的确掺入了数量不明的并非出自其手的作品。

欧阳修的例子使我们看到作者秩序和书籍秩序最严重的冲突。简单来说，这个问题是：我们很幸运拥有两种南宋本欧阳修词集——这种情况在北宋词人里绝无仅有——分别是《近体乐府》（收有 192 首词作）和《醉翁琴趣外篇》（收有 203 首词作）。[1] 两种词集都有相当数量的作品没有收进另一部词集中。在

126

［1］ 这两种版本后来于 1917 年与 1924 年间以“影写”和“景刊”的方法重刊。艾朗诺详细讨论了这两个版本的关系，以及它们所呈现的问题。参见 Egan 1984，p.163 及其后。笔者在此讨论范围虽与艾氏有所重合，但我们立论的（转下页）

作者署名没有争议的作品中，只有 86 首是在两种本子同时出现的。我认为当一位作者的作品在如此不同的版本中出现，而其中作品的归属有如此多的争议时，那么在两个词集共同收录的那些词作中也有可能混入了一部分他人的词作——即使在我们现存有限的记录里，那些作品并未系于他人名下。

如果我们把范围收窄，以文本内部或外部文献来做考证，要找出哪些确定无疑是欧阳修真作也不是不可能。但这种做法的问题是，它给我们呈现的作者是非常片面的。这位作者很可能只写那种没有清晰的“作者风格”的词作。我们有可能收罗更多可靠的——尽管不一定“确凿无疑”的——作品，方法就是去注意某些反复出现，却又不属于典型小令的写作方式。

对于追寻作者，做到这里大概就是极限了。当然，这两本集子之中，的确出自欧阳修之手的作品肯定要比我们能够确证的多；甚至，他有可能创作了所有或绝大部分的作品。这两本词集分别依据现有的材料，各自塑造了一个不同的欧阳修。但如果我们细心阅读，就会发现两本词集那些共有作品的文本非常接近。这说明这两部集子的文献来源中至少有一个是共享的。不过，其中一部词集并未收录欧阳修几首最著名的作品——我们有信心认为这几首词作都是欧阳修所作。究竟是什么原因使得它们不被收

（接上页）假设有所不同：（一）唐圭璋在《全宋词》中将某些词排除在欧阳修的作品之外，有时他的做法显然是正确的，但在绝大部分的情况下，他的判断还是值得商榷的。（二）由于风流词的问题，大部分研究者都把精力集中到收录在《醉翁琴趣外篇》而没有收进《近体乐府》的词作之上。反之，论者多忽略了收录在《近体乐府》而没有收进《醉翁琴趣外篇》的作品。只有同时考虑两者，才能了解两部词集收录词作总数的差异。（三）两种版本都有数量惊人的作品在别的词集中被归到其他作者名下，这个问题值得再思考。

录到这部词集中？我们对此感到困惑。

在这两本集子之外，我们还必须考虑被收入《乐府雅词》中的 83 首欧阳修词。这本词选编纂于 1146 年，早于上述两部词集的刊刻，但我们现在看到的版本仅有明清年间的抄本。欧阳修的作品选列于《乐府雅词》署名词作的开首，而且入选作品数量也最多。这部选集应该利用了流通于 12 世纪中期的欧阳修词集来做筛选。也就是说，它所使用的集子，其编纂时间要远远早于现存的两部南宋本词集。

一直以来，研究欧词的学者都采用《近体乐府》作为底本，而对《醉翁琴趣外篇》多出来的那些作品争论不休。无论从哪个角度看，《近体乐府》都呈现出一副“权威”善本的形象。这个本子由罗泌于 12 世纪末编订。周必大在编修 1196 年印行的欧阳修文集时，就采用了这个本子。我们不清楚罗泌的编纂工作是独立进行的，还是作为周必大编文集的一部分而展开，但我们知道现存的《近体乐府》被完整地收入欧阳修文集。虽然这并非经典作家词作被收入文集的首例，但是欧阳修文集收录词作，说明词这种文体的地位在 12 世纪不断提高。

127

罗泌的版本有一篇跋文，其中提到一个更早的叫《平山集》的本子，还说这个本子广为流传。[2] 很显然，罗泌用《平山集》

〔2〕 王兆鹏（《词学史料学》，第 169 页）认为，《平山集》在北宋时就已经以印本形式流传，但是没有证据能证明这一点，甚至也没有证据说明《平山集》在南宋早期以印本而不是写本的形式流传。罗泌自己的版本包含两条材料。第一条不知何人所记，大概是在 1106 年之后写成。那是一则关于王安石的掌故，讲的是王安石记住了欧阳修某首词中的三句，却记不起来剩下的部分。王安石去世二十年后，这则笔记的作者声称他在旅途中“得”到了它。至于他“得”的究竟只是王安石记不起来的那首词余下的部分，还是这首词所隶属的（转下页）

作为底本，对欧阳修的词作进行“正校”。罗泌抱怨他面临两大问题。第一，他发现有些作品也被系于其他作者名下。罗泌没有删除这些作品，因为我们可看到他在校注中标出了这些词重出于哪些词集——虽然其数量比我们现在知道的要少得多。第二个问题在早期词评里常常谈及：欧阳修词的文献来源包含了一些“艳”词，但论者通常认为欧阳修这位受人尊敬的“大儒”不可能写出这种词。对于这个问题，一般的解释是有人为了中伤欧阳修而写了这些词，并用他的名义流传开来。罗泌把这一部分作品从词集中拿掉了。

罗泌所编的欧阳修词集以仿古的《近体乐府》为题，似乎在呼应地位超然的唐代“新乐府”。采用这个新书题，有可能是为了与《平山集》做区分，并在欧阳修全集中为词这种体裁划定一个位置。

128

我们不妨把《近体乐府》看作一件有意义的文物。它的第一卷——也就是《欧阳文忠集》的第一百三十一卷——第一页上，以皇帝赐予欧阳修的谥号来指称欧阳修。周必大编纂的并不叫“全集”——南宋时，在标准的“文集”之上补入了额外的作品，有时就会用上“全集”这个术语。《近体乐府》被命名为“文集”的一部分。北宋时，歌词一般不被视为严肃的文体，因而不值得被收入文集。欧阳修被尊为“大儒”，是北宋最具影响力的政治

（接上页）整组词作，则不得而知。第二条则是朱松（字乔年）所记的一篇“跋”：文章开头从1116年的一次宴会说起，也提到了上面有关王安石的掌故。朱松说他在1128年“得此本”，听起来的确像是为某本词集所作的跋。不过，那首散佚的作品隶属于一组关于十二月令的组词。这组词似乎是独立流传的，很可能朱松所“得”的就是这一组词。这组词跟别的月令组词一样，在《近体乐府》的刊本里处于第二卷的最后，置于罗泌对该卷所有作品的校注之后。

家和文人之一。他的人品却在生前已遭到非议，还被指与未婚外甥女通奸。许多以欧阳修之名流传的歌词都可以为流言的传播推波助澜。这样一类歌词怎么可以收进他的“文集”，怎么可以成为这位伟人的丰碑？

早在12世纪中期，就有论者提出这些艳词并非欧阳修所作，而是恶意托名。当时的人似乎普遍接受这个论调。（我们要记住，12世纪中期的南宋社会已经愈来愈道学化，他们的道德标准远远比欧阳修生活的11世纪中期要苛刻。）[3]于是，欧阳修词集的编者面临的首要任务，就是删除所有道德上有问题的作品；而罗泌的确这样做了。

然而，《近体乐府》并**没有**以词（又称“长短句”）作为开端，而是选取以“乐语”开篇。所谓“乐语”，就是伶人演歌之前宣读的骈文，这篇韵文一般亦为词人所作。《近体乐府》开头的五篇“乐语”篇后各自附有一首庆贺皇帝生辰的七言绝句。接着是一篇宴会上的“致语”（意思和“乐语”相似），后面附有一首七言律诗。这后面才是真正的词（“长短句”），这部分以一组十首歌咏颍州西湖的《采桑子》（称作“连章”）开篇。这十首《采桑子》起首又有相当于“乐语”的一篇“念语”为序。由此，《近体乐府》在一开始就把欧阳修最精致的歌词与庆贺皇帝生辰的诗歌关联起来。

129

在讨论这十首西湖的连章之前，我们不妨看看另一种将歌词这种体裁合法化的策略。罗泌在《近体乐府》三卷每卷末尾都附

〔3〕 即便如此，我们也要注意另外一点：南宋仍然在使用税银来为其文武官员置备“歌姬”，供官员们在任上“享乐”。

了校注，不但提供异文，还交代了重出于他处的作品。他以严谨的学术态度整理这些作品。

歌咏西湖的十首《采桑子》，如同欧阳修其他几首长短句一样，都带有为词体正名的光环。这组连章每首的第一句皆以“西湖好”作结。12 世纪的歌词鉴赏者都必定听过著名的《菩萨蛮》，它的开头即是“人人尽说江南好”。即使没听过这首作品，他们大抵也会听过这首词的变体。这首《菩萨蛮》在各部词集中分别系于李白（《尊前集》）、韦庄（《花间集》）或冯延巳（《阳春集》）名下。[4]不过，这十首《采桑子》可能与潘阆的十首《酒泉子》关系最密切。《酒泉子》是歌咏杭州西湖的作品。潘阆在自注中为词的地位辩护。这十首《酒泉子》广为流传，为人赏识，先是在四川刻石，后来又于北宋末 1106 年在它们反复吟咏的杭州西湖上刻石。杭州即将在南宋成为帝都，也将成为 12 世纪读书人心向往之的其中一个地域文化的地标。虽然欧阳修的词歌颂的是另一个“西湖”，但是它们与潘阆这一组词之间的关联是不容置疑的。

我们很难不这样理解《近体乐府》的结构组织：它的目的显然是要在欧阳修全集中给他的词作找到一个妥帖的位置。不管听见了什么，即使是南宋的儒者也不会觉得这些作品有什么冒犯之处，除非他是最严苛的道学家。当时到过杭州的人肯定都知道潘阆的这首《酒泉子》[5]：

130

〔4〕 曾昭岷：《全唐五代词》，中华书局，1999，第 153 页。
〔5〕 《全宋词》，第 7 页。

长忆西湖，尽日凭阑楼上望。
三三两两钓鱼舟。岛屿正清秋。

笛声依约芦花里。白鸟成行忽惊起。
别来闲整钓鱼竿。思入水云寒。

记得潘阆词的这位读者，即使完全不知道欧阳修描写的是另一个“西湖”，也一定能在欧阳修的第一首《采桑子》中认出那一行“白鸟”来[6]：

轻舟短棹西湖好，绿水逶迤。
芳草长堤。隐隐笙歌处处随。

无风水面琉璃滑，不觉船移。
微动涟漪。惊起沙禽掠岸飞。

131

虽然潘阆词写的是回忆，而欧阳修的词则描述眼前之景（大概到了最后一首词才把这十首连章转变成为回忆），但二者写的都是幻想的场景——这也是词相对于其他体裁的优点所在。道学批评家们可能会注意到两种幻境的基本差别：潘阆写的是隐退的场面，其中他化身为渔夫，在那“三三两两钓鱼舟”之中；而欧阳修则沿着西湖行舟，听到了处处笙歌。这些歌乐缭绕的宴会，也经常出现在欧阳修词集的其他作品中。它们属于词的世界。词

〔6〕《全宋词》，第154页；邱少华：《欧阳修词新释辑评》，中国书店，2001，第1页。

集的编者已尽其所能，希望以一幅静谧纯净的图景开场；而在这最开首的一篇作品里，那些年轻歌妓的歌声仍然在远处，但是很快，读者就会不知不觉地随着船移而靠岸、上岸。

随着把欧阳修的连章一首首地读下去，我们渐渐离开了潘阆那精致的隐逸之境，而进入了11世纪歌词的世界。宴会不再是岸上的隐隐笙歌，它转移到了画船上。那些被涟漪惊起的白鸟也早已飞走，远离了这喧嚣之处。第三首的《采桑子》特别有趣[7]：

> 画船载酒西湖好，急管繁弦。玉盏催传。
> 稳泛平波任醉眠。
>
> 行云却在行舟下，空水澄鲜。俯仰留连。
> 疑是湖中别有天。

仅仅在三首词之内，我们就已经从开头精致的景象转移到酩酊大醉和急管繁弦。最吸引我们注意的是这首词的下阕。人人都能认出他化用了李白的名句："别有天地非人间。"但这不是欧阳修这首词作想表达的意思。他讲述的是倒影的世界。词的读者应该对"别有"一番天地这一概念特别敏感，谨记这种对于异质性的召唤。这是第二个世界，是个镜像的世界。这种差"别"在词中尤其重要。

当这组连章初次被演唱时，每个人都知道这是欧阳修重回颍州"西湖"所作；但后世的"读者"则要读到整组词作的最后这

132

---

〔7〕《全宋词》，第154页；《欧阳修词新释辑评》，第5页。

一首，才会对此恍然大悟[8]：

平生为爱西湖好，来拥朱轮。富贵浮云。
俯仰流年二十春。

归来恰似辽东鹤[9]，城郭人民。触目皆新。
谁识当年旧主人。

前文提到西湖湖畔的盛宴，这里似乎把它定位于二十年前的回忆之中。这似乎说明了整组连章描写的可能都是过去的场景（虽然之前的"念语"点明了这一组词作是在酒宴上表演的作品）。如同第三首词里如镜的湖水一般，这首词也把实景拉远，使眼前的浮云变成一种幻象。对于一位成就卓越、勤勤恳恳的帝国臣子来说，当他辞官退隐，回到自己曾经担任太守的地方，发出"富贵浮云"的感慨实在不足为奇。

133

《醉翁琴趣外篇》并未收录这一组西湖词，但正如词集的题目所显示，《醉翁琴趣外篇》的受众与《近体乐府》并不相同。[10]这部词集没有以欧阳修的谥号"文忠公"来命名，反而采用了他的自号"醉翁"。它没有自称为"近体乐府"，反而使用"琴趣"一词。这个词语也被用来为同一丛书之下的其他词集命名。此

[8] 《全宋词》，第155页；《欧阳修词新释辑评》，第14页。

[9] 这里化用了丁令威驾鹤升仙的典故。丁令威学道有成，化为白鹤归乡，发现城郭已经物是人非。

[10] 关于"琴趣外篇"这个术语，参见施蛰存：《词学名词释义》，中华书局，1988，第17—20页。

外，它并没有意图把欧阳修的词整合入他的诗文集。这本词集以“外篇”自诩，显然要把歌词排除在较严肃的古典作品之外。《醉翁琴趣外篇》这本词集显然有它特定的听众。

《醉翁琴趣外篇》和《近体乐府》共同收录且作者归属没有纷争的作品有 86 首。其中有以下这首词作，同样是调寄《采桑子》，它在某些层面和以上讨论的西湖连章的最后一首有相似之处。这首词在《近体乐府》中紧跟在西湖连章之后，所以读者很容易把它也当成组词的一部分。[11]

> 十年前是尊前客，月白风清。
> 忧患凋零。老去光阴速可惊。
>
> 鬓华虽改心无改，试把金觥。
> 旧曲重听。犹似当年醉里声。

为什么这首词会被收入《醉翁琴趣外篇》而其他十首西湖组词却没有？当然，我们无法肯定地回答这个问题，但是这两个集子之间的一些区别可能对我们有所启发。一般而言，欧阳修那个年代的歌词可能提及季节时序，但大多不会交代具体地点。毕竟，如果有人要在“西湖”以外的地方演唱，那些词就会显得格格不入。此外，欧阳修在西湖连章的最后一首自称为“旧主人”，指出了当年自己出任颍州太守之事。这就等于说：这首词是由一位二十年前曾出任颍州太守的人创作的。这样一来，欧阳修实际

〔11〕《全宋词》，第 156 页。

上是在词的文本内部“标注”了自己的身份和创作日期。相比之下，两本词集同时收录的这首《采桑子》则不一样，它可以由任何人在任何地方演唱。我们也许会觉得一位芳龄十四的歌女唱出一首提到“鬓华”的词作，听起来可能有点突兀，但听众只要假设词人是位年长的男性，就不成问题了。

如果我们将这首词放在11世纪后期的语境加以考虑，这会很有意思。那时歌词正成为真正的“文学”，通过添加交代创作场合的副题和序文，词作变得非常具体。在这种背景下，欧词有种独特的古典韵味，这也是欧词的魅力所在，就像《采桑子》下阕所说的“旧曲重听”。

词创造永恒幻象的能力成为了上面词作的主题。在这个层面，歌词所歌咏的并不是某个具体场合本身，而是把这个场景呈现为一种重复的标准：它变成了一种幻想。欧阳修说他听见歌声时，恍惚有一切如昨的幻觉；但与此同时，他也意识到幻觉的虚幻本质。然而，如果那歌者唱的正是**这些**语句，告诉他幻象不过就是幻象，他又会怎么样呢？有的词只会单纯地制造幻境，但更多的词则与**进入**这幻境的通道相关，甚或鼓励听众进入幻境，因此它们会强调日常生活与词中世界的不同。宴会和唱词营造了一个特别的时空——以外在的时间衡量，它很短暂；然而，它本身却又超越了时间。很多歌词把自身置于宴会的边缘，演唱着进入或退出那个特别的世界。

词有没有具体指涉——这一点或许有助于解释为什么《醉翁琴趣外篇》没有收录可能是欧阳修最著名的一首词：吟咏平山堂的《朝中措》。平山堂在扬州附近。欧阳修早期的一个词集即以 *135*

平山命名，称为《平山集》。[12]

平山阑槛倚晴空。山色有无中。
手种堂前垂柳，别来几度春风。

文章太守，挥毫万字，一饮千钟。
行乐直须年少，尊前看取衰翁。

这首词不仅极为具体，而且也是欧阳修集中少数附有场景副题的作品："送刘仲原甫出守维扬"。苏轼也是通过这一非常具体的地名，记住了这首词。他在《水调歌头》中引用了上面的作品，其中就提到[13]：

长记平山堂上，敧枕江南烟雨，渺渺没孤鸿。
认得醉翁语，山色有无中。

136

有些词评家认为，苏轼可能在用以上这段文字来纠正欧阳修的"舛误"，因为"山色有无中"形容的肯定是雾中之景，跟欧词首句所言的晴空有龃龉。值得我们注意的是，苏轼描述的是他曾"身处"平山堂所看到的景象；而欧词明显写于别处（平山堂在扬州附近，而扬州正是刘敞将赴任之治所）。欧

[12]《全宋词》，第156页；《欧阳修词新释辑评》，第20页。《琴趣外篇》一系词集中也有许多有具体指涉的作品，它们多附有提到创作场合的副题。不管是什么原因，"欧阳修词"的这个情况还是很特殊的。
[13]《全宋词》，第360页；《苏轼词编年校注》，第483页。

词只是给出了对风景的大概描绘，并没有刻意呈现某种一致的场景。

我们也许能预想到，关于平山堂的这首词被排在《近体乐府》靠近开头的部分，紧接在《采桑子》之后（除了十首西湖连章外，还有另外三首《采桑子》，包含上文引用的那一首作品）。如果说诗集编纂越来越倾向于按照创作时间先后排列，那么词集则通常以词牌为单位来组织作品。在此我要强调一点：虽然同一词牌下的词作被放在一起，但是同一词牌之下每首作品的内部顺序，以及各词牌之间的顺序却并不是固定的。比较欧阳修的两种词集，以及《乐府雅词》（1146）中选收的欧词，三者在排列词牌和在同一词牌下排列各个作品时，顺序都不一样。这意味着欧词的排序很可能是编者罗泌的安排。

在《近体乐府》中，紧接着上面这首平山堂词的是三首与闺怨相关的《归自遥》。这几首词很温和，罗泌在卷末却特别标注："并载冯延巳《阳春集》。"值得玩味的是，虽然这三首词中有两首被选入《乐府雅词》，而且它们也肯定在《平山集》中，但是这三首词都不见于《醉翁琴趣外篇》。如果我们考虑《近体乐府》开卷铺排的那些诗文，会发现它们都是符合欧阳修身份的庄重作品；这里第一次出现"闺怨"词——闺怨本是传统词作常见的题材，结果罗泌证明这些作品的作者另有其人，它们只是窜入了欧阳修的词集而已。

罗泌在编纂《近体乐府》时，不一定能看到所有被编入《醉翁琴趣外篇》的作品。尽管如此，当我们考虑同一词牌之下收录的各类作品，大概能够明白罗泌选词的标准。假如我们继续翻阅《近体乐府》，会发现卷一接下来还包括了两首广为流行的《踏莎 137

行》，其中包括下面一首[14]：

候馆梅残，溪桥柳细。草熏风暖摇征辔。
离愁渐远渐无穷，迢迢不断如春水。

寸寸柔肠，盈盈粉泪。楼高莫近危阑倚。
平芜尽处是春山，行人更在春山外。

这是一首标准的闺怨词。如果有人非要从道德高地质疑这首词，那他只可能说：欧阳修应该把时间用在更严肃的追求上。

《醉翁琴趣外篇》收录了这首词，同时也收了另外几首不见于《近体乐府》的作品。这些作品丝毫称不上鄙俗，也称不上香艳，但它们常常或深或浅地纠结于爱情中。如果说上面这首词仍可以（一般也会）被解读为表达妻子对丈夫的思念，那么以下这首只收进《醉翁琴趣外篇》的作品则很难用同样的方法去阐释[15]：

138

踏莎行

欧阳修

云母屏低，流苏帐小。矮床薄被秋将晓。
乍凉天气未寒时，平明窗外闻啼鸟。

〔14〕《全宋词》，第157页；《欧阳修词新释辑评》，第27页。
〔15〕《全宋词》，第197页；《欧阳修词新释辑评》，第315页。

困殢榴花，香添蕙草。佳期须及朱颜好。
莫言多病为多情，此身甘向情中老。

严格的道德家可能会觉得这首词有问题。我把“情”翻译为“passion”［激情］；“情”有时指更温和的“情感”，但也用来指更为强烈的“激情”。下阕中带有威胁意味的疾病，只能由后者而非前者所促发。词作如此直率地肯定持久的激情，必然会引人侧目。再者，“佳期”听起来更适合形容约会，而不是丈夫归家之日——虽然它同样可能指的是后者。《醉翁琴趣外篇》中有远比这首词更大胆的作品，但是对于执着于欧阳修某种形象的罗泌来说，这首词属于要被排除的作品。

考虑到词在当时漂浮不定的状况，我没有信心说上面两首《踏莎行》是否有任何一篇一定是欧阳修的作品。虽然我们对平山堂词的作者为欧阳修这一点相当有信心，但是对于这两首《踏莎行》，我们只能说他有可能写了其中一首，也有可能两首都是他写的，可以肯定他必然写了一些跟这两首词相似的作品。

139

在思考11世纪中期的歌词时，我们必须改变思考的角度。可以确信，所有这些大名鼎鼎的词人确实写词，现在系于他们名下的作品有一部分也确实是他们所作。与此同时，对于一首依托歌本或曲目而流传的词来说，能够系于某位著名词人名下可以提高其价值。当时词作的归属还不是学术研究的主题，这种现象至少要持续到12世纪中期。到了12世纪中期，词变成了中文意义上真正的“文”，我们在罗泌编的《近体乐府》中可以明显看到这一改变。

究竟是冯延巳，还是欧阳修写了以下这首《蝶恋花》？这真的无关紧要[16]：

> 庭院深深深几许，杨柳堆烟，帘幕无重数。
> 玉勒雕鞍游冶处，楼高不见章台路。
>
> 雨横风狂三月暮，门掩黄昏，无计留春住。
> 泪眼问花花不语，乱红飞过秋千去。

两位词人都有可能写出这首招人喜爱的词。我们并不可能每次都清楚分辨出 10 世纪和 11 世纪的词作，更不用说区分出冯延巳和欧阳修的作品了。它的作者也有可能另有其人，只因它让人难以忘记，而被归到冯延巳和欧阳修这两个名人的名下。在 11 世纪，作者是词的属性；而从 12 世纪开始，词却成为了作者的属性。

140

在这一语境下，我们可能要注意一下晁补之（1053—1110）的一首集句《江神子》。这首词大概作于 12 世纪第一个十年。[17] 苏轼和王安石都作过集句词，但所集的都是诗句。晁补之这首集句词也用了李商隐的一句诗，但除此之外，他所集的都取自词，并且来源都是归到欧阳修名下的词作。其中有以上这首《蝶恋花》倒数第二句的变体："把酒问花花不语"。这个变体是晁补之所知（或以为自己知道）的一个版本；而且，晁补之和李清照一

---

〔16〕《冯延巳词新释辑评》，第 29 页；《欧阳修词新释辑评》，第 51 页。《全宋词》中欧阳修之下并未收录这首词，参见《全宋词》，第 161 页。

〔17〕刘乃昌、杨庆存：《晁氏琴趣外篇 · 晁叔用词》，上海古籍出版社，1991，第 42 页。

样，都认为这首词的作者是欧阳修而不是冯延巳。晁补之的这首词首句出自《一丛花》的某个版本，《一丛花》同时被归到欧阳修和张先名下。也许因为这首词只收入《醉翁琴趣外篇》而不见于欧阳修的其他词集，唐圭璋认为这是张先写的词——即使现存最早张先词集的编订比《醉翁琴趣外篇》还要晚三个世纪。

虽然《一丛花》这首词本身以及被引用的那一句都没什么过人之处，但是李商隐那一句诗在当时广为人知，那首同时归于冯延巳和欧阳修名下的《蝶恋花》在当时（至少在12世纪）亦是家喻户晓。我们可按这一点推测，集句词中所征引的另外两首欧阳修的词作在12世纪初应该也是知名度很高的作品。这几首词直到当代依然是欧阳修最广为流传的作品，我们可以由此想象它们从一开始就已经名满天下。下面第一首词是欧阳修的《浪淘沙》。[18]画线的部分标示了晁补之所集的词句。

> 把酒祝东风。且共从容。垂杨紫陌洛城东。
> 总是当时携手处，游遍芳丛。
>
> 聚散苦匆匆。此恨无穷。今年花胜去年红。
> 可惜明年花更好，知与谁同。[19]

141

另一首是《定风波》[20]：

---

〔18〕《全宋词》，第179页；《欧阳修词新释辑评》，第192页。

〔19〕我把这一句翻译为 but I wonder whom I'll be with［我不知道我将和谁在一起］，但这一句也可能指我不知道“她将和谁在一起”［whom she will be with］。

〔20〕《全宋词》，第180页；《欧阳修词新释辑评》，第203页。

把酒花前欲问公。对花何事诉金钟。为问去年春甚处。
虚度。莺声撩乱一场空。

今岁春来须爱惜。难得。须知花面不长红。
<u>待得酒醒君不见</u>。千片。<u>不随流水即随风</u>。

142 这两首词都带有11世纪中期小令的匿名性，主题也都是吟咏春日。二者都用了发问的修辞。花儿一年比一年红的说法，实际上是美好的幻想，是年华老去的主体的主观印象。不过，就像晏殊的词作一样，这两首词真正巧妙的地方在于其婉转流畅。

晁补之的《江神子》固然是一首集句，而集句的每一韵句一般都有出处。然而，这首词中有两处韵句，我们现在已找不到它的来源了。这是一个重要的提醒：在晁补之创作时家喻户晓的作品——也许就连欧阳修那些口口相传的作品——也不是每一首都能保存下来，并在12世纪后半编纂的词集中找到一席之地。

关于晏殊词和欧阳修词之间的区别，艾朗诺曾做细致分析。他的结论是欧阳修更关注叙事。[21]在某种程度上，这是因为有叙事性的词更容易吸引我们的注意（前提是两位词人“共享”了好几首词）。小令有一个小传统，脱胎于唐诗的小品。欧阳修似乎格外热衷于这种写作模式，尤其是带有窥视意味的江南小景。以下《蝶恋花》便是一例[22]：

---

〔21〕 Egan 1984.
〔22〕《全宋词》，第161页；《欧阳修词新释辑评》，第55页。

越女采莲秋水畔。窄袖轻罗，暗露双金钏。
照影摘花花似面。芳心只共丝争乱。

鸂鶒滩头风浪晚。雾重烟轻，不见来时伴。
隐隐歌声归棹远。离愁引着江南岸。

采莲歌有着历史悠久的传统。我们不妨在这里把欧阳修这首词跟柳永《乐章集》中的一首小令做比较[23]： 143

河　传

柳　永

淮岸。向晚。圆荷向背，芙蓉深浅。
仙娥画舸，露渍红芳交乱。难分花与面。

采多渐觉轻船满。呼归伴。急桨烟村远。
隐隐棹歌，渐被蒹葭遮断。曲终人不见。

与上一首类似，我们看到“花”与“面”的模拟，以及归棹时“隐隐”的歌声。在别处，我们还看到满载莲（藕）的船。采莲词享有一些共同的意象，同时却有空间让它们在各种变体之中游移摆荡。当其他人都在返航，欧阳修的采莲女则因相思而乱了心神。 144

---

〔23〕《全宋词》，第59页；《乐章集校注》，第214页。

我们不可能证明或者推翻一组为数甚多的作品是否为某词人所作，却可以找出一组作品中反复出现且不属于传统小令的意象和主题，借此看出端倪。越女因愁绪而分神，使得她的小船在水上漂荡——这一情节并不属于传统小令。小船那突如其来的颠簸还被重复利用到下面这首《渔家傲》中，其调子相当不同[24]：

> 花底忽闻敲两桨。逡巡女伴来寻访。酒盏旋将荷叶当。
> 莲舟荡。时时盏里生红浪。
>
> 花气酒香清厮酿。花腮酒面红相向。醉倚绿阴眠一饷。
> 惊起望，船头搁在沙滩上。

145 这首《渔家傲》以机巧的奇思妙想重写了那首相当普通的《蝶恋花》。采莲女先是听见了声响，然后才看到划船的女伴。[25]传统写法可能将女子面容比作花儿（《蝶恋花》正是这样做的），但是欧阳修在这里把这一修辞用到极致：女孩儿喝了酒，脸庞愈来愈红，她的脸映照在荷叶杯中的酒里；与此同时，女孩儿们喝醉了，睡意沉沉，任由小船载着她们在水上漂荡。突然的颠簸惊醒了她们；起身四望，才发现原来是小船在沙滩上搁浅了。这首词跟前面那首《蝶恋花》有许多相同的元素，也有着同样的结局。

这两首采莲词相似的地方相当明显。下面这首《渔家傲》吟

---

〔24〕《全宋词》，第164页；《欧阳修词新释辑评》，第80页。

〔25〕艾朗诺（Egan 1984，p. 134）认为是一位男子到来与女子出游。虽然这也是有可能的，但是在采莲曲中（包括一些与上面那首《蝶恋花》相似的词），“女伴”一般指的是结伴同游的其他女性。

咏的则是一个全然不同的主题，它和上述两首作品之间的关系并不易见，但是词末的“惊吓”，加上错把倒影当作被反映之物的主题，这些都开始有点像是“作者”的印记了[26]：

一派潺湲流碧涨。新亭四面山相向。翠竹岭头明月上。迷俯仰。月轮正在泉中漾。

更待高秋天气爽。菊花香里开新酿。酒美嘉宾真胜赏。红粉唱。山深分外歌声响。

下阕中歌声的回响是上阕月轮在泉水中之倒影的双身。两者构成了汉语中的复合词“影响”（倒影及回响）。我们在此可以引用一首肯定是欧阳修所作的词。前文在第 140 页 * 也提到了这第三首《采桑子》： 146

行云却在行舟下，空水澄鲜。俯仰流连。
疑是湖中别有天。

这就把我们带到那些只收入《醉翁琴趣外篇》而未被收进《近体乐府》的充满争议的词了。罗泌怀疑有人刻意把词归到欧阳修名下，借此中伤欧阳修，所以他在编《近体乐府》时说自己把这些词删去了。尽管如此，我们还是没有充分理由把《醉翁琴趣外篇》多出来的那些作品认定是罗泌剔除的词作——我们能说

---

〔26〕《全宋词》，第 163 页；《欧阳修词新释辑评》，第 71 页。

*　为本书页码。下同，不另注。——编者

的只是这些作品中有许多确实更加“多情”。值得注意的是，曾慥的《乐府雅词》要比《近体乐府》的编纂早半个世纪，其中选收了欧阳修的83首词，当中竟然没有任何一首与《醉翁琴趣外篇》多出来的那些作品重叠——当然，曾慥表明自己已悉数删除道德上有问题的作品。这些多出来的作品词牌很多都没有在《近体乐府》中出现，词作中使用的俗语也不见于《近体乐府》中。这些差别可能意味着这些作品的确不是欧阳修所作，不过，同样有可能的是，这些差别正是曾慥和罗泌在删除作品时所依据的标准。我们应该留意，在黄庭坚和其他生于11世纪中期作者的词集中，俗词像发酵似的多了起来，而这些俗词大多是“多情”的。[27]香艳主题通常会使用某种特定的语体 [register]，有些情况下会以“合适”的词牌来写。《醉翁琴趣外篇》多出来的作品有不少在主题和风格上都相当不同，然而，这能否就说明它们不是出自欧阳修之手呢？或者说，罗泌及12世纪早期的词评家们是否按照这些特点来断定它们不是欧阳修作品？

147

这一部分多出来的词作当中，也包含了一些作者归属有争议的作品，但它们所占的比例，跟《近体乐府》独有的那些词中作者归属有问题的作品比例基本一致。简而言之，我们可能永远也解不开这个谜团。换一个角度来说，这也提醒我们，当时的词人同时也在使用更通俗的语言来创作不那么端庄的词。然而，在词这一体裁取得文学的合法地位后，那些俗词往往会成为牺牲品。即使在当代，人们在编修作家的全集时，词作也往往会被安排在诗作之后。同样地，现代出版的欧阳修词集，也总是先收录

〔27〕 参看附录《“雅”及其对立概念》。

《近体乐府》，接着才在后面补上《醉翁琴趣外篇》中没有收录到《近体乐府》的作品。这两种本子的地位高低一目了然。

在英语背景下讨论这些作品的是非，我们似乎不得不从主题着手——性爱、诱惑与裸露的肌肤。这些作品有许多主题跟《近体乐府》所收录的词作没有太大的差别。所谓是非，其实大多跟作品的语域有关。词作使用俚语俗话，有时会使一些常见的情感表现得极其亲昵，甚至亲昵得让人尴尬。如果这部分作品的确就是罗泌删掉的那些，那么作品的语域就是判断一个文本是否应该被当作“文学”的标准之一。

在那些多出来的作品中，有一些是用常用词牌创作的，它们的语言通常不那么俚俗；如果罗泌删除的词作也包含了这些作品，那么它们被删除的原因可能是由于词中所表现的情景。举例而言，《近体乐府》中有数量众多的《蝶恋花》，却没有收录下面这首《蝶恋花·咏枕儿》[28]：

> 宝琢珊瑚山样瘦。缓髻轻拢，一朵云生袖。
> 昨夜佳人初命偶。论情旋旋移相就。
>
> 几叠鸳衾红浪皱。暗觉金钗，磔磔声相扣。
> 一自楚台人梦后。[29]凄凉暮雨沾裀绣。

这首词呈现的是新婚之夜颇为香艳的景象。女子在交欢时， 148

[28]《全宋词》，第190页。

[29] 指的是楚王梦遇巫山神女，二人在梦中缠绵。

她的金钗在枕儿上面磔磔相扣。副题上的枕儿不过是为了这样的声响而存在。最后一句写的是云雨之后冷却的体液（“暮雨”）。罗泌想必不愿意把欧阳修这一面留在新版的欧阳修别集中。

诚如艾朗诺所言，《醉翁琴趣外篇》收录的作品有几首是真风流（包括一首提到自己跟少女私通的作品，内容显然与道德相悖），还有几首彻底无辜的词作；剩下来大多数作品则处于二者之间，跟《近体乐府》中较“多情”的作品有些重合。

我们的确可以从这两本集子中看到欧阳修的身影，却找不到他的边界。跟柳永的情况类似，已被确立了的作者形象反过来又建构了他的边界。南宋的读者中，有人认为欧阳修私下也有风流的一面，他们就相信那些“多情”的词的确出自欧阳修之手；其他读者或会把欧阳修当作道德楷模，他们就无法接受这些有问题的作品（即使是那些公认为欧阳修“真”的词作，他们或许也会感到一丝不安）。不过，这两个读者群也有共通点，就是双方的观点都不完全适用于阅读 11 世纪中期的歌词。他们都无法接受很多作品可能只是“为一笑乐而已”，词人或只是利用常见的意象创作，以至于词作跟作者的公论或私德没有任何关系。词在当时仍未被严肃对待；这种态度在 11 世纪最后二三十年渐渐改变，但即使如此，对于苏轼等作者来说，词仍然是一个公共的避风港。

149

张　先

张先（990—1078）相当长寿，因此他有机会参与几代词人的创作群体——从一开始他是晏殊比较年长的门生，到了老年则与苏轼交游。张先是一位过渡型的词人，他不仅创作了许多慢词，而且在 11 世纪 70 年代写出了风格较为平淡、因应场合而作的慢词。张先有跟柳永不同、跟苏轼相似的一点——他会在自己的慢词中标出创作的场合。这种做法把作品放置在一个具体的历史时刻，也使人们更难重复利用它们来演出。晏殊和欧阳修都在政坛和文坛享负盛名，人们之所以对他们的词作感兴趣，部分原因也来自他们更广的声誉。相比之下，张先仅仅是作为词人而为人所知。苏轼一度感叹读者只知道张先的词，而对张先的诗不感兴趣；张先曾创作数量相当可观的诗歌，但他的诗集的确已经完全散佚了。

张先词集最显著的特点之一，就是有数量众多的表明创作场合的副题。其副题的丰富程度使得当代学者吴熊和可以为张先词编年——在那一代词人中，张先是唯一一位作品可被编年出版的。我们从这一点看到的并不完全是张先作为词人“发展”的轨迹，而更多的是人们理解词的方式正在发生变化。吴熊和以精湛绝伦的考证功夫成功地把一首词的创作时点定在 1029 年，接下来又按照一首词的副题把创作时点定在 1039 年（当时张先 49 岁）。但直至晏殊在 1055 年去世（张先时年 65 岁）以前，能够系年的张先作品只有 15 首。再者，描述创作场合的副题并不一定都是张先在创作该词时就标注了，有些可能是张先后来增补的，好让读者明白作品的具体语境。总之，张先曾为晏殊的词集作序，当他在考虑自己的“词集”时，想的是如何方便读者阅读词作，而不是词作如何被反复演唱。他的歌词都是为特定的历史时刻而作的。

150

我们不清楚晏殊的作品是什么时候结集的，尽管这大抵是在晏殊逝世以后的事。我们可以确切地说冯延巳词在1058年结集。大概也是这个时候，张先作品中描写创作场合的词序有所增加。这一时期似乎是第一次出现编纂个人“词集”供人传阅的观念。不管是出自作者本人的意愿，还是后人所添，张先的词集《张子野词》被冠以作者的名号。这种命名方式与以往词选或词集更为花哨的书题形成了鲜明的对照。

我们或许可以把晏殊家宴上的歌词——也就是他所说的“新词”——理解为为了某一特定场合而创作的作品。但宴会上的新词本质上是为了重复使用的。我们也读到柳永为歌妓写词，并把词作当成信笺寄给她。但是，即使柳永在词中提到具体的人和事，那些词作本质上还是可以循环使用。张先晚年填写的词作，提及具体人事的方式跟传统诗歌一样。那些词作通常也需要有一个描述创作场合的副题，读者才能完全理解其内容。类似《更漏子》那样经典的词牌，张先或可完全以早期小令的风格写成，但他在开首却提到“相君家”，这就使得整首词很难被重复使用，除非是在非常具体的情景下演唱。[30]苏轼有一首《南乡子》，跟张先这首《更漏子》同样作于1074年“相君家”的宴会上。苏轼的词作说明，即使是传统小令也可以有这样的操作。苏轼在副题中指明这首词是“同子野各赋一首”。“赋”字和量词“一首”本来都是用于诗而不是词的。他把原来用于诗的术语挪用到词的写作上——这种做法此后变得越来越普遍。另外，虽然人们仍会聘用歌妓演唱歌词，但是早期那种表演模式往往消失了，歌妓不再

151

〔30〕《全宋词》，第84页；《张先集编年校注》，第63页。

在其中“代言”男女关系，而变成了词人与其同僚对话的媒介。

张先精通音律。相较于其他小令词家的集子，张先的词集使用了更多不同的词牌——当然，这也跟他晚年开始写作慢词有一定关系。尽管如此，张先有许多为特定场合而作的词读来都很像诗，像是被裁剪成形式上合乎词律的诗。他还有一些无法系年的小令作品，读来却没有这种感觉。造成这一差别的，可能是因为公燕诗的语言“材料”还未能在词中找到合宜的形式；又或者，这反映了一位词人在耄耋之年与他在弱冠之时创作的区别。

张先不太可能50岁左右才开始写词。尽管有一部分无法系年的作品看起来的确是写于张先晚年，但也有相当比例的词作应该作于他50岁以前。〔31〕这些作品中有不少写法更接近晏殊，以及其他小令词人。

我们不妨看看张先最著名的几首词。在有系年的作品中，创作时间比较早的一首是作于1043年的《天仙子》。当时张先53岁，还是非常活跃。张先因病**无法**出席某次宴会，所以才写下了这首词作。这一背景也许是有意义的。宴席散后的寂寞冷清是传统小令中常见的主题之一，在这首词里却跟词人缺席的一场宴会有关。词的副题是“时为嘉禾小倅，以病眠，不赴府会”。〔32〕

> 水调数声持酒听。午醉醒来愁未醒。〔33〕
> 送春春去几时回，临晚镜。

---

〔31〕 例如《张先集编年校注》，第93页。

〔32〕《全宋词》，第88页；《张先集编年校注》，第7页。

〔33〕 又见冯延巳《鹊踏枝》：“昨夜笙歌容易散，酒兴添得愁无限。”

伤流景。往事后期空记省。

152　沙上并禽池上暝。云破月来花弄影。
重重帘幕密遮灯，风不定。
人初静。明日落红应满径。

我们不妨留意一下副题和本文之间的关系。如果没有副题，我们可能很自然地把开头第一句理解成张先出席了宴会。虽然这一句也有可能指词人错过的欢乐时光，但是接下来的“午醉”则告诉我们，他听见了乐声，却又因无法赴会而独饮。因此，副题是歌词文本的重要补充，让我们理解为什么他会忧愁，为什么他无法畅快地“送春”。这首词的主要内容依然发生在欢宴结束以后，冯延巳词亦大体如此；但二者不同的是，张先的忧愁有一个具体的原因，而且带来的是一种持续的忧愁（或单纯是他不能赴宴的“感伤”）。

这首词是张先能够系年的作品中创作时间较早的一首。它的副题中有许多痕迹表明它是后来才添补上去的——“时为嘉禾小倅”的“时为”既可以是“当时予为”，也可译作“现时予为”；153　但是，如果词写的是当下的情况，一般不会特别标明时间及上述的信息。“小倅”即低级的附属职员，一般也不用来指称当前的职位。这些痕迹都表明副题是后来添加的。由于这首词中包含了可能是张先最广为人知的一句，我们在这儿看到的似乎是作者站在后世读者的角度重新考虑这首词：他想澄清这首词的创作情境，以避免潜在的误读。当然，如果我们也有晏殊词创作场合的具体信息，大概会对晏殊词有更精妙的理解，但是晏殊本人似乎对此不以为意——这些作品“只是”歌词而已。

如上所述，宴席是为了“送春”而设的。第三句中规中矩，只因其具体情境（即作者没能到场送别春天）而变得较有棱角。接下来，词人临镜看到自己50岁的苍老容颜。我们再次看到宋词常见的桥段因具体情境而转化，由此产生特别的意义。只有通过读取副题，我们才能理解个中的意思。

上阕结句化用了杜牧（803—852）诗的一联。这一对句出自《代吴兴妓春初寄薛军事》：“自悲临晚镜，谁与息流年。”[34]我们首先留意到唐代诗人在采用女子口吻代言时，会刻意加上“代”字为标记。但唐乐府和词一般没有这种标记，因为乐府和词通常是以女子口吻而写，继承了诗的代言传统。虽然张先词的副题明明白白说的是他因病错过了跟同僚的一次聚会，但是当时的歌词创作和演唱习惯把词的情绪转成了男女之情。杜牧的原诗也确证了这一转变。“往事后期”是当时歌词中常见的说法，有强烈的男女情爱的意味。欢宴在此与情欲融合得严丝合缝，这在张先晚年的词作或苏轼词中都相当少见。

154

因为张先用的韵脚不一样，他把杜牧诗中的“流年”（流逝的岁月）换成了“流景”（流失的光景），以此交代上阕的时序——从上午喝酒，中午醉眠，到傍晚才醒来的一整个过程；同时，这也呼应了宴会“送春”的主题。当时小令的结构常常按照时间顺序，从白天到夜晚来安排叙述。知道这一点，我们就能进入下阕所描写的夜景了。张先在书写夜晚情境时，糅入了他对光线的把玩，其处理令人惊叹。

---

〔34〕《全唐诗》，28183。

随着下阕转到晚上，词作也从室内向室外移动。11 世纪后期的读者会把注意力集中在细节上，犹如自己在阅读传记一般。他们大概会以为病蔫蔫的词人这时有好转的迹象，但是词人在户外的动作，无论是凭栏还是游园，其实都是这种小令常用的描述。

园池的景观让张先写出了最著名的对句：这对句由黑暗到光明，再由光亮转到阴影。“并禽”让人联想到爱侣，与爱情主题相关的意象悄悄地潜入词作之中；词人以阴暗的池水为背景，在其上勾勒出它们的轮廓。接着，夜云移开，澄澈的月光洒落在春末依然绽放的花木上，投下阴影。词人的身体或感受到风在吹拂，他却没有刻意说穿；他说的是自己从云霞的移动和花影的摇曳之中“看到”了风。传统的词论常常单独评赏“弄”字（即“逗弄”的意思）。花儿自己当然无法弄影；这其实是风在“逗弄”它们。在特定的语境中，“弄”可能有挑逗或调情的意味，而这里的“弄”字多多少少也包含了这种意思。毕竟花儿与美人是经典的喻体与本体。例如张先的《一丛花令》，结句即翻新了李贺的诗句，描摹被抛弃的女子的心情〔35〕：

> 沈恨细思，不如桃杏，犹解嫁东风。

“东风”即春风。

155

这首词中，爱情的主题和春光易逝、红颜易老等主题勾连在一起，导向了“明日落红应满径”这一不可避免的结局。在结束以前，词人通过一个巧妙的形象回到了室内——虽然他仍留在外

〔35〕《全宋词》，第 76 页；《张先集编年校注》，第 111 页。

边，却从外往内看——这与“云破月来”的意象相映成趣：室外的云儿退去，透出原来遮挡着的月光；室内的帘幕却反过来被拉上，遮挡着室内的灯光。

> 风不定。人初静。明日落红应满径。

词人从帘幕的动态中得知风还未安定。而且，他也很清楚风将会吹落暮春的花儿——此时它们在夜里失去了颜色，变成了月光下的阴影——飘零的花瓣第一次把有动态的颜色带入词中，然而一切都已太晚。晨光将照进词中，在时间上完成一个完整的循环：从白天到夜晚，再回到早晨，期间词作在明暗之间几度往返。

下面这首《醉垂鞭》属于宴会词中极有技巧的一首，可以跟上文那首同时被归到冯延巳和欧阳修名下的名作《蝶恋花》相提并论。《蝶恋花》是“直接”的小令的极致，通篇只用了同一种语域，并没有在语气上有任何变化。而《醉垂鞭》则以驾轻就熟的手法运用了不同的语气。

> 双蝶绣罗裙。东池宴。初相见。
> 朱粉不深匀。闲花淡淡春。
>
> 细看诸处好。人人道。柳腰身。
> 昨日乱山昏。来时衣上云。

这首词以衣裳开始，以衣裳收束——首句中薄如蝉翼的罗裙常被比喻为舞女衣裳上的云彩，末句果然以衣上云来收束。罗裙 156

上的蝴蝶是清晰易读的符号，表示男性追求者追逐着如“花”一般的女子。这也跟“蝶恋花”的词牌相呼应。“朱粉不深匀”也不难理解：正如歌词所言，年轻的脸庞无须浓妆艳抹。

下阕以众人对这位女子的评价开始。有的词评家认为词人说的“诸处好”和众人说的“柳腰身”两种评价似乎有所矛盾；然而，我们也可以理解为这是词人在列举细节——容貌、腰身，实在是一切都好。评价的语气，尤其是集体评价，制造了一种距离感。为之绝倒的人不会采用这种语气。这位女子在这一堆迷人的特征中消失了。

然而，在词的结尾，词人再次重现了她现身时的“面貌”。她在昏暗的乱山中出现，还带着“衣上云”。词作的写法让人很难分清楚这是绣在她衣裳上的云彩图案，还是她被云雾环绕。她化身成了巫山神女——她不仅是一个被客人评头论足的小歌妓，她是一个神秘力量的象征。

张先最好的作品可以跟晏殊、欧阳修并驾齐驱，但他只是偶有佳作。张先晚年所作的慢词中，最好的那些是模仿柳永的作品；然而，当他跟苏轼唱和时，他的作品就相形见绌了。苏轼对于词体的潜力有十足的把握，张先却缺少了这种天赋。

苏轼很欣赏张先，写了一篇跋文称赏张先的诗。他的跋文还不无惋惜地指出人们只懂得欣赏他的词。[36]李之仪很推崇张先，认为他精通音律，补足了柳永的短处，可惜他缺乏才华。李清照批评晏殊和欧阳修词是“句读不葺之诗”；虽然她没有那样批评张先，但当她把张先包括在一组词人中，并做出评价：“虽时时

157

〔36〕 孔凡礼点校：《苏轼文集》，中华书局，1986，第2146页。

有妙语，而破碎何足名家？”她的不满同样咄咄逼人。《乐府雅词》只选了张先的 11 首词；这与欧阳修入选 83 首词形成了强烈的对比。南宋时人对 11 世纪中期的词人没有太多的热情——欧阳修是个例外。但即便如此，南宋人对欧阳修词的兴趣主要还是因为他是欧阳修，同时也由于他的一些词作很有争议。对于南宋作家来说，宋词传统的成熟，是从苏轼那一代词人开始的。

陈振孙的《直斋书录解题》提到了张先的词集《张子野词》，但是这部词集现存最早的版本是 15 世纪吴讷编的《百家词》本。另有较短的一个本子收录在《知不足斋丛书》之中，其上还有 1788 年的跋。这一版本按照宫调来排列作品，有些学者据此判断该本保留了宋本《张子野词》的原貌。这一说法很有吸引力，但是我们需要注意：丛书的编纂者鲍氏父子补充了 75% 的作品，最后才得到了跟标准的张先词集作品数量相当的一个本子。比起吴讷本，《知不足斋丛书》本的《张子野词》收有更多的作品，我们很难评估鲍氏补充进来的作品有多大的可信性。

其他小令词人

除了词集以外，歌词更常以单首作品的形式传播。有相当数量的歌词被认为是 11 世纪中期的作品。有些歌词被保存于南宋的各种词选之中，更多的则是通过“词话”和丰富的笔记材料流传下来。这些文献来源有的成书于 11 世纪，但绝大部分来自 12 或 13 世纪。这些歌词大多与各种逸闻有关，而这些故事的可信

158

性程度不一。同一首词出现在多个作者名下的现象并不少见。

有了这些在11世纪后半期开始成形的词集以后，我们就可以开始思考11世纪中期的歌词实践了，即使我们对于具体文本的作者归属仍有疑问。明代吴讷在南宋《百家词》的基础上编成了同名的丛书，其中保存了杜安世的词集。这部词集没有什么读者，然而，我们却在这部词集中找到跟其他著名词集相似的特点。杜安世的86首词中，大概有15%的作品也出现在其他地方——主要是在前面讨论过的这几本集子。剩下来的作品在主题和风格上都跟其他词集一致。杜安世出生于长安；在宋代，长安算是较闭塞落后的城市。他被称为“杜郎中”。“郎中”的称呼只告诉我们他似乎曾出任官职，并没有给我们提供更多有用的信息；他任职的地方都比较偏远。除此之外，关于杜安世，我们别无所知。词话和笔记材料中很少提及杜安世的词。他的词集能保存至今，很可能是机缘巧合，由于南宋刻书坊要凑足“百家”，所以才把杜安世的词集也选了进来。

我们对于11世纪中期小令的想象，可以从另外一些保存下来的小集那儿得到证实。11、12世纪之交，李之仪回顾了长短句从发轫到11世纪中叶的历史。他把张先看成柳永的继承者。[37]同时，李之仪还把晏殊和欧阳修放在一起，把他们归为士大夫的代表，认为他们的作品是可供模仿的典范。有趣的是，李之仪还把另一位享有盛名的文士跟晏殊和欧阳修放在一起，那就是宋祁（998—1061）。

---

〔37〕 关于李之仪《跋吴思道小词》的讨论，详见第344页及其后。

李之仪可能看到收录宋祁更多作品的词集，但我们也应该考虑另一个可能性：李之仪的评价可能只是基于广为流传的几首作品。李之仪生于1048年。在他写作这篇跋文时，已到了中老年。 *159* 至于李清照，她生于1084年。她写作的时间要比李之仪晚了一个世代，但她也同样称赏宋祁，把他和张先视为士大夫填词的代表。

宋祁的词只有六首留存至今，其中三首作者归属仍有异议。下面这一首《浪淘沙近》大概是作于宋祁送别刘敞（1019—1068）的时候。这首词是通过12世纪中期的《能改斋漫录》而保存下来的。它大体上呈现的还是11世纪中期小令的风格，但显然因为要适应文人士大夫的交游而做了相应的改变。[38]

浪淘沙近

少年不管。流光如箭。因循不觉韶光换。
至如今，始惜月满、花满、酒满。

扁舟欲解垂杨岸。尚同欢宴。日斜歌阕将分散。
倚兰桡，望水远、天远、人远。

除此之外，11世纪中期还有一些很特别的作品。面对这些 *160* 作品时，我们必须提醒自己，不能盲目质疑或者盲目轻信。例如一位叫李冠的词人，关于他的生平，我们只知道一个确切的时

〔38〕《全宋词》，第148页。

间点，即他在1010年曾经向一位调任的官员献诗。这就把李冠定位在宋人重新开始对词感兴趣的非常早的时期。李冠的《蝶恋花》的确符合我们对那个时期的印象，虽然这首词同时也被系于李煜和欧阳修名下。〔39〕

蝶恋花

遥夜亭皋闲信步。才过清明，渐觉伤春暮。
数点雨声风约住。朦胧淡月云来去。

桃杏依稀香暗度。谁在秋千，笑里轻轻语。
一寸相思千万绪，人间没个安排处。

然后我们还有两首咏史慢词《六州歌头》。其中一首出现在1249年编成的《唐宋诸贤绝妙词选》，题为李冠所作。另一首则收录在《后山诗话》，同样也被认为是李冠的作品。《后山诗话》有一部分可能是陈师道（1053—1102）所作，但是也有数量不明的文字为后来人所增补。然而，这一词牌一直要到贺铸（1052—1125）才再次出现。贺铸最早只可能在12世纪初才写作他的《六州歌头》。这个词牌的格调和风格都不太像11世纪早期的创作。我怀疑这种把后来的作品回溯式地归到以前的词人名下的情况并不少见。

161

范仲淹（989—1052）是宋代政治、文学和文化史上的著名

〔39〕《全宋词》，第145页。

人物之一。几乎每一部现代宋词选都收录了他的几首词。《全宋词》收录了范仲淹的五首作品，其中几首写得特别出众。虽然文献本源出自南宋，但由于范仲淹是晏殊的好友，而且他的名字也出现在 11 世纪下半叶的词评中，所以这些作品还是可信的。我们在讨论李冠时，看到他名下有一首慢词——这个后来特别流行的词牌下一次出现至少要在半个世纪以后；在范仲淹仅存的五首词中，至少有一首作品跟同时代其他小令词人互相呼应，尽管这首词跟传统的写法非常不同。这首《苏幕遮》里面的相思不一定与男女之情相关，但是它确实建基于 11 世纪中叶的小令传统。[40]

苏幕遮

碧云天，黄叶地。秋色连波，波上寒烟翠。
山映斜阳天接水。芳草无情，更在斜阳外。

黯乡魂，追旅思。夜夜除非，好梦留人睡。
明月楼高休独倚。酒入愁肠，化作相思泪。

〔40〕《全宋词》，第 14 页。

163

第六章　晏几道

> 叔原词如金陵王谢子弟，秀气胜韵，得之天然，殆不可学。[1]

王灼的《碧鸡漫志》是最早撰作的词曲评论之一。上面的引文正是王灼在《碧鸡漫志》中对晏几道的评价。宋人当中难得找到能和4、5世纪时门阀世族王、谢相比的人。对王灼来说，晏几道的这种特质是一种天赋，可供后人欣赏，却不是后人可以模仿的典范。[2]

试图去区别与生俱来的天赋与人生境遇带来的机遇，以及这些境遇带来的创造性自我形塑的尝试是徒劳无益的。从柳永到秦观、周邦彦，直至南宋词人，可以串成宋词发展的谱系，但是晏几道在很多方面都是独一无二的。晏几道是晏殊的第七或第八个儿子。他成长于11世纪20—50年代权倾一时的政坛人物家中。不仅如此，晏家培养了一群家妓，可以说，晏几道从小就在歌乐声中长大。根据他的友人黄庭坚（1045—1105）的说法，晏几

〔1〕《词话丛编》，第83页；《碧鸡漫志校正》，第34页。
〔2〕也许王灼想到了晁端礼模仿晏几道的十首《鹧鸪天》。

道学富五车，但又很不屑炫耀才学。他有几首随手草就的诗歌传世；另外，他还有几首已经佚失的诗作，似乎更能显示其博学多才（黄庭坚有和诗）。不过，晏几道自己似乎并不在乎这些诗作，也没有要出诗集的意思。除此之外，晏几道传世的所有著作都是歌词，更确切地说，是小令。他基本不写慢词，尽管慢词在他生活的时代越来越流行。正如我们之前看到的那样，晏几道显然没有刻意保存自己的作品。他在为自己的词集作序时就提到，他写词仅仅“为一笑乐而已”。

164

没有材料显示晏几道曾尝试考进士。虽然他也因生活所迫做过几任官，但都不是为了“平步青云”。黄庭坚为晏几道另外的一个集子写过序，勾勒出一幅晏几道小像，强调自己的印象也得到他人的确认：

> 晏叔原，临淄公之暮子也。磊隗权奇，疏于顾忌，文章翰墨，自立规摹。常欲轩轾人，而不受世之轻重。诸公虽爱之，而又以小谨望之，遂陆沉于下位。平生潜心六艺，玩思百家，持论甚高，未尝以沽世。余尝怪而问焉，曰：“我盘跚教窣，犹获罪于诸公。愤而吐之，是唾人面也。”乃独嬉弄于乐府之余，而寓以诗人之句法：清壮顿挫，能动摇人心。士大夫传之，以为有临淄之风耳，罕能味其言也。余尝论：“叔原，固人英也，其痴亦自绝人。”爱叔原者，皆愠而问其目。曰：“仕宦连蹇，而不能一傍贵人之门，是一痴也；论文自有体，不肯一作新进士语，此又一痴也；费资千百万，家人寒饥，而面有孺子之色，此又一痴也；人百负之而不

恨，已信人，终不疑其欺己，此又一痴也。”乃共以为然。[3]

165 宋代的历史文献虽然比唐代丰富得多，但仍然局限于某一部分精英文人。关于晏几道的生平，除了他的词集和几则逸事（大多跟他的词有关），我们几乎无法从那些文献中找到其他记录。一直以来，论者都不知道晏几道的生卒年，到了20世纪90年代一位有创见的学者走访晏氏家族，实地去查看晏家的族谱（该谱仅保存于当地），我们才得知。[4]如果我们相信这一族谱，那么晏几道应该生于1038年，卒于1110年。也就是说，他的生卒年和苏轼非常相近。同样，如果我们相信那则广为人知的趣谈——苏轼想通过他们共同的朋友黄庭坚的引见认识晏几道，却被晏几道断然拒绝——那么他们从未会面。不过，苏轼和晏几道仍是宋代文化最耐人寻味的一组对照：一位代表了宋代特有的风采，另一位则代表了南朝王、谢的风流。苏轼显然拥有一种激烈的性情，同时也富于反讽；晏几道虽然表现出完全相同的特质，然而却用尽办法在创作生涯中回避这种锋芒。

166 晏几道肯定也了解当时词坛正在发生的改变，然而他却执拗地守着父辈词人的小令传统。正如同时代的日本和歌，小令是个封闭的诗世界，它的语汇和题材都极其有限。小令艺术的完美在于其流畅与措辞。晏几道在填词上十分保守，这一点恰可以从陈振孙在《直斋书录解题》中对晏几道词集的评价中看出来。他

〔3〕 英译参照了Ashmore，第247页，有修改。[原文出自《二晏词笺注》，第603页。——译者注]

〔4〕 涂木水到二晏故里查阅晏氏宗谱，从中考证出晏几道的生卒年份。参见《二晏词笺注》，第243页。

说："其词在诸名胜中，独可追逼《花间》，高处或过之。"[5] 陈振孙提及《花间集》，指的无非是一种"老派"的姿态——晏几道不是在模仿《花间集》（他可能压根儿没见过该集），而是在模仿冯延巳、张先，以及他的父亲晏殊。如果说张先已经笨拙地转去填写慢词，那么晏几道则留在了旧式风格里。不过，我们也能料到，他那固执的保守主义——其回望的目光已不是老旧的，而是全新的——影响了他的歌词，使得它们和他想坚守的小令传统有了深刻的区别。黄庭坚敏锐地察觉到，当时人们欣赏晏几道子承父风，但是很少有人真正懂他。

我们喜欢关于历史变化的叙事。因此，当我们无法辨别某词是出自 10 世纪的词人冯延巳之手，还是由一百年后的欧阳修填写，我们总感到有些不安。不过，在晏几道的一些作品中，我们能梳理出一种变化的叙事。他是第一位真正意义上的歌词"作者"。他为自己的词集写了序文。跟早期词集（《花间集》《阳春集》《珠玉集》）不同，晏几道为自己的词集取名为《乐府补亡》，呼应了古人补作《诗经》有目无辞之作的传统。[6]

苏轼代表了歌词的一大革新，而晏几道则代表了另一种变革。晏几道没有离开早期的小令传统，而是改造了它，使它可以在新的时代做出新的东西。可以说，除了仿作以外，11 世纪中期以后已经没有人能再写当时的小令了。但是，晏几道为如何使用小令的旧材料提供了一种新的可能性。 *167*

---

〔5〕《直斋书录解题》，第 618 页。

〔6〕 参见 Ashmore，第 221 页及其后。

我们回头来看看黄庭坚的评论。他提到当时的士大夫认为晏几道有乃父遗风（但黄庭坚认为他们并未真正懂得晏几道）。黄庭坚的评论当是知者之论。晏殊在他那首家喻户晓的《木兰花》中如此作结[7]：

劝君莫作独醒人，烂醉花间应有数。

我们在晏几道《玉楼春》的结尾仿佛听到同样的情感[8]：

此时金盏直须深，看尽落花能几醉。

这种情感本身没什么特别，但是如果分别看它所在的两首词，就会发现我们来到了两个截然不同的世界。首先，晏殊的词如下[9]：

燕鸿过后莺归去。细算浮生千万绪。
长于春梦几多时？散似秋云无觅处。

闻琴解佩神仙侣。挽断罗衣留不住。
劝君莫作独醒人，烂醉花间应有数。

〔7〕《全宋词》，第121页。
〔8〕《全宋词》，第305页；《二晏词笺注》，第412页。
〔9〕参见本书第四章《小令词集（上）》中“《珠玉词》：晏殊”。

再来对比晏几道词[10]：

168

东风又作无情计。艳粉娇红吹满地。
碧楼帘影不遮愁，还似去年今日意。

谁知错管春残事。到处登临曾费泪。
此时金盏直须深，看尽落花能几醉。

晏殊词不动声息地转到借酒消愁的邀请上。到了晏几道的词里，却变成了具有反讽意味的拟人描写（东风作“无情计”）：晏几道把当下理解为过去的重复，并在此基础上，看到自己白流了眼泪。有些人或更偏爱大晏的词作，有些人或更喜欢小晏，但他们是两个非常不一样的词人。他们经由不同的路径，最后到达同一个结论。

169

人们依据晏几道的词推断出这位风流才子丰富的罗曼史，以及他在不同场合跟人调情的情节。这是有风险的。我们确切“知道”的只有几件事。我们知道他曾给郑侠写过一首诗。郑侠曾以饥荒时逃荒的农民纠集于京城为题材，绘成《流民图》。他在1074年把这幅图上献给朝廷，此举激怒了皇帝，郑侠被下狱，他的亲友亦被牵连。官吏在搜检郑侠的财产时发现了晏几道写给他的诗，于是晏几道也被逮捕下狱——他最终被释放了。宋人执法过于严苛大概很常见，但这一变故大概就是晏几道人生中最引人注目的事件了。尽管我们知道他当过几任小官，但不清楚任职的

〔10〕 调寄《玉楼春》，见《全宋词》，第305页；《二晏词笺注》，第412页。

时间地点——虽然可以依据他词中提到的地名推断出他任职的一些地点。我们还知道他在1079年与黄庭坚相识于汴京，因为这是黄庭坚说的。黄庭坚还告诉我们，晏几道的词作广为文人佳士所喜爱；由于父亲的关系，他与当时许多显贵都有来往。晏几道在其词集的自序中提到，北宋政治家范仲淹之子范纯仁曾为他编过一本词集。范纯仁曾是晏殊的门生；由此可知，晏殊建立的关系网延续到了下一代。在一则逸事里，晏几道曾给韩维（1017—1098）献上了自己的词作，韩维却回复说晏几道“才有余，而德不足”。韩维的这则故事把我们带入了传闻逸事的领域，其中故事的历史真实性并不如它所树立的词人形象重要。我们还有苏轼欲见晏几道却被他拒绝的逸事；另外一则故事则提到徽宗朝臭名昭著的宰相蔡京请晏几道写词，晏几道爽快地写了两首新作呈上去，然而这两首词竟无一言提及蔡京。这些故事都塑造了晏几道的形象：他是11世纪上半叶著名宰相之子，即使生活于窘迫的环境，也照样自负狂傲。

170

如果说晏几道的自序是作者在维护自己的著作权，那么它也代表人们对歌词的态度开始转变——词被看成生活经验的再现。但是，晏几道与苏轼以及晚年的张先不同，他甚少在词中提到具体的创作场合和背景。他在自序中说：

> 不独叙其所怀，兼写一时杯酒间闻见、所同游者意中事。尝思感物之情，古今不易。

穆尔（Robert Ashmore）对这段叙述以及自序的其余文字有细致论述，他指出这篇序对我们理解晏几道的诗学有举足轻重的地位。[11]最令我诧异的是上述引文通过将作者自己的经验跟古往今来人类的普遍经验相连，以及通过表明他的词只是抒写了“所同游者意中事”，从而为本质上是个人的、“传记”的歌词开辟了空间——即使这种“传记”并没有上升到会被中国传统允许的层面。

上述引文罗列了一系列词所书写的对象，我们应当特别注意的是那看似漫不经心的最后一项内容：“所同游者意中事”。也就是说，词中的经验和感受未必是他本人的，有可能属于与他同行的人们——这种经验毕竟是人类普遍拥有的。阅读习惯使然，读者可能会先入为主地以为这里指的是他的男性友人；但晏几道说的是“同游”，也就既可指男性也可指女性同伴。以女性口吻言说的填词传统被晏几道改造了。这种改造的基础在于他和歌妓之间建立的那种人与人之间的亲密关系；他跟她们对话。诗与乐府之间的界线一直备受争议——这种书写自我体验与书写他人经验之间的争论在这里又回来了，但这一次，晏几道以人类经验的普遍性这一说法弥合了两者的罅隙。

171

如果从实际层面考虑这个说法，我们看到在晏几道之前的那些作品中，有些看似是词人以自己的身份自述；有些则代人发言——例如代弃妇发言——这类就显然不是词人自己的声音，而是一种歌词类型的复制。在这些词被歌妓唱出之前，这类词作就像是词人用了“错”的性别在说话。处于这两个极端之间的词往往比较暧昧。当晏几道进入角色填词，他道出了“所同游者意中事”。这个说法在新一代歌词和词学传统两者之间找到了极妙的妥协。正如发生在先

〔11〕 Ashmore，第227页。

前其他 11 世纪的词人身上的事情一样，这一种以词人生平来理解作品的新标准，则把所有文本都套在了词作者这个人身上了。

有一点甚为明了：11 世纪下半叶，随着写词在文学精英之间流行起来，原本适用于诗的规范被转移到歌词里来。晏殊反驳柳永，认为“殊虽作曲子，不曾道‘彩线慵拈伴伊坐’”。尽管这则逸事是晚出的，但它的规范也有所不同。晏殊不是在批评柳永的道德价值观，他只是认为柳永的歌词在礼节上逾越了界线。然而，韩维对晏几道献词的回应就不一样了：一个人可从晏几道的作品中看出他本人在品德上有所欠缺。词人和他的作品被视为一个整体，而且词人必须对自己的词作负责——或者，在欧阳修的例子中，词人还得对那些归于他名下的歌词负责。如此一来，一首歌也就不再“只是”简简单单的“一首歌”了。

黄庭坚在他为晏几道词集所作之序的结尾，先提到自己写的歌词，继而提到释法秀责怪他“以笔墨劝淫”，认为他会因此而下地狱。黄庭坚不无嘲讽地说：“那是因为法秀还没看到晏几道的词（特未见叔原之作耶）。”最终，黄庭坚以同样反讽的笔触，勾画出一位晚年才领悟到裙裾之乐、变成了老荡子的苦节臞儒的形象，结论说：“是则叔原之罪也哉！”

172

回　忆

晏几道的词集一开始以《乐府补亡》为题，后来在黄庭坚的序中则以《小山词》出现。到了南宋陈振孙的《直斋书录解题》，它被收进南宋坊刻的《百家词》之中。[12]小山是晏几道的号，也就是说，晏几道的这本词集以作者的名字来命名。这和他父亲晏殊的词集有着不同的命名方式。15世纪时，这本词集（以及许多其他北宋词集）在吴讷编的《唐宋名贤百家词》中再次出现，这个版本就是我们现在能看到最早的小晏词，也是晏几道自序的文本来源。吴讷的版本同时也收录了黄庭坚的序，但是这篇序在南宋时已被单独收进黄庭坚的文集中。这部文集非常易得，因此黄庭坚的这篇序也并不难寻。

虽然说回忆是针对早期歌词普遍的怀旧热的一部分，在晏几道的词里，回忆的角色戏剧性地增多了。小晏词中处处追忆往日的情境：他试图回想那些已经从记忆中逃逸的细节，他也将沉溺于当下的欢愉当作逃避回忆的法门。以上都不是晏几道的独创，但它们在小晏词中频繁出现，以至于成为了他词作的中心：如何以完美的语言来捕捉逝去的时光。

穆尔对表演中不可重复的时刻有精到的论述，不过，晏几道的作品中，演唱时稍纵即逝的一字一句本身常常是有关失去的。歌者在演唱小晏的这些歌词时，泪水弄花她的妆容——这或者是词人的眼泪。表演中那些诗意瞬间所召唤起来的回忆，常常的确是关于过去某次表演的记忆。当曾经被演唱的那些字句以书面形式再次出现，它便包含了一系列失落与相异之处。就像那些歌词在各个歌手之间流传，歌词的字句也在改变。

李清照在《词论》一文中批评了历代词坛的各个名家。她最

---

〔12〕《乐府补亡》附有晏几道的自序。显然这部词集只收集了晏几道的部分词作，大概只包括从他开始创作以来，到他在自序中谈及的那个时期之间所填写的作品。

大的不满是针对诗人文士的，认为他们以写诗之法来填词，没有认识到词“别是一家”。接着，李清照转到几位她认为稍通音律的词人，第一位提到的便是晏几道。她批评小晏词“苦无铺叙”。[13]尽管这描述并不适用于晏几道的许多作品，但他最好的一些词作的确是缺少铺陈的。毕竟，回忆本身也“苦无铺叙”。

173

我们来考虑晏几道的《临江仙》[14]：

> 斗草阶前初见，穿针楼上曾逢。
> 罗裙香露玉钗风。靓妆眉沁绿，羞脸粉生红。
>
> 流水便随春远，行云终与谁同。
> 酒醒长恨锦屏空。相寻梦里路，飞雨落花中。

晏几道词有时候最后会化为梦境或回忆的片段。上阕中，旧日的爱恋只剩下碎片般的几个场景：初见，相逢，露水沾湿的罗裙，风中飞扬的发丝，墨色的眉，羞红的脸。这正是回忆的呈现方式，似拍快照一般；恋爱也的确是业余摄影师最好的唤起者。快照总是把地点的具体信息包含在内。这些信息别无深意，只会提醒听众那人就在“阶前”。

174

爱情电影的开场和片尾偶尔会采用快照组成的蒙太奇（这些照片的主角通常是女子）：“某某在海边”“某某在散步”“某某在

---

〔13〕李之仪早前曾用这一术语来褒扬柳永词，指的是慢词让词人可铺叙展衍（参见第 348 页）。我认为李清照并不是在批评小令普遍太简洁，而是认为晏几道的小令在逻辑上缺乏连贯性。

〔14〕《全宋词》，第 285 页；《二晏词笺注》，第 273 页。

吃花生”。即使观众（不论男女）本来对照片的主角没有什么特殊的感情（毕竟那只是个虚构或半虚构的人物），他们也常常会被这种熟悉的注意力结构触动——这是我们以饱含爱意的目光注视爱人的方式，记忆把这种注视的方式和内容保存了下来。这与“物化”爱人无关——因为目光注视的对象不是触目的身体，而是姿态和表情——不过它的确可以说是对爱人的理想化。晏几道这首词的上阕实际上就是用了这种手法，以快速勾勒的一系列图像写成一段恋爱史。

上阕首句利用季节的标记（节日）来区分两个场景，并从春天（斗草）切换到秋天（穿针），建立了一段时间的区隔。如此一来，当恋人的形象终于在第三句出现时，她以奇异的方式站在了时间之外。词人所注视的是触碰的边缘——他甚至不太关心恋人的罗裙本身，他的目光落在了接触到微风和露水的裙裾。他勾勒了一个时间的区隔，勾勒了她的身体以后，上阕最后转到她的脸庞上。她羞红了脸，似乎暗示着她也意识到眼前可能会发生的一次浪漫邂逅。

上下阕的转换把我们带回当下：站在这个时间点，上阕成为了过去。词人此刻想象她在与别人翻云覆雨（“行云”）；上阕中邂逅的一瞬在她脸颊上抹了一道羞涩的红云，但现在这已消散无踪，只变成记忆的一部分。这里她已变成了神女。当词人从酒醉中醒过来，发现从床上到锦屏之间已经空落无人，于是他马上回到梦中世界。这一首最后停驻在一个漂亮的意象：词人到“梦里路”去追寻恋人，然而那里只空余飞雨落花。词人没有回到她存在的那场景，反而来到了春天快将消逝的一瞬，来到了失落的时刻。这是一首永远无法到达目的地的词。

175 冯延巳和欧阳修的词集中同时收录了一首与晏几道这首《临江仙》很相似的作品，我们不妨对读一下这两首词。晏几道的父亲晏殊非常欣赏冯延巳，可想而知，晏几道可能从小就在家中听过冯延巳这首词。这首词在冯延巳的词集里词牌是《鹊踏枝》，而在欧阳修的《近体乐府》中则调寄《蝶恋花》（欧阳修的《醉翁琴趣外篇》没有收录此作）。[15]

> 几日行云何处去，忘了归来，不道春将暮。
> 百草千花寒食路，香车系在谁家树。
>
> 泪眼倚楼频独语，双燕来时，陌上相逢否。
> 撩乱春愁如柳絮，悠悠梦里无寻处。

晏几道把相思一刻转变成一系列碎片式的情景，以“初见”和“曾逢”二语定义了从春到秋的时间间隔。在上面这首更早的词作中，失落是以数算日子来量度的。相比之下，小晏词中美好的时刻发生在暧昧不明的过去。我们不确定发生的时间，词人的失落感似乎是永恒的。

向燕子打探“陌上相逢否”这种傻乎乎的问题从晏几道词中消失了。然而，最重要的转变是在结句：这首较早的词以“梦 176 里无寻处”的无望感作结，而晏几道词则以词人逃进了梦里结束——他走进了一个近在眼前的场景，在飞雨落花的眩晕景象

[15]《冯延巳词新释辑评》，第 25 页。唐圭璋认为这首词是冯延巳所作，见《全宋词》，第 162 页。

中，并没有予人丝毫距离感。

晏几道有另一首《临江仙》用了一些相同的元素，但重组的效果却很不一样。[16]

> 梦后楼台高锁，酒醒帘幕低垂。去年春恨却来时。
> 落花人独立，微雨燕双飞。
>
> 记得小蘋初见，两重心字[17]罗衣。琵琶弦上说相思。
> 当时明月在，曾照彩云归。

这里再次出现了“酒醒”和失落感，不过，锦屏内的空虚被重重帘幕里的另一种空虚取代了。在帘幕隔绝的空间里，人只能通过做梦或回忆来与外面的世界接触。在这首词里，词人没有独自站在飞雨落花的梦中，反而是在回忆里看到女主角站在落花微雨中。“落花人独立，微雨燕双飞”两句是从五代诗人翁宏的诗里直接借过来的，但这无关紧要：因为它们在晏几道的词里找到了更好的归宿——这就好比欧阳修在他那首写平山堂的词里引用王维的诗句，当苏轼追忆欧阳修的词时，那已成了欧阳修自己的话。“燕双飞”这个代表恋人的典型意象通过引用而回到词作里去了。

177

前面那首《临江仙》开篇提到的“初见”的场景再次出现，

---

〔16〕《全宋词》，第 286 页；《二晏词笺注》，第 282 页。

〔17〕关于“心字”的训释，历来说法不一。有的以为是熏衣用的香，或女子衣领的形状（杨慎倡导此说，后来胡云翼也认同这一说法），或者袍子上的纹样（俞平伯）。第三种说法更有道理。

但这次它是在上下阕过渡之处。同一处还出现了恋人的名字。上阕中的缺席，在下阕中被替换成清晰可见的在场：两重“心”字正好精彩地展现了英文谚语“wearing one’s heart on one’s sleeve”［把心穿戴在衣袖上］的意思。* 这是内心世界的表面承诺——其情感当然也会在歌曲中流露出来。

前一首《临江仙》里的“行云”变成了这里的“彩云归”。这一短语出自李白《宫中行乐词》：“只愁歌舞散，化作彩云飞。”[18] 唐代诗人用比喻的方式来交代物化的过程，这对晏几道来说已没有必要。结句呈现的是又一个缺席的场景：那洒满月光的空间曾是旧日恋人道别之处。根据其他歌词所连成的互文网络，我们知道这位歌妓——传统上被比作神女——将会投入别人的怀抱。

在另一首《木兰花》词里，“梦里路”变成了真实世界的路，词人沿路重访昔日恋人的居所，而她早已离开此处。[19]

秋千院落重帘暮。彩笔闲来题绣户。
墙头丹杏雨余花，门外绿杨风后絮。

朝云信断知何处。应作襄王春梦去。
紫骝认得旧游踪，嘶过画桥东畔路。

178 我们从春天里人去楼空的院落开始。重帘低垂（标志着女主

* 该短语见于莎士比亚的《奥赛罗》[*Othello*]，意谓人把心事都表露在外。——译者注

〔18〕参见第五章《小令词集（下）》中“欧阳修及其词集”里对于《朝中措》的讨论。

〔19〕《全宋词》，第300页；《二晏词笺注》，第379页。

人已经离去），我们不禁猜测：秋千到底是刚刚搭起来的，还是以前的某个春天搭起来后就没有拆下来呢？词人的彩笔是来访者的转喻，它在女主人闺房的门上题诗。[20]词人来到了恋爱的场地，然而爱人却早已离去。

过片处告诉我们，她已经离去很久，又有了新欢——这是晏几道词中常见母题：女歌者的形象延伸了巫山神女的故事（她自称“朝为行云”）。她如朝云般轻盈，又如朝云般脚步不停息。词人企图回到过去，重历旧事，然而那样的企图常常以失败告终。那匹紫骝马在经过旧日游历之地时发出嘶鸣，反衬了词人的失败；对于马来说，旧地重游不过是单纯的重复。

当晏几道一次次回到旧爱，他也一次次重新使用他旧作里的意象。这比早期小令词人对传统小令材料的共享要更加复杂；比如，他提到到访女子家的路上得先越过一道桥；假如晏几道的马会因为认出了熟悉的路口而嘶鸣，那他的另一首词则会提到梦魂“踏”着飞絮——只是他把这意象从一首词的上阕（“门外绿杨风后絮”）移到另一首词的结尾（“又踏杨花过谢桥”）。两首作品都将“云”（巫山神女）及楚襄王（神女在梦中与他幽会）放在整首词的倒数第三句。

179

这种回返和重复的冲动并不需要很长时间的离别。甚至回家之后，他都会立刻回到梦中去寻找恋人，但仅仅是“朝着”她移

---

〔20〕 毫无疑问，晏几道知道关于“彩笔”的故事。诗人江淹（444—505）年少时曾梦见诗人郭璞（276—324）赠其彩笔，此后江淹文才俊发。后来，江淹再次梦见郭璞索回彩笔，尔后才思减退。到了唐代，人们（除了杜甫）只把“彩笔”当成有诗才的意思。另一个更重要的典故把“彩笔”联系到李商隐的“柳枝”。柳枝为洛阳里娘，李商隐欲与她幽会，却没有赴约。柳枝最后为东诸侯娶去。李商隐遣其昆从刻诗于柳枝故居。

动而已——词作的最后通常以路上的意象作结，正如以下这首《鹧鸪天》[21]：

小令尊前见玉箫。银灯一曲太妖娆。
歌中醉倒谁能恨，唱罢归来酒未消。

春悄悄，夜迢迢。碧云天共楚宫遥。
梦魂惯得无拘检，又踏杨花过谢桥[22]。

上阕的每一句都被歌声填满，歌声在上阕末句戛然而止，紧接着以夜之静默过渡到下阕。静默变成距离，距离感牵引梦魂故地重游。“碧云”和“楚宫”明显指涉巫山神女，在其他作品中，这一形象一般暗示爱人已移情别恋。但在这首词中则没有这种暗示——词人只是刚刚离开她的住处，走在回家路上。这里迢遥的“距离”更多的是一种主观感觉，而非实际长短。晏几道的很多作品有梦的特征：它们似乎都有一种联想的机制，即使每首作品以不同的程度运作，但这种机制都为作品的主题服务。

180

上面这首词的结尾意象既是朝着某处走去，同时也是离开。在这个过程中，梦魂变得像身体一般有血有肉了。他“踏”着毛茸茸的杨花。

我们可假设他真的与昔日的恋人重逢：在现实生活中，这的

〔21〕《全宋词》，第 292 页；《二晏词笺注》，第 323 页。

〔22〕“谢”姓女子代表职业歌妓。我们或会留意到，晏几道在自序中描述的典型创作场景，恰是他和友人的家妓在一起。可是，晏几道的许多作品描写的却是职业歌妓的世界：她们各在自己的住处，等待情郎到访。

确有可能发生；但更重要的是，它成为了隐藏在歌词背后那个“爱情叙事”的其中一个变项。重逢的主题在柳永词中很常见，但没有人会有重复的感觉，大概因为这些作品往往呈现了错综复杂的人际关系，所以特别有意思。然而，在晏几道词中，重逢的场景几乎是对往日的完美重复，因为那是记忆中的场景。只是这种场景的再现有如此切近之临场感，以至于我们一开始并没意识到那是回忆。下面这首《鹧鸪天》是晏几道最著名的作品之一[23]：

彩袖殷勤捧玉钟。当年拼却醉颜红。
舞低杨柳楼心月，歌尽桃花扇底风。

从别后，忆相逢。几回魂梦与君同。
今宵剩把银釭照，犹恐相逢是梦中。

首句唤起宴会时的现场感：邀人喝得酩酊大醉。我们完全能想象这是直接从晏殊作品里拿来的一句。句中虽不见人，但我们可以从“彩袖”知道这是一位女子：她双手“捧”着酒壶，递到词人面前，劝他喝酒。接下来一句开头用上“当年”一词，立刻就把上一句的现场感置换到过去，变成了回忆之中的一个图景。同时，他以有别于当年的角度做评论：“当年拼却醉颜红”。只有站在忧心忡忡的世界，那种“无忧无虑”的“拼却”的年华才显得特别突出。

181

接下来这一对句是晏几道最广为人知的词句。这两句很大程度上是对记忆中过去的一个“诗意”的建构。它把过去的一瞬与

---

〔23〕《全宋词》，第290页；《二晏词笺注》，第310页。

时间的流动融化在一起。我们可以把对句的上句翻译成直白的文字:“当时你在跳舞,从楼上看,月亮缓缓下沉,像是沉到了柳树枝条间。”但是,词句里诗意的重组使得舞蹈本身变成了及物动词,仿佛她的舞步控制了时间的流动。本来在现实世界,时间才是制约宴会和表演的力量。

对偶关系使得第二句跟第一句的结构一致,不过,当我们把第二句翻译为散文时,译文不得不打散这种结构:“你唱了如此之久,以至于春风都吹尽了。”那样的话,“当年”要有很多次的宴会,有很多歌唱的场合,才可能唱尽一整个春天——事实上,宴饮的场合的确很多。但是,这里情况也许更复杂。春风吹落桃花,标志季节的转换;然而,歌者扇上的桃花却是静止的。真实世界的风和歌者的呼吸(也是“风”),也都无法将其吹落。扇上的桃花代表了一种一触即碎的永恒。这位女子亦歌亦舞,一整个季节都把词人留在狂喜中,她确实控制了时间:是她,使得一段绵长的时光变成记忆中的一瞬,但那一瞬却在记忆中停滞成为永恒。词人为那种力量找到了合适的语言。

上下阕的过渡诉说离别,诉说那延展的一瞬不可避免的终结,以及这如何化身为词人的记忆。词人将不断返回那一瞬。这种欲望变成了梦中的重复。

只有在最后,我们才意识到他们的确重逢了——在枕席之上,在明暗之间。叙事者看来夜不成眠:他总是提灯去照亮她的脸庞,反复确认她真的是在自己身旁,确认这不是梦。照在她脸上的灯光是一个完美的重复,因为**她**今夜就在这里——这张脸的确是记忆中的那张脸。但每当他把灯放下,他又感到不安,不得不再去查看。

这盏放在床边用来照亮爱人面容的灯当然是从柳永那儿学来的[24]：

> 须臾放了残针线。脱罗衣、恣情无限。
> 留取帐前灯，时时待、看伊娇面。

比起晏几道来，柳永就是单纯本身。柳永词中，当恋人们享受云雨之欢时，那盏灯揭示了形象和肉体是重合的。然而，在晏几道词中，身体与形象不一定可以合二为一，或被假设是不可能的。那盏灯拿在手上是个绝望的动作，企图证实爱人的身体在场——她的存在跟梦中的形象完全吻合，以至于它似乎真的只是个梦中的形象。

晏几道热衷于完美的重复。我们不难看出，这与他对歌词的保守主义一脉相承。二者都出于同一种欲望：他试图重返那个他明知已无可奈何地失落了的世界。

喝得烂醉无助于记忆。有时他甚至记不起来了。当他没有梦境和记忆中那些美丽的场景，剩下来的就只有类型化的记忆，正如以下这首《蝶恋花》所显示的那样。这首词作大概是他最好的作品。[25]

183

> 醉别西楼醒不记。春梦秋云，聚散真容易。
> 斜月半窗还少睡。画屏闲展吴山翠。

〔24〕《全宋词》，第48页。
〔25〕《全宋词》，第288页；《二晏词笺注》，第295页。

衣上酒痕诗里字。点点行行，总是凄凉意。
红烛自怜无好计。夜寒空替人垂泪。

新的作品建立在旧的基础上。虽然“不记”的主题在这位迷恋回忆的词人笔下获得了一种特别的分量，但这个母题来自早期的小令传统：有时是喝得醉醺醺的词人忘了是谁扶他上马，有时是被爱人质问是否还记得她说的话。我们无须跟其他论者一样，试图去建构晏几道在“西楼”中的风流韵事；但显然他在和恋人话别。这首词并没有具体说他“不记”的是什么，但这里用了“记”字，意味着回忆的对象是细节。讨论下一首词的时候，我们会具体探讨“记”和“忆”之间的区别，但在这里我们只需弄清楚一点：他能“忆”起他们一整夜都醒着，但他不“记”得分手时都说了什么。

184

“春梦”和“云”都让人有绮艳的联想。他不记得具体发生了什么，但他晓得这些事大致的范畴。“聚散”的语义一般集中在分散，但从字面上说，它指“相聚而又分散开来”——这是爱情的话语里一个普遍的规律：恋人相聚，最终却难逃分开的命运。

此刻，词人酒醒；他躺在那儿，看着从三面将他包围起来的画屏。这些床边的屏风画着山水画。“画屏闲展吴山翠”这一句是个谜，虽然它也是类型化的：他认出画屏上的“吴山”，表现出一种宁静美丽的心境，“辨认”本身就是一个类型——虽然没有人能说出画中有哪一座山，也没有人能说出这是哪个地方的所见。

上下阕的过渡牵引词人去试图阅读痕迹，而词里也把一些物事理解为“痕”的再现。“点点行行”是汉字的组成部分，但同样也可能是洒在衣服上的酒痕。新染的凌乱的痕迹，以及它在诗歌中的再现，在某种意义上是一样的：它们都是等待被阅读的文本。过去发生的事不仅被遗忘，连它的痕迹也模糊难辨。词人只能从中读出一种“凄凉意”。“意”本来是个名词，通常译为“meaning”[意义]，但它在当时的诗法著作里一般被用来给诗歌分类，按其不同心情和主题归入不同的“意”。所有那些“点点行行”并不会告诉你它们的深意；它们被粗略地统合（“总”）起来，表现某一类能被简单描述的情感意绪。

这首词的结句重写了杜牧著名的绝句《赠别》中的第二联[26]：

> 蜡烛有心还惜别，替人垂泪到天明。

杜牧诗的这一联别具深意：它点出了惜别的恋人之所以没有流泪，不是没有感情，而恰恰在于他们感情太深。晏几道把蜡烛的拟人化向前推进了一步，使蜡烛成了无计可施的主体，最后它只能垂泪。我们想象这是词人在分别以后孤独一人的光景，但它也有可能是倒叙，词人的记忆闪回到当初和恋人分别时的场景。如果是前者，我们应考虑杜牧的诗是“赠”别之作——这些作品他大概现在只能看到“点点行行”了。这样一来，词作就有了一种反讽的意味。到了最后，他可以做到的唯有从前代诗人那儿借来一个诗意的意象。

185

晏几道在下面这首《玉楼春》里又回到记忆不稳定的问题。这里的记忆显然经过了一段更长的时间。[27]

---

〔26〕《全唐诗》，28295。

〔27〕《全宋词》，第 306 页；《二晏词笺注》，第 416 页。

当年信道情无价。桃叶尊前论别夜。
脸红心绪学梅妆，眉翠工夫如月画。

来时醉倒旗亭下。知是阿谁扶上马。
忆曾挑尽五更灯，不记临分多少话。

跟晏几道的其他作品类似，他记得的是一些影像——这些影像与恋人话别无关——他想起她梳妆的情景。他“忆”起他们一整夜醒着，但最重要的东西——临别时分的叮咛——他却一点儿都“记”不起来了。

186

关于词的词

在这里，我们要谨记：这些回首过去的歌词确实也是歌词，有时候这些歌词本身会提到过去的词作，但它们也会在另一刻的当下被演唱。跟过去的小令词人相比，当我们想象晏几道的作品被现场演唱的时候，他的很多佳作就会成为问题。

歌词承诺的是临场感，也就是词的内容和情感在演唱的现场能被实现。晏殊绝大部分的词作都兑现了这个承诺。相比之下，晏几道经常写关于词的创作过程和表演本身的“元词”[meta-lyric]，例如以下这首《鹧鸪天》。〔28〕

〔28〕《全宋词》，第 193 页；《二晏词笺注》，第 332 页。

手捻香笺忆小莲。欲将遗恨倩谁传。
归来独卧逍遥夜，梦里相逢酩酊天。

花易落，月难圆。只应花月似欢缘。
秦筝算有心情在，试写离声入旧弦。

187

读者在阅读这一类词的时候，常常会怀疑词中所说的是否就是自己正在阅读的这一首词。香笺一般是用来填词的（或用来传递简单的信息）。词人以“手捻香笺”开始，但似乎旋即又把香笺放下，因为他不相信这一首词会传到她手上。他无法以词传情，于是便转而到梦里与恋人相逢。词人把梦中的邂逅写得极美，天空都因此而“酩酊”大醉。

我们可以假设下阕承接词人以词传情不达和他与恋人梦中相逢的情境。如此一来，它所指的词可能就是现在我们读到的这首作品。词人没有再谈论如何向恋人传情达意，但他需要她那“有心情”的“筝”作媒介——“有心情”说的是有表达情感的能力。如同开篇写在香笺上的词那样，写在纸上的一首歌似乎只是不完美的信息；唯有通过音乐和表演，这条信息才能被实现。“写”在字源上与“泻”有关，因此这里有“泄漏”和“表达”的意思，但“写”同时也有“誊抄”之义。跟上阕一样，他并没有试图“倾诉”他的“遗恨”；他只想把筝声和歌声融合为一，把它变成“离声”。他曾听过这秦筝的声音，而且这筝也常常被弹拨：因此它的弦是“旧弦”。《鹧鸪天》是个耳熟能详的旧词牌，几乎能表达任何情感。唯有当弦声、旋律、歌词在歌女的歌声和玉指下汇合在一起，表达的信息才可能成为真实的。

晏几道经常会把某一组意象和话语以不同的序列反复套用到多首作品之中。这里也不例外。在以上这首词中，我们看到词人尝试写词、情感难以表达、音乐的表现能力，以及梦境作为失败的歌词的替代品（梦会出现在“之后”填写的元词作中）。又如以下这首《清平乐》[29]：

> 么弦写意。意密弦声碎。
> 书得凤笺无限事。犹恨春心难寄。
>
> 卧听疏雨梧桐。雨余淡月朦胧。
> 一夜梦魂何处，那回杨叶楼中。

188

“么弦”即最细的琴弦，是琵琶的第四弦。其音调最高，音色最哀婉动人。词人以女子乐器弹拨的音乐开篇。我们不禁猜想，词人正在等待歌妓的表演，接着他就要把这表演写进自己正在填写的词作的下阕之中——如同上述那首《鹧鸪天》下阕的主题一样。然而，不管怎么写，他都觉得无法表达自己的爱意。这又是一首“元词”——一首关于词的词。

词无法寄春心，于是词人转向梦境。他不是通过梦来传情达意，而是在梦中回到恋爱的老地方。这里值得我们注意的是口语的用词“那回”——意谓“那个场合”。“那回”到底发生了什么事？这只有词人和他的恋人才知道，也只对他们两人有意义。对于外人来讲，“那回”是一个暗号，它标志了恋人之间心照不宣

---

〔29〕《全宋词》，第299页；《二晏词笺注》，第370页。

的秘密。

这种私密信息只属于词人和他的恋人。接下来，不晓得“那回”发生了什么事的歌妓会演唱这一首词。由于歌妓 / 表演者本身已经被写入词中成为词的一部分，如果她表演得好，听众就会相信她懂得其中深意，相信这首词对她而言意义重大。以往的作品的确也有类似的主题，但晏几道把爱情词强化为个人传记的同时，也深化了歌词作为真实情感的记录与歌词作为纯粹的表演二者之间的分裂。[30]对真情实感的精湛表演，与在歌中实现真情，这二者之间的边界在哪里？这个理论问题不可能有什么答案，但它在宋词中成为了一个主题。如以下的《玉楼春》[31]：

清歌学得秦娥似。金屋瑶台知姓字。
可怜春恨一生心，长带粉痕双袖泪。

189

从来懒话低眉事。今日新声谁会意。
坐中应有赏音人，试问回肠曾断未。

词人在这里是个新来的听众：他不仅听曲，还注意到歌女袖口上的粉痕。那是眼泪和着脂粉在袖子上干了以后的痕迹。她的演唱技术已如“秦娥”般炉火纯青，但她对爱情的经验（“春恨”）给她的表演增加了新的棱角。大部分听众听到她的“新声”，只能听到她纯熟的技巧。只有真正懂得欣赏音乐的人才能

〔30〕 参见宇文所安：《华宴：十一世纪的性别与文体》，《学术月刊》（2008 年 11 月），第 115—140 页。

〔31〕《全宋词》，第 305 页；《二晏词笺注》，第 408 页。

听出技巧背后的东西。这道理非常简单，但它对于人们理解歌词越来越重要——如果不是对演唱者而言，至少是对词人而言。

如果我们愿意冒险，尝试为一个几乎没有任何传记材料的人想象他的生平，那我们可能会想：晏几道不仅仅是歌妓们的爱慕者，他本身就成长在一个拥有戏班子的家庭里。尽管这些歌妓受的训练包括伪装自己的情感，但她们也可能付出真情，也可能在爱中受伤。毕竟，她们不过是十几岁的孩子。在下面这首《采桑子》中，引起词人注意的正是这种边缘性的细节，它们是真情流露的痕迹。[32]

190

> 西楼月下当时见，泪粉偷匀。歌罢还颦。
> 恨隔炉烟看未真。
>
> 别来楼外垂杨缕，几换青春。倦客红尘。
> 长记楼中粉泪人。

这是个惊人的形象：透过萦绕的炉烟，词人忆起自己看到歌女带泪的模糊面容。带泪的歌女是老一代小令词人常用的意象；不过，歌女偷偷藏起眼泪，以为没人看到自己，这则是晏几道的独创。歌女表演时的笑容是“买笑”；一旦演唱结束，她立即眉头紧锁。整个下阕都由那看似琐碎的回忆展开。这回忆让词人耿耿于怀，最终他又在词末回到粉泪人的形象上。

偷偷抹泪是词人惯用的桥段，但使得晏几道作品与众不同的

---

〔32〕《全宋词》，第 324 页；《二晏词笺注》，第 535 页。

并不是这个形象本身，而是晏几道对此倾注的关注。我们用苏轼《江城子》的上阕来做比较。这首词作于1074年，当时苏轼正要送别杭州太守陈襄。[33]

> 翠娥羞黛怯人看。掩霜纨。泪偷弹。
> 且尽一尊，收泪唱阳关。
> 漫道帝城天样远，天易见，见君难。

这首词不是苏轼给人印象最深的作品，但它是很典型的苏轼词。这里重要的不是女子的个人感情，而是作为佣人的歌者的感受。佣人为雇主的离开而哀伤，最终反映的是陈襄这位太守的良好品行。流泪的歌女这一形象本来象征真情流露，虽然这形象仍然存在，但其意义已经完全改变了。

演戏可能是表达真实情感的方式，但它本身就只是表演而已。晏几道以为他能从那些表演的片段中看到别人真实的内心。最后他意识到，他看到的不过是他自己。旧词传统中有因想念远方的情郎而无眠的思妇，晏几道也写那样的词——但他同时会告诉你，这是“无凭”的，不可轻信。他想重述关于相思的老故事，然而他意识到她可能完全不在乎。她被训练到能完全背诵出要唱的歌词，而且能把歌词唱得像出自她的肺腑一般。她的曼妙歌舞，她的一颦一笑，她的执手相牵，她的枕席交欢，全都好像出自她的真心。即使他知道她不在乎，他仍然希望她能回来，希望她是认真的，希望他们至少能回到过去，回到他还不知道一切

---

〔33〕《全宋词》，第385页，词牌作《江神子》；《苏轼词编年校注》，第78页。

都是梦幻泡影的时候。

菩萨蛮[34]

相逢欲话相思苦。浅情肯信相思否。
还恐漫相思。浅情人不知。

忆曾携手处。月满窗前路。
长到月来时。不眠犹待伊。

192 这样的词既是传统的小令，又不是传统的小令。读者只要想象一下歌者在宴会上演唱这首词的情景，就会明白这是旧的小令传统死亡的时刻。我们有一套词汇形容薄幸的男人；而“浅情”是歌词中形容女性的用语。当一个歌妓的技艺已臻化境，她演唱这样的一首词时，能在表演中实现这种情感，但实际上，这种实现会摧毁她的技艺，以及这种技艺制造幻象的力量。这不代表歌者心口不一，只是谁也猜不透她的心意。

〔34〕《全宋词》，第304页；《二晏词笺注》，第405页。

第三部分

苏轼时代

第七章　苏轼

195

1073 年前后，词开始形成自己的历史。很久以来，词都是为了皇室活动而创作的（这些作品通常都保存了下来）。但到了这个时候，士人们似乎开始为社交场合的表演进行范围更广的创作。这些词作，如果内容太具体或是没有关联到一个围绕创作的逸事，它们很少有机会存留下来。词最重要的样式，似乎仍然是几乎可以套用在任何场合的歌词。它们多半收录在歌谣集中，为歌妓们使用。或许有越来越多的词迷在传阅这些歌谣集。士绅聚会和勾栏瓦肆中的娱乐需求非常可观。为了满足这些需求，人们演唱这些或新或旧的词作。著名词人的词集开始出现，但这并不意味着冠以某个词人名号的集子中所有作品都确实出自该词人之手。

证据并不完备，但我们想借此探讨两个问题：1. 个人词集何时开始流传，2. 这些词集的流传范围有多广。我们或许无法给出精确的答案，但这并不减损上述问题的重要性。我们至少还是可以罗列一些不完备的证据。释文莹说皇祐年间（1049—1054）有托名欧阳修的伪作流传，而他曾“听”到这些歌被演唱。[1] 这是在

〔1〕 张惠民：《宋代词学数据汇编》，汕头大学出版社，1993，第 84 页；Ronald Egan, *Word, Image, and Deed in the Life of Su Shi* (Cambridge: Council of East Asian Studies, Harvard University, 1994), p. 168。

196 陈世修编辑冯延巳的词集之前。陈世修编辑《阳春集》是在 1058 年，我们可以将此作为一个固定的参照点。另一个时间参照点是张先的卒年 1078 年，也就是晏殊词成集的下限，因为张先曾为晏殊的词集题序。到了 1075 年，苏轼已经对柳永词做出综合评价——这说明他或许已经看到过柳永的集子（但也有可能只是基于几首他听到的柳词做出了推断）。我们只有很薄弱的证据——尤其当我们考虑到词作流传的范围——但我们已有的证据就只是这些。这些证据给了我们一个二十年左右的区间：词集的首次出现，以及宋词典范的生成，大概就发生在这二十年当中。十年之后，到了 1089 年，晏几道的词集出现。当时晏几道还在世，而这部词集也有题名。大约在同一时间（或者稍晚一点），词人贺铸曾向张耒求序。我们或可假设贺铸此时已将自己的词作结集成书。接下来的数十年间，有很多词人自编词集。尽管时间不一定精确，但我们可以说，从我们知道的个别词人的第一部词集出现，到词人们纷纷自编词集，这期间大概经历了三十年。

苏轼的词集是最早一部由可系年的作品组成的重要词集。1073 年，苏轼知杭州。比起他此前所任职的长安，杭州是更大意义上的士人文化中心，而长安在北宋已沦为文化的郊野，后世也一直如此。尽管现在有学者试图把一些苏轼的词作提至 1073 年以前，但他们几乎没什么证据支持这种系年。我们知道苏轼的确在 1073 年为一些社交活动写过词。当时他填的主要是小令，而小令是当时文人集会最常用的创作体式。苏轼这些早年的词作还不错；但比起晏几道，却只能算是外行人的尝试。在杭州，苏轼见到了已至耄耋之年的张先。张先有些词作的创作时间恰恰可以系于此时，而这些作品和晏殊在宴会上写的小令几乎没有任何相

似的地方。张先的这些作品大多数听来都像是词化的诗，且都是为某个特定的场合而作。〔2〕

苏轼大概是宋代最有才华的人，同时也是整个朝代中自视最高的人。词的常见主题有其相关的情感气氛，但苏轼摆脱了这些传统，迅速掌握了这种文体蕴藏的潜能。到了1074年，苏轼在转任密州的道途上所作的慢词，已有典型的“苏轼”用语。特别重要的一点在于，这些词不是为文人雅集所作，而是以书简的形式寄送，就像以往许多诗歌一般。基本上，苏轼并不将词仅仅视为具有社交性和音乐性的创作，而是把它当作一种既新且异的诗歌样式。对他来说，这种诗歌样式为表达——自我表达——开启了新的可能性。

197

说到此，我们必须谈及围绕苏词的争议。这种争议至少在12世纪就有了：苏轼写的真的是“词”吗？还只是在新瓶装旧酒？有些人觉得苏轼是有史以来最重要的词人，他把词从原本狭窄的主题和表达中解放了出来；有些人则认为苏轼偏离了词的正体。到了明代，关于苏词的争议以二分法的方式解决了：他们把词分作“婉约”（这里英译为“tender and delicate”）与“豪放”（粗略可英译为“brash”）两种传统。婉约派代表了早期词及其绵延至明的传统，而豪放派的代表则是苏轼及其在12世纪的模仿者辛弃疾。“婉约”和“豪放”这两个词并没有什么微妙晦涩之处，但要准确翻译成英文却总是很难。就其根本而言，“婉约”消极被动，而“豪放”积极主动。尽管很多学者都承认这种二分法不

〔2〕 这并不是说张先已经不再写旧体小令了。一首词的系年之所以更加可靠，往往是它们在序或正文中提到了某个具体的创作场景。这种情况在慢词中要普遍得多。

能解释词的多样性，但这仍是最传统的讨论词的方法，而且很有说服力，大概是因为它对应了传统对于两性特质的二元分野。

我们必须先强调，虽然用了诗的主题和技巧，但苏轼**并非**单纯的“以诗入词”。他很清楚词的文体形式容许他采用与诗迥然不同的写作手法。问题是，苏轼的文学风格太鲜明。他在自己所开创的词的新写法上留下了不可磨灭的印迹，其日后发展的可能性在苏轼出手的同时便已经终结。所谓“婉约”派在后来不断演进，新一代的婉约派词人也会尝试前辈们未曾尝试过的东西（包括借鉴苏轼）。而豪放派词人的定义方式实际上就是看他们和苏轼的相似度。即使辛弃疾是苏轼之后最好的豪放派词人，他也由衷地崇拜苏轼，而且亦步亦趋，力求写得“像苏轼”。苏轼的成就是一种革新，却无法重复，只可模仿。

陈世修在编修冯延巳的词集时，我们或会想象他询问歌妓：“这是谁的文字？”这样的情境绝不可能发生于苏轼词。首先，苏轼词与11世纪中期欢宴场合横溢的浪漫情调格格不入。而且，最关键的是，大部分苏轼词的语言辨识度太高了，几乎没人会不认得这是苏轼的手笔。但凡他的集中有那么一首非典型的苏词，即那种听起来更接近常规的词，学者们都会质疑它的真伪。苏轼词既不是“词的正体”，也不是“以诗为词”——它是一种新的诗体。[3]

艾朗诺对此有过一个精当的描述：苏轼的出现对词坛最大的冲击，在于他把自传模式完全引入了词的世界。现当代出版的苏轼词集多是“编年”本，而论者多把苏轼的词作放进他详尽的生

---

〔3〕 我把“本色”一词（按字面的意思，可译为 the original color）翻译为“song lyric proper”（词的正体）。南宋及后世论者多用“本色”来描述词体还未被诗（或是俚语）沾染时呈现的那些特质。

平记录中阅读。苏词本身也常常在题目中点明具体的创作场景，或者附以长篇的序文，这也进一步鼓励后人将他的作品与生平串联起来。[4]李清照后来或许强调过词和诗的分别，苏轼却在数个场合反过来说词就是诗。[5]词不是诗，但因为苏轼的出现，词也不再是原来的词了。

苏轼的存在

苏轼在宋代文化世界君临般的存在感是怎么夸大都不为过的。这在他自己的时代如此，后面数十年亦是如此。就作词而言，苏门弟子中大概只有晁补之（1053—1110）会不时模仿老师的风格，但他写出的作品成为了一个反面警示：他让我们看到了追随苏轼的危险。苏轼身边聚集了一批年轻的文学家——包括最著名的“苏门四学士”以及其他人物。无论是词还是别的文体，这些年轻的文士彼此交流酬唱，互相阅读，同时也相互提携。这个时期有词集传世的词人，几乎每位都和苏门群体有一定的关联。直到 12 世纪初新一代词人成长起来，这种情况才有所改变。周邦彦是个显著的例外，但他的词集还是在 12 世纪最后二十余年间才被编集出来。

199

〔4〕 如果诗词作品的创作时间确实可考，那这种考证是有益的。但“编年”本却可能误导学术研究。学术界总追求能做出最大最全的“编年”本。这使得研究者埋头考证越来越多的作品的写作时间，而很多时候这些作品的写作时间实际上是不可考的。

〔5〕《苏轼词编年校注》，第 2 页。

当我们提到“传世词集”的时候，应该尤其注意“传世”一词并考虑到如下的可能性：这些词集之所以受到关注，可能只在于它们与苏门这一强大的文化集团（同时也是政治集团，而且很多时候是不幸的政治集团）有关。它们像一个个铁环，吸附在苏轼之名的强大磁场上。

这似乎是个宣示中心权威的时代：有些出于有意，有些出于无意。而支撑着中心权威的追随者也由此得以标榜自己的权威。类似情况我们在道学传统中可以看到，在王安石及其党羽身上可以看到，在试图以王安石的政策挽回乱局的皇权系统中也可以看到。大概没有人比苏轼更不想要这种权威——尽管他也经常以极其权威的口吻下判断——但他还是被赋予了权威。后来朱熹在南宋时也成功为道学体系树立了这样的权威——尽管这并非毫无争议——但在此之前，苏轼大概是最能确立权威的典范。

即使我们相信苏轼之前的那些词作真的由某些词家所写，他们创作的“时间、地点、缘由”大多不太清楚。我们勉强去找寻这些作品的创作背景，最后常常流于臆断。如果说早期词的问题是我们对其创作场景知之太少，那么到了苏轼，问题便是我们知道得太多。苏轼终其一生甚至其后的有宋一代都是知识文化界关注的对象，他所受关注的程度在中国文化史上是空前的，而且大概也是绝后的。苏轼巨细无遗地记录了自己的一生，但我们拥有的还不止这些。我们看到了大量的趣闻逸事，试图为苏轼那些来历不明的词作还原创作“现场”。新的苏轼词也同时大量出现。当一个人要出版名人的词集，如果他能找到以往的版本没有收录的词作，那当然会有显著的优势。阅读现当代出版的苏轼词集时，一个认真细致的读者必须仔细地看其中的备注（这些备注太

200

常被忽略），留意哪一首新词没有在早期流传的版本中出现。

苏轼的确为他的很多词作写了序或点明场景的副题。总体而言，这些记录是可靠的，尤其是那些长序（尽管《永遇乐·彭城夜宿燕子楼梦盼盼因作此词》有两篇序言，分别讲述了两个不同的故事）。但围绕一首词创作场景的逸闻和这首词的副题之间，两者的关系可能会有问题。苏轼词有三个不同的版本系统：1. 曾慥本，有 1151 年序，存于吴讷的《百家词》中；2. 现存 1320 年元刊本；3. 傅幹绍兴年间（1131—1162）的注本，该系统现存最早的是明抄本。三者之中，曾慥本特别遵循了歌谣集的习惯，一般只会在词牌下给出简短而笼统的副题（比如“江景”）。当元刊本或傅幹本中出现了较长的有关创作场景的副题，我们会假设曾慥本——可能是原本或是某个传抄的本子——删略了那些场景的细节。但我们并不能肯定这一定是对的。如果这三个版本都没有长的场景性副题，反而比较晚近的版本中添入了这样的细节，而且这副题还可以和南宋一些相关的逸闻对应起来，那我们就必须带着怀疑的眼光，留意这些副题是谁在什么时候添加的。

当我们研究北宋词人时，假如他们只有一部集子传世，我们对其文献来源会产生无来由的信心。而当面对多个来源时，比如上文提到欧阳修的情况，我们往往就会遇到问题了。

苏轼与柳永

柳永和欧阳修是仅有的两位苏轼称之为前辈的词人。欧阳修

201 之于苏轼亦师亦友，苏轼对他的评价多是出于对斯人的怀念，与词作艺术无关。学者们普遍觉得苏轼对柳永的评价是在表达他的不以为然。但苏轼对某个前辈的不以为然常常意味着他对这个人有兴趣，同时暗示自己和这个杰出的前辈不一样。苏轼在1075年作于密州的《江城子》，是他最早展现“豪放”特质的一首词作。这首词中贯穿了一种阳刚的“男性”语调：

江城子·密州出猎〔6〕

老夫聊发少年狂。左牵黄。右擎苍。
锦帽貂裘，千骑卷平冈。
为报倾城随太守，亲射虎，看孙郎〔7〕。

酒酣胸胆尚开张。鬓微霜。又何妨。
持节云中〔8〕，何日遣冯唐。
会挽雕弓如满月，西北望，射天狼〔9〕。

---

〔6〕《全宋词》，第285页；《苏轼词编年校注》，第146页。学界对这首词的创作时间和地点存在争议，一说把此作系于1078年，认为苏轼在徐州作此词；一说则认为他于1075年在密州写下这首词。提及这首词的一封信是关键证据，考该信，本词当作于密州。见《苏轼词编年校注》，第147页。

〔7〕孙权是三国时期吴国的建立者。乘马射虎是他著名的事迹之一。

〔8〕云中是北方的一个郡；在汉代和汉代以前，它是对抗北方少数民族的边防要塞。云中太守魏尚成功抗击了匈奴入侵，但因上报朝廷的杀敌数字与实际不符，最后被削职查办。冯唐为魏尚申辩，汉文帝后来派遣冯唐前去赦免魏尚，而冯唐自己也被任命为车骑都尉。

〔9〕天狼是表示入侵的星象。

这其实是相当温和的一篇作品，只是此前的词作从来不写这种内容。苏轼给鲜于侁的一封信就提到了这首词： 202

> 近却颇作小词，虽无柳七郎风味，亦自是一家。呵呵。数日前，猎于郊外，所获颇多。作得一阕，令东州壮士抵掌顿足而歌之，吹笛击鼓以为节，颇壮观也。写呈取笑。

《江城子》属于中调，长度中等，近于小令而与慢词区别较大。如果苏轼想要寻求与"阴柔"相反的风格的话，他会想到的对立面可能是他的朋友张先，或者是他的座师欧阳修，或者是他座师的座师晏殊；又或者，如果他不想让人觉得他在批评和自己有交谊的人，这个对立面也可以是冯延巳。可他却把柳永词选为"阴柔"的代表——那种词作只可由少女抚着丝弦歌吟，而不可能让大汉伴着铿锵的鼓吹弹唱。[10]我们可以想见苏轼突然自忖的样子："十五岁的女孩儿如何**唱**得这个？！"

这封信中最见真意的一句话莫过于"亦自是一家"。"一家"在苏轼这里已有风格独特之意，指写出的作品有较强的作者辨识度。早期的小令词人显然不具备独特的作者风格。他们的词作往往被收入不同的集子中——倒是柳永还可以说是有个人特色的。苏轼最想要的就是作者风格。

"一家"出自司马迁《报任安书》，原文"一家之言"指的是家族著述：《史记》从司马迁的父亲开始编纂，而在司马迁手上 203

〔10〕见 Egan 1994，pp. 331-332。后来苏轼在批评弟子秦观"阴柔"的词作时，柳永再次成为了他非议的对象。见 Egan 1994，pp. 320-321。

成书。后来“一家”更多是指作者独一无二的特征，司马迁的原话也因此被理解为对其作者身份的强调。尽管李清照不一定知道苏轼曾写信给鲜于侁，但当她提出“词别是一家”的名言时，她显然想要重拾司马迁的原意，或至少还是用了“一家”的喻义，而不是用它来指某个单一作者的风格。词与“别”不同，而所谓“别”的东西恰是想要染指词体的大诗人，包括苏轼在内。

苏轼有可能只是“听说过”柳永，或者听过他的几首词。但是，根据苏轼词中对柳永词的种种照应，我相信苏轼可能有柳永词集的某个本子。而且，对于一个在11世纪70年代想学写慢词的人来说，柳永或许是唯一重要的先驱。但和继承他“豪放”特色的人不同，对苏轼而言，他恰恰是要和前辈不一样。

试以《行香子·过七里滩》论之。这首词是他创作年代可考的最早作品〔11〕：

> 一叶舟轻。双桨鸿惊。水天清、影湛波平。
> 鱼翻藻鉴，鹭点烟汀。过沙溪急，霜溪冷，月溪明。
>
> 重重似画，曲曲如屏。算当年、虚老严陵。
> 君臣一梦，今古虚名。但远山长，云山乱，晓山青。

204 慢词在柳永手中发展出最显著的特点之一，就是“领字”的运用。领字指引领数个宾语的起始动词。这首词中，苏轼把上下两阕的结句从4-3-3的结构转化成由一个领字起首的三个并列短句，

〔11〕《全宋词》，第391页；《苏轼词编年校注》，第24页。

三句共享一个领字，又呈现出景色的变化。

后来的读者和评论家因为太熟悉苏轼，所以觉得这首词“听着就像”苏轼。但如果我们查看此前调寄《行香子》的词，不难发现张先也在其中一首词中用了相同的结句[12]：

> 奈心中事，眼中泪，意中人。

苏轼极具个人特色：他把情歌的材料转化成了完全属于他个人的笔调，并用这方式来表达时间与空间的变动。我们或许会因此想到柳永在《夜半乐》中的起句，其中同样用了一个领字“度”[13]：

> 冻云黯淡天气，扁舟一叶，乘兴离江渚。
> 度万壑千岩，越溪深处。

205

我倾向于把张先的词理解为规范的模板；至于柳永词中那兴致盎然的旅途描写，才真的是苏轼在词中用“领”字来呈现变动，进而铺写旅途的潜在文本。但二人最显著的分别体现在终篇之处：柳永仍然受制于传统，必须在词作的结尾表达行旅的悔恨和他对京城女子的思恋；而苏轼直接删去了这种结尾。艾朗诺在他的专著中讨论苏轼词，当时他引用了胡寅对苏词的评论“一洗

---

〔12〕《全宋词》，第103页。宋祁的《浪淘沙近》（收入《全宋词》，第148页）几乎也用了同样的模式，另可参见本书第五章《小令词集（下）》中“其他小令词人”一节。

〔13〕《全宋词》，第44页。参见本书第三章《〈乐章集〉与柳永》中“山水”一节。

绮罗香泽”来给那一章命题。[14]以柳永的行旅词观之，苏轼的确借鉴柳词却又“一洗”其词作的结尾。这算得上苏轼彻底改变词体的其中一个面向，尽管只是很小的一部分。

苏轼有种敏锐的直觉：他知道如何从某个前辈那里攫取最好的瞬间并加以重新利用。苏轼借鉴并超越了柳永的景物描写，正如同他从张先那里听到了如何给《行香子》的曲子收尾。

在中文语境，写“景”[landscape]很容易沦为“迹”[site]的地图式展示。苏轼路经严陵——这是1世纪时隐士严光垂钓的地方。严光曾是汉光武帝刘秀的同学。刘秀恢复汉室，即位称帝，严光却隐姓埋名，避而不见。光武帝找到严光，延请至宫中（严光曾数次拒绝），以最高的礼仪相待，但最终还是把他放归田园。

到了严陵以后，苏轼才真的看见了其中的“景”，但此刻“景”已霎时变成了“迹”——苏轼必须评论的“迹”。问题是这些“迹”常常是没有历史依据的，“赤壁”就属于这种情况。

206

苏轼作于1082年的《念奴娇·赤壁怀古》[15]，无疑是最著名的一首宋词：

大江东去，浪淘尽、千古风流人物。
故垒西边，人道是、三国周郎赤壁。
乱石穿空，惊涛拍岸，卷起千堆雪。
江山如画，一时多少豪杰。

---

〔14〕 Egan 1994, p. 315.

〔15〕《全宋词》，第363页；《苏轼词编年校注》，第398页。

遥想公瑾当年，小乔初嫁了，雄姿英发。
羽扇纶巾。谈笑间、樯橹灰飞烟灭。
故国神游，多情应笑我，早生华发。
人生如梦，一尊还酹江月。

学者们寻找类似这首词的先例时，往往会提到王安石的《桂枝香·金陵怀古》。但柳永的《双声子》是更显著的一个先例[16]： *207*

晚天萧索，断蓬踪迹，乘兴兰棹东游。
三吴风景，姑苏台榭，牢落暮霭初收。
夫差[17]旧国，香径没、徒友荒丘。
繁华处，悄无睹，惟闻麋鹿呦呦。

想当年、空运筹决战，图王取霸无休。
江山如画，云涛烟浪，翻输范蠡扁舟。
验前经旧史，嗟漫载、当日风流。
斜阳暮草茫茫，尽成万古遗愁。

两首词这么相似，当然不是偶然。说起历史上只差一步就能称霸中国，却在顷刻间功亏一篑的君王霸主，人们首先就会想到夫差和曹操。正当吴王夫差在黄池之会取得霸主之名，他突然得知越国攻陷了自己的都城；而曹操的运势也正是在赤壁之战中惊天逆 *208*

---

〔16〕《全宋词》，第 35 页；薛瑞生：《乐章集校注》，第 109 页。
〔17〕 有以为“夫差”之“差”可读为“插”（chā），一说“差”读为“钗”（chāi）。

转。此外，两首词都有“江山如画”一句（虽然这只是句套语），同时又在转到下阕的位置提到了“遥想当年”。套语中如画的江山又都和波涛联系在一起：柳词中的云涛烟浪带走了图谋灭吴的谋士范蠡，而苏词中更惊骇的波涛随后又带来了摧毁曹操的人物周瑜。

此处绝对无意要减损苏轼这首名篇的原创性。恰恰相反，苏轼既不需要先例，也不接受影响或“启发”；但是，他倒很乐于借用先前文本中的片段为自己服务。细心研读苏词的读者若把他与柳永放在一起对读，就会发现苏轼经常化用柳词词句，但他一般不露痕迹。只是在这首词中他丝毫没有掩饰，仿佛在说：“我的词一出，还有谁会想起柳永的词？”的确，此后几乎再没人记得柳永的这首词。

词与诗

苏轼经常遭受“以诗为词”的指责。[18]前文讨论过的《江城子·密州出猎》是重新探讨这个老问题的绝佳例子。《江城子》用了一个传统上属于诗的主题，而这个主题一般不在词所题咏的范围。毫无疑问，苏轼这首词和其他的许多词作都曾借用过诗的语言和一系列典故。但是利用诗的资源和用纯粹的词体写诗（如

〔18〕一般认为这个说法出自陈师道的《后山诗话》。《后山诗话》的真伪自南宋以来就存在争议。我们最多只能说，此书至少有一部分内容是后来加进去的。

果有可能的话）是相去甚远的两回事，因为形式可以在很大程度上改变内容。 209

除了《江城子》，苏轼还有一首题为《祭常山回小猎》的诗，写的也是当时出猎的场景[19]：

> 青盖前头点皂旗，黄茅冈下出长围。
> 弄风骄马跑空立，趁兔苍鹰掠地飞。
> 回望白云生翠巘，归来红叶满征衣。
> 圣明若用西凉簿[20]，白羽犹能效一挥。

苏轼在很多诗中都把自己置于舞台的中心，但这里我们看到的是一个壮丽的长围，骑手们飞驰着把猎物驱赶入苏太守及其随从的射程。颔联一开始写马蹄扬起，跃跃欲试，急欲出击，然后是苍鹰逐兔的动作打破了这种绷紧的静态。围猎在颈联就结束了：白云生翠巘的景象呼应了王维《观猎》的结句。伴随红叶而来的是 210 暴烈之后的平静（"叶"也是云朵的比喻）。苏轼在尾联中说自己和历史上那些著名的知兵的书生一样，有能力镇守宋朝不靖的边疆。句中的"西凉"意指西北，在宋代的语境中即指宋最危险的敌人西夏。

尽管《江城子》和《祭常山回小猎》的结论基本相同，但我们不难看出词在哪些方面不只是长短句式样的诗。苏轼在诗中也可以嬉笑反讽，但词里半真半假的戏剧性却不属于（广义的）

---

〔19〕 王文诰：《苏轼诗集》，中华书局，1982，第 647 页。

〔20〕 指谢艾（卒于 354 年），本为书生，却弃笔从戎。

“诗”。苏轼也常常在词中把自己放到舞台的中央：整个密州都在看他上演孙权射虎。如果这还不够，就再扮上冯唐，一个投笔从戎的汉代大臣；当他再次望向西北（西夏），他最后仿佛已变成了《九歌》中的东君，在日落时分举长矢，射天狼。

词中夸张地展现了苏轼在偏远小州行猎时的英武，而这种夸张却处处被反讽消解：他是个一时放纵的老人（带着少年“狂”）；他酣醉了；这不是他这个年纪应该做的事——所以才会说“又何妨”。简言之，这是一场表演：词人同时拥有当局者的沉浸和旁观者的清醒。这是词的角色扮演——与晏几道的歌妓们并没有相差太远。对歌妓而言，表演与情感是否真挚才是最关键的。

还有一点。苏轼显然把自己那首诗堂而皇之地写出来，并挂在州府的内室。最终，这首诗（和许多其他诗作）在乌台诗案中成为了弹劾苏轼的罪证。苏轼被控以“愚弄朝廷”的罪名，一旦罪成，他或可被问斩。苏轼的政敌认为他在诗中暗指神宗无法辨识他的军事才能。这是当时弹劾苏轼的罪证中比较愚蠢的一条，最终没有被采纳。艾朗诺非常敏锐地指出，苏轼经历了乌台诗案，被贬到黄州以后，他诗歌的产量变少，词相对写得更多了。这是因为词没有政治性，是个安全的文体。[21]对比《祭常山回小猎》相对温和的结尾，《江城子》的语句在某种意义上更具煽动的意味，但大家不会认真地看待词作。一个常见的解释是，词的文体地位太卑微了，低于御史台的官员寻找文本证据给苏轼定罪的底线。但这里，我们可以看出时人不认真看待词的更

211

〔21〕 Egan 1994, pp. 325-326.

深层次的原因：这明明就是一个半醉的疯老头子的醉话。词中的正面表达被戏剧性地反转，成为了其反义的强调。一个人可以不为他词里写的话负政治责任，不光是因为词的文体地位，更是因为词中表现的或是“感受”，或是“一时的意绪”，而不是意见或“志”。

进入慢词的世界

在苏轼的词作生涯中，小令和慢词都写过。但根据可考的资料，他写小令要更早一些。有些是为聚会而作，偶尔也有戏作。但他还有一些小令并非为社交场景而作。柳永和其他小令词人也写过无关社交的词作，但他们最终还是回到了社交表演的传统主题。苏轼的许多词则不尽然。下面这首《醉落魄》作于1074年，当时苏轼正在杭州任上游宦；副题为“离京口”。[22]这是他早期词中最著名的一篇，向我们展示了更广大的小令世界的痕迹：

> 轻云微月。二更酒醒船初发。孤城回望苍烟合。
> 公子佳人，不记归时节。
>
> 巾偏扇坠滕床滑。觉来幽梦无人说。此生飘荡何时歇。
> 家在西南，长作东南别。

〔22〕《全宋词》，第400页。

212 熟悉晏几道的读者立刻就能想起他的样子：带着醉意和心上人告别，接着不大能记起自己什么时候醒来。苏轼却得启程上船，昨日晚间也并非与恋人缱绻，而是和一众“公子佳人”欢宴。他以神来之笔点化了宴饮的离别，关键是那回望的一瞬：他回头看着京口的城墙在风烟中渐渐消失，如他的记忆一样，这个地方在视线中也被抹去了。

他衣冠不整地在下阕醒来——如果是晏几道，衣衫上该有溢洒的酒痕。他又成了独自一人。“公子佳人”已不在，无人听伊说幽梦。身随船行，渐行渐远，不移不动的或许只有在梦中才能回去的故乡四川，而以故乡观之，他的变动不居就是一种远离。这首词很明智地把“飘荡”限制在地理位移的描写，但同样“飘荡”的何尝不是他在岁月里的虚长。他路过太多好像“京口”一样的地方，有过太多的宴会——这一切最终只会从他的记忆中抹去。

这首词仿佛盖了苏轼特有的“印章”。如同他在《赤壁怀古》中借用柳永词一样，此处他也从词的传统中拈借其所需，然后彻底纳为自己的用语。这些语句的由来已化为无迹。[23]

213 尽管许多学者想把苏轼写慢词的年代往前推，但他第一首有确凿系年的慢词大概写于 1074 年，创作时间略晚于他启程往密州赴任。此前他是否写过慢词我们不知道，但这首词的确展露出和小令的根本差别。这首词调寄《沁园春》，副题为《赴密州早行马上寄子由》。[24]

---

〔23〕这或许让我们想到黄庭坚。黄庭坚对苏轼的天赋极其尊崇，在诗学上也想学苏轼化用前人。但黄庭坚引用前人文字时，引用的痕迹总是非常明显，所以他干脆将此当成了一种价值。

〔24〕《全宋词》，第 363—364 页；《苏轼词编年校注》，第 131 页。

在分析这首词之前，有几点需要说明。《沁园春》是个格律复杂的词牌。现存最早的《沁园春》是张先的作品。我们必须假设苏轼是从张先那里学来——或是背下了张先《沁园春》中那些难记的词句。[25]《沁园春》大概是个正在“流行”起来的词牌。小令的长短不一就像《桂河大桥》[*The Bridge over the River Kwai*]的电影主题曲般，简单又脍炙人口。而《沁园春》的长短不一则仿佛中世纪意大利牧歌[madrigal]。熟悉这首歌的人或许会觉得它一直在耳边萦绕，但你不可能直接让当垆侍女用这首歌唱出新填的词。为读者计，此处略去张先《沁园春》的翻译。当时吸引苏轼的应该就只是它的曲调而已，可惜现在已不存。但我们得想象苏轼早行“马上”、口占新词《沁园春》的样子。

大概苏辙并不需要让歌女唱出来，他也能领会兄长曲词的意思——或许苏辙根本就没听过这个曲子也未可知。这里必须说明我的推想:《沁园春》可能是1074年最炙手可热的一首曲子，但在苏轼之前，我们所知的就只有张先写过。可以说，苏轼这首词似乎只是有个入乐的姿态，而非真的为入乐而写。它就是一封有韵的书信，只不过一般有韵的书信都是用诗写的。至于苏轼为什么决定用词体给弟弟写信——还是在马背上——我们只能猜测了。

> 孤馆灯青，野店鸡号，旅枕梦残。
> 渐月华收练，晨霜耿耿，云山摛锦，朝露溥溥。
> 世路无穷，劳生有限，似此区区长鲜欢。

214

〔25〕《张先集编年校注》，第59页。

微吟罢，凭征鞍无语，往事千端。

当时共客长安。似二陆初来俱少年。
有笔头千字，胸中万卷，致君尧舜，此事何难。
用舍由时，行藏在我，袖手何妨闲处看。
身长健，但优游卒岁，且斗尊前。

很难想象这首词唱出来会是什么样子。与小令相比，里面到处都是从古典诗歌和典籍中取用的意象和专有词汇。比如自吴地来到京洛的“二陆”——陆机和陆云；汴京也诗化成了长安。这些语典虽然不算晦涩，却不常见于词作之中。

215

苏轼为什么要填这首慢词？我们或许会想起张先这个先例。在其《沁园春》的结尾，张先想象着那位接受他献词的高官最后退休“东归”。而苏轼的写法在实际上更接近标准的柳永行旅慢词：以美景开场，接着是游历，然后在换阕处转至对京师心上人的思恋和再会的祈盼。苏轼只是把心上人换成了他的弟弟，重逢的欢乐也变成了凝神的优游，不再是欢宴和心上人的陪伴。

缺席的女性

女性在早期的词作中绝对占有中心的位置。不仅因为她们的爱与被爱是词的主题，女性也在词的实际表演中扮演重要的角色。苏轼的词集中有不少写给歌女或有关歌女的作品。它们听上去不像传统的小令，但用了一些传统小令的套语。这部分作品很少出现在现在的词选中，也很少被评论家们关注——除非它们离苏轼的风格太远，致使评论家们质疑其真伪。人们或许会认为这部分作品不被重视，是因为它们不符合苏轼作为“豪放”派词宗的形象；但它们之所以重要，正是其中所体现的苏轼的机巧和才思。

“严肃”的词作或许容不下任何女性（比如上面那首写给苏辙的慢词），但她们却在苏轼最广为流传的杰作中回归了。只不过，这些归来的女性要么已身故多年，要么身在远方，要么是纯粹虚构的人物。尽管苏轼绝非无情之人，却总是对情感有所拒斥；而且似乎不堪承受词的论述体系中的情与逝。

苏轼最动人的词作莫过于《江城子·乙卯正月二十日夜记梦》。[26]这首词作于1075年，记录了苏轼梦见亡妻的情形：

> 十年生死两茫茫。不思量。自难忘。
> 千里孤坟，无处话凄凉。
> 纵使相逢应不识，尘满面，鬓如霜。
>
> 夜来幽梦忽还乡。小轩窗。正梳妆。
> 相顾无言，惟有泪千行。
> 料得年年肠断处，明月夜，短松冈。

216

苏轼似乎想不带伤感地传达情感——这并不容易。副题中并没有

---

〔26〕《全宋词》，第387页，调寄《江神子》；《苏轼词编年校注》，第141页。

点明他梦见的对象，因此上阕也可以解读为他对某个故去的男性友人或家人的怀念。但或许最奇怪的还是他提醒读者自己“不思量”：他无意忆旧，但回忆不期而至。词中虽然明确说了**他**“无处话凄凉”，但根据上下文，“话凄凉”的主语也可以指他亡妻的魂灵。他最后一个保持疏离的举措，是说她应该已经认不出今日的自己了。但苏轼越是要保持距离，他所传达的情感就越是深厚真切。

柳永写行旅的慢词和苏轼的《沁园春》一样，两者都在上下阕换阕的地方转而回顾过去。此处也不例外，词人回到了过去在故乡的一个场景中。这是个怪异的场景，他显然是在透过窗子看

217

闺房中的她，但要知道这是古代中国的窗户，因此多半是格子窗。中国诗语的含混特质在此得到了充分利用。这里我用了比较感性的方式翻译“相顾”，译成“我们互相对望”[we looked at each other]。但“相”字除了表示“互相”，还经常用来表示有一定对象的动作。两种用例一样常见，所以“相顾”也完全可以理解为“我望着她”或“她望向了我”。简言之，“泪千行”或许指的是她的泪。梳妆的亡妻隐没进眉州月下植有松树的坟冢。

怀念亡妻和梦忆故去的家人是适合入诗的主题。反过来说，这并不适合写成词作。这种主题不但和表演不搭调，且完全**无法**在需要唱词的社交场合表演。我们不知道苏轼为什么选择填词，但可以猜想，词的传统似乎是唯一可以让苏轼处理自己的感受和感伤的方法。而一旦苏轼写了这样的作品，“悼亡词”（多半是追悼亡妻）便开始在他的圈子中出现。

我们再来看另一个苏轼梦中遇见的女性。这首《永遇乐》是和《江城子》齐名的名篇，其下或有苏轼自注。自注有两个不同

的版本：一作“夜宿燕子楼，梦盼盼，因作此词”；一作“徐州梦觉，北登燕子楼作”。[27]

盼盼是徐州守将、武宁节度使张愔的爱妓。张愔之父张建封是前任武宁节度使；他是更为知名的历史人物，也常常被误作为盼盼的夫君。张愔死后，盼盼守节不嫁，移居张氏府第中的燕子楼。这个故事记录在 815 年白居易为燕子楼所作的三首绝句的序中，而这三首绝句是白居易对时任武宁军（首府在徐州）从事张仲素的三首绝句的和作。[28] 这些唐代绝句都称颂盼盼对张愔矢志不渝的爱情，也表达了对她与世隔绝的孤独的怜悯。 218

苏轼登场了。唐代镇守徐州的是张愔，现在则是苏轼：

> 明月如霜，好风如水，清景无限。
> 曲港跳鱼，圆荷泻露，寂寞无人见。
> 紞如三鼓，铿然一叶，黯黯梦云惊断。
> 夜茫茫，重寻无处，觉来小园行遍。
>
> 天涯倦客，山中归路，望断故园心眼。
> 燕子楼空，佳人何在，空锁楼中燕。
> 古今如梦，何曾梦觉，但有旧欢新怨。
> 异时对，黄楼夜景，为余浩叹。

我们或许会在解读中尽力消除这首词中的怪异感，但这种怪异感无论如何都挥之不去，尤其在结尾处。 219

---

〔27〕《全宋词》，第 389 页；《苏轼词编年校注》，第 247 页。

〔28〕《全唐诗》，22597—22599。

我们不妨从实处开始分析。建于9世纪初张家的一座小楼留存到1078年的可能性微乎其微——这期间经历了太多历史动荡。宋代徐州太守的府第，确实有可能是中唐张宅的旧址。但似乎更有可能的是：出于当地的传说，更重要的是由于白居易广泛的知名度，宋代太守的府衙“被视为”张氏的宅第，而这个府第中“当有”燕子楼。

下面是白居易三首绝句中的第一首：

> 满窗明月满帘霜，被冷灯残拂卧床。
> 燕子楼中霜月夜，秋来只为一人长。

白居易诗中的秋景只是他的设想。苏轼也想写秋，奈何这不是秋天。于是，我们就有了现在的开篇“明月如霜”。独居女性彻夜未眠，思念不在身边的心上人，是一传统的充满情欲的意象。苏轼的这首词以一种设想的距离来处理这传统的意象，而且夹杂着作者对她志不再嫁的敬佩。

两个版本的作者“原注”给了我们两个不同的苏轼夜宿的地点。根据第二个版本，他显然是睡在自己的卧房，刚从一场春梦中醒来（“梦云”），起身漫步月下的府第，行至燕子楼（应该就是盼盼的内室，因为白居易说这是一座“小楼”）。而第一个版本的自注则说苏轼就宿于燕子楼中，似乎在刻意寻找和盼盼的联系。

220

开头两个押韵的小节设定了场景。我们或可以推测，这是他醒来之后的所见所闻。但从次序上来说，这应该是在他梦醒之前出现的场景，一条鱼腾跃、匿迹，泼剌声打破了静默；荷叶倾泻积存的露水，重露涓滴而下。随着我们读到寂静中的“云梦”

时，唯美的夜景让我们有不同的联想。三更的鼓敲响了（大约在午夜），然后是一片叶子的窸窣，在全然的静默中被异常放大。这是有人在留心倾听。[29]词句的次序再次传达了信息：一叶之声恰如更鼓，同唤起梦中的词人。春梦被扰，他起身独行于府衙的园中，似要寻梦，却觉知前梦已逝。

一如既往，隔绝独处的感觉使苏轼想起了他失去自由，想起了他在一个又一个驻地中迁转颠沛，想起了他不得归乡的现实。至此，盼盼与梦皆已逝去，歌词中的燕子楼只剩下了燕子。香艳的"云梦"最终变成了"人生如梦"或"古今如梦"的感慨。这通常意味着欢乐的失去，剩下的"但有旧欢新怨"。

燕子楼空，他凝神思考。在设想的未来里，他把盼盼的缺席置换成了自己的缺席。他想出了另一个人去楼空的地方，因为楼的空寂正好用来体验他的缺席。这便是苏轼所建的黄楼——一座纪念他率领徐州民众成功御洪的楼宇。这是个怪异的转折和替换，但苏轼在其他地方也用过类似的转移笔法，比如把主语转为宾语，或从"怀人之人"转为"所怀之人"。[30]缺席不同于简单的别离；盼盼的缺席是在一座楼中（以及一系列诗作中）被体认的，苏轼把黄楼想象成了类似的一处古迹，他也将在日后成为黄楼的"缺席"者。[31]苏轼希望把自己所到的地方全都转为他笔下

221

〔29〕 可与韩愈《秋怀》第八首对读。钱仲联：《韩昌黎诗系年集释》，上海古籍出版社，1984，第554页。

〔30〕 参见《水龙吟》，收入《全宋词》，第358页；《苏轼词编年校注》，第349页。

〔31〕 艾朗诺认为苏轼以盼盼的忠贞来模拟自己对国家的忠诚，因为贞妇与忠臣之间的模拟有一久远的传统。见 Egan 1994，p. 341。这种说法不无可能，但我认为这里更关键的是苏轼如何通过怀想一个旧址，在一个人故去以后重拾有关她的记忆。

的遗址。他这个计划异常成功。

或者苏轼早已知道此燕子楼非彼燕子楼，但它是一个重建的处所，让人可以怀想那个关于盼盼的故事，怀想白居易的诗作。

苏轼常常自称“多情”。这个词最好的翻译大概是“易受强烈情绪感染的”[suspectible to strong feeling]。根据上下文的不同，“情”有时表示“感伤”，有时表示“热情”。苏轼在《赤壁怀古》中用“多情”一词形容自己，原意是说他这种性情应该会被人笑话。就某种意义而言，苏轼或许是“多情”的，但他总是在竭力抵御这种“多情”，尝试在自我和其关注的对象间制造障碍。这些障碍一般是诙谐怪诞的反讽，但至少有一次是实在的一堵“墙”，即下面这首小令《蝶恋花》〔32〕：

> 花褪残红青杏小。燕子飞时，绿水人家绕。
> 枝上柳绵吹又少。天涯何处无芳草。
>
> 墙里秋千墙外道。墙外行人，墙里佳人笑。
> 笑渐不闻声渐悄。多情却被无情恼。

222 “恼”，此处译作“烦乱”[agitated]，有时候也可译为“困扰”[bothered]，但这也可以用来表示欲望的影响，尤其表示男性对女性的欲望。当然，墙内的少女并不“无情”，只是她不知道自己的笑声对一个过客产生了怎样的影响。他看不到她，只能从她的笑声推知这是一位“佳人”。苏轼作词时一贯热衷于把自己置

---

〔32〕《全宋词》，第 387 页；《苏轼词编年校注》，第 753 页。

于中心，此处却令人惊异地隐身了。如果词中之人是“多情”的，那么写词的人则刻意置身事外，从一定的距离观察整个场景。

对苏轼而言，这或许就是词的核心任务：他不像道学家那样试图压抑人心的起伏摇荡，他接受这种摆荡，在一定的距离之外思量它、美化它，并报之以微笑。其他的词人也努力用语言捕捉这种人心的起伏，却鲜有成功者。

词的传统从本质上是对11世纪中后期日益严苛的宋代公共价值的歧出与反拨。词颂扬情爱，视之为生命中唯一可宝贵之物，这与其他许多居于中心地位的重要诉求背道而驰。那些诉求强势而多样，从新生的道学到社会分层再到致力解决国家的问题都有。和之前的隐逸传统类似，主情说也正是靠了反抗和拒斥那些经世诉求才获得力量的。有些人参与了“主情”的讨论；有些人则如贺铸一样，亲身实践了“主情”的生活。而苏轼却游离在所有群体之外：他无法接受道学家对人类自然响应世界方式的无视无知；他不只想要进步；王安石的新党试图将国家看作集权管理的工具，并从这个机制理解人类社会，而在他们失败之后苏轼却也不能苟同继之而来的现状；他同样无法靠传统意义上的词来拒斥一切其他的价值，因为他并不相信男女之情是生命中最重要的东西。无论是标准的社会角色，还是歧出的新角色，苏轼都不厕身其间。大部分人爱这样的苏轼，但间或也有人恨这样的苏轼。他有种天生的直觉，能在所有新旧角色之外找到一个有趣的立身姿态。

223

苏轼词中写到许多女性都曾为他倾心，但他不是晏几道。苏轼对女性最有魅力的时候大概是在家庭生活中。他的词中没出现过被叫出来在友人面前表演的姬妾，但他的词里有惠州的朝云。

朝云侍奉他多年，一路跟随他来到广东惠州的贬所。这是苏轼词中没有“缺席”的一位女性。但她也将在惠州死去。

朝云不像晏几道的恋人那样深深焊入他的记忆，她是惨淡生活中的一种恩赐。苏轼是维摩居士，朝云则是天女，在他家徒四壁的屋里洒下花雨。苏轼晚年写给朝云的这首《殢人娇》是另外一种情词，恰可与晏几道最好的那些作品构成绝佳的对照[33]：

> 白发苍颜，正是维摩境界。空方丈、散花何碍。
> 朱唇箸点，更髻鬟生菜。这些个，千生万生只在。
>
> 好事心肠，着人情态。闲窗下、敛云凝黛。
> 明朝端午，待学纫兰为佩[34]。寻一首好诗，要书裙带。

224

这和苏轼那些豪放的名篇有很不一样的基调。苏轼还有两首《浣溪沙》词似乎也是写给朝云的。很显然，朝云这里问苏轼寻的一首好“诗”，其实就是他的“词”。

黄　州

乌台诗案结案了。因在诗文中诋毁今上而被下狱的苏轼最后

---

〔33〕《全宋词》，第397—398页；《苏轼词编年校注》，第759页。

〔34〕这是屈原在《离骚》中所做的：“纫秋兰以为佩”。人们一般在五月五日的端午节为屈原庆祝。

被贬至黄州，不带薪俸。这一年是1080年，苏轼45岁。他在黄州一直住到了1084年，并在这里成为了苏东坡。尽管苏轼许多词作的创作时间不能确考，但正如艾朗诺所察，苏轼居黄州期间作词数量大大增长，其中包括了许多名篇。这一点是没有疑问的。

大约是刚到贬所不久，他就写下了这首谜一般深晦的《卜算子》[35]：

> 缺月挂疏桐，漏断人初静。
> 时见幽人独往来，飘渺孤鸿影。
>
> 惊起却回头，有恨无人省。
> 拣尽寒枝不肯栖，枫落吴江冷。

我们知道这首词作于黄州，原因是黄庭坚的题跋。这几乎和苏轼的自注一样可靠。这首词是非常适合喻象式解读的，庶几如此，它成为了苏轼词中笺注最多的作品之一。宋人对其词旨的笺释有如下几种：1．“幽人”指其亡妻所出之女；2．“幽人”指苏轼的邻人之女，她非苏轼不嫁，含恨而终；3．这首词为惠州温都监之女作；4．对时事或日后局面的政治讽喻；5．以上皆非。如果说苏轼将自传模式全面引入了词的创作，那么当他没有对自己某些词作的创作情况做出具体解释时，他在宋代的仰慕者就开始提供丰富的逸闻以资说明。

225

---

〔35〕《全宋词》，第381页；《苏轼词编年校注》，第275页。

晚近的笺释倾向于认为这是苏轼在写自己当时的处境。他正处在人生中特别的关口，笔下难免带有政治寓意。他的仕途看来是毁了，刚刚死里逃生，只能任人发配到不知何处的地方贫苦度日。苏轼黄州时期的词作，可以说验证了艾朗诺关于词的判断：词是一种与当下政治绝缘的文体。这首词明明可以被解读为苏轼为自己鸣冤，但当时没人这么理解。

苏轼那些最著名的词作当中有很多都作于黄州时期，比如下面这首《临江仙》[36]：

> 夜饮东坡醒复醉，归来仿佛三更。
> 家童鼻息已雷鸣。敲门都不应，倚杖听江声。
>
> 长恨此身非我有，何时忘却营营。
> 夜阑风静縠纹平。小舟从此逝，江海寄余生。

226 这首词苏轼的个人特征太明显了，我们甚至都不会想到把它放进词的传统中，而只会想起那些醉后归家的诗。醉意增强了幽默感，反过来也让悲情更浓烈。唐五代词中有“醉公子”的主题，写恼怒的妻子迎接醉归的丈夫。小令中醉归的场景常常是“他”告别了情人，不记得被谁扶上了马。可怜的苏东坡在东坡上——大概是类似临皋这样的亭子——一个人喝酒。他回来晚了，阖府上下都睡着了，无人应门。这是不该出现的场景，尤其在词中。在下了御史台大狱、经受了残酷讯问几至于废、再被流放到令人

〔36〕《全宋词》，第369页；《苏轼词编年校注》，第467页。

沮丧的黄州受穷之后，此刻或许就是压断他的最后一根稻草。家童的鼻息提醒着他，也提醒着读者，他未来将要面临的是什么。

对于这最后一击的挫辱，他本可以“涕下”，也可以大声叫醒家人，在这个小家中展现他仅有的掌控力。但他都没有。他以一如既往的诗性的方式化解了局面。熟睡的家童令人光火，但他的主人选择不再听他的鼻息，转而去“听江声”。

小小的无助感引发了他对自己的身体更广大的自觉：此身原非我有。这是宦游人的常态，依朝廷所愿四处迁转，被贬至荒蛮之地，没有俸禄，捉襟见肘。他感到愤懑，期待这一切结束的一天。随着夜阑，江声渐渐平复了他。江水中透现了一条出路——至少在诗学上的出路。苏轼所有的也只剩下这条诗性的“出路”了。

227

228

第八章　苏轼的下一辈

三十多岁的苏轼在杭州开始写词的时候，他是文坛冉冉升起的新星。1072年，苏轼在杭州任上，他著名的支持者欧阳修去世了。去世前，欧阳修刚刚为他退居的颍州西湖创作了一组联章词《采桑子》。这些怀旧的词作显然已是旧体小令的绝唱。作为苏轼的忘年交，另一位擅写小令的词人张先还会再活几年，至少为词坛提供一个形式上的延续。

几年前，也就是1069年，王安石上台，开始推行一系列激进的改革。改革在士人群体中引发了剧烈的对立分歧。这种分裂一直持续着，其余波一直延伸到北宋覆亡，甚至之后都未曾平歇。词的历史不可以被简化为北宋政治史中的这一段动荡期，但它同样无法完全与这段时期剥离。苏轼是党争的中心人物。或许，我们可简略地回顾一下这段历史。王安石说服了新君神宗（1068—1085年在位）推行一大套改革。许多官员对变法越来越抗拒，不少资深的政治家由此退出了政坛。官员们的抵制和批评引起了朝廷的不满，最终导致苏轼被审讯、流放。1085年，宋

229

神宗去世，幼主哲宗（1086—1100年在位）即位，皇太后垂帘听政。本来王安石的党羽把持神宗朝朝政，但这时太皇太后开始召集所有被贬谪的旧党人士回朝，并废止了以往推行的改革方案。

这就是元祐时期（1086—1094）。苏轼是元祐朝的宠臣。他把一些追随他的年轻人召回，又推荐其他友人在朝中任职。

1094年，哲宗到了亲政的年纪，他决意绍述父志。改革派们官复原职，元祐党人则被清洗。这一轮出于报复的清洗，其严苛比此前更甚。尤其是苏轼和那些与他有关联的人，都被贬到特别卑下的职位。包括晁补之在内的许多人都从官场退隐。然而，苏轼及其门生遭遇的惩罚愈严苛，他们就愈有感召力。朝廷已经失去了对“名”的把控：他们要么对众议表示认可，要么通过反对和压制使本来流行的公论更深入人心。

1100年，徽宗即位。他最终选择了承继哲宗的政策，三苏及苏轼的一些弟子的文集因此都被禁毁。但在政令的表象之下，苏轼反而更受欢迎，连徽宗自己的文学集团也追捧苏轼。政令与实情之间的这种分裂是极不稳定的。在一种心照不宣、几乎无远弗届地推崇“苏学”的氛围下，不时会有来自朝廷的暴力压制。宋徽宗最大的悲剧当然是失国于金人，但仅次于此，他的第二大悲剧就是没能重建朝廷对文化的掌控。在徽宗之前，宫廷无力掌控士人文化的局面已经持续了四百年；而到了徽宗之后，宫廷也没能挽回这个局面。[1]

苏轼的地位举足轻重。无论是在他生前或是亡故以后，整个时代都无法摆脱苏轼光环的笼罩。这几乎是个阴影。苏轼的交游

---

〔1〕 综观整个7世纪，一个人要成为著名的文人，基本上还是倚仗帝王及其中央朝廷的认可。尽管也有例外，但这是常态。即便是最没有宫廷气息的文人，比如陶渊明，其得名也多少是因为得到了颜延之和昭明太子的赏识。颜延之是刘宋朝前期重要的宫廷诗人，而昭明太子则活跃于6世纪前期。到了8世纪唐玄宗时代，评判文学价值的权力从宫廷转移到了文人群体的手上。帝王们或许有自己喜欢的文学家，但宫廷的口味对于士人群体总体的风尚没有任何影响。

如此广泛，以至于我们要特别留意那些没有直接和苏轼酬答，或没有参与他第二层关系网（即苏轼著名弟子的朋友们）的人。在这个紧密交织的政治和社会网络中，不是所有人都在写和苏轼一样风格的词；尽管如此，作为政治和文化偶像的苏轼是无法与作为文学家的苏轼完全分离的——“苏学”当时指的就是如何雕章琢句。任何成功表现词采的人，不管他们是否真的追随苏轼，都可能被指责为是在践履“苏学”。

对于北宋后期的文坛而言，被笼罩在苏轼阴影下的远远不限于他的第一代门人，但这些门人是知名度最高的。他们完全构成了“一代”。苏轼生于 1037 年，晏几道生于 1038 年。而继随其后的 11 世纪末、12 世纪初的文坛新秀年岁相差基本不超过十一岁。最年长的是苏轼的门生黄庭坚（以下不属于苏门的人以斜体字标出）：

黄庭坚	生于 1045 年
晁端礼	生于 1046 年[2]
李之仪	生于 1048 年[3]
秦　观	生于 1049 年
赵令畤	生于 1051 年
贺　铸	生于 1052 年

---

〔2〕 晁端礼并没有直接参与苏轼的交游圈，但他与自己的侄子晁补之多有唱和之词，是一个典型的苏门集团的“旁枝”。12 世纪初，晁端礼获徽宗任命为大晟府的协律官，只是未及上任便离世了。罗忼烈认为他曾任职数月，其说见《词学杂俎》，巴蜀书社，1990，第 116—117 页。

〔3〕 王兆鹏：《两宋词人丛考》，凤凰出版社，2007，第 222 页。

晁补之	生于 1053 年
陈师道	生于 1053 年
张　耒	生于 1054 年[4]
周邦彦	生于 1056 年

231

这一代重要词人的生年相当集中，与过往的情况不同。欧阳修是老一辈词人中最年轻的。他生于 1007 年，与苏轼相差三十年。反过来说，如果我们不把周邦彦算进去（他在这社交圈子之外），其他人彼此年龄相差不超过十岁。

如果认为这些人体现了苏轼影响力的局限，事实则并非如此。上面所列名单中，除了晁端礼和周邦彦，其余都与苏轼有直接或间接的关系，但他们作词的道路却各不相同。

苏轼再下一代的仰慕者中比较重要的是叶梦得（1077—1148）。他比周邦彦小二十多岁，是晁补之的外甥，曾在少年时与元祐末年的苏门集团有过接触。[5]由于年齿尚幼，叶梦得逃过了"苏学"党人的污名。他得到徽宗赏识，对南宋初年的政治、文化产生了重大影响。但是叶梦得不是开新风气的人物。他甚至比苏轼的第一代弟子更卖力地仿效宗师。他有些词写得太像苏轼了，以至于其中一首被误认为是宗师本人的作品。正如前文所述，苏词本身很难被当成一个宗派，因为只有其他人能写得"像苏轼"，这样的宗派才能成立；然而不幸的是，只有"是苏轼"才能真正做到

〔4〕　虽然张耒有一些词作，也曾为贺铸的词集写过序，但算不上重要的词人。

〔5〕　叶梦得是这"一代"中比较重要的人物，但他没有成为最主要的经典词人。在本章讨论的这一代词人与南宋第一代重要词人之间，只有李清照获得了经典词人的地位，我们随后会讨论到这一问题。

“像苏轼”。写出足以乱真的作品其实是对苏轼最终胜利的反讽。

叶梦得的词作恰好提醒我们：活在“苏轼的阴影”下和写得“像苏轼”之间有本质上的差别。谈“苏轼的影响”而不具体说明这些“影响”到底是什么是没有意义的。在叶梦得写出那些乱真的词作之前，我们有一个极端的例子——一个只会出现在苏门第一代弟子中的现象。黄庭坚写过一首《念奴娇》（苏轼在赤壁怀古时用的词牌），他对此很满意，目之为苏轼名篇的“续作”。黄庭坚显然以为自己的词可与苏轼比肩——尽管现在的读者很少有人会觉得它读起来像苏轼的口吻或他的词作。

232

另一个极端的例子是秦观。他是宗师忠敬的弟子，词风却完全不同。宗师对此既有欣赏也有批判。无论从哪个方面看，秦观都没有模仿苏轼，但在一定程度上，因为有了苏轼的“阴影”，秦观才能完成对词的转化：宗师身边有一个令人心驰神往的词人群体，秦观身处其中，与宗师保持对话。

第三组极端的案例是陈师道和赵令畤。两人基本上只写小令。陈师道写的是极精雅的小令，有旧式小令的遗响。而赵令畤却忠实地承袭了 11 世纪中期小令的传统，以至于晏几道有几首词都被误归为他的作品。苏轼的文学网络有如宽广而兼收并蓄的伞盖，包容着各式各样的创作路径：有些人回溯过去，有些人瞻望未来，还有些人在写个人化的慢词——他们或许以为自己写得像苏轼，在我们看来却未必有那么像。要到叶梦得这一代，人们才能写出一眼看上去就“像苏轼”的作品。

和活跃在 11 世纪中期的词人不同，苏轼和他风格多样的第一代门生已经进入了一个全面“作者化”的时代。读者希望像解诗那样，以词人生平的具体情境来解词，因此喜欢替词作系年。但这习惯其实非常危险，我们必须更加谨慎。不少词作是无从系年的，但这些创作时间不可考的作品又常常是同类的词作。这样一来，我们对词史的理解可能会产生偏差。大体而言，创作时间可考的词从 11 世纪 80 年代起开始大量出现，这样的作品此后持续增多。这一点没有疑问，交代词作背景的副题和序文越来越多，词作也越来越常提到具体的地点和情境，而这些线索大都可与我们本来已知道的词人的生平对应。我们大体上清楚元祐年间这些人在何处任职，元祐之后又被流放何方。晏殊、欧阳修和晏几道的大部分小令都没有指涉具体的地点。但当我们进入 11 世纪的最后十年，许多慢词和一部分小令都会提到地点。一些词人被流放或被强行退职，他们经常在词中描写自己的“所在地”，这一点可以理解。但这也意味着词成为了另一种文献记录，记载了正在上演的政治大戏。读者、批评家和学者对于这种纪实的文献越来越有兴趣，年代不可考的词作退居次要的位置——它们在 11 世纪中期还不至于如此。

爱情词的创作时间常常是不可考的。有些批评家喜欢把这些作品系于词人们激荡的青春岁月。这不仅在整体上是个拙劣的假设，而且从仅有的可信史料中，我们可找到李之仪给贺铸写的跋文，证明爱情词完全可能作于一个人激荡的中年。同样，黄庭坚以调侃的笔调说明词作有“动摇人心”的力量时，也以为爱情词可以是苦节臞儒的晚作。马兴荣等学者把黄庭坚香艳俚俗的词作系于他的少年时期，但 12 世纪中期的王灼却认为它们是较晚的作品。事实上，除了少数的几首词，没有任何坚实的证据可证明两方的观点。总体而言，在这动荡的半个世纪中，只有一类特定

233

的词作才有较可信的系年。

围绕苏轼的社会文化网络，以及圈子中每个人对词的评价，大大影响了我们怎样认识苏轼下一代词人的作品。这些词人互相认识，彼此探讨作品，因集团而得名，并倚仗这种声名在词体传统渐趋稳固的南宋获得了特别的“生存优势”。遗憾的是，很多关于苏门集团成员间的互动及其评判的叙述都是来自后出的逸闻。这些逸闻越晚出，内容越不可信。苏轼最亲近的门人跟他一起被排挤、被流放，他们的威信却随之增长。苏轼的著作在1103年被焚毁，同时被禁的还有黄庭坚和秦观的作品，这反而使二人声名愈显。但整个苏门集团的网络覆盖其实要大得多，同时代中只有一位著名词人是完全游离在这个圈子之外的——那就是周邦彦。他的才华要到南宋才被充分认识。

234

有一点需要强调：在经典化的过程中，虽然集团归属对词人的成名很关键，却不是成名的保障。赵令畤（1051—1134）是宋代宗室，又是苏轼忠敬的弟子。他虽然没有因元祐党争而被流放，但还是因与苏轼交好而被罚铜。赵令畤的词继承了11世纪小令的传统，而这不在本文讨论的范围。他的作品几乎只保留于《乐府雅词》中。赵令畤是那一代人中享寿最久的，而他作于南宋初年的《侯鲭录》记录了苏门文人对词作的看法。李之仪是苏轼最忠实的追随者。如同赵令畤，他的跋文告诉了我们许多12世纪初人们对词的理解，但李之仪自己的词作基本上无人问津。陈师道是那一代人中最杰出的诗人之一，他那部小小的、不怎么有意思的词集倒是得到了更多关注。

苏轼及其兼收并蓄的大“家族”构成了这个时代的宏大叙

事。假如我们暂时抽身而出、把视野放宽，关注一下那些久被忽视的作家，将会是有价值的尝试。词坛分成了两类，一类是喜爱“本色”的“好事者”，一类则倾向于以古典诗文方式写词。后者构成了一个“作者”的体系，他们的生平往往与当时的政治历史勾连在一起。苏轼及其“家族”创作出来的正是这一类经典，尽管这个群体中也包括了许多追求“本色”的词人，他们的词作使苏轼这个文人群体更丰富了。

这一代词坛的作品涵盖了一系列的主题和风格，它们虽然不只受到小令和慢词这两种词体形式的影响，却显然被这两种选择所左右。有些词人倾向多写其中一类，而“小令”在两者之中常常是这些词人的“专长”；大多数词人两种都写，写作风格也丰富多样。还有少数词人发展出了完全个人化的风格。

诸葛忆兵在他的《徽宗词坛研究》中指出：徽宗朝词坛共有三种倾向：“雅化”、“俗化”和“诗化”。虽然这种划分不免刻板，但它们代表了当代学界所能观察到的一些特点。诸葛忆兵接着分析了每一种倾向内部的变奏和差异。但问题是，这里任何一种“倾向”在徽宗朝之前的二三十年已然非常明显，而且其趋势一直维持到宋室南迁之后。再者，许多所谓“徽宗朝的词人”早在徽宗朝之前的二三十年就一直活跃着；当词作无法系年时（事实上大部分词作都没有确定的创作时间），我们就不可能从一个持续的写作趋向中划出某一时期的风格。

235

诸葛忆兵的著作出版后的第二年，彭国忠出版了《元祐词坛研究》，并遇到了同样的问题。彭著的最后一章《风格的多元并存》讨论了这个问题，并试图列出一些在彭看来发展出了个人风格的词人。或许只有苏轼和晏几道才是真正具有个人风格的词人。

曾慥的《乐府雅词》收录了舒亶（1041—1103）的48首词；但几乎完全和舒亶同时的黄庭坚，他的词却一首没收。舒亶的作品甚至收得比贺铸还多，贺铸是苏轼“家族”的边缘分子，但在词坛保有很高的经典地位。舒亶作品的收录数量是《乐府雅词》中第三多的，仅次于欧阳修和叶梦得。叶梦得是曾慥那个时代的巨擘，也是苏轼的追随者。秦观的词作也是一首没收，苏轼的也没收——虽然曾慥后来的修订还是收录了苏轼的词作。由于曾慥有意识地拒绝扮演“选家”的角色，他留给我们的或许就是他手上所有舒亶的作品。但这在当时是个不小的集子。除了少数几个例外（比如胡仔《苕溪渔隐丛话》前集曾引用过一行词句，来自某首词牌已佚的词作），舒亶的作品全赖《乐府雅词》得以保存。[6]

236

那么，舒亶是谁？他曾在王安石的改革班底中有不错的际遇，参与制造了针对苏轼的乌台诗案。或许，正是他仕宦生涯中这极不堪的一面，使得他的词作一直没得到关注。苏轼的追随者避谈舒亶，因为舒亶不属于他们的社交圈子。在这个时代，社交的联系会变成政治的联系，而政治的联系又会变为社交的联系，文学也就被裹挟在这些关系之中。

舒亶显然是崔公度的好友。冯延巳的词集有一篇题为崔公度的跋文，该跋文给词史研究带来了诸多难题。[7]崔公度所有的词作现在都亡佚了。但舒亶的作品表明，在11世纪中期有一个

〔6〕 周邦彦有29首作品收进《乐府雅词》之中。他不属于新旧两党的任何一派。

〔7〕 参见附录《冯延巳手稿》。

词人群体仍然对写小令有兴趣。舒亶继承了这个传统，尽管他的小令作品常常附有序文，说明词作的创作场景，描写该词作在社交场合是怎样被使用的。当他不为某个场景而写的时候，我们就仍能看到那种讲究措辞、文字精雅的小令，那种专门描写爱情中某一阶段的小令，比如下面这首《蝶恋花》〔8〕：

> 深炷熏炉扃小院。手捻黄花，尚觉金犹浅。
> 回首画堂双语燕。无情渐渐看人远。
>
> 相见争如初不见。短鬓潘郎〔9〕，斗觉年华换。
> 最是西风吹不断。心头往事歌中怨。

舒亶与和他几乎同时代的晏几道形成了很好的对比。二人都一直在写旧式的小令，但晏几道的小令别具一种机锋，近乎反讽。注意舒亶是如何重构恋人重逢的传统主题：他留下了“相见争如初不见”的评语。

237

身为“新党”的舒亶是个守旧的词人。他的词与苏轼周围的词人群体——政治上保守的“旧党”——所作的革新派的词形成了有益的对照。或许秦观离苏轼够远了，但他离舒亶更远。尽管《乐府雅词》的选录或许有偏颇之处，但是它只收了舒亶的三首慢词，而且是常见的《满庭芳》；其他都是风格非常统一的小令。相对而言，苏词的写作风格极其丰富多变。黄庭坚和晁补之在风

〔8〕《全宋词》，第472页。
〔9〕潘岳，美男子的典型。

格上涵盖的幅度甚至更多样，但他们最为人熟知的那些作品其实相当寡淡，只有将其置于苏轼门人遭遇清洗、流放和迫害这一悲剧背景中去读才有意味。

晁端礼

如果说舒亶专注于一种风格，其他人则是努力进行多种尝试。他们的作品的确做到可“雅”可“俗”，但正如前文所述，这种二元对立不足以描述他们的差异。我将进一步以晁端礼（1046—1113，1073年进士）为例说明这一点。晁端礼有词集《闲斋琴趣外篇》，因南宋重刊而得以留存。[10]欧阳修的《醉翁琴趣外篇》也出自同一丛刻，而这部词集收录了《近体乐府》中未收的欧阳修的“艳词”。由于黄庭坚和晁补之的词作大都因南宋这一丛刻本而保留下来，黄庭坚和晁端礼两人也都有相当数量的“艳词”，我们大概可以知道这一时期典型的词集是什么样子。

238

晁端礼毕竟和欧阳修《醉翁琴趣外篇》之间有明显的差异。这些差异很能说明问题：欧阳修死后，晁端礼还继续活了四十年。此时，不论在社交场合，还是在典型的勾栏瓦肆的情境中，慢词都成为了主流。正如那些歌颂君王和他仁政统治之下的京城的词作一般，这些慢词代表了经过转化的柳永传统。另一个显著的改变是小令变得高度俗化；这一点我们在《醉翁琴趣外篇》已

〔10〕 吴昌绶、陶湘：《影刊宋金元明本词》，上海古籍出版社，1989，第77页及其后。

略见端倪，但晁端礼和黄庭坚之俗又远甚于此。我们不妨把《乐章集》和《醉翁琴趣外篇》的主题放在一起想：“雅”的更雅，而“俗”的则更俗了。另有一些新的主题加了进来，比如“咏物词”。

晁端礼是极普通的一个词人。他给了我们一个标尺去对读他那些同时代的更著名的词家。革职之后，他闲居了三十年，似乎想通过大量歌颂皇帝和君威的词在京城获得几分认可。徽宗时代，奉承成风，他也终于成功引起了蔡京的注意。蔡京帮他在徽宗的音乐机构大晟府中谋得一席职位。一说他在赴任途中就去世了，也有人认为他死之前曾短暂任职。

下面这首是晁端礼的《绿头鸭・咏月》。尽管距离柳永已经年代久远，但这里仍然依循了场景描写的惯用模式，并以追忆在京师的心上人终章。这是这一代词人最常用的铺叙方法，他把这方法引入“咏物词”的传统之中来题咏月亮[11]：

晚云收，淡天一片琉璃。
烂银盘、来从海底，皓色千里澄辉。
莹无尘、素娥淡伫，静可数、丹桂参差。
玉露初零，金风未凛，一年无似此佳时。
露坐久，疏萤时度，乌鹊正南飞。
瑶台冷，阑干凭暖，欲下迟迟。

239

念佳人、音尘别后、对此应解相思。
最关情、漏声正永，暗断肠、花影偷移。

---

〔11〕《全宋词》，第 540—541 页。

料得来宵，清光未减，阴晴天气又争知。
共凝恋、如今别后，还是来年期。
人强健，清尊素影，长愿相随。

240 这算当时比较一板一眼的作品。但这只是他的风格之一。晁端礼还有下面这首《上林春》[12]：

相识来来，真个为伊，尽把精神役破。
谛殢性□，娇痴做处，双眉镇长愁锁。
为伊恁地、便诸事、自来饶过。
暂时间未觑得，又早孜煎无那。

想从来，性气恁么。那堪更等闲，经时抛亸。
料得那里，千僝万僽，嗔我也思量我。
再归见了，算应是、絮得些个。
但初心、尚未改，任从摧挫。

原词最令人愉悦的就是用鲜活的白话写成的独白：那种味道很难领会，也抓不住。这把柳永风格中的一个面向推到极致，但还是没有像柳永最上乘的作品一样，缺少了柳永词中内心的曲折幽微。

11 世纪中期小令的风格至此仍然非常流行，比如晁端礼下面这首《定风波》所示[13]：

---

〔12〕《全宋词》，第 566 页。
〔13〕《全宋词》，第 554 页。

花倚东风柳弄春。分明浅笑与轻颦。
更忆当时声细细，偎人。
秦筝轻衬砑罗裙。

别后此欢谁更共。春梦。只凭蝴蝶伴飞魂。
独倚高楼还日暮。情绪。
浮烟漠漠雨昏昏。

241

晁端礼还很好地展现了“词之本色”中一个重要的、一脉相承的潮流：避免副题，而且正文中也避免触及任何具体的创作场景。对于词的使用和理解而言，具体的场景是个严重的问题。随着词渐渐成为社交场合的应酬之作，越来越多的词是为了取悦某个重要人物而填写的，词作自然有了一种提及具体人物的压力（可参考上文提到晏几道写给蔡京的词，词中没有一语提到蔡京）。[14]由于这些词可能明显地指涉某个人物或某个时刻，重复使用就变得很困难。毕竟词作总是在谈之前的场景，而无法适用于当下的情状。这其实侧面反映了词的两种属性日益分裂：一方面，它是可重复的社交活动；而另一方面，词与其作者的生平紧扣在一起——变成一种“古雅”的文体。[15]

242

以往当某个地方官新建了厅堂，他会先找人为此写“记”或

〔14〕参见第六章《晏几道》。歌妓们绝对有能力根据新场景重新修改某首已经填好的词作。她们可把不合时宜的具体细节改掉，或将现有的场景嵌入歌词之中。

〔15〕在南宋词的流传过程中，我们可以在某些本子里发现有关创作场景的副题或是被删去了，或是被节略成了一些语义更含糊、指涉更广泛的题目。这些例子很好地说明了词所隐含的张力：一方面倾向把词与写作场景和传记联系起来；另一方面则更偏好去语境化的普遍的词作。

作诗。但对于我们现在讨论的这一代人来说，宴会是庆贺的核心节目，而有宴会就要有词。地方官员的随从中大概会有人提供一首贺词给歌妓演唱。贺词几乎必然是陈词俗套。著名的陈师道有一首《南柯子·贺彭舍人黄堂成》[16]，恰好属于这种陈词俗套：

> 故国山河在，新堂冰雪生。万家和气贺初成。
> 人在笙歌声里、暗生春。
>
> 今代无双士，当年第一人。杯行到手莫辞频。
> 明日凤池归路、隔清尘。

词的开篇用了杜诗的一个熟典——一个有不祥之兆的语典，因为杜诗原句是在说京师的沦陷和王朝的颓败。接下来，词作赞颂了新建堂壁的雪白。舍人的新堂让每个人都倍感愉悦，处处是祥和的气氛。庆贺之会仿佛发生在春日。

从上阕到下阕的过渡糟糕得令人震惊，词人用了各种不同的词汇重复着一个意思："您是最棒的。"下面一句只是以另一种方式重复宴会歌曲中的标准做法："莫要辞酒"。晏殊的歌女曾经这样解释为什么不应该辞酒：

243

> 满目山河空念远，
> 落花风雨更伤春。
> 不如怜取眼前人。

---

〔16〕《全宋词》，第752—753页。

在这样一个场合，最方便的恭维便是：您很快就会被召回京师任职，远离身在外省的我们。从前的词人们为何总是当场草就他们的词作，事后也不保留自己的稿子？现在看来，这一点也不奇怪。怪的倒是陈师道这首词何以竟留存了下来。

下面的几个章节，我们将要一一讨论这卓绝的世代中最杰出的那些词人。

第九章　苏轼的门人

在前一个章节，我们试图勾勒出词的两个对立面：作为定义作者在更广大的“雅文学”中的根据；以及作为一个拥有自身价值和历史的独立领域。具体来说，一个词人应该如何被评价，答案是多变的；同样多变的还有批评家们就这个问题所持的立场。寻求“一贯性”才是问题所在。

本章所讨论的几位人物全都来自苏轼的圈子，但最终都没能成为经典词人。他们全都有举足轻重的地位。黄庭坚显然在作词上比苏轼更努力；但当人们想起苏轼时，往往会把他的词和他的诗文放在一起想。在漫长的中国文学史中，黄庭坚常常得到读者的青睐，尤其是他的诗和文学批评，但很少有人注意到他的词。在当代的词选中，黄庭坚的作品大概会有数首获收录；但他的词却有一个极其详备的当代注本，而许多远比他突出的词人却连一个注本都没有。换言之，在“当行”的词的领域，只有当选本体量足够大的时候，黄庭坚才有可能占得一席之地；而在守护“雅文学”传统的论者看来，黄庭坚是重要作家——既然他的诗自南宋以来就得到评论家的注意，那么他的词也理应有一个注本。

晁补之虽然名列“苏门四学士”之一，但不幸的是，他并非成功的诗人或散文家。他扮演的是词迷的角色；但即便在12世纪前期，有人会赞赏他的词作，认为他通晓词的音律，晁补之作为词迷的形象最终并不持久。他终究只是苏轼的其中一个门人。大部头的当代选本或许会收录他的少数几篇作品。但是，和黄庭坚一样，他是苏轼一族的成员，因此晁补之的词也有一个不错的当代注本。前文所讨论的那些相互角力的价值仍然在起着作用。

我们随后会讲到李之仪和他的词学批评。他比晁补之更加不幸。李之仪几乎算是苏轼最忠诚的追随者，而且在填词上没准比黄庭坚和晁补之更有天赋。如同秦观一样（后文有专章讨论秦观），李之仪走上了一条和苏轼不一样的词的创作道路。他是保守的，回溯性的。他与贺铸过从甚密，而贺铸的词同样有回溯的性质。在无法解释的风潮趋势中，贺铸成为了南宋的偶像，李之仪却遭到了遗忘。

黄庭坚

黄庭坚本应是他那一世代中最耀眼的文学明星，他颖悟博学、天资卓越。但他不幸与整个朝代唯一真正的文学天才苏轼附着在一起。苏轼不仅自知是个天才，他同时也得到了几乎所有人的认可。黄庭坚勉力为之才取得的成就，苏轼轻而易举就达到了。黄庭坚值得肯定的地方在于，他并没有因此绝望放弃：他承认苏轼天才横溢，同时却开辟出一条诗学门径，使最普通的人都能学懂作诗。他似乎已经知道，历史上永远只会有“苏黄”的名号，而不会以“黄苏”并称。

在诗的领域，黄庭坚试图提供一套诗“法”，让人写出好诗。黄庭坚只比苏轼小九岁。他是“苏门学士”中最年长的一位。黄庭坚理解苏轼所倡导的一种率性而为的创作：随情绪与环境而作。除非“是苏轼”本人，否则年轻的作家根本无法仿效这个模板。黄庭坚的功劳在于，他明白应对苏轼天才的唯一方式就是承认他是天才，然后给其他人提供一种能够通过学习、艰苦的努力以及“法”而达至成功的门径——有志写诗的人可以通过学习已有的传统来超越传统。这的确是一种可供遵循的诗法，也的确为后世许多诗人所遵循。黄庭坚诗法的一个核心理念就是对古代文本的创造性转化。这差不多也是当时填词最重要的方法，而这方法的根源来自“檃栝”。很难说到底是黄庭坚的诗法影响了诸如秦观和贺铸这样的词人，还是词人们广泛转化古人作品，才影响到了黄庭坚的诗法。

246

虽然词作如何化用前代的诗句是很重要的问题，但在词牌的声律要求之下，转化前人语句其实还比较容易。词人如何在化用之后仍能保持顺畅，才是真正的关键。毕竟词在根本上与诗不同，没有整齐划一的节奏。要能把词填写得出神入化，是一种无法教授的天赋。再没有人比黄庭坚尝试过的风格和语体更多样了。黄庭坚可以辨认出真正的天才——不论是晏几道，还是苏轼的天赋——自己却无法企及。

对于黄庭坚词作的评价与接受，如同他的词作本身，多样而不统一。陈师道（1053—1101）《后山诗话》中显然包括一些后来窜入的材料，因此很难判断某些论述是不是出自陈师道本人。书中提到北宋当代的词人中，只有秦观和黄庭坚可以极天下之工，即使唐代诸人都及不上他们（苏轼不算，因为他“以诗为词”）。[1] 而晁补之，作为苏门交游圈的一员，却说黄庭坚的词“固高妙，然不是当行家语，是着腔子唱好诗”[2]。这是完全相反的两个论断：晁补之对黄庭坚词的批评实际上等于陈师道对苏轼的批评。

我们不应被这两个对立的论断蒙蔽，其实它们指向同一个问题。词在根本上是不同于诗的；有些人会因为词太近似诗而瞧不起它。问题是，词应该是什么样，怎么写才不失“本色”。这些问题在这个时候还不是诗的核心问题。[3] 黄庭坚作为词人在12世纪是有争议的。李清照觉得在11世纪后期的词人中，黄庭坚与苏轼不一样，算是比较能够明白词“别是一家”，与诗不同，但是他“尚故实而多疵病，譬如良玉有瑕，价自减矣”。王灼则把黄庭坚和晁补之都当作苏轼的追随者，二人皆是“学苏而得其七八分者”[4]。

借用晁补之的话，一个真正的“当行家”知道什么“当作”；而黄庭坚是个非常有天分的票友。对黄庭坚词的关注是由他在古诗文方面的地位支撑的，而这种兴趣反过来又反映在了出版印刷上。有一些北宋早期的词人，我们今天认为他们极其重要，但这些词家在南宋一般也只有一部或最多两部可知的词集。

---

〔1〕 邓子勉编：《宋金元词话全编》第一册，凤凰出版社，2008，第213页。

〔2〕 吴曾：《能改斋漫录》，上海古籍出版社，1979，第489页。引用自赵令畤：《侯鲭录》，中华书局，2002，第206页。这一则材料并没有注明是晁补之所述，但它紧接前面另一条晁补之对早期词的评论，因此也被当作晁补之的论断。

〔3〕 到了13世纪初，严羽即开始讨论这个问题。

〔4〕 参见第十三章《找回一段历史》。

黄庭坚在南宋至少有六部词集刊本。其中有两个版本留存，一个存于他的文集中，另一个存于《琴趣外篇》的丛刊中。出现这种情况的原因之一，当然是因为他是黄庭坚。这一时期能跟他的文名比肩的只有欧阳修和苏轼。

黄庭坚的一些词作中隐隐可以看出苏轼的影子。他有与苏轼唱和的词，比如《鹊桥仙·七夕》和许多其他作品。〔5〕假如说，苏轼重写了张志和的《渔歌子》，黄庭坚也写，用了《鹧鸪天》的词牌。〔6〕黄庭坚最著名的词应该算是1098年的《念奴娇》，词牌总会让人想起苏轼的名篇《赤壁怀古》。据胡仔《苕溪渔隐丛话》所述，黄庭坚对这首词非常满意，自诩是苏轼《赤壁怀古》的续作。〔7〕其开篇也和苏轼的许多词作一样，有一篇幅极长的序文交代创作场景："八月十八日同诸生步自永安楼，过张宽夫园待月。偶有名酒，因以金荷酌众客。客有孙彦立，善吹笛。援笔作乐府长短句，文不加点。"〔8〕

断虹霁雨，净秋空，山染修眉新绿。
桂影扶疏〔9〕，谁便道，今夕清辉不足。〔10〕
万里青天，姮娥〔11〕何处，驾此一轮玉。

---

〔5〕 马兴荣、祝振玉校注：《山谷词》，上海古籍出版社，2001，第148页。

〔6〕 《山谷词》，第152页。

〔7〕 《山谷词》，第12页。所谓"续作"，指的大概是苏轼《前赤壁赋》中的那段"歌"。但他选了《念奴娇》这词牌，因而不可避免地会与苏轼《念奴娇·赤壁怀古》连在一起。

〔8〕 《全宋词》，第497页。

〔9〕 "桂"指月亮。

〔10〕 阴历十五月圆，月亏也始于月圆之日。

〔11〕 月中女神。

寒光零乱，为谁偏照醽醁[12]。

年少从我追游，晚凉幽径，绕张园森木。
醉倒金荷，家万里，欢得尊前相属。
老子平生，江南江北，最爱临风曲。
孙郎微笑，坐来声喷霜竹[13]。

249

黄庭坚有一种成熟的掌控力，此处体现为慢词中那种变换的意绪。但这不是苏轼，不是系于晁补之名下的那句评价“着腔子唱好诗”，也不是那种被法秀禅师斥为“堕泥犁之狱”的诲淫之语。[14]不过，在黄庭坚的词集中，我们的确**可以**找到符合上述三种评判的篇章。

黄庭坚最令人着迷的那些词中，大概反映了一种简朴甚至天真的特质。但鉴于他的博学和臻于极致的精雅，这是一种故作的天真。下面这首《清平乐》，是黄庭坚最受欢迎的作品之一。[15]

春归何处，寂寞无行路。
若有人知春去处，换取归来同住。

春无踪迹谁知，除非问取黄鹂。
百啭无人能解，因风飞过蔷薇。

---

〔12〕一种美酒的名字。
〔13〕孙彦立之笛。
〔14〕参见第六章《晏几道》。
〔15〕《全宋词》，第 507 页；《山谷词》，第 208 页。

250 这里将春之“归”巧妙地处理成一种空间的位移——这是一个由来已久的传统，不少作品都有相似的做法。尽管此处被问的是黄鹂，但我们不免还是会听到那首最著名的小令在背景中回响[16]：

> 无计留春住。
> 泪眼问花花不语，
> 乱红飞过秋千去。

的确，在简朴的表面之下，我们看到了黄庭坚的“挪用”［appropriation］（借用了刘大维［David Palumbo-Liu］的术语）诗法作用于小令传统中熟悉的素材，而这本是词作中久已有之的做法。

词曲原本可用于传播佛教，黄庭坚（以及他之前的王安石）都试着作过禅偈。[17]他甚至还在词中檃栝过自己的一首诗。[18]

黄庭坚写过不少俗词。我们知道有一些佚名的流行歌词是用俗白的语言写成的，可以推想这在北宋的某个社会阶层中是个普遍现象。黄庭坚对俗语的使用让评论家们感到忿恚，但正如前文所示，俗词在这一时期很常见。[19]然而，黄庭坚比他的同时代人走得远多了：当马兴荣等校注《山谷词》时，他们遇到了一些在宋代极丰赡的文献记载中完全找不到其他用例的俗语。那似乎已经超越了“俗语”，而更像是“俚语”甚至“黑话”了，是一 251

〔16〕 参见第五章《小令词集（下）》中“欧阳修及其词集”一节。

〔17〕 例见《山谷词》，第86—93页。

〔18〕《山谷词》，第84页。

〔19〕 比如秦观的《满园花》，见徐培钧：《淮海居士长短句》，上海古籍出版社，1985，第49页；以及晁补之的《蓦山溪》，见《晁氏琴趣外篇·晁叔用词》，第191页。

个群体彰显异质的特殊语言。

有一则逸闻提到黄庭坚初以俗语作艳歌小词，后来因法秀禅师泥犁之诫而弃作。那则材料最早可以追溯到 12 世纪。[20] 黄庭坚在 1079 年给晏几道词集写序，其中也提到过他和法秀的这次接触，但我们很难从他嘲讽尖酸的论调中听出任何悔意。这或许可以证明他的确在 11 世纪 70 年代就已经开始写这类艳词，但并不意味着他没有继续这类创作；他的许多俗词似乎都是晚年的作品。黄庭坚第一次给苏轼写信是在 1078 年（二人第一次可以确考的会面不会早于 1086 年），因此他的一些俗词写于他开始和苏轼接触之前。

黄庭坚的俗词经常是恋人的自白，用于表演再适合不过。这些词也多半是慢词。以上种种都显示柳永影响的其中一个面向。[21] 下面这首调寄《沁园春》，用的是和苏轼早期写给苏辙一首词（《沁园春·孤馆青灯》）同样的词牌。[22]

> 把我身心，为伊烦恼，算天便知。
> 恨一回相见，百方做计，未能偎倚，早觅东西。
> 镜里拈花，水中捉月，觑着无由得近伊。
> 添憔悴，镇花销翠减，玉瘦香肌。
>
> 奴儿。又有行期。你去即无妨我共谁。

---

〔20〕见陈善《扪虱新话》，转引自《山谷词》，第 329 页。

〔21〕黄庭坚的《归田乐引》以“暮雨蒙阶砌”开篇。这是他受柳永影响的一个很好的例子。见《山谷词》，第 58 页。

〔22〕《全宋词》，第 532 页；《山谷词》，第 1 页。

向眼前常见，心犹未足，怎生禁得，真个分离。
地角天涯，我随君去。掘井为盟无改移。
君须是，做些儿相度，莫待临时。

252 下面这首《归田乐引》用纯粹的白话写就，有意在一场爱情剧的表演中引人莞尔。的确，这简直就是我们之前讨论过的晁端礼《上林春》的另一个版本。[23]

对景还销瘦。被个人、把人调戏，我也心儿有。
忆我又唤我，见我嗔我，天甚教人怎生受。

看承幸厮勾。又是樽前眉峰皱。是人惊怪，冤我忒捐就。
拼了又舍了，定是这回休了，及至相逢又依旧。

253 毫无疑问，以上这些词都会被法秀称为劝淫笔墨，认为黄庭坚写了这些艳词就该下泥犁地狱。广义而言，这则逸事反映了11世纪末社会中日益高涨的道德说教的风气。然而，如果退一步细想，我们很难找到其中有什么“恶行”——除了陷入爱恋。恼人的或许是舞台上的女性展示了她对迷恋自己的男性有多大的掌控力，而这在俗词中是极常见的。从柳永词中女神们令人“意乱神迷”的魅力到此处的独白，我们看到了词的古老主题的倒置：不再是女性因思念缺席的男性而憔悴，而是相反。简言之，我们见到了一种初步形成的反向文化，其标志就是用白话来展示一些境

[23]《全宋词》，第525页；《山谷词》，第59页。

遇。观众或读者会从中认识到某种被压抑的真实世界，这个世界只有通过白话才能抵达。

黄庭坚的白话俗词或许是不被认可的，下面这首《蓦山溪·赠衡阳妓陈湘》则是他最受欢迎的作品之一。[24]这首词写于1104年，当时他正在被贬往宜州的路上，一年后他便亡故了。

> 鸳鸯翡翠，小小思珍偶。
> 眉黛敛秋波，尽湖南、山明水秀。[25]
> 娉娉袅袅，恰近十三余，
> 春未透。花枝瘦。正是愁时候。
>
> 寻花载酒。肯落谁人后。
> 只恐远归来，绿成阴、青梅如豆。[26]
> 心期得处，每自不由人，
> 长亭柳。[27]君知否。千里犹回首。

这首词把唐代诗人杜牧的名句编进去了：有的是直接引用，有的则是改写。假如白话俗词是可以直接表演的，那么这首词的表演性却有很不同的意味：白话俗词是一种角色扮演，但此处的陈湘是一个偏远地区的地方歌女；当她演绎这首词时，她演唱的 *254*

---

〔24〕《全宋词》，第500页。

〔25〕这在把玩一个常用的比喻，以山水比喻女子的面容：眉如山丘，眼如秋水。

〔26〕借用9世纪诗人杜牧的一首名诗，意思是陈湘刚刚步入她生命中的春季，而随着他以后回来，她也会像“夏季”来临般成长。

〔27〕柳是离别的常用意象。这句可能指他离开衡阳时与她分别的地方。

似乎是著名文人黄庭坚专门献给她的肺腑之作。她没有柳永词中汴京名妓那样的“艺名”；她或许真的姓陈。

词迷的传统一直延续至今。从这个传统看来，黄庭坚并不算是好词人，但他不失为一个杰出的作家。他写词或许缺乏“天分”，但他用前所未有的方式在词中拓展了新境。黄庭坚被夹在苏轼广大而独特的词风与“本色”词派之间，这两者之间只有小小的一隅可以让他发挥。

255

晁补之

直到 1086 年，晁补之才真正登上文化舞台。1086 年是元祐元年，苏轼及其“旧党”获召回京师，黄庭坚也终于第一次见到苏轼。晁补之是 1079 年进士。当苏轼给所有他欣赏的有才能的门人分派朝廷职位的时候，晁补之也进入了他的视野。但这一切只持续了不到十年。1094 年哲宗亲政，太后临朝的时代结束。哲宗召回了王安石的改革派，并贬窜元祐朝的官员，把他们都流放到宋朝疆域最令人不堪忍受的地方。

一般认为晁补之是苏轼的一个追随者，一个难以望其项背的人。这个描述并不能完全概括他的作品。下面这首《摸鱼儿·东皋寓居》是晁补之在 1103 年写的，当时他正要最后一次告别官场。这是他最著名的作品之一[28]：

---

〔28〕《全宋词》，第 714 页；《晁氏琴趣外篇·晁叔用词》，第 15 页。

买陂塘、旋栽杨柳，依稀淮岸江浦。
东皋嘉雨新痕涨，沙觜鹭来鸥聚。
堪爱处最好是、一川夜月光流渚。无人独舞。
任翠幄张天、柔茵藉地，酒尽未能去。

青绫被[29]，莫忆金闺故步。儒冠曾把身误。
弓刀千骑成何事，荒了邵平瓜圃[30]。
君试觑，满青镜、星星鬓影今如许。功名浪语。
便似得班超[31]，封侯万里，归计恐迟暮。

晁补之有一种天分，能将谈天式的独白恰如其分地写进旋律 256
的起伏中。这一看就是一首 11 世纪中期的词，除了最后一节中对仕宦生涯的叹悔，这一点柳永也写过，而且晁补之之后的几代词人一直也有类似的感慨。只不过，仕宦生涯之外的选择不再是流连勾栏瓦肆之中，取而代之的是平静的退隐生活。晁补之把他的退归之地叫作“东皋”，这难免让人想起苏轼称自己为“东坡”。[32]这首词的开篇晁补之说他要买“陂塘”，字面上就是“陂”和“塘”。如同在东坡上拓展着自己私人生活的苏东坡一样，晁补之也退出了公共生活和人事网络。

我们很难想象这种词被唱出来的样子。苏轼也常常在他的词

〔29〕 汉代尚书郎夜值所盖。

〔30〕 秦朝灭亡后，东陵侯（邵平）在长安东门开圃种瓜。

〔31〕 班超（32—102）是汉代学者。他投笔从戎，最终成为名将的事迹最让人津津乐道。

〔32〕 同时还让人想起 7 世纪早期的隐士王绩，他也自号“东皋子”。

257 中灌注一种陌生和新异的体验，尽管这从根本上背离了早期词作表演的传统，但读者还是可以从这种陌生和新异中，读出一种在诗中无法表现的东西。晁补之的词却并不如此。他常常把几乎与诗无异的内容，完美地融进词体的韵律中。下面这首是有关“东皋寓居”的另一首词，调寄《黄莺儿》[33]：

> 南园佳致偏宜暑。
> 两两三三修竹，新篁新出初齐，猗猗过檐侵户。
> 听乱飐芰荷风，细洒梧桐雨。
> 午余帘影参差，远林蝉声，幽梦残处。
>
> 凝伫。既往尽成空，暂遇何曾住。
> 算人间世、岂足追思，依依梦中情绪。
> 观数点茗浮花，一缕香萦炷。
> 怪来人道陶潜，做得羲皇侣。[34]

258 暑热的园景可以和周邦彦大概在同一时期填的《隔蒲莲近拍》[35]相较。晁补之以上阕来作铺叙描写，这习惯可以追溯至柳永，但场景中的情绪跨度变大了。周邦彦的第二阕很奇怪；相对而言，晁补之这首词则在一阵长时间的凝思中结束，措辞完美。其审美上的成功在于将过往的情绪依依并举，似都在梦中，又如茶中浮

---

〔33〕《全宋词》，第 715 页；《晁氏琴趣外篇 · 晁叔用词》，第 22 页。

〔34〕伏羲是传说中的上古先王之一。上古的生活简单而无忧无虑。陶潜即曾自谓羲皇上人。

〔35〕参见第十二章《周邦彦》。

起的泡沫，一饮便带回了凌冽的知觉，将他从梦中唤醒。

除了李之仪，苏轼交游圈中的其他人都和这个群体保持着紧密的联系。晁补之还经常给他的叔叔晁端礼写词，此外，他关注的中心基本上就是这个交游圈。黄庭坚去世后，晁补之有词怀之；秦观 1100 年去世后，晁补之也为他写了一首《千秋岁》，词作的第二阕是这样的[36]：

> 洒涕谁能会。醉卧藤阴盖。人已去，词空在。
>
> 兔园高宴悄[37]，虎观英游改。[38]重感慨，惊涛自卷珠沉海。

如同黄庭坚，晁补之也能以俗语写作绮艳的独白。

晁补之的词作有两个宋代的本子，目前我们看到他的作品都是通过《晁氏琴趣外篇》这个本子流传下来。我们不知道这个本子的作品排序在多大程度上反映了作者的原意，但很有趣的一个现象是，所有关于女性的词都被放在了比较靠后的位置。

李之仪

259

李之仪是最重要的宋词批评家之一，但他作为词人的价值却

---

〔36〕《全宋词》，第 724 页。

〔37〕 指汉代文人在梁王刘武兔园的雅集。

〔38〕 虎观为西汉学者讲经之所。

很少被人注意到。[39]后世的“词话”很少提到他。尽管他的词集收入了南宋《百家词》，但在明初吴讷的版本中却没有他的踪迹。不过，李之仪的词集曾经有数个明代版本。

当代学者陶尔夫特别关注李之仪，认为他是苏轼最忠实的追随者。李之仪逃过了元祐末年的几次清党，但他身陷徽宗朝的党争。当时的人对苏轼追随者的攻击更为苛毒，最终李之仪被投入监狱，遭到鞭笞。[40]如果说他在身受迫害的环境下是个好词人，那么他在其他境况下同样是个好词人。

调寄鹧鸪天[41]

收尽微风不见江。分明天水共澄光。
由来好处输闲地，堪叹人生有底忙。

心既远，味偏长。须知粗布胜无裳。
从今认得归田乐，何必桃源是故乡。

260 比起实际遭遇的，李之仪理应有一个更好的命运。水波被微风吹起，才可看得见江。水波一旦平息，便只有光了。这个意象和人生巧妙地联系在一起：人因“忙”而产生波动，只有“闲”下来

〔39〕陶尔夫：《北宋词史》，黑龙江人民出版社，2005，第363页及其后。当下只有少数几个学者能肯定李之仪作为词人的成就，陶尔夫是其中之一。

〔40〕起因与李之仪写给范纯仁的东西有关。范纯仁是范仲淹的儿子，也是为晏几道编第一部词集的人。

〔41〕《全宋词》，第447页。陶尔夫也在《北宋词史》中提到这首词，见第369—370页。

的时候，平静的水面才会造出一片澄光的天地。

苏轼交游圈还延伸到许许多多其他的人，他们不但写词，也写逸事、评论和题跋。这些文字对围绕苏门的材料在南宋的爆发式增长起了催化作用。我们此前提到过赵令畤和他的杂著《侯鲭录》。这部书写于北宋灭亡之后，是一部由苏门成员所作的极有价值的文献。晁补之残存下来的对于11世纪词人的评价主要就是来自《侯鲭录》。和舒亶类似，赵令畤的词作大多由《乐府雅词》保存下来。但他最为人所知的作品则是（保留在《侯鲭录》中的）一组《蝶恋花》。这是最早融合故事的词，讲述的是元稹的《莺莺传》。[42]

---

〔42〕《全宋词》，第633—637页。这些词都保留在《侯鲭录》中。

261

第十章　秦观

讨论秦观（1049—1100）要担负一种特别的责任，因为他正好活跃于“本色词”出现的时刻。“本色”即词本来该有的样子。这种观念一直到民国时期书写新文学史时才有所改变，秦观也被恰如其分地嵌进了漫长的词史当中。词迷们对早期词作的历史有浓厚的兴趣，评价也很高。早期词作包括唐五代词，也包括11世纪中期的词。尽管如此，词似乎是到了秦观和苏轼才开始变成了正式的“文学”体裁：秦观代表了这变化的其中一面，苏轼则代表了另一面。

贺铸（1052—1125）只比秦观小三岁，他的词作在当时也得到了广泛的赞誉；但他很幸运地比秦观多活了二十五年，因此总给人感觉更“晚”。周邦彦（1056—1121）比秦观小七岁，而贺铸甚至比他活得还长，但在一种编年的想象体系中，周邦彦似乎属于他们的下一辈人——这或许是因为周邦彦的作品要到了更晚近才得到认可。尽管贺铸和周邦彦比秦观幸运地多活了几十年，但他们都是在差不多同一时间——即11世纪的最后二十余年——参与了词这一文体的重要转型，并各自留下了永久的印迹。

262

秦观是苏轼身边令人着迷的交游圈子中的一员。他受益于这种身份。在苏轼友人活跃的时代，一直到接下来的一个世纪，社会上流传了大量关于他们的逸事传闻。同样地，秦观也获得了这样的关注。相对而言，有关贺铸和周邦彦的逸事就要少得多。人们对周邦彦的情史没有太大兴趣（除了一个人尽皆知的例外），而围绕秦观则衍生了丰富的引人入胜的爱情故事。

和诗的情况类似，词的逸事通常指“本事词”。以苏轼为例，尽管许多关于他的传闻明显属于杜撰，但由于他自己不断在副题、序以及正文中谈及创作场景的细节，这就引发了对其逸事的增补。当词作没有交代这类细节时，传闻也会由此滋生。

无论苏轼有多么欣赏他，秦观都属于另一种不同的词人。秦观写的是“本色词”，很少在副题或序中提供创作场景的细节，一般也不太会在正文中指涉具体的地方或人物。然而，他某些特别的作品也吸引了许多围绕其创作场景的传闻逸事。他还招致了许多关于措辞和用词的批评，而这类批评一般不会发生在苏轼身上。这类关于修辞的批评有些是以逸事的方式出现，有些则不是。中国文学批评史对探究作家生平有着无休止的兴趣，会将类似“碧桃”这样的诗语指认为人名或者别称，进而讲出一个好故事。而一旦如此，之后再读这篇词时就几乎不会不想起这个被“命名”了的人，以及词人与这位“碧桃”交往的故事。这并非完全没道理，因为歌女们确实可被赐予这样的名字，词人也的确会在词里把玩这些人名。只是大多数情况下我们并不知道，也永远无法知道事实是否真的如此。传闻逸事或许和词作本身几乎完全契合，但我们永远不知道这到底是因为传闻的真实性，还是为了解释词意才被如此形塑。

碧桃，原指西王母的仙桃树，也可以指人间不结果实的一种特别的桃树。“碧桃”的确在秦观的一首《虞美人》中出现过。 *263*

它被视为某位歌女的名字，其根据是很晚出现的一部宋代传奇小说集《绿窗新话》[1]：

碧桃天上栽和露，不是凡花树。
乱山深处水潆回，可惜一枝如画、为谁开。

轻寒细雨情何限，*不道春难管*。
为君沉醉又何妨，只怕酒醒时候、断人肠。

这首词的第一句完全袭用晚唐诗人高蟾一首有关落第绝句中的一句。[2]其中的“碧桃”用的是它在神话故事中的意思，比喻通过了科举考试、享受朝廷俸禄的人。而13世纪的逸闻则把秦观这首《虞美人》中的碧桃视为一位家妓的名字。[3]

秦少游寓京师，有贵官延饮，出宠姬碧桃觞，劝酒惓惓。少游领其意，复举觞劝碧桃。贵官云：“碧桃素不善饮。”意不欲少游强之。碧桃曰：“今日为学士拚了一醉！”引巨觞长饮。少游即席赠《虞美人》词……阖座悉恨。贵官云：“今后永不令此姬出来！”满座大笑。

264

这样一来，碧桃自然就变成了本词下阕中的言说者，因秦观这位

〔1〕《全宋词》，第601页；徐培钧：《淮海居士长短句》，上海古籍出版社，1985，第132页。
〔2〕《全唐诗》，36939。
〔3〕《淮海居士长短句》，第133页。

著名的词人而不能自持，深深恋慕着这位情郎。论者需要花点心思，才可以把下阕中用斜体标出的第二句放进这个故事中：某个取信这则传闻的现代注本将这一句解释为“忘却贵官的阻止”，即把“管”当作现代汉语中的“管”来理解。[4]

假如没有这则不太可信的传闻，也没有这位名为“碧桃”的歌女的话，我们就会看到一首不一样的词。词中，尘世的碧桃在山间开花，与仙界的碧桃形成了对比。花开了，却没有意识到春天并不会照管它。词人想在沉醉中放逐自己，但他也知道酒醒时分花就将在细雨中零落，不复有那转瞬即逝之美。比起那则有创意的逸事，这样的解释当然要乏味许多，但这种程序化的感性的话语却正是“本色词”日渐明晰的特征。少女和花之间的关联在这里仍然存在，但逝去和别离本身也已在这类作品中成为意料中事。整个意境呈现在桃花开放的一瞬间。

苏轼无法忍受词的这种感性话语。他尤其受不了章楶那首写柳絮的词，这在当时应该是比较流行的一首作品。苏轼自己那首著名的《水龙吟》用了和章楶一样的韵，他一开始是抗拒这种感性话语的，但最后还是屈从了。《水龙吟》运用了两个与柳树最相关的意象：离别（古人折柳枝送别）和姬妾。[5]

似花还似非花，也无人惜从教坠。

265

抛家傍路，思量却是，无情有思。[6]

萦损柔肠，困酣娇眼，欲开还闭。

---

〔4〕 徐培钧、罗力刚：《秦观词新释辑评》，中华书局，2003，第267页。

〔5〕《全宋词》，第358页；《苏轼词编年校注》，第314页。

〔6〕“思”与“丝”双关。

梦随风万里，寻郎去处，又还被、莺呼起。

不恨此花飞尽，恨西园、落红难缀。
晓来雨过，遗踪何在，一池萍碎。
春色三分，二分尘土，一分流水。
细看来，不是杨花点点，是离人泪。

尽管苏轼拒绝使用那种传统词作的感性话语，但他也在寻求其他非传统的语言来表达思绪。

我们之前谈到过“婉约”与“豪放”风格的对立，前者以秦观为代表，后者以苏轼和他的门人为代表。这是一种很有问题的分法。我们必须换一种不同的方式来研究词，有些词既不属于豪放派也不属于婉约派；而所谓婉约派不仅包括了大部分的词，也容纳了太多截然不同的诗学意趣，我们不能轻率地把这些不同的意趣简化成“婉约”一词。

266

有时候一个外来词汇会有助于重新划定中文中习以为常的范畴，尤其是那些一成不变的概念，即使学者们已经认识到其时代错误有多么严重，缺陷多么大，却仍然顽固不化。“豪放—婉约”这组对立的根本问题在于它们只属于词的世界。作为自足封闭的一组对立概念，它们让人们认识不到词在和宋代文化的其他力量交互发展。当词或显或隐地宣告自己是一个独立的领域时，这种论断本身恰恰说明有一个在它之外的世界存在。

请允许我考虑使用一个内涵丰富的英文词汇（有其西欧词源）来讨论这个问题，这个词在前文已经出现过：或许我们可以把词看作一个“感性”[sensibility] 的话语体系。这里特别可参考 18 世纪与 19 世纪初“感性”的用法。与词类似，这是一个描述细腻情感与精雅趣味的话语体系，与女性气质关联强烈，但又是男女共享的领域。这种风格气度和放纵逾越可以放到更宏大的思想氛围中理解：当时的人崇尚理性，讲究实用，而且有强烈的道德自律意识。恰恰是这种对立才会产生简·奥斯汀［Jane Austen］的《理智与情感》［*Sense and Sensibility*］。

跨文化比较总是危险的，但也会提供有益的启发。词的“感性”话语是基于对占统摄地位的文化价值的拒斥，在它构建的小世界中不去问那些会在大社会中流传的问题。或许苏轼的罪过和魅力不在于他的“豪放”，而在于他污染了那个时刻处于备战状态的、封闭的词的“小世界”，他的话语模式和他提出的问题都是词人们想要拒之门外的。

词的**真实**世界要复杂得多。11 世纪后半期产生了许多为宴会而作的“新词”，或是恭贺某位即将履新的官员，或是给某位王公贵族祝寿。所幸这类作品大部分佚失了，但流传下来的那部分也足以提醒我们词已经全面进入官场的社交活动中。毫无疑问，那些能写出差强人意的词作的人是被雇来专门为这些场合写作的，但我们要知道，宴饮礼仪需要表演很多的曲目。唱完了几首新作的祝寿词以后，他们大概不用接着再唱几个月或者几年前为其他王公贵族创作过的祝寿词了。词的世界仍继续运转。

267

不管感性的模拟有多么粗糙，也不管宋代与欧洲的情况有多么不同，这个更大的宋代文化世界在庶几容纳了词以后，还是以其自身方式呈现理性、务实以及义理上的道德价值。这里的每一项特质，无论就单个而言还是相互间的结合来看，都宣称自己是放之四海皆准的，是一切的扃钥。这是一个只会引发反作用的世界：词在它内部就创造了这样一个歧出的封闭领地，领地之外的任何东西都无关紧要。

词常常只是个感性的话语体系——爱恋，失落，回忆，忧愁，品茶，赏菊——它往往是更大的公共生活中的一个独立空间，有时候它会明确拒斥那个“空念远”的世界，反对为公务而营营役役。或许有一些人会尝试住在这类话语所建立的世界中，但对大部分人而言，词的话语体系是一个替代的空间，间或造访，在必要的时候离开。这些人勉力通过了科考，迁转于各处职所之间，努力做一个好官。如果同僚卷入了政治斗争或其所属党派遭到了清洗，他们就会被流放到环境极其恶劣的地方——秦观最后的遭遇就是如此。但就词而言，任何外界的东西都不重要。这种体裁的魅力不言而喻。

从这个意义上来理解的话，词整体而言是从反面定义出来的。它要千方百计说明，人类的经验并不属于公共领域，不属于理性世界，也不属于传统意义上的伦理道德范畴。明白这一点，我们就可以理解存在于“本色词”内部各种纷繁的价值。这些价值彼此非常不同——有很多种不同的“好”。这样一来，苏轼词也可被理解为一种独特的可能性，而非“本色词”的对立。

秦观的词在南宋很流行。我们知道他起码有四本不同的词集，但都没有留存下来。这些集子中的词作都被收进了1173年一部秦观的合集中。所有现在看到的秦观词都来自他1192年合集的再版。这部重要的集子只收有77首词，少得惊人，但唐圭璋在《全宋词》中的估计是87首。可以想见，在这些词之外，还存在相当数量的归于秦观名下的词作。

268

现在我们可以来讨论大概是秦观最有名的那首词了。由于相关的逸闻，这首词被牵扯到了围绕词作的一系列争论中。争论大概从11世纪晚期就出现，到了12世纪肯定仍在继续。我们先从词本身开始讨论。虽然没有什么稳妥的根据，秦观的这首《满庭芳》一般会系于1079年[7]：

> 山抹微云，天黏衰草，画角声断谯门。
> 暂停征棹，聊共引离尊。
> 多少蓬莱[8]旧事，空回首、烟霭纷纷。
> 斜阳外，寒鸦数点，流水绕孤村。
>
> 销魂，当此际，香囊暗解，罗带轻分。
> 谩应得青楼、薄幸名存。
> 此去何时见也，襟袖上、空染啼痕。
> 伤情处，高城望断，灯火已黄昏。

有一则著名的传闻与这首词紧密相关。这故事来自1249年刊行的《花庵词选》中一首苏轼词的注。1249年与其所记载的事件已经相隔了超过一个半世纪。根据这则逸事，秦观在游会稽（约在1079年）回京后见了苏轼（这一年苏轼的确是在京师，当时他因乌台诗案而入狱，有可能被处以极刑。出狱后，他立刻被流放去了黄州）。在这则不太可信的逸事中，苏轼跟秦观说当时京城中

〔7〕《全宋词》，第589页；《淮海居士长短句》，第36页。
〔8〕仙岛，这里指静谧的地方或境界。

盛唱他的“山抹微云”词。接着苏轼评论道：“不意别后，公学柳七作词。”秦观答道：“某虽无识，亦不至是。先生之言，无乃过乎？”苏轼说：“‘销魂。当此际’，非柳词句法乎？”最后这则故事以“秦惭服。已流传，不复可改矣”作结。[9]

这则逸闻的价值显然不在于它是否真实可信。但它和许多其他关于词的逸事一样，让我们明白了什么是会被接受的，什么不是。苏轼，一个“感性”的终极反对者，在这个故事中以权威的面貌出现，拣出了这首词中“感性”得最明显的两句。秦观则被描述为“惭服”。我们需要认识到的一个重要事实是，南宋把秦观及周邦彦奉为北宋词人的杰出代表（苏轼属于特例），而柳永却被认为是个有缺陷的早期词人（这与秦观写这首词时的情况大不相同，彼时柳永确实是前辈词人中唯一的慢词创作者）。

以秦观的时代观之，这首词的确与柳永的行旅词有着惊人的相似之处，一阕写目下，一阕叹惋被留下的恋人。这是在承袭柳永，但这则逸闻中的苏轼单拣出两句加以指摘。换句话说，这故事说明了：除了这两句以外，其他部分对柳永的吸收和化用都非常完美，已听不出像柳永的痕迹。只有这两句直截的“感性”仍然是个明显的缺陷，而词人也羞愧地承认了这一点。

270

那么问题是，秦观是如何把柳永具有特色的行旅词变成了他自己的作品？怎样隐藏了自己的作品其来有自，取代柳永而成为开创后来宋代词风主流的先祖？如果我们这么问，就很难不注意到那句被广泛赞誉的首句：“山抹微云”。句中下得最精雅的一个单字是“抹”。“抹”通常用来描述上妆，意为“涂抹”或“抹

---

〔9〕《淮海居士长短句》，第38—39页。

开”；又可以指一种绘画技巧，即“洗”，也就是用一种颜色覆盖另一种颜色勾勒出的形状，以晕染柔化颜色相接处的对比和界线。首先，我们应该认识到，这个因其化用而令整句的艺术性都受到瞩目的“抹”，本身就是一种技艺和装点：它将自然之景——如山之上的微云——转换成了有意为之的巧作。其次我们应该注意到的是，“抹”恰是覆盖，意指将太过直接的东西模糊化，在风景之上投射一层诗意的“薄雾”。而且，因为山向来有蛾眉之喻，“抹”也是适合描画山的动词。

柳永创造了男性情爱的声音，他像敦煌曲子中的歌女一样率性地在自己的词中倾吐自己的情感。这种直率也漫溢到了他对其他方面的描绘中，比如风景。秦观在柳永的风景之上用墨加了晕染，苏轼称赞了这种做法，但也指出了两行令秦观感到羞愧的、直抒情意而未经雾化和晕染的短句：它们是云中的裂痕。遗憾的是，这首词已经流传在外，秦观无法将其擦去了。

在这首词的开首，画角声骤起骤断，表明夜幕将至，旅人也因此暂停征程。这一段用词精审，入于“诗”语。即便是措辞略松弛的饮酒一行，也有诗性的句眼“引”（意为“执持”或“举杯”）。杜甫在自己的诗句中用到这个字；秦观借用这权威的用法，使整行词句变得很“雅”。[10]欣赏这一句的唯一途径就是已经知道杜甫的前例。

271

随着词在11世纪的历史演进及其文体地位的提升，当下存在的物事越来越常被取代置换。苏轼可以在梦中行船，望向远处的楼宇，楼中有别人的欢宴。但当秦观回想“旧事”，他却只说

〔10〕《全唐诗》，10926。

“空回首、暮霭纷纷”。越来越多洗抹和雾化的层次被加了进来，几乎没人能再像欧阳修那样说“山色有无中”——山的色彩既在那里，又不在那里。如今剩下的只有雾。

上阕结束于一个高度“诗性”的意象，句中包含多处援引。词人所描述的个人经历，显然是介由［mediated］一整套技艺的语言章法来呈现的。我们可看到，他间或利用诗性的意象，间或运用诗性的语言。当然，一切艺术再现从根本上来说都是介由某种东西来完成的，但重要的是秦观此处在使用这种具有中介性的语言章法时，他用得很明显。

上下阕的转换处往往是转向内心的：他料想，他追忆，他痛苦。秦观彻底滑入柳永的套路，被苏轼抓了正着。周邦彦就很少犯这样的错误。秦观的下阕在柳永模式和上阕所呈现的新的“雅化”慢词模式之间挣扎。第十五句是文本传统的再现。这明显是个冗赘的句子——“谩赢得青楼、薄幸名存”，直译为白话就是：在青楼中，我徒然一无所获，却留下了无情人的名声。这句话嵌入了杜牧最有名的几句诗。结构性的字词如“谩”（徒然）和“存”（长久留存）都是没必要的。杜牧原句中的“赢得”（我为自己所获取的）在唐代口语中有反讽的意味，其中已经暗含了“谩”的意思。同样，“得”字其实也已暗含了“存”的意思，不过“存”比“谩”出现的理由更充分一些，因为它可以表示强调。这些冗词在句中的使用，并非只是为了填充词牌曲子中的空白，更是因为前代诗句不再只是单个字词意思的集合，它已经成为了“一句诗语”。新添的字词以一种新的方法标明了当下诗意的“引用”。

272

在短暂地滑向柳永式的措辞之后，高雅的“诗性”再次胜出，在全篇的终结处，恋人被搁置在高城之外，高城又被搁置在视野之外。词的结尾出现了让人惊艳的比照，上阕最后一句中出现的意象此时被反转了过来：之前是在落日余晖映衬下的数点乌鸦，现在则是照片的“底片”——天色渐暗，寒鸦的黑点被置换成了黑幕上的点点灯火。

大概在《花庵词选》所记载的这则逸闻出现前一个世纪，严有翼的论著《艺苑雌黄》有这样一条评论[11]：

> 其词极为东坡所称道，取其首句，呼之为山抹微云君。中间有“寒鸦万点，流水绕孤村”之句，人皆以为少游自造此语，殊不知亦有所本；予在临安，见平江梅知录云：“隋炀帝诗云：寒鸦千万点，流水绕孤村。少游用此语也。”

这是江西诗派盛行的时代，每一句都**应该**有来历，化用前人。但在此前有关隋炀帝作品和残篇的记录中却没有任何关于这一联的记载。严有翼所说并非完全不可能，但一首隋炀帝的新诗突然在12世纪冒出来，揭示当时最有名的词作之一的词句的真正来源，这种可能性微乎其微。能够辨识出如此生僻的语典是一种荣耀。比较可能的是，这一联是在12世纪写成的，却被当成出于7世纪的作者之手。秦观得到了这一联诗语，这样一来，秦观和辨识出他用典的学者就都能得到一份荣耀。[12]

---

〔11〕转引自《苕溪渔隐丛话》，见《淮海居士长短句》，第39页。对严有翼我们所知甚少，除了知道他曾在绍兴年间（1131—1162）做官。

〔12〕逯钦立引用了明代笔记中的《笔尘》，当中将这一联以及另外两句归到隋炀帝名下。徐培钧以为逯钦立引用的是南宋初的《铁围山丛谈》，见《淮海居士长短句》，第38页。他的说法并不合理，因为逯钦立一般不会引用《铁围山丛谈》，而且整部《铁围山丛谈》中也没有记录上述的诗句。

这则材料向我们展示了宋词作为文学背后有什么力量在运作。词作的“艺术性”不仅是秦观的创造，读者的参与其实并不比秦观这个作者少。

在词作背后发挥作用的还包括前面讨论的本事词。《艺苑雌黄》中有另一则记载，提到了这首词背后的“真相”。这故事是现在论者系年的根据。秦观在会稽一直留到1079年仲夏。据说他当时爱上了一个歌女，这便似乎能够解释“多少蓬莱旧事，空回首，烟霭纷纷”。这则材料说该词作于会稽，对明确表达回顾的那几行视而不见。徐培钧修正了这一说法，认为这首词作于秦观随后一次访越之时，他是在追忆会稽的那个女孩。这也更契合词中“衰草”“寒鸦”等季节性的描写。[13]

简而言之，在秦观写出这首词之后的九百多年中，心怀倾慕的读者们努力想要探寻这首词的本事、它的创作背景，以及勘定那几行并无明显出处的“诗句”的出处。词已不“只是一首歌”了。

在一个潮流不断变换的体系中，某个人年少时曾流行过的风格会对他产生独特的影响。词的情况正是如此。这一点在晏几道身上体现得尤为明显：他父亲在小令界取得过重大建树，其所确立的风格构成了晏几道后来创作的基础。我们或许还记得黄裳在为柳永词所作的跋中说的话：柳词就像是升平繁华的嘉祐朝（1056—1063）的象征。黄裳只比秦观大五岁，他显然是在充满怀旧意味地追忆自己的少年时代。如果那则广为征引的苏轼批评秦观像柳永的材料确实道出了什么真理的话，那比较有可能的

〔13〕《淮海居士长短句》，第37页。

是，秦观的词是从他年少时对柳词的稔熟中生长的，这种自发的生长不仅是因为他醉心于柳永的情词，更是源于他对所有柳永作品的痴迷，包括那些最惊人的词作。 274

对汴京的赞颂是常见的创作主题，皇室的庆祝活动尤其如此。但用词来写北宋其他大城市的人，柳永或许是头一个。比如他写杭州的那首著名的《望海潮》。这首作品或写于1053年前后，所望的正是杭州南边的钱塘潮[14]：

> 东南形胜，三吴都会，钱塘[15]自古繁华。
> 烟柳画桥，风帘翠幕，参差十万人家。
> 云树绕堤沙[16]。怒涛卷霜雪[17]，天堑[18]无涯。
> 市列珠玑，户盈罗绮[19]竞豪奢。
>
> 重湖迭巘清嘉。有三秋桂子，十里荷花。
> 羌管弄晴，菱歌泛夜，嬉嬉钓叟莲娃。
> 千骑拥高牙。乘醉听萧鼓，吟赏烟霞。
> 异日图将好景，归去凤池夸。

这首词取代了以往的都城赋，全然地赞美杭州。前文讨论柳永时提到，这是广告，是为了激发人们造访和享乐的兴致。当秦 275

［14］《全宋词》，第50页；《乐章集校注》，第169页。
［15］钱塘指杭州。
［16］指穿过西湖的堤坝。
［17］钱塘江潮。
［18］天堑一般指长江，这里或指钱塘江。
［19］着华服的美人。

观 1080 年游杭时，他意味深长地选择了“望海潮”这个词牌来写这个城市的颂歌。这很显然是对柳永前作的致意。值得一提的是，柳永的《望海潮》是现存最早以“望海潮”为词牌的词作。柳永专门为了《望海潮》一曲填词。虽然秦观的同时代人晁端礼也有一首《望海潮》(创作年代已不可考)，但那是一首很不一样的词。晁端礼的侄子晁补之也有一首《望海潮》，约作于 1091—1092 年，而那首词的主题也是关于扬州的（一个赏牡丹的宴会）。下面是秦观颂扬扬州的词〔20〕：

> 星分牛斗，疆连淮海，扬州万井〔21〕提封。
> 花发路香，莺啼人起，珠帘十里东风。豪俊气如虹。
> 曳照春金紫〔22〕，飞盖相从。巷入垂杨，画桥南北翠烟中。
>
> 追思故国繁雄。有迷楼挂斗，月观横空。〔23〕
> 纹锦制帆，明珠溅雨〔24〕，宁论爵马鱼龙。〔25〕往事逐孤鸿。
> 但乱云流水，萦带离宫。最好挥毫万字，一饮拚千钟。

276

秦观的结句化用了欧阳修《朝中措》中的一句“挥毫万字，一饮

---

〔20〕《全宋词》，第 585 页；《淮海居士长短句》，第 1 页。

〔21〕“井”是计算邻里的单位，古制以八家为一井。

〔22〕紫绶和金印是高官的标志。

〔23〕迷楼和月观都由隋炀帝所建。他把扬州改为江都，并把离宫设在那里。

〔24〕这句提到了有关隋炀帝穷奢极侈的两则逸事：他先是用进贡的织锦来制作船帆，好让自己的龙船可在大运河中航行；另外，他要求宫女在船上撒珍珠，以模仿下雨的声音。

〔25〕这里用了过往的说法，指供皇帝嬉戏的物事。

千钟”。这是一个用得很明显的典故。同时，这首作品还镶嵌着各种唐诗语典。秦观显然将自己放置在文人小令的传统，而非柳永的谱系之中。然而，柳永的影响虽不甚明显，仍有迹可循。秦观不仅选用了和柳永一样的词牌，而且下阕第二句以“有”字领句，也和柳永的用法一样。这不是典故；只是当一个人在创作时，脑中出现另一首用了同一曲调的类似的作品。

秦观《望海潮》的上阕纯粹是杭州的城市赞歌，没有一点“怀古”的意味。苏轼的《念奴娇·赤壁怀古》最早作于1082年。不过上文已经提到，柳永早在苏轼之前已有类似的作品。比起柳永笔下的杭州，扬州（或会稽）更富有历史的纵深感。秦观另有一首《望海潮》（写于一年前，即1079年），内容正是关于扬州的。

277

“文人”化：渔歌

苏轼真正把新的题材引入了词的世界。与苏轼不同，秦观和他同时代的人写的是“本色词”。他们基本上只处理传统题材，却有着对传统题材的转化。这种转化有时会大到让人辨识不出它原来面貌的地步。他们写恋爱的各个阶段——这都在柳永词和小令中有过细腻的呈现——二人初见，闺闹的缱绻，离别，看花落，相思，重逢或是重访词人与旧爱流连之所，在大小城市中饮宴和参加庆典，借酒消愁，最后发现自己已过了享受欢宴的年纪。他们也以词写茶，与饮酒相对，这是新的题目。但即便是饮茶，他们有时也有佳人相伴。秦观把公共生活称为“名缰利锁”[26]，而他们的词所描绘的这些瞬间总体构成了公共生活之外的一个经验场域。然而，词中还有一类传统的题材，很难划归“婉约”的范畴。它们同时也在斗志昂扬地和公共生活抗争。这就是“渔歌”。苏轼和其他主流词人都写过“渔歌”。

渔父是“江南”文化想象的一部分。此外还有采莲和溪边浣纱的佳人，她们和异乡的旅人嬉笑，或是一起躺在不系之舟中，流连忘返。这种对江南静谧的想象通常是来自江南之外。我们甚至在沙尘滚滚的敦煌都发现了这种渔歌：敦煌与中原同属一种文化，即便是在9世纪它短暂为吐蕃所据、只在名义上与中原保有政治联系时亦是如此。下面这首是如今广为人知的敦煌曲子《浣溪沙》[27]：

278

卷却诗书上钓船。身披蓑笠执鱼竿。
棹向碧波深处去，几重滩。

不是从前为钓者。盖缘时世厌良贤。
所以将身岩薮下。不朝天。

这首敦煌曲子词以否定的姿态结束。这种姿态在归于张志和（730—810，又名玄真子）名下的五首《渔父》词中也都能见到。下面分别是这五首《渔父》词的结句[28]：

斜风细雨不须归。

〔26〕 见秦观：《水龙吟》，《全宋词》，第587页；《淮海居士长短句》，第14页。
〔27〕《敦煌歌辞总编》，第409页。
〔28〕《全唐五代词》，起自第25页。

长江白浪不曾忧。

笑着荷衣不叹穷。

醉宿渔舟不觉寒。

279

乐在风波不用仙。

尽管现在一般把这五首归于张志和名下的《渔父》视为最早的词，但我们没有理由假设“渔父”是词牌，而非单纯的篇题。下面是五首《渔父》词中的第一首：

西塞山边白鹭飞，桃花流水鳜鱼肥。
青箬笠，绿蓑衣。斜风细雨不须归。

在思考词的问题上，苏轼是其中一位最早开始回顾早期词作的人。他跳过了最接近他的一代前辈（除了欧阳修），而回到更早的唐五代词中找寻先例。他把张志和上面这首作品当成词作看待，但“恨其不被管弦”，于是“加数语”重写为《浣溪沙》。《浣溪沙》和敦煌渔歌子用的是同一首曲调[29]：

西塞山边白鹭飞。散花洲外片帆微。桃花流水鳜鱼肥。
自庇一身青箬笠，相随到处绿蓑衣。斜风细雨不须归。

---

〔29〕《全宋词》，第405页；《苏轼词编年笺注》，第370页。

280 这些自成一派的小巧的渔父词恰好可与秦观下面这首《满庭芳》做对比。若不是那个在上阕结尾处的惊人意象，我们不会意识到秦观的这首慢词其实也是一首渔歌。经过词人改头换面，我们几乎认不出它了，但渔歌中最关键的避世主题还在。[30]

> 红蓼花繁，黄芦叶乱，夜深玉露初零。
> 霁天空阔，云淡楚江清。
> 独棹孤蓬小艇，悠悠过、烟渚沙汀。
> 金钩细，丝纶慢卷，牵动一潭星。
>
> 时时，横笛短，清风皓月，相与忘形。
> 任人笑生涯，泛梗飘萍。
> 饮罢不妨醉卧，尘劳事、有耳谁听。
> 江风静，日高未起，枕上酒微醒。

281 秦观从他注意到的岸边植被开始写起，接下来是云散之后开阔的夜景。小舟行驶在夜色中。词的爱好者或许会以为这是典型的“行舟”意象，但前行的小舟在此处戛然而止，止于一根细极的、几乎悬停在静止水面的钓鱼线。鱼线慢卷，漾起微波，似在牵引水中的星影。[31]动静（相对而言的静）间突然切换，从广角视图转到某个特定焦点，围绕这个焦点的是对一个更大世界的玄想——这些都是渔父及其陶醉于自身世界的意象的直接寓意。

---

〔30〕《全宋词》，第589页；《淮海居士长短句》，第42页。

〔31〕注意句中的“潭”并非自成一隅的水池。它通常指河流变宽时（尤其是河流转弯处）一片静止的水。

我们或许会想起欧阳修笔下颍州西湖琉璃般平滑的水面，那是另一个天堂，另一番天地。秦观的焦点则是在琉璃水面浮动的细线。通过这条细线，我们进入了下阕中静谧的世界，在这个世界，词的言说者已不只是在垂钓，而是成为了“渔父”。外部世界以负面的形象出现，因为词人说他不屑理会世人的嘲笑，也拒绝“听”尘世的嘈杂。

七夕词

282

秦观的《鹊桥仙·七夕》是一个考察11世纪末词文化中各种力量交互作用的很好案例。牛郎星和织女星是天上的眷侣，被分隔在银河的两岸。他们每年只被允许在七夕（阴历七月初七）这天跨过鹊桥相见一次。尘间的女子会祭祀七夕，以求织女保佑自己获得织布的技艺。

以七夕为主题的词很常见。但在秦观的时代，越来越多的七夕词中，这对天上的眷侣被认为比凡间的情侣幸运——他们虽然每年只能见一次面，却可以永远如此。尽管这不是秦观的首创，但他的名作《鹊桥仙·七夕》却将这层意思表达得比任何前人都明确[32]：

> 纤云弄巧，飞星传恨，银汉迢迢暗度。
> 金风玉露一相逢，便胜却、人间无数。

---

〔32〕《全宋词》，第591页；《淮海居士长短句》，第55页。

柔情似水，佳期如梦，忍顾鹊桥归路。
两情若是久长时，又岂在、朝朝暮暮。

283 我们在阅读上阕的结句时，必须考虑另一首写七夕的唐诗中的一联（这首诗或归于赵璜名下，或归于李郢名下）[33]：

莫嫌天上稀相见，犹胜人间去不回。

注家从隐晦的唐代诗句中搜寻“出处”——当然，词人们也吸纳了唐诗中的吉光片羽——但这些诗句通常会被词的传统吞没，只留下重塑过后的“意”。陈师道的《菩萨蛮·七夕》正好帮我们讨论这个问题[34]：

行云过尽星河烂。炉烟未断蛛丝满。
想得两眉颦。停针忆远人。

河桥知有路。不解留郎住。
天上来年期，人间长别离。

我们不知道秦观和陈师道的词谁先谁后，但可以看出一首旧诗如何在词的世界流传，即使读者不一定知道出处（在这个例子里，引用的诗句作者也有争议）。从某种层面来说，陈师道的词也暗

〔33〕《全唐诗》，29711，32659。
〔34〕《全宋词》，第752页。

示了类似的意思：神仙眷侣不必像凡人那样忍受别离之苦——无论因为死亡、迁转或只是“分道扬镳”。秦观袭用了这个意思，但将其推得更远。在下阕的结尾，秦观清楚地表达了对整日厮磨在一起的爱侣的鄙夷。恰如《古今词通》中某条批语所言：“数见不鲜，说得极是。”[35]“朝朝暮暮”让人想起“朝为云、暮为雨”的巫山神女，“云雨”经常代指性交，巫山神女亦是常见的歌女的比喻，她们像“行云”般流连于一个又一个情人之间。[36]

前文谈及秦观如何从柳永身上学习。然而，秦观时代的文化价值已经发生了重大改变。[37]柳词中的言说者尽管总是在远方思慕他的情人，但他除了朝朝暮暮的厮磨以外别无所求。他只想日夜在闺闱中享受床第之欢。秦观珍视的是身在远方时的那种思慕本身。即便在牛郎织女短暂相会的时刻，他依然以反面的方式提到继之而来的离别。

诚然，离别那种深切的痛楚是唐五代留给词的遗产。11 世纪中叶的词曾出现过一些短暂、零星的欢愉。到了秦观的时代，“离别”的主题又回归了，而且其意义超越了实际的相逢。词的世界不再想要女性过多停留，她们的价值体现在失去和怀恋之中。

---

〔35〕《淮海居士长短句》，第 56 页。

〔36〕 参见柳永《击梧桐》的结尾，收入《全宋词》，第 47 页；《乐章集校注》，第 154 页。

〔37〕 究竟这属于个人风格的差异，还是文化潮流的改变？这个问题悬而未决，原因是柳永只是文化世界某个特定领域唯一的代言人。然而，即使在秦观之后，到了 11 世纪的最后一些年，我们仍能看到越来越多有关距离与延迟的作品。

285

第十一章　贺铸

贺铸（1052—1125）和秦观都是12世纪初最受欣赏的“本色词”词人。这一说法有当时的证据支持，但我们需要保持一定程度的谨慎，因为这些证据大多来自苏轼圈子的成员，而贺铸与这个圈子仅有微弱的关联。群中成员往往不吝表达对彼此的欣赏，而他们文集的大量流传有时让人难以看到这个群体之外的状况。周邦彦活跃于同一时期，但他不在这个圈子的视野中，他的卓越到后来才得以彰显。

流行带来的生存优势可以解答一些疑问，但通常生发出更多疑问。这提醒我们注意北宋词传入南宋时的混乱情况。贺铸词的两个主要文献来源是《东山词》与《贺方回词》。《东山词》以南宋本传世。此书原有两卷，仅第一卷留存，收词109首。第二卷的目录也存世。《贺方回词》则有一个清代抄本留存，也是两卷，收词144首。问题在于这两个集子仅有8首词相同。我们也许会认为《贺方回词》代表了《东山词》已佚的第二卷，但对比二者[286]的目录就可清楚地看出情况并非如此（虽然《贺方回词》的确有可能收有《东山词》已佚卷中的一些词作）。

贺铸词的第三个重要文献来源是1146年的词总集《乐府雅词》。此书收有贺词46首，而其中有相当可观的19首（近40%）

不见于上述两集。其中有一首《六州歌头》，是反抗外族的军事词，不同于贺铸其他任何词作。[1]我还想指出吴曾的《能改斋词话》曾经引用过贺铸的一首《石州引》，而且王灼也宣称自己见过贺铸这首词的草稿，上面还留有他修订的痕迹。[2]这首词不见于上面两个主要文献。还有其他贺铸词也有类似的情况——在南宋被引用或是编入词选，但未收入《东山词》或《贺方回词》。

从张耒（1054—1114）的序中我们知道贺铸生前曾经将自己的词合成一“编”，这是最早关于词人编辑个人词集的证据。但从现存的材料来看，贺词在南宋还是一首首单独流传，还有以宣称是贺铸所作那一“编”的形式流传的。

我们的北宋词集少有来自同时代的序。这样的序就显得格外珍贵，因为它们试图将词这一新文体放进“古典”文学语境所能接受的价值范围，调和两者的冲突。当贺铸想为他的词编求一篇序时，他找的恰恰是张耒。张耒虽然是苏轼的主要“门人”之一，但他对词兴趣索然，在此文体上最乏天赋。[3]

张耒的序不过是重申诗歌经典理论，试图调和宋代对诗的理解与词的实践：

> 文章之于人，有满心而发，肆口而成，不待思虑而工，不待雕琢而丽者，皆天理之自然而性情之道也。

---

〔1〕《乐府雅词》，四部丛刊本，卷中，第24a页。

〔2〕《东山词》，第447页。

〔3〕虽然贺铸比张耒多活了十一年，且现存的贺铸词集在张耒去世后才编成，但张耒序与贺铸词一同流传，算是给予这个词集苏门一派的身份许可。

287 接着张耒谈了刘邦和项羽的例子，他们二人都没有“儿女之情”，却在特定场合受到感动，想要表达他们的真情实感，情发于言，成为歌词。

> 予友贺方回，博学业文，而乐府之词高绝一世，携一编示予，大抵倚声而为之词，皆可歌也。或者讥方回好学能文，而惟是为工，何哉？予应之曰：是所谓满心而发，肆口而成，虽欲已焉而不能者。若其粉泽之工，则其才之所至，亦不自知也。

贺铸的词作技巧精湛，通常取法于唐五代及11世纪中期的词作。对于贺词的读者来说，张耒的辩解听起来可能有些古怪。如果我们听出背景中有黄庭坚的声音——黄庭坚为晏几道所作的有趣得多的辩护——那大概就不会觉得那么怪了。[4]不过，这是当时能为一部几乎全是情爱之词的词集正名的唯一方法。黄庭坚和张耒都有意提起他人的非议来进行驳斥。他们都把词人看作一个彻头彻尾的痴人［precious fool］，借他们的率真来为他们的词做辩解。[5]

288 我们会发现，虽然与晏几道相比贺铸是一位更多元化的词人，但对晏词的传承大概是了解贺铸最好的起点。晏几道为刚刚过去的11世纪中期的填词实践所束缚；贺铸则活跃于一个不同的时代，当时人们对唐五代词有浓厚的兴趣，而且也喜欢博采唐

〔4〕 参见第六章。

〔5〕 张耒的结论颇为奇怪：他先提到贵族宏伟的殿堂，以及著名美人的裙袖，接下来却很不协调地提到屈原、宋玉，以及苏武、李陵——提及屈、李似乎隐约带有以仕途不顺来解释贺铸的情词的意味。

诗，化用唐诗诗句。不过，从晏几道到贺铸之间有一种延续性。这一承继很清晰，但贺铸一代渊博的词迷们与稍年长的词人晏几道之间的差异也同样清晰。

贺铸词的主题和风格都远比秦观词更广；不过，作为“本色词”的榜样人物，他非常成功，原因是他精心挑选语汇，冶炼风格，而且能呈现一种既非“自然”也非表现得很自然的完美。贺铸是一位匠人。假如他提到“粉泽”，那并非无意的偶然；他这么写是因为这是“本色词”的主流风格——词人要在关系中投注感情，而这些关系和它们的文学表现［discursive representation］密不可分。

秦观无形中创造了一个情郎形象，引发了他身后的各种逸事。从南宋笔记到当代学者，一直有一批读者想在词体中寻找这个形象。他们这些叙述将情爱之词与张耒阐释的价值捆绑起来：文学文本源自真情实感。即使是历史上最难以捉摸的词人晏几道，近年也有人为他的爱情生活提供了一段复杂而异想天开的故事。大部分情况下我们无法知道真相：有的人确是因坠入爱河而写作；有的人书写时肯定没有恋爱；有的人也许想要写好自己的作品，所以开始了一段恋情；也有的人也许开始时并未动情，最后却通过写作而陷入爱恋。我们唯一确定的是一首词的质量和说服力不依赖于真实的情感；而是源自看起来真实。

不过，在贺铸的例子里，我们知道他有些时候是因为恋爱而写词。我们知道这一点是因为他是李之仪的好友，而李之仪为他的词写了题跋。这些跋文都传下来了。贺铸曾将自己的感情告诉李之仪，且跋中的记述有种令人信服的寡淡，完全没有秦观逸闻趣事中那些旖旎缠绵的风流韵味。下面这篇跋文附在两首词之

289

后，李之仪收录自己的跋语时把两首词给删掉了。后世学者尝试过从贺铸数量可观的词作中找出那两首特定的词，并重新把它们和跋语放到一起。[6]

题贺方回词

> 右贺方回词。吴女宛转有余韵，方回过而悦之，遂将委质焉[7]，其投怀固在所先也。自方回南北，垢面蓬首，不复与世故接，卒岁注望，虽传记抑扬一意不迁者，不是过也。方回每为吾语，必怅然恨不即致之。一日暮夜，叩门坠简，始辄异其来非时，果以是见讣。继出二阕，予尝报之曰："已储一升许泪，以俟佳作。"于是呻吟不绝韵，几为之堕睫。尤物不耐久，不独今日所叹。予岂木石哉。其与我同者，试一度之。

这篇跋文算得上一则合理可靠的证据。

贺铸当然不是传统想要的著名情郎：他的长相出了名地丑陋。他出身于一个以武著称的家族，自己也以武官入仕。然而，他在文学方面博闻强记，而且又致力于写作。在苏轼和其他人的举荐下，他从武官转为文官。这种转变非常鲜见，尽管他在仕途上的作为乏善可陈。

290

贺铸传世作品中绝大部分属于恋爱与思慕的主流传统，而且他很少使用场景副题。但词本身时而含有具体而微的描写，意味

[6] 《全宋文》，第112册，第143页。

[7] 将她买下做妾。

着他是把这些情思作为自身经验来表现的。不过，贺铸的绝大多数作品出类拔萃的原因是它们对早期诗歌的承接与化用。

以前代诗歌入词

从11世纪最后二十多年开始，词人越来越多地从唐五代诗中汲取资源。他们使用的唐诗几乎全都来自安史之乱以后，而且大多是9世纪所作。[8] 宋人对杜甫的推崇在这个时代走向高峰，不过他们将杜甫构建为一个儒家的道德模范，这正是词在自我界定时的对立面。恰恰是在这个时代，黄庭坚提出了经典的诗论，认为人们可以通过学习和重新使用早期文学材料来创造新的诗作；但即使黄庭坚有可能从词的写作中获取过一些（没人留意到的）灵感，他也是更广泛地从过往的文本中汲取资源，并且化用得更为巧妙。

宋代词人（毫无疑问，还有歌者）大概已经长期地使用檃栝来以诗入词。文人词人或许会改动几个字或添加几个词以符合词律，如同我们前面看到的苏轼改写张志和的歌，或是如贺铸对杜牧绝句的化用。[9] 也可能拆散一首诗，用他喜爱的诗句来构词。晚唐诗人薛能有一组题为《吴姬》的绝句，贺铸对于其中一首就

291

〔8〕 李白的《清平乐》与歌曲的传统有关，是个例外。

〔9〕 见《晚云高》(《全宋词》，第648页；《东山词》，第50页）和《钓船归》(《全宋词》，第649页；《东山词》，第52页）。两首词牌都是《太平时》。

做了这样的尝试。首先，我们来看薛能的诗[10]：

> 画烛烧兰暖复迷，殿帏深密下银泥。
> 开门欲作侵晨散，已是明朝日向西。

此诗以一个室内空间开篇：燃烛和香灯散出浓烟，因屋子的层层围裹而显得更加迷蒙。这屋子用银泥来增强光线，让它能穿过氤氲的烟雾。主人公被光与烟重重包围，以至于当他们在以为是拂晓的时刻开门，太阳已当中天。

贺铸之作是否比薛能这首奇诗更为出色不太好说，但他在《丑奴儿·醉梦迷》中重新处理了上面的绝句[11]：

> 深坊别馆兰闺小，障掩金泥，灯映玻璃，
> 一枕浓香醉梦迷。
>
> 醒来拟作清晨散，草草分携，柳巷鸦啼，
> 又是明朝日向西。

292 贺铸使薛能诗中含糊不清的空间变得清晰：这是一间小闺房；他和一位女子在一起。薛能在玩味光线与删除烟雾，贺铸又加入了酒醉、酒醒。

贺铸也可以从李商隐以晦涩著称的《无题》中摘取诗句，并

---

〔10〕《全唐诗》，31041。

〔11〕《全宋词》，第 655 页；《东山词》，第 117 页。《东山词》的一个特点是标题的使用：这些标题通常出自词本身，之后才交代词牌名。

以此作为开篇，将它构筑成一个典型的词的情境。先来看李商隐诗[12]：

来是空言去绝踪，月斜楼上五更钟。
梦为远别啼难唤，书被催成墨未浓。
蜡照半笼金翡翠，麝熏微度绣芙蓉。
刘郎已恨蓬山远[13]，更隔蓬山一万重。

贺铸的《江城子》仅收在《乐府雅词》中。[14]

293

麝熏微度绣芙蓉，翠衾重，画堂空。
前夜偷期，相见却匆匆。
心事两知何处问，依约是，梦中逢。

坐疑行听竹窗风[15]，出帘栊，杳无踪。
已过黄昏，才动寺楼钟。
暮雨不来春又去，花满地，月朦胧。

第一阕读来如同李商隐诗的注解。正如前面贺铸把薛能的诗

〔12〕《全唐诗》，29205。

〔13〕这里指的是刘晨入山遇上仙女，离开后再也找不到她们的故事。“蓬山”即蓬莱，是仙人的住处。

〔14〕《全宋词》，第694页；《东山词》，第441页。

〔15〕这看起来是所爱之人的期待，“怀疑”风声可能是恋人来访的声音。“坐疑行听”的用法与“行思坐想”相似。此词用例可参考廖珣英：《全宋词语言词典》，中华书局，2007，第663页。

作转化为词一般，他在这里将一首极度含糊的古典诗转化为一则叙事。诗歌将意象嵌置于一系列语段关系（通常较为含混，而且我们很难确定其具体指涉），词人则通常使用短句来使意象并列，最后通过主人公的心理状态将各个独立的焦点或回忆片段进行整合。因此，相对于李商隐的“蜡照半笼金翡翠”一句，贺铸写的是“翠衾重，画堂空”。这是由词体形式创造出的可能性，当然，词人也可以运用短句来构建一个单独述语，如同上阕的末尾那样。

在李商隐的诗中，我们并不知道他所爱之人是否来到了他身边。词的恋爱叙事中，场景变得越来越丰富、繁复，贺铸在其中找到了这一场景的定位：“相见却匆匆。”不过，他还有另外一阕。他在此填入了另一个片段——这个片段拥有漫长的谱系，一直可追溯到唐代：“户外声动，误作恋人来。”这里没有“暮雨”象征神女般的所爱之人的到来，也没有朝云或交欢；取而代之的是落花与穿过薄雾的月光。上阕收尾处记忆的“依约”在整首词末尾变成一个“融情之景”［mood-inflected scene］——一个与记忆相对应的、充满暗示性的外在世界。

李贺（790—816）曾经写了13首《南园》绝句，其中第一首运用了一个极具暗示性的落花意象：“嫁与春风不用媒”——意即从心所欲而私奔。[16]这样一个好的意象注定要不断重现。之前我们已经看到张先在《一丛花令》中使用这一形象来写一个年轻女子，她觉得自己的命运还比不上“犹解嫁东风”的“桃杏”。

〔16〕《全唐诗》，20690。

这一意象在此需要转化为在春天不会凋落的花，比如莲花。晚唐诗人韩偓在一首题为《寄恨》的诗中就说："莲花不肯嫁春风。"〔17〕这个意象在《东山词》里的一首《踏莎行·芳心苦》中回返〔18〕： 295

杨柳回塘，鸳鸯别浦。绿萍涨断莲舟路。
断无蜂蝶慕幽香，红衣脱尽芳心苦。

返照迎潮，行云带雨。依依似与骚人语。
当年不肯嫁春风，无端却被秋风误。

虽然一首词可以把女人描写为花，也可以把花写为女人，但毕竟花是花，女人是女人。不过，一旦谈及"骚人语"，我们可能就踏入了"美人芳草"的领域，其中所有事物都是恶劣政治经验的比拟。在11世纪晚期尤为污浊的政治氛围之下，这样的读法更为诱人。从政治角度来解读本色词常用素材的做法在清中叶到晚期变得流行起来。针对上面这首词，清代词学批评家陈廷焯 296（1853—1892）说它必定有所喻指，暗示了某种政治经验。贺铸的当代校注者钟振振认为，是贺铸后悔自己早期没有加盟王安石新党，因此到了元祐年间，旧党掌权，他才不受重用，无法充分发挥自己的才能。

陈廷焯说此词有所指涉或许是对的，钟振振对于所指之事的

---

〔17〕《全唐诗》，37999。

〔18〕《全宋词》，第652页；《东山词》，第78页。

具体推测也可能是对的。然而，在 11 世纪晚期到 12 世纪初的词的世界，本色词所回避的正是“外部”世界此种极为政治化的话语。人们可以抱怨流放之悲，但那更多是陈述个人感受，而非对导致自己流放的党争的政治批判。我们至少得允许这样的可能：与其说这首词突破了本色词的封闭世界，把本色词用作对词人仕途的比喻，还不如说它将屈原——一个情感丰富又命途多舛的人物——纳入了本色词的场域。

唐诗的诗句或整首诗歌常常出现在这一时期的词作中。在贺铸的作品中，我们也可以清楚地看到他参照了《花间集》所保存的唐代词以及对这些词的仿作。这在《贺方回词》的一组《菩萨蛮》中尤为清晰。《菩萨蛮》是《花间集》中最受欢迎的小令词牌之一。下面是这组词中的第七首[19]：

子规啼梦罗窗晓，开奁拂镜严妆早。
彩碧画丁香，背垂裙带长。

钿筝寻旧曲，愁结眉心绿。
犹恨夜来时，酒狂归太迟。

297 开头一句让人想起温庭筠的《菩萨蛮》[20]：

花落子规啼，绿窗残梦迷。

〔19〕《全宋词》，第 669 页；《东山词》，第 247 页。
〔20〕《全唐五代词》，第 104 页。

“寻旧曲”一语借自韦庄词。有一种词已近于消失，直到11、12世纪之交才被重拾，而贺铸《菩萨蛮》中对前代文本的回响让人想起这种词。即使是词末“喝醉的丈夫晚归”这一主题从《花间集》以来也几乎消失。虽然《花间集》及其他唐代词所写的丈夫酒醉归来是在夜晚，但此处却是在回忆中提起——这极具暗示性，仿佛就是贺铸词在追忆《花间集》一般。

宋词演变为文学的一个最显明的标志是文本内部会提到词的“吟”或“吟咏”，而非演唱。[21]无论词的实践者有多想表明词作为一种文体不同于诗，词已经成为一种可以被表演的文学体裁，而不是为表演而写定的文本。

贺铸能捕捉到《花间集》小令风格的重点，他也让人想起11世纪较早时晏殊家宴上的词，如《减字浣溪沙·醉中真》[22]：

> 不信芳春厌老人。老人几度送余春。惜春行乐莫辞频。
> 巧笑艳歌皆我意，恼花颠酒拚君瞋。物情惟有醉中真。

词题出自李白，表示寻求“醉中真”胜过求仙（也是“真人”）。但贺铸是从不同的角度达到“醉中真”的。他借用晏殊《浣溪沙》中的劝说之词“莫辞频”，敦促他人饮酒享乐。不过这个说话的声音为不同的听者敞开了空间——此处的听者不是晏殊那里“空念远”之人，而是一个盯着说话者摇头叹息的人，他认为说话者的疯狂行为不符合他老人的身份。贺铸的言说者

298

[21] 例如《要销凝》(《东山词》，第189页)和《江如练》(《东山词》，第196页)。
[22]《全宋词》，第653页；《东山词》，第86页。

特别藐视这种“公共礼仪”的代表，但晏殊时代宴会词中某种单纯的本质已经丧失。11 世纪末叶，公共的道德价值观逐渐增强。这是一个不认同词、不认同词与恋爱话语紧密关联的世界。词人将这种道德价值与“巧笑艳歌”一起带入宴会之中，从而加以摈斥。

词本该上接古乐府的传统——乐府曾兴盛于唐和唐以前，但在北宋的诗歌中却大体消失。《东山词》中的大部分词题都取自词中的短语；但有两个例外，即调寄《小梅花》（这是此词牌最早的例子）的两首词都用了乐府古题：《将进酒》和《行路难》。[23]这是两首杰作，成功将李白乐府的气度传译入词（这得益于它们主要由三字和七字句构成的词牌，其形式和很多更早的乐府相似）。下面这首是《行路难》：

299

城下路，凄风露，今人犁田古人墓。
岸头沙，带蒹葭，漫漫昔时、流水今人家。
黄埃赤日长安道，倦客无浆马无草。

［23］《全宋词》，第 654 页；《东山词》，第 98、103 页。第一首在《中州乐府》中被归到高宪（1203 年进士）名下。今本《东山词》本身虽是“宋本”，其确切编纂日期却不太清楚。由于《中州乐府》成于宋亡以前较长的一段时间，所以即使这首词收入了今本《东山词》，我们也并不能断定这首词不是高宪所作。这首词明显与后面的《行路难》属于同一类作品，而《中州集》收了高宪的两首词作，其中不包括《行路难》——当然，《中州集》是一部选集。《中州集》中另一首收在高宪名下的词作是《梅花引》（《小梅花》的别称）。这首作品也是同一类型的词。我们似乎可以引证这两种作者归属中的任何一种说法，却没有一方的证据可以有力排除另一种说法。在贺铸活跃的时期，《将进酒》和《行路难》是词作中的异类。但是，贺铸的确作了一批非同寻常的词。如果以上述理由排除他是作者的可能，那未免太狭隘了。

开函关，掩函关，千古如何、不见一人闲。

六国扰[24]，三秦扫，初谓商山遗四老。
驰单车，致缄书，裂荷焚芰、接武曳长裾。[25]
高流端得酒中趣，深入醉乡安稳处。
生忘形，死忘名，谁论二豪、初不数刘伶。[26]

任何一位沿着词的传统读到此刻的读者都一定会感到很惊讶。300 在此之前，词只是被敬称为乐府，但这一首的的确确就是传统意义上的乐府，而非宋代所写的词。如果有人说此词的开头听起来非常像唐代乐府或“歌行”，那是因为这事实上就是一首唐代的“歌”。它取自顾况（约727—816）的组诗《悲歌》中第一首的开头[27]：

边城路，今人犁田昔人墓。301
岸上沙，昔日江水今人家。

时间流逝，高陵成谷，深谷为陵。我们已经看到贺铸如何运用早期的诗歌片段来构词；此处令人惊讶的是他选择的诗并不属

[24] 秦亡以后，此前被秦征服的六国又重新立国。秦国被三个将军瓜分，后来他们又分别被项羽和汉朝的建立者刘邦扫荡灭绝。

[25] 刘邦建立汉朝之后，得知仍然有四位隐居在商山的老者不受征召。当刘邦（汉高祖）打算废黜太子另立自己最宠爱的儿子时，太子写信给商山四皓求助。他们放弃隐居（“裂荷焚芰”），来到朝堂为太子效命。刘邦因为太子能成功地将四老带到自己面前而大受震动，最终保留了其太子之位。

[26] 3世纪的刘伶是典型的酗酒者。他在《酒德颂》中提到了“二豪侍侧焉”。他们分别是一贵介公子和一地方隐士，而饮者则代表了与二者相对的另一套价值。

[27]《全唐诗》，13630。这些唐代的“歌行”拥有歌的特质，但未必是用来唱的。

于本色词的基调和主题。贺铸接着转用了另一首顾况的诗，名为《长安道》[28]：

长安道，人无衣，马无草。何不归来山中老。

当一个行客去长安谋职时，他必须通过函关，出示证件才能继续前行。此处有孟郊诗的回响：人们似乎都在朝着长安这座伟大的城市匆匆奔走，想要求得一官半职，没有任何人气定神闲。[29]另一条路则是返回深山隐居。

在这里我们或许可以稍作停顿，问问究竟发生了什么。顾况事实上是一位令人惊讶的诗人，虽然他在宋代没有受到太多推崇。贺铸引用了顾况的两首诗，在通行的顾况诗集中它们排序相近，而此本很可能代表了宋本的顺序。[30]贺铸的词看起来就像是他在读顾况诗时遇到了惊人之句；正当他将这些句子改写成词时，他想起了早先在同一集中读到的句子。“长安道”的主题又让他想起孟郊集中一首惊人的诗作——当时宋敏求刚刚编成孟郊的诗集。

在此基础上，贺铸又将如何推进到第二阕？他有两个主题可以着力。首先，函关的开闭让人想起汉朝的建立，当时函关本应是秦国抵御外敌的屏障。秦先后被刘邦、项羽攻破，刘邦取得最终胜利并建立汉朝。之后贺铸又想到顾况《长安道》的结尾：“何不归来山中老。”所有人都奔向长安想要寻求帝王的赏识。但

〔28〕《全唐诗》，13623。
〔29〕《全唐诗》，19920。
〔30〕 今本没有按文体或话题重新排序的痕迹。

接着他又想到一个著名的故事：即使是汉朝的开国皇帝刘邦也无法把商山“四皓”召到身边，他们选择了“山中老”。

不过，当王朝面临继位危机之时，“四皓”的确接受了太子任命，来到长安天子的身边。在下阕末尾，贺铸带着极大的鄙夷处理了此节，其后他又把我们带入文学传统中一个特定的时刻——刘伶的《酒德颂》，在那里贵公子和隐者都受到鄙薄。

在这里，关于词体叙事中的价值判定（如果不必考虑词人的生命选择）有许多值得反思之处。在贺铸的时代，人们很容易认出那些在长安奔走的人是指党争之徒，也不难明白“隐者”指的是新兴的道学家们。而时不时就醉眼蒙眬的词的世界对这两种选择都是拒斥的。同样重要的是，词人如何借助手头资源——过往事例——而用词来思考去就取舍的问题。这当然不能与经典诗文体裁中所构筑的论证的数量相比；不过，词的特点使一种特殊的关联［association］成为可能。这种关联在诗文中很难做到（如果不是完全不可能的话）。最重要的是，词本身有内含的否定性，得以在一个标准的二元选择中，引入第三个更好的选项。这第三项——上面词中的饮者——打破了选择的常规。无论你出仕与否，你都可以做一个坚定的饮者。这是走出封闭价值系统的一条路径。

横塘路

303

《东山词》《贺方回词》以及《乐府雅词》中收录的贺铸词作只有少量重合，贺铸最著名的词就在其中。在《东山词》中，这首词的副题是《横塘路》，调寄《青玉案》[31]：

凌波不过横塘路，但目送、芳尘去。
锦瑟华年谁与度。月桥花院，琐窗朱户，只有春知处。

飞云冉冉蘅皋暮，彩笔新题断肠句。
若问闲情都几许。一川烟草，满城风絮，梅子黄时雨。

本色词正变得更加文学化，它使用了更多的固定短语；这些短语承载着丰富的典故，让人回想到整个文学传统。横塘就在老苏州城外，与南方乐府和唐诗中的爱情诗都有关联。贺铸也曾居住于此。更早的词一般会把恋人和云一起描写。这让人想到巫山神女的形象——她曾在楚王梦中来访，和他缠绵后消失无踪，只告诉他自己是朝云暮雨。因此，将恋人写作游行无方的云是早期小令的惯常做法。贺铸这首文学化的词却选择了神女后来更具文彩的化身——曹植《洛神赋》中在诗人面前现身的“凌波”仙子。一般认为洛神是甄后的象征，她是曹植心仪之人，最后却被其兄曹丕娶走。“蘅皋”是曹植停驾息车的地方，他在那里与神女相遇。“芳尘”所指可以有多种解读：一是神女凌波之时“罗袜生尘”；二是春天落花的碎瓣。如果我们取前一义，那么他正目送她离去；若取后一义，那么他在看着春天离去，而她未曾到访。

304

“锦瑟华年”出自李商隐最著名的一首诗，首联是：

[31]《全宋词》，第659页；《东山词》，第152页。

锦瑟无端五十弦，一弦一柱思华年。

有些宋人相信“锦瑟”（一种装饰极为华丽的瑟）同时是与李商隐有过一段风流韵事的一位歌妓的名字。[32] 对贺铸来说，这很显然代表了他所爱之人，此处比作女神。词中一个常见的情节是询问：“她此刻和谁在一起？”贺铸提到她的家——春天也许会来临，但如今“只有春知处”。

当然，她是那云，而他则是怀才的诗人，以“彩笔”哀悼她的消逝。词的另一个通行主题是度量悲伤——此处是“闲情”，字面意思是闲适的感受，翻译为“ennui”，并非激越的情绪或相思的痛苦，而是一种淡淡的哀愁，一种若有所失的感受。关于这闲情的多少，贺铸给出了三个答案，前两个传统上都是代指哀愁。薄雾中的一片草木（字面上是“一川”）表现出一派朦胧的景象，让人有一种空荡荡的感觉，好像迷失了方向。“絮”本指植物的茸毛与昆虫所吐的细丝；它与同音字“绪”双关，最好的解释是突然被事物“触动”的“感情时刻”。不过，真正让贺铸作为词人一举成名的应该是最后的场景——“梅子黄时雨”。苏州一带仲夏之雨称作“梅雨”，这是一种蒙蒙细雨。恰恰是黄庭坚称赞了这一句，并步贺铸韵填了《青玉案》一词。除了黄庭坚的词作，《青玉案》的和韵之作越来越多，其中还包括一首系于苏轼名下的词（按说贺铸作《青玉案》的时候，苏轼已经去世）。

305

今天的读者有理由追问这一句为何如此受推崇。词迷们或许只会回答：“这很明显，但太微妙了，难以言传。”让问者觉得是

〔32〕 刘学锴等编：《李商隐资料汇编》，中华书局，2001，第 14 页。

自己缺乏修养才不得其要。关于这一句为何如此轰动，我们可以给出很多解释：对于五言句来说，它有非同寻常的节奏和语法（四 / 一结构），标志着这是词而非诗；仲夏的季节标记与上阕的春季主题之间制造了一个时间空隙；提到“花果”的象征，隐喻交合和接下来的繁衍时节；还有很重要的一点：它营造了一种视觉形象，在一片迷蒙的细雨中出现了一个个颜色鲜艳的圆圈。

上述所有因素可能都是最后这一句备受推崇的原因，但它们可能都远不如人们如此推崇此句这一社会现象本身重要。这种现象一旦发端，便意味着一群词人共享同一套审美标准，由此也就缔造了一个词人的共同体。他们共享的审美判断难以捉摸，是通过“不是”什么来界定——就像词这一范畴是由它与其他文体的差异来定义的。那些鄙视“为什么”这种问题的词迷在一些根本层面仍怀有对词的旧日的希望：在构建一个融情之景时，他们希望词能超越可解释的层面，抵达语词的直接性［immediacy of words］。

贺铸另一首最为著名的词是《半死桐》，调寄《思越人》（即《鹧鸪天》）。这首词作来自《东山词》。贺铸在 1101 年写成这首作品。〔33〕当时，贺铸的妻子去世，于是他从京城返回苏州（“阊门”）。词题的典故可追溯到西汉枚乘，他提到一棵半死的梧桐树被砍以制琴，琴声尤为悲伤。

306

重过阊门万事非。同来何事不同归。

〔33〕《全宋词》，第 645 页；《东山词》，第 24 页。

梧桐半死清霜后，头白鸳鸯失伴飞。[34]

原上草，露初晞。旧栖新垄两依依。
空床卧听南窗雨，谁复挑灯夜补衣。

这首词很值得与苏轼写于1075年悼念亡妻的词作一起对读。[35]

贺铸词并不比苏轼的逊色，但他的成功是在本色词本质上的感性话语之内取得的，而不像苏轼词那样源自对明显的感性话语所做的针锋相对且有效的抵抗。贺铸自己现在正是那“半死桐”——由于自身的状态，最终将被斫成琴，奏出令人心碎的音乐。这首作品始于词人返回自己喜爱的苏州，不过，比起真正的“回乡”，他发现物事皆非。贺铸提取了早期诗歌中的材料——如他一贯所为——并将其融入新的境况：“同来何事不同归。”[36]

307

于是我们就有了两个形象：半死的梧桐和独身的鸳鸯。当代学者会指出词中不断分离的过程：梧桐树本是一物，一半已死；鸳鸯原是一双，一只已逝——虽然另一只的头已白，它还是留下来了。在古乐府中，生命总是如朝露般短暂，而在这里，露水已晞，爱妻已走，留下的只有相思——在这个曾是家园的地方。

本色词的感性在倒数第二句中表露无遗：“空床卧听南窗

---

〔34〕鸳鸯有一绺白毛。它们一旦寻得配偶，便会结伴终身，是夫妻的象征。

〔35〕参见第七章《苏轼》中的“缺席的女性”。

〔36〕参见钟振振对此的讨论，收入汤高才编：《红豆生南国》，上海辞书出版社，1996，第182页。钟振振很好地留意到贺词明显是从以往的诗作夺胎而出，使原本难以铭记、湮没无闻的诗变得让人难忘。

雨”。这一句有诸多变化，它构成了本色词的情爱话语。一些词作会在后面接着写：何时能与爱妻再会，他如何无眠，如何思念？一首非常高明的词则会把这一句搁在那里，悬而不决。不过贺铸用别的东西填入了这个空间：他失去的并非相恋的一刻，而是熟悉的家庭生活的场景。贺铸的爱情词通常有一种丰饶：恋人的笑值千金（千金笑），她身上穿戴着昂贵的饰物。在经济拮据的家庭中，语言使用的奢华程度可以远远超过钱。贺铸是一位低阶官员，他的生活必定很不富裕。补缀衣物的一幕打破了通常的情爱话语——此处的爱妻是不可替代的，没有任何一个“蹙眉”的女子可以。*

贺铸的词在某种意义上是“感性的”；但就在他把女性放入一个由需求定义的家庭经济体系时，他的词作超越了传统意义上的感性。贺铸从未告诉我们他是那个体系的一部分。

---

* 词中出现的“爱人”通常都很美（如西施般的蹙眉女子），身份不定，且可以找到替代。但贺铸追忆的妻子挑灯补衣的一幕指向一段他们共同经历的生命历程，这里的妻子是无可取代的。——译者

第十二章　周邦彦

308

周邦彦在世期间（1056—1121），已经存在一个词人群体。这群词人与苏轼都有直接或间接的关联（虽然他们当中很少人追随苏轼的词风）。他们阅读并品评彼此的作品、撰写序跋、以次韵的方式与圈中其他词人唱和。词这个文体已经成为又一种文人活动，虽然它有时仍保留着一套自己的价值（且它们拒斥时人共享的公共价值）。即使是让人难以捉摸的、与更早一代词人紧密相连的晏几道也处在那个网络的边缘——不过周邦彦看起来并不属于这一群体。

虽然很多南宋批评家将周邦彦的作品视为北宋词的顶峰，但并没有完全可靠的来自北宋的文献提到他的词作。陈师道的《后山诗话》可能是一个例外，但此书的真伪自南宋以来就受到质疑。[1] 如果他曾在徽宗的乐府短暂任职，那也是一个政治性职务。李清照在评论主要词人时并未提及周邦彦。由于她给每一个谈及的词人都挑了毛病，一个可能的解释是周邦彦的词无可指摘，因而她对其保持沉默。另一个可能是她不知道他的词作，或

309

〔1〕　书中提及了作者死后发生的事情；这至少确切说明了后世曾掺杂内容到书中。其他的一些记载也颇可疑。我们根本不知道哪些条目是真的——如果的确有的话。想要论证周邦彦词为其更出名的同代人所知，这是一个较弱的文本依据。

者她认为周邦彦与她所提及的词人并不在同一档次。[2]在《乐府雅词》中，曾慥将周邦彦的29首词放在第二卷开头，但我们必须考虑到同一卷中贺铸的46首词和叶梦得的55首词。这样的对比可能意味着，到1149年时周邦彦的名声正在“上升”（或者仅仅是因为曾慥的藏书中有那些词作）。周邦彦词看来并非南宋词风的先声，而是人们从词坛中选择了他——一个本来不甚显赫的角色——成为先驱。

周邦彦明显是在与同辈词人大体隔绝的状态下写作的——至少直到晚年。他通常被认为是比前面讨论的词人更“后出”，但可系年的最早词作可能出自1073年，与我们可确切系年的苏轼最早的词作同年。[3]他作为词人的生涯与苏轼之后那一代的所有词人都有重合，而贺铸比他活得更长。他们中间没有任何人（陈师道有可能是例外）指出过周邦彦的存在，而周也从未谈及其他人。

出身杭州的周邦彦拥有不错的仕途，既未升到高位也未遭重大贬黜。他的仕途有个很好的开端：1072年，他将《汴都赋》献给神宗，由此享负盛名。1098年，他又受到哲宗征召。哲宗询问周邦彦是否仍记得该赋，周再次进献。这是他为皇室所知的切实证据。周邦彦出任了一系列不错的地方职位，并且至少两次担任京官。在王安石及其追随者掌权期间，他的仕途显然没有因此而迅速起落。[4]

---

〔2〕 我们无法为《词论》系年。它有可能成于北宋晚期。

〔3〕 孙虹把这几首词系于1073年；罗忼烈则把最早的几首词系于更晚的年份。

〔4〕 一直以来不少人都试图把周邦彦联系到新旧党争，借此解读他的生平和词作。这一学术传统在罗忼烈那里达到顶峰。我同意孙虹的观点：周邦彦不属于任何一派，且根本不关心党争。他想要争取仕进，并讨好了徽宗朝臭名昭著的大臣蔡京。罗忼烈与孙虹的观点差异不仅限于周邦彦的政治观，也涉及对词作的系年，以及哪个宋代版本最可靠地代表了周词的面貌。

徽宗的兄长哲宗英年早逝。1105 年，徽宗登基后的第四年，音乐机构大晟府成立。在 12 世纪早期对词的记述中，这一事件占据了中心地位。即使到了 12 世纪中晚期，它在关于周邦彦丰富的逸闻趣事中还是同样关键。周邦彦的确在 1107 年被召回京，但他是奉命参与徽宗另一项浩大的文化工程——《大观礼书》的修撰，到 1111 年他又被调离京师，出任地方知府。 310

所有历史文献都说周邦彦是大晟府“提举”，但这些文献都较晚出——虽然时代相隔不远的王灼也认同这个说法。我们知道周邦彦其他职位的时间，知道大晟府中有两个“提举”的空缺，也知道其他人在大晟府中出任该职位的时间。学者们面临的问题是找出周邦彦有可能在大晟府担任此职的时间。目前学界的共识是，这一可能的时段位于 1116 年初冬与 1117 年春末之间，当时周邦彦已有六十多岁。[5] 这实在是一个短得令人尴尬的任期。可根据南宋的观点，这个职位是周邦彦最适合不过的。

人们可以推测说他未能融入一个高度政治化的机构。我们至少需要掂量他从未加入大晟府的可能性：那只是一个由南宋忠实的崇拜者在他去世后安置的职位——一个看起来太“合理”因而被不断重复、最终进入历史记录的职位。我们也可以考虑他当时并不是一个特别著名的词人和音乐家的可能性，这可以解释为什么他被征召入朝去修撰礼书。不过，他的确为万俟咏的词集写过序，但已经失传。他看起来也曾自度新曲，按调填词（至少我 311

---

〔5〕 诸葛忆兵：《徽宗词坛研究》，北京出版社，2001，第 8—10 页；孙虹：《清真集校注》，第 471 页；罗忼烈：《清真集笺注》，上海古籍出版社，2008，第 661 页。孙虹对自己和薛瑞生的观点有很好的讨论，见孙虹：《清真集校注》，第 66—74 页。

们所知没有更早的例子）；这意味着他有音乐才能，但未必才华横溢。

虽然他曾经有一部二十四卷的传统文集，但大部分已经散佚。从现存的材料来看，周邦彦的交游圈子极其狭窄。孙虹的注本中提到了41个周邦彦同事和好友的名字，当中只有9位不属于那个参与修撰礼书的冗长的同事名单。这些人中最显赫的是刘昺，周邦彦曾为其祖父写过墓志铭。最令人惊异的是，周邦彦同时期的著名词人丝毫没有在词作中提到他。有可能是由于周邦彦多与徽宗朝汴京的名人相交，而那些人的作品大部分已散佚。他也许的确曾在大晟府短暂任职，但他"备受追捧"的程度看起来是南宋的热心崇拜者们回溯式的创造。

周邦彦也许有过一段段激情与热恋，但除了一则著名程度与其不可信的程度相同的逸闻之外，即使南宋人也没有多少故事是关于周邦彦的情郎形象。[6]周邦彦的词似乎并没有被放到"真"的标准下来考虑；到了清朝和当代，人们用这个标准去衡量周邦彦时，发现他有所"欠缺"。评论家有时将此归因于周词的"音乐性"——与苏轼不同的是，他"犯"律的地方被认为是"拗"，即为了增添意趣而有创意地把玩声律规则。他使用真的声调，没有墨守平仄的两组划分，因而受到赞扬；但周邦彦活跃的时段距离这些观察已有相当一段时间，因而词调是否仍然相同实在值得

〔6〕 据说在宋徽宗拜访名妓李师师时，周邦彦也在场。天子宠幸师师时，周邦彦躲在床下，并听到了他们的对话，因而写成了小令《少年游》（《清真集校注》，第176页）。徽宗听到这首词以后大怒，将他逐出京城。徽宗再次拜访师师时，她刚好不在。回来后她解释说她去与周邦彦告别，而周当场作了一首《兰陵王》（《清真集校注》，第31页）。徽宗听了这首词以后便把周邦彦召回。

怀疑。此外，称赞他使用“真正”（原始官话［proto-Mandarin］）312
的声调忽略了他是杭州人这一点。虽然他自己有可能讲的是汴京标准语，但他长大的地方使用的是一种吴方言，有七个声调。如果在孩童时期他有保姆，那会是她们使用的语言。而且，到了南宋，都城杭州的歌妓说的都是当地方言（虽然我们不知道她们用什么语言演唱）。但丁在《论俗语》［*De vulgary eloquentia*］中谈到白话的直接性［immediacy］，那里的白话并非“母语”，而是保姆的语言。

一个简单的事实是周邦彦因为一种风格而出名——他的词风是北宋最精致有度的；我们在秦观和贺铸那里见到同样的趋向，但周邦彦走得更远。如果我们多读一些那个时代二三流词人的作品，就会看出它们通常比较流畅简单、缺乏新意。和诗一样，太多来试手的人写了太多轻巧而讨喜的词。若没有苏轼那样奇诡的构思、没有像晏几道那样一生都沉浸于小令这一古老的艺术之中，一个人的词作很难做到与众不同。

苏轼在诗歌方面明显有与生俱来的天才。面对这种情况，既是诗人也是传授者的黄庭坚主张用功和以才学为诗。这对于一大群满怀抱负但天资平庸的诗人来说极具吸引力。然而，他的教导很难轻易地转化入词。当然，顺应当时的风气，词人也变得更加博学，并且更倾向于采用以往的做法——将以前诗歌中的语句化用入词。但比起诗歌，这种做法更难保证可以写出好的词作。在词中，一切都依赖于摹写变化的措辞，以及一种组织方式迥异于诗的诗性话语。周邦彦虽然有一些非常流畅的小令，但他发展了一种具有明显“工巧”痕迹的风格。他笔下所写并非自然地“形于言”［utterance］，而是一种为了宋词美学的特定需要而着力塑造的词风。

周邦彦的风格成为南宋词主流一脉的根基——或者说，南宋词人在周邦彦身上找到了一位北宋的先行者。我们关于北宋词的叙事如果不完全是南宋的创造的话，也近乎完全。周邦彦是唯一来自南宋都城杭州的重要北宋词人，这一点很可能意义重大。南宋人对周邦彦的推崇有可能部分出自地方自豪感；但也有可能与他对语言的处理以及他的词在被当地歌妓表演时的声音效果有关。[7]

周邦彦在南宋大为流行可由以下现象得到证明：他的词集有十个左右的版本被记录下来——我们不清楚具体数字，原因是我们不知道那些不同的标题是否真的代表不同版本。现在所见有两个版本流传：其一为 1180 年溧水本。周邦彦曾任溧水县令。这个版本有强焕的跋，经毛晋重刻而得以保存。[8] 其中收录了 182 首词。此外还有一部 1211 年的十卷本，有陈元龙注及刘肃序，收录的词作仅 127 首，依季节和主题排列。由于周邦彦词集通常被认为有很多误收之作，而陈元龙应当进行过仔细考订，因此这个十卷本是绝大多数学者的首选。这样的事情经常发生，我们又面临着一个难以解决的问题：我们应当相信陈元龙吗？他的编校会不会只是一个示例，反映了那个时代的评论家想要制造的、理想的“周邦彦”？

我尤为喜爱周邦彦的一首《木兰花令》[9]：

---

〔7〕 关于周邦彦在南宋渐受欢迎的讨论，参见刘尊明、王兆鹏：《唐宋词的定量分析》，北京大学出版社，2012，第 391—392 页。

〔8〕 对于毛本是否保存了强焕本的原貌，罗忼烈在《清真集笺注》中表示了质疑。

〔9〕 《全宋词》，第 805 页；《清真集校注》，第 210 页。

歌时宛转饶风措。莺语清圆啼玉树。
断肠归去月三更，薄酒醒来愁万绪。

孤灯翳翳昏如雾。枕上依稀闻笑语。
恶嫌春梦不分明，忘了与伊相见处。

这的确不是周邦彦最为人所知的那种词，但我们在他同代人（比如晏几道）那里看到的对记忆的痴迷却在这首词中清晰地表现了出来。记忆如何将人和没有具体细节的往事牵绊，**的确**是周邦彦一些更著名的词作所关心的重点。这首词有很多地方引人深思：他是忘了某次梦中相见的情状，还是一次清醒时的相逢——正如我们在第一阕中读到的？但那真是清醒时的相遇吗？陈元龙本没有收录这首词。但我们不知道陈元龙的做法是否有什么实质的根据，还只是由于它与其他人的小令有明显关联，因而“听起来”不像周邦彦的作品？我的讨论大体会限制在陈元龙较为保守的选篇中，但我同时也清楚地知道我所阅读的周邦彦是由一位编者为我构建的；他生活在周邦彦去世后一个世纪，当时的文化已发生了巨大变化。 *314*

关于周邦彦生平，我们鲜有来自他那个时代的证据，但在较晚时期的材料中却有相当数量的细节。他传世的诗文能提供一些可信的参照点，却远远不够。正如当代校注者孙虹观察到的，这些“证据”有很多地方是互相矛盾的。[10]

---

〔10〕一般认为周邦彦在大晟府主持过重大的音乐工程，孙虹和薛瑞生并不同意这种看法；见孙虹序，第66—74页。

当代中国学者对作者的编年体文集抱有一种热情。当作者对作品处于自己生命故事中的位置抱有强烈自觉，留下了许多可供系年的文本及副文本［paratexts］时，编年的研究是一个合理的步骤。杜甫和苏轼就是这样的作者。其他作者留下了为某些作品系年的可靠证据。而另外一些作者留下的线索极少，比如周邦彦。问题就出在要将词作排布到我们所知词人的生命版图上。由于周邦彦声名显赫，他有几部编年词集，其中的系年各有出入。有些编年是明显且可靠的——比如他任职溧水期间的词作，因为词中谈及溧水和当地场所。然而，大部分系年都建立在脆弱的证据之上。[11]很少有慢词作者像周邦彦这样抗拒对自己的词作系年。即使当他暗示回到汴京、拜访旧情人之地时，我们也无法确定他是真的在都城，还是仅仅在写一个通行的主题。

距　离

周邦彦出生时，北宋主要词人中最年长的柳永大概还在世。和我们讨论过的其他主要慢词词人一样，考虑周邦彦是在柳永慢词遗韵的基础上写作会有所启发。周邦彦至少曾在一个场合用了一句苏轼词，但没有其他外证或清楚的内证表明他熟知其他同代人的词作。

〔11〕其中对溧水的指称在一定程度上有些可疑，因为强焕最初“收集”词作的主要部分是来自溧水歌妓的。

柳永词已经把各种恋爱场景基本描画出来。他既会写羁旅游子对所爱之人的渴慕，也会描写与恋人相伴的情状，或在相隔甚久之后再次与恋人重逢。用最简单的话来说，下一代人的词作倾向于将所爱之人置于异地；她遥不可及。诗人重回她的居所，但她已离开，或者他站在障隔之前，可以听见爱人的声音、看到她的剪影，但无法触及。

这里我们会想起前面讨论过晏几道的《木兰花》，写词人重访恋人的家，却发现她已经不在： 316

秋千院落重帘暮，彩笔闲来题绣户。
墙头丹杏雨余花，门外绿杨风后絮。

朝云信断知何处？应作襄王春梦去。
紫骝认得旧游踪，嘶过画桥东畔路。

我们可以对比一下周邦彦最著名的慢词之一《瑞龙吟》，其中提到自己重回汴京勾栏一位女子的住所。[12]

章台路。还见褪粉梅梢，试花桃树。
愔愔坊曲人家，定巢燕子，归来旧处。

黯凝伫。因念个人痴小，乍窥门户。
侵晨浅约宫黄，障风映袖，盈盈笑语。

---

〔12〕《全宋词》，第767页；《清真集校注》，第1页。

前度刘郎重到，访邻寻里，同时歌舞。
唯有旧家秋娘，声价如故。吟笺赋笔，犹记燕台句。
知谁伴、名园露饮，东城闲步。
事与孤鸿去。探春尽是，伤离意绪。
官柳低金缕。归骑晚、纤纤池塘飞雨。
断肠院落，一帘风絮。

317 周词与晏几道词形成对比，有一部分是出于慢词和小令的体式差异。然而，这两首词却共享一些关键的要素：女性的缺席，猜测她此刻与谁在一起，还有风中柳絮这一融注情绪的春景。两首词都在文本内部提到赋诗，并归结到李商隐和“柳枝”的故事上。“柳枝”是一位商人的孤女，在听到李商隐的侄子吟咏他的《燕台》诗后，便倾心于李商隐的才情。李商隐骑马到访，看到她在门下——这个场景让人联想起周邦彦的记忆。李商隐和柳枝定下了相会的时间；但在赴约之前，李商隐意外地必须离开洛阳，而她之后也被某位未言其名的有权有势之人带走了。李商隐 318 之后写了一组名为《柳枝》的诗，题在她原来的住处——正如晏几道在他词中所写。[13]这是写到恋人离开后重访恋人故居的一个唐代先例（虽然李商隐并未亲自前往——而是让侄子替他在她住所的外墙上题诗）。

中国学者倾向于将周邦彦此词系于1096年或1097年——十年暌违后他重返汴京之时。这让人怀疑此事是否真的发生过。这

[13] 参见 Stephen Owen, “What Did Liuzhi Hear?”［中译为《柳枝听到了什么：〈燕台〉诗与中唐浪漫文化》，收入《他山的石头记——宇文所安自选集》。——译者注］

段经历并不需要真的发生；即使它真的发生了，周邦彦也必定是在依照恋爱叙事来演绎其中一幕——我们几乎可以肯定他的目的是要写出这首词。

“前度刘郎”来自唐代诗人刘禹锡的绝句。他原先曾拜访过一个道观的桃林，后来他在玄宗朝初年的一次政治清洗中被流放。当他再次回到桃林时，发现一切面目全非。这则本事让人想要对“前度刘郎重到”做政治性的解读，使周邦彦词更显郑重和严肃。不过，到了文学史的这个时刻，刘禹锡诗的政治性早已变得次要。刘禹锡自己也是在戏用刘晨和阮肇的故事。二人在桃林遇到两位仙女，和她们共度一段时光后离开。当他们后来返回同一地点时，却再也找寻不到她们的踪迹。刘阮的典故（有时间接以刘禹锡的诗句来作指涉）已经成为词作的一个重要元素，代表失落和不可复得的爱情。[14]这个故事的另一个流行变体是崔护的逸事。他曾在桃花盛开的时节出游长安城南，邂逅一位年轻女子，后离她而去。当他在一年后同一季节回去时，才发现她已因相思而亡。[15]周邦彦“重逢”的失败早已被多方注定。他也写到了与此相关的所有熟悉的意象：柳、桃花、“前度刘郎”。

这首词如此深嵌于“重返恋人故居”的脉络之中，以至于我们很容易忘了追问：那个女孩在何种意义上真的算是“爱人”。这很大程度上依赖于“痴小”一词，它字面意为“纯真而年轻”。

---

〔14〕关于此处使用的刘禹锡的语词，见贺铸《渔家傲》和晁补之。评论家提到了刘晨和阮肇的故事，但他们也补充说这里有以刘禹锡的政治命运作比之意。参见王强：《周邦彦词新释辑评》，中国书店，2006，第4页；我们可以从罗忼烈的评论中看到一种完足的政治解读，见唐圭璋编：《唐宋词鉴赏词典》，江苏古籍出版社，1986，第529页。

〔15〕《太平广记》，卷274。

接下来的问题是："小"究竟是多"年轻"？我们不会讨论与一个 13 岁的人同床共枕的道德问题（我们也不该自以为是，忘记不久以前在欧美的非贵族人群中，这其实相当普通）。但这个记忆中的女孩是否已进入青春期是完全不清楚的。在唐诗中仅有两个使用"痴小"的先例。[16]其中一个是指尚不知经典书籍的年轻男子——那的确非常年轻。但最相关的是白居易的一首警戒私奔的新乐府《井底引银瓶》——这大概是周邦彦所想到的[17]：

寄言痴小人家女，慎勿将身轻许人。

这里指的是一个正步入青春期的女孩，而周邦彦在词中奇特地将其移用到倡门女子身上。王强想解释为"初始陪客之时"。[18]那是有可能的，但他将这一句与"乍窥门户"连起来，仿佛她正在寻找客人。这种解读忽略了这句所写的时间是清晨，而根据有关妓院的丰富记载，清晨是客人回家之时——很可能是在宿醉之后。我们看到的可能是一位未到青春期的女孩，她正练习梳妆并带着好奇看向门外。在晏几道词中，我们曾见过"她此刻与谁同眠"这一通行主题。到了这首词中，整个主题有了重大改变。相较于一段失去的爱恋，这里我们看到的可能是一种对纯真的追怀。这纯真曾短暂出现，现在肯定已经消失。此篇为词中"失去之爱"的话语所吞噬，因而我们无法得知那个女孩是否曾与周邦

320

〔16〕在周邦彦以前，没有人在词作中使用这个用语；在他之后一直到 13 世纪周邦彦的声誉达到高峰，这个用语也没有再出现过。

〔17〕《全唐诗》，21904。

〔18〕《周邦彦词新释辑评》，第 4 页。

彦同眠，或仅仅是刹那的瞥见。

此词开篇的“章台路”把我们带到了勾栏瓦肆。如同梅花向桃花的过渡标志了季节转换一般，这个开篇把我们带到一个特定时刻，位于春天开花之树的一个固定序列之中。“还见”告诉我们，这是一个不断重现的场景——虽然我们不清楚这是“又一春”还是“又到此处”。

妓馆被描写为“愔愔”（安静平和），不是通常见于柳永词中的车马填门、歌声弥漫。周邦彦并非在“营业时间”到访，而是在一个适合诗意地“归来”的时刻——照应了他在清晨和女孩的“初见”之时。对他来说，这次经验不亚于一次艳遇，而他正要重拾那个意象。

引人注目的是，这个地点被直接称作“坊曲”（在另一个更早版本中用了更俗的“坊陌”），章台路要诗意得多。百花重复它们的周期，即使来来往往的燕子也可以一再重复自己的行径；但人不行。

与回来重筑旧巢（如果曾经有过）的燕子不同，归来的他并没有进入楼中，而是驻足、伫立、凝望，并在凝视中忆起过往女孩出现的一幕。小令中的“初见”成为他经历中一个独一无二的、固定的节点，它无法重复，或者只能是一种标记着过往的再拟想。对于妓馆的生意来说，女子如何展现自身至关重要，尤其是在窗边或门前——尽管词中在破晓时遇到的这位年轻姑娘可能正处在纯真与成熟的边缘。相较于花和燕子的周而复始，人则陷于“初见”，其独一无二本身已昭示着失去的可能。

在上下阕的过渡处，主人公变成了刘禹锡，在流放之后返回道观中曾是桃林的地方，却发现一切都变了。如前文所述，“刘”

321

此处也混合了刘晨的形象，他曾与同伴阮肇一同在桃林遇仙，离开之后再也找不到她们。我们在此词开篇所见亦然，桃花依旧，但“仙女”已经离开。

他并没有因此抱怨，而是去询问邻居。他原先就熟知勾栏瓦肆，而且知道一些人名——不是“真”名，是艺名。没有人认识那个时期的任何女孩，除了一位“秋娘”。海陶玮［Hightower］很好地指明，无论什么地方总有一位叫“秋娘”的人。句中选用“燕台句”强烈地暗示了未结合的爱——李商隐从未和“柳枝”发生关系。在晏几道词中，这一典故暗示了一段关系；在周邦彦这里看起来不过意味着一种可能性。

他想知道她现在怎样了——他幻想出她和恋人一起的场景。他引用杜牧“事与孤鸿去”，但这一用典不过是一种诗意的姿态［poetic gesture］——杜牧所指的是覆灭的王朝，而非女友。〔19〕无论事实上发生了什么，周邦彦将这个女孩看成一段逝去的爱，那段记忆给他所见的一切都带来“伤离意绪”。她是一位妓女，一位“柳枝”，而她的缺席给他留下的唯有日暮时沿路的官柳；还有一个庭院——与晏几道词一样，风中满是柳絮。“絮”与“绪”同音，指情感激发之时。我们永远不会知道这是一个词人回忆个人经验，抑或像一位音乐家那样在演绎“同主题变奏”。

返回初见爱人之地构建了一种距离。这种距离往往标示着这一代人词作的特点。距离也可以通过倒影和再现来塑造，这在周邦彦一首最为精致且著名的词中用到——书写夏日的《隔浦莲近拍》。南宋强焕在他为《溧水集》所写的序言中提及此词，而我

---

〔19〕《全唐诗》，28058。

们还在一个元代瓷枕上发现了这首词。[20]

> 新篁摇动翠葆。曲径通深窈。
> 夏果收新脆，金丸落、惊飞鸟。[21]
> 浓蔼迷岸草。蛙声闹。骤雨鸣池沼。
>
> 水亭小。浮萍破处，檐花帘影颠倒。
> 纶巾羽扇，困卧北窗清晓。
> 屏里吴山梦自到。惊觉。依然身在江表。

322

有的版本中这首词还有一个场景副题“中山县圃姑射亭避暑作”。这一副题将词人放置在南京南部的溧水——词人无疑是在南方，并且被“吴山”环绕。词中有一点，如果我们忽略了就会错过这首词的大部分趣味：词人特别指出这是“屏里吴山”，而不仅仅是“吴山”。吴山就在溧水旁，在词人入梦的地方“中山县”。词人一边微笑，一边指出此笑的根源，但那些过于严肃的评论者无法理解，并认为他所梦的应该是在不远处杭州的家。他们无法分清作为艺术的画屏中的山与一个宋代行政县的区别。周邦彦已将宋代县邑的一片山水化为词人艺术，但那片神奇的风景最终却也只是一个县邑。

323

我们需要先解释一下词作如何建构融情之景。场景中那些明

〔20〕《全宋词》，第776页；《清真集校注》，第45页。王强在讨论一篇发表于《文物》1977年第一期的文章时，提到了这个瓷枕，参见《周邦彦词新释辑评》，第127页。

〔21〕果实被比喻为贵族用弹弓猎鸟时使用的奢侈的金弹丸。

显不同的片段是由“艺术”构建的，将我们的注意力引向竹林间那条通往池塘的曲径，而池塘成为一个倒影的平面。从诗论来看，这是一个由“静”与“(搅)动”的瞬间构成的场景。词的第一行就标志出此词的“艺术性”，因为它使用了诗歌中标志工巧的常见形象，其中不及物动词被用为及物动词（通常是在声律要求的压力下）。“摇动”既可做及物动词，也可做不及物动词，但及物的用法可以赋予主语施动意图，即林中的竹子在摇晃自身的竹梢。这个动作接着融入了小径划出的开放空间，召唤词人往前行动。“曲”隐藏了终点。此处暗含的动作将我们从竹林中带出，来到李子树下，其上成熟的果子是季节的标志。坠落的金黄李子惊飞了鸟，这声音被比作捕猎弹弓上的弹丸。一个动作引发了另一个动作，之后引出了雾霭下池塘的静谧，其上唯有看不到的青蛙的叫声。这一画面被骤雨打破，收束上阕，并将我们带到下阕的开头，进入亭子的庇护之下。

上阕中没有人的存在；猎鸟人弹射的幻象最终不过是一个自然过程。词人一直要到湖中敞开了一片可以倒映的空间时，才正式“现身”。这一开放空间位于水草之中，因骤降的雨而敞开。如同前面写猎人弹射的“金丸”一样，这里原本有某种人为暴力的暗示，但它随即被消除。纶巾和羽扇是三国时蜀相诸葛亮的标志，他在对抗魏国将领司马懿的战争中指挥若定。在苏轼写赤壁的词中，周瑜在指挥吴国水军偷袭曹操时用的就是羽扇。在这里它们都是这位“困”卧的词人的道具。

绕床的屏风上的山水是做梦者最向往的目的地。周邦彦游至其地，一片平静的池面倒映出自己的身影，他的身体处在静止不动的状态。之后身体在一“惊”中醒来——与“惊飞鸟”同一

324

用词——发现自己仍在溧水。不过，他指称此地为“江表”，这当然包括了“吴山”。二者在地理范围上或许不是同一地点，但“吴山”是一个理想化的艺术形象，并不能指认为吴地某座真正的山。有人可能会将结尾的这个形象解读为词人思念故土杭州，但更有可能的是，此词以一个微笑作结，他睁开双眼看到自己处身的地点——而非艺术形象或做梦人的想象。他梦到他本来就在的地方，醒时失去了那个地方，却又发现他就在溧水——一个他在第一阕中已经艺术地转化为不输给画家笔下的“吴山”的美丽场所。画屏上的“吴山”是从远处观看的；而他却——用苏轼最喜欢的话来说——“身在此山中”。

上面这首词在构思与执行方面显然都是周邦彦式的，但当他以自己的方式重写一首标准的柳永的行旅慢词时，我们看到他构建场景时同样地用心：他在上阕构筑融情之景，下阕则回忆所爱之人。[22]这首词的艺术在于构建当下的场景并连接到回忆之上。很少有人能如周邦彦这样将柳永模式实现得那么出色，从下面这首《庆春宫》中可见[23]：

> 云接平冈，山围寒野，路回渐转孤城。
> 衰柳啼鸦，惊风驱雁，动人一片秋声。
> 倦途休驾，澹烟里、微茫见星。
> 尘埃憔悴，生怕黄昏，离思牵萦。

〔22〕《草堂诗余》的确把这首词归到柳永名下。

〔23〕《全宋词》，第781页；《清真集校注》，第276页。这首词在王强的笺注中作“庆宫春”。

华堂旧日逢迎。花艳参差，香雾飘零。
弦管当头，偏怜娇凤，夜深簧暖笙清。
眼波传意，恨密约、匆匆未成。
许多烦恼，只为当时，一晌留情。

325 对于这样一首词，我们可以先从其结尾着手考虑它与柳永的区别。柳永总是想折返，且从不反思自己的激情。如果感情浸染了这极为工巧地构建起的一幕，周邦彦会将其感情的源头放置于“一晌”。若不是那“一晌”，他所经历的世界会显得大不相同。

虽然与通常受形式上对仗制约的诗相比，慢词有较多空间铺陈更具体的场景，但这些场景仍然是由片段构成，犹如一些南宋绘画的构图那样反映出一种对简约的追求。在渲染的过程中，他加入新的元素，借此一步步形塑空间、经营图景。

首句为收束视野的形象，尤其着力于动词“接”上，将读者326 的注意力聚焦到接触的边缘。与此相对，诗中写此种场景更常见的动词是“连”——一片绵延的景观收束于一个接触点。第二句中的“围”使得这种收束变成包围。被包围的别无他物，只有诗人在一片秋天的低地之中。这一环抱封闭的连山的形象在写到城墙之处被翻转——似乎将他阻挡在外，不得进入，唯有一条路沿着城墙外缘转向。

这些充满阻隔的平地化成一个更具穿透性的空间。秋天的一棵枯柳——更可能的是一整排这样的柳树，通常是在写春季的词中用作阻挡或模糊视线的屏障（例如它们被描写为“重”的时候）。透过这道可穿越的秋天的屏障，乌鸦的啼叫声传来，接着是天上大雁相和的声音。词人用了“一片”（一个平面，或有弥漫延展之义）来描述这声音。

词人停下了他的旅程。微弱的星光穿过雾气，反复出现的障碍物随之而变得更易穿透。不过，围障的逐渐敞开并不仅仅意味着夜晚降临，同时也开启了与外面——异地和过往——的接触，这带来了离愁别绪。

词人在记忆中找到了这令人压抑的、隔绝的、封闭的秋景的“外部”。这个记忆反过来是内在于词人的，一如开篇所写的场景是外在的。这个“外部”在词人心中的“华堂”之中。与第一阕中“寒野”的浓浓秋意相应，这个华堂春意盎然。相同的基本元素重现，却变为第一阕中的相反形态。与当下的隔绝相对，这里有“逢迎”；有如花的美人；与如幕的寒烟中显现的星星相比，这里有“香雾”。此词通常用于描绘姑娘的头发，但在这里词人以“飘零”（在空中轻轻飘动）来形容香雾，大概他指的是由香烛与灯火产生的“烟雾”的一部分，而非“头发”。上阕有啼叫的乌鸦和迁徙的大雁的叫声；下阕有音乐，有相应于“鸟”的“娇凤”。簧的声音随着芦苇渐暖而变得更洪亮，那音乐标志着整个风景“暖”了起来。

最后是二人的眼神相交，预示着一个更加炽热的时刻的来临——随后却因某种状况而中断。我们不知道发生了什么，只知道是“匆匆”，一阵慌乱。如果说柳永心系身在汴京的恋人的话，个中原因是远远超出一次单纯的对视的。对于周邦彦来说却并不总是如此：他不是被关于欢愉与情爱的记忆捆绑，而是为欲望的一刹那所羁绊——或许就凝固于它“未成”的事实之上。不过，周邦彦至少意识到了其中的失衡：那所有的忧郁、不眠之夜、此种渴望，都只因为那一瞬。

327

大部分更早期的词作都通过书写对重复的渴望来表现“失去”这一主题。这一点和爱情的本质相应，也与词这一文体有相当程度的回响，毕竟词就是缘着歌的反复演唱而生的。但这一时期的雅文学却试图将词变为一种“文献”——所有**经典**文学都是“文献”。与那些周而复始的事物不同，“文献”属于一个独特的时刻。苏轼将自己记录得如此之好，以至于他的文字总是“苏轼之语”——在特定的这样或那样的时间、地点、情境之下所发。词则不同，其中的语言可能是歌者的真意，也可能不是；但词并不是将我们引向作者的“文献”，无论这个作者是谁。

词人的愿望并不是回到曾经，而是回到曾经并将它带入一个美好结局。只有完美的重复才能使词人的愿望得遂。周邦彦在路上，被四壁制约。因为早先他在“路转”处主观选择了那条错误的路。一切皆在那一瞬间被注定。

隔的形象

在《人间词话》中，王国维（1877—1927）对“隔”与“不隔”做了著名的区分。[24]我们很可能会把“不隔”抽象地翻译为“immediate”（切近，直接）——这明显在他的意思之中。王国维特地将周邦彦排除在“隔”的批评之外。但“隔”也包含了拟物赋形［figuration］以及有意识地追求技艺［conscious artistry］的

〔24〕 施议对：《人间词话译注》，岳麓书社，2003，第69页。

意思——通常伴随着阻隔与错置的意象。这一点在上面那首词中很明显。作为情郎的词人与爱人之间的关系被浓缩为短暂的眼神接触，这赋予词人一种位于纯粹社会存在之外的、超越这种存在的身份——恋人与诗人。这让我们想起但丁在《新生》[*La Vita Nuova*]中与贝特丽丝[Beatrice]的相见：少年时期的他看到贝特丽丝后，回到自己房间开始写诗（之后把自己的诗送给周围的人们，流传开来）。这同样让我们想起彼特拉克：他用诗歌来纪念自己看到劳拉[Laura]的那一天，吟咏他“进入一个看不到出口的迷宫”的那一刻。王国维特地把周邦彦词的比喻排除在“隔”的批评之外。但无论他有多么推崇“不隔”的词——和“直接”一样，“不隔”仅能通过其反面，即什么是“隔”来定义——隔对于成为某种“诗人”来说是必需的。

周邦彦有一首极为精美且最具特质的词《风流子》，在其中他看起来的确就站在一堵墙前面，墙隔开了他与爱人。[25]

> 新绿小池塘。风帘动、碎影舞斜阳。
> 羡金屋去来，旧时巢燕，土花缭绕，前度莓墙。
> 绣阁里凤帏深几许，听得理丝簧。
> 欲说又休，虑乖芳信，未歌先噎，愁近清觞。
>
> 遥知新妆了，开朱户，应自待月西厢。
> 最苦梦魂，今宵不到伊行。
> 问甚时说与，佳音密耗，寄将秦镜，偷换韩香。

〔25〕《全宋词》，第768页；《清真集校注》，第16页。

天便教人，霎时厮见何妨。

329　我们得先指出，词人仅仅是“看起来”像站在一堵墙前。他可以看到帘帷、听到所爱之人，但无法穿越障碍。他宣称曾经来过这里（“前度”，与上文讨论的“前度刘郎”用词相同），暗示着这次是重返旧地，但我们不知道他是否真的在那里，甚至不知道是否真有一位爱人。这在中国诗学中很常见：一个境况让诗人情动于中而作词；但也许这一情景不过是一个必要的构建，为了让这首词成为可能，让他能够成为某种词人。

词的首句及其押韵的断句处简单地点出并修饰了池塘。在国画中，有时一个复杂的形态仅由风格化的一两笔来呈现——这是一个绘画与书写相结合的过程，特定的细节被简约为分类概念。相似地，在这一句高度符码化的诗性语言中，词人所用的几个词是意义范畴的具体示例［categorical instantiation］。“新绿”事实上是指“春”，设下环境基调并告诉我们这首词适合演唱的季节。“小池塘”告诉我们地点是一个花园，它邻近某个住所，却并不在其“内”。它也可能是一处倒影空间。

从时间和环境两方面，我们移动到注意力的焦点——一道帘幕，一个分割内外的平面。我们无法判断他是看着帘子本身还是它在池中的倒影。微风会吹皱帘子，也可搅动映帘的水面。考虑到与池塘的关联，我把“影”译为“reflections”（倒影），但它也是“shadows”（影子），那是属于帘后之人的身影。皱起的帘子和波动的池面都可以抓住傍晚的阳光，它搅乱了“倒影”/“影子”。330

燕子是诗歌常用的表现成对伴侣的意象；它通常唤起人的疏离感，正如在这首词中。燕子不仅双宿双飞，而且循着季节规律飞入女子闺中。这一可靠的自然常规与人类关系和命运的变换形成鲜明对比。更重要的是，它们能够飞过内外的障碍。他对燕子的“羡”告诉我们他无法穿过隔障。

如果春天归来的燕子是来自“旧时”，那么“前度”则告诉我们词的叙述者也回来了。此处的特定用词“前度”毫无疑问让人想起刘禹锡的“前度刘郎”。和遇到仙女、离开后再也找不到回去之路的刘晨一样，此处的叙述者似乎在暗示前一次来访时他曾穿过隔障，进到里面。可穿透的帘子被更为坚实的墙代替——故事中需要翻越才能见到恋人的那种墙。墙上满覆苔藓，标志着已被弃用。

他进不去，但有音乐传出。在接下来的一幕中，他见证了当时不可能看到的情境。中文不标记时态，而且常常会在没有提示的情况下突然进入回忆。我们可以把这一阕中接下来的部分理解为发生在当时，即他在推断屋里正在发生的事情，但那个无疑是“离别”的场景将我们带入过去时态。在这一句中，我们能听到元稹（779—831）《莺莺传》中离别场面的回响：

> “君常谓我善鼓琴，向时羞颜，所不能及。今且往矣，既君此诚。”因命拂琴，鼓《霓裳羽衣序》，不数声，哀音怨乱，不复知其是曲也。左右皆唏嘘，崔亦遽止之。投琴，泣下流连。

由于崔莺莺是尊贵人家的女儿，不被允许演唱，尤其不可能随着乐器伴奏来唱。周邦彦的爱人明显不是一位鼓琴的贵族。她除了歌以外无法传递感受。她如此动情，以至哽咽而无法歌唱。

331

这里的爱人被拟写作崔莺莺。下阕即由她写起，并非记忆中的她，而是在揣测模式中。崔莺莺给张生写了一首诗邀他私会：

> 待月西厢下，迎风户半开。
> 拂墙花影动，疑是玉人来。

我们知道崔莺莺的故事一直在演变，周邦彦很明显并没有在想《莺莺传》中发生了什么——故事中的张生逾墙进入了“半开”之“户”，却受到莺莺对其不端行为的长篇斥责。而我们这里看起来又是一首关于重访爱人居所的词，不过这一次，他到了墙边就无法再靠近。周邦彦“遥知”里面她必定在做的事情，因为故事就应当是那么发展的。问题是，如果没有独具创意的英勇之举，任何将他的经验置入标准恋爱叙事的做法都只会失败。我们知道“待月西厢”是指等待爱人——从下一个押韵的断句处可知，这个她等待的爱人必定是指叙事者。但在第一阕中他看起来无法在黄昏时抵达她的住处，并且看起来曾和她在一起后又离开了她。我们不知道她在什么境况下等他——在他离开后的每一个月夜都如此吗？

简言之，这里没有故事。周邦彦仅仅是在戏写恋人离别的主题，而这些主题仅有一条规则：恋人无法在一起。他甚至无法在梦中见到她。留下的唯有期许的未来。但他渴望的究竟是什么？在柳永那首据说让晏殊反感的《定风波》中，我们知道那位年轻的妻子想要什么：时刻陪伴在年轻丈夫的左右，度过幸福的日常生活。在柳永写行旅的慢词中，他想要什么也很清楚：回去，并重新开始一段与恋人（们）充满情爱与享乐的生活。

相较而言，周邦彦仅仅设想了一个交流的瞬间，正如在上一首词中一切都依托于一次相视。在这首词的回忆场景中，所爱之人欲言又止。周邦彦想要对她诉说“佳音密耗”。不过他想说的内容却也保了“密”。语言的交流伴随着交换：东汉诗人秦嘉把镜子送给妻子；贾充之女则把奇香送给心仪的掾吏韩寿。贾充认出韩寿身上的香味，让女儿和他成婚。对于这些用典，我们是否要解读为一种求婚（难以想象），或者仅仅是他与爱人感情深厚的标志？我们从这首词让人惊讶的白话结尾可以清晰看出的是，在二人障碍解除的“霎时”，他们之间真正的交流才得以发生，这交流的内容被排除在词外。这可能会让我们想起前一首词末尾眼波相交的那“一晌”。

如果我们回到王国维对“隔”与“不隔”的区分，周邦彦追寻的就是“不隔”的那个瞬间。那只能是一瞬，因为它牵涉到冲破阻隔、见面并互诉衷肠。正是因为阻碍使这一瞬获得了价值和重要性；一旦障隔打破，它就变为庸常。周邦彦看到了所恋之人，说“我爱你”；恋人回答说“我也爱你”。阻隔对于一段爱情来说是必需的，对于写出好词来说也是同样。周邦彦薄薄的词集中有少数极罕见的圆满时刻，但大多情况下阻隔一直存在。

这首《风流子》是周邦彦最著名的词之一。如同秦观的命运一样，有一群人为了让一首“隔”的词变得不那么隔而想要寻找一个背景故事，或是扭转某个故事来解释这种阻隔。根据王明清（1127—1202）《挥麈录》的记载，这个故事是周邦彦任溧水县令期间为主簿之妻所吸引，于是写了这首词来传达他的感情。[26]当然，宋代官员是不会让自己的妻子为客人唱歌的，那么她也许是主簿最

333

〔26〕《清真集校注》，第20页。

喜爱的歌妓……这样我们就回到秦观和碧桃的逸事了。

憔　悴

周词的细密让读者费神，也必定让词人力竭。周邦彦在1093—1096年间任溧水令，当时他将近40岁。周邦彦词中很少标注创作场合。下面这首《满庭芳》是少数的例外，它的副题是“夏日溧水无想山作”。[27]

> 风老莺雏，雨肥梅子，午阴嘉树清圆。
> 地卑山近，衣润费炉烟。[28]
> 人静乌鸢自乐，小桥外、新渌溅溅。
> 凭栏久，黄芦苦竹，拟泛九江船。
>
> 年年。如社燕，飘流瀚海，来寄修椽。
> 且莫思身外，长近尊前。
> 憔悴江南倦客，不堪听、急管繁弦。
> 歌筵畔，先安簟枕，容我醉时眠。

334　这首《满庭芳》位于1211年本周邦彦集*夏天部分之首，而

〔27〕《全宋词》，第775页；《清真集校注》，第99页。
〔28〕“炉”显然是用来烘干被湿气弄潮的衣服的。
*　指1211年本《片玉集》，有陈元龙注。——译者注

《瑞龙吟》则是春天部分的开卷之作。在讨论秦观的章节中我们谈及秦观如何使用唐诗。这是 11 世纪末叶以来大部分本色词人的特点。1211 年本的周邦彦词集代表着宋词合法化的下一个阶段：此书是一部“详注”（详细的注释），如同它的标题所示。而书的内页就像经典诗集的一个版本，满载着周邦彦词句的典故出处。

在上面那首词的开头，注家陈元龙仅仅注意到第二行中出自杜甫的用词以及第三行中出自刘禹锡的短语。后世的论者通过补充他遗漏的典故来展现自己的才识。罗忼烈（1985）在注第一行时指出了周邦彦对司空图（837—908）《偶书五首》的引用〔29〕：

色变莺雏长，竿齐粉箨垂。

罗忼烈（2008）修正了这里的注文，改用孙虹及其他注者通常选取的典故——出自杜牧《赴京初入汴口晓景即事先寄兵部李郎中》的一联〔30〕：

露蔓虫丝多，风蒲燕雏老。

335

罗忼烈对于究竟哪一联才是更恰当的出处做了有些喜剧性的决定，而这个决定掩盖了一个更加有趣的真相。我们看到的并不是词的某个特质，而是一种早期诗歌实践的延续：美好的形象不

〔29〕《全唐诗》，34594。
〔30〕《全唐诗》，20850。

断被重新使用、重新塑造，借此使诗中的一联获得更好的艺术效果。正如9世纪到11世纪早期的“苦吟”那样，与其说这是对早期“诗”的引用，不如说是对诗歌“材料”的加工。这与黄庭坚的诗歌实践非常不同，因为那通常会把我们的注意力引向黄庭坚如何改动他的文本来源。周邦彦惊人的成功之处在于他取出这些材料，然后把“老”用作及物动词“使变老”，而非静态动词“老了”。但由于杜甫已经把“肥”用作及物动词，周邦彦的用法可能是由对仗带来的。更早的词用法相对扁平，我们可以在这里做个对比，如杜安世《杜韦娘》的开头[31]：

暮春天气，莺老燕子忙如织。

或者杜词《凤栖梧》的结尾[32]：

春残莺老人千里。

又或是杜词《菊花新》的开头[33]：

怎奈花残又莺老。

从这位极其平庸的词人的小集中，我们知道“莺老”不再出自唐诗的典故，它已变成了写晚春的陈词滥调。

---

〔31〕《全宋词》，第228页。
〔32〕《全宋词》，第229页。
〔33〕《全宋词》，第235页。

周邦彦词的开头是一个非常风格化的季节标志。但当他说“地卑山近”并指向下一句中无孔不入的湿气之时，这种境况——而非措辞——让人想起中文传统中最著名的诗之一，白居易的《琵琶引》[34]：

住近湓江地低湿，黄芦苦竹绕宅生。

我们需要稍作停留，回想一下相较于出处的原来那首名诗，这简单的几行为何会造成如此不同的印象。中国精英阶层的成员一旦进入官场，生活将不再属于自己，这个情况直到退休才会改变。都城及大城市的职位让人垂涎，哪怕是官阶很低的职位。但整个帝国到处都需要官员；而出于惩罚或仅是人员配备的需要，官员在为官生涯中很容易被派到一个又一个偏远惨淡的小镇。南京以南的溧水炎热、潮湿——我们今天看这个地方的照片，有的恰恰会让人想起这首词中的用语。虽然将这片土地的特征描述为“低湿”主要是引用白居易，但此词背后还隐含着前人更阴暗的用法：汉代作家贾谊用这个词来形容他在长沙的流放地，以及他对将会死在那里的恐惧。死亡的阴影也许能帮助解释乌鸦和鸢鸟的奇诡的欢乐。但词作很快就回到白居易的诗，用的是完全相同的词语——“黄芦苦竹”，还提到白居易流放九江的典故，而九江位于江西省，在溧水西南。

337

通过文献的援引，周邦彦正“荡入”[drifting into]《琵琶引》的世界。其中，白居易在送别客人时听到有人弹琵琶，并认出弹

〔34〕《全唐诗》，22341。

奏者的技艺和风格是在京城所习。弹奏者是一位孤身女子。虽然她不太愿意，但最终还是被邀请到白居易一行人的船上来，为他们演奏并讲述了自己的故事。她曾扬名于长安教坊，但随着年岁增长，风光不再，便委身下嫁给一位行旅商人为妇，此刻商人并不在场。白居易将她与自己的境况做了模拟，抱怨九江地僻无音乐，并让她再奏一曲，听得泪湿青衫。周邦彦知道白居易之后获得了颇为合意的职位，之后度过了一段长寿且舒适的生活。

这首夏词的下阕提起春燕，暗示着官员的羁旅毫无燕子往返的规律。之后他更有意识地使用杜甫的《绝句漫兴》其四[35]：

> 莫思身外无穷事，且尽生前有限杯。

“荡人”《琵琶引》同时也是“荡人”一个充满忧虑的诗歌世界，其中周邦彦表达了对自己的仕途及溧水令这一卑职的担忧。这个职位比白居易在九江的职位更差，且全无白居易那样光明的未来。在词的世界，人们可以渴望失去的恋人。周邦彦用杜甫来打破这一模拟，但其精神还是来自词的——晏殊的《浣溪沙》：“满目山河空念远”。还是醉一场为好。

白居易听了来自京城教坊的歌妓的演奏，反观自身，其后他指斥当地音乐：

338

> 岂无山歌与村笛，呕哑嘲哳难为听。

〔35〕《全唐诗》，11215。

周邦彦对当地音乐的拒斥并不那么极端——溧水也许只是乡镇，但并不像江西九江那么偏远陌生——不过他并不在意。他计划去参加宴会，畅饮并大睡一场：

> 不堪听、急管繁弦。歌筵畔，先安簟枕，容我醉时眠。

此处最有趣的恐怕是对酒醉的筹划与布置。

宋词中最流行的主题之一是元宵节——一年的第一个月圆夜，也就是农历正月十五。元宵当晚及前后两夜，都城汴京一般会解除平日的宵禁。城中居民夜晚外出游乐，而这通常是艳遇发生的时候——至少在想象中。周邦彦最著名的元宵词《解语花》遵循了外任词人的标准模式：先描写地方的元宵节，之后再回忆汴京更为绚烂的元宵庆典。[36]

> 风销绛蜡，露浥红莲，灯市光相射。桂华流瓦。
> 纤云散，耿耿素娥欲下。[37]
> 衣裳淡雅。看楚女、纤腰一把。
> 箫鼓喧，人影参差，满路飘香麝。
>
> 因念都城放夜。望千门如昼，嬉笑游冶。钿车罗帕。
> 相逢处，自有暗尘随马。

339

[36]《全宋词》，第 784 页；《清真集校注》，第 239 页。
[37] 即月亮仙女嫦娥，故此指月光。

年光是也。唯只见、旧情衰谢。
清漏移，飞盖归来，从舞休歌罢。

周邦彦极有技巧地设置场景。近看是黑暗中的光明，人工的灯火——一个个灯笼在风中摇摆，为露水沾湿；远看则是许多灯火构成的风景，向各个方向射出光芒。我们处在一个对夜晚的灯光习以为常的世界，也许很难把握这一场景的视觉冲击：无数灯笼聚集在城中的一个区域，投出杂乱的阴影，暗示着想象中那一晚社会限制的美妙失序。

340

然而，我们要如何理解周邦彦这样一个词人？他既然构建了典型元宵节词中欢愉与欲望的生动画面，为什么又在结尾宣布自己对此不感兴趣？难怪他被视作“晚于”同代词人。此中也许触及了他的词对于南宋来说极具吸引力的元素。在他极为自觉地追求艺术性时，他的词作已具有了将读者与享乐场景拉开距离的东西。他采取了一种非常适合中国传统的传记式阅读的举措——隐晦地表达自己的老迈：“惟只见、旧情衰谢。”如果我们把表达欲望的场景视作柳永的“推广”，这里我们看到的则是近于“审美”的东西，从一个没有欲望的位置省思那具有令人渴望的潜质的对象。这并非单纯的欲望缺席，而是对欲望的否定。最后，对这一年中最具魅力的时刻，他淡然拉下帘幕，不带任何怀念或追悔。

第四部分

进入12世纪

第十三章　找回一段历史

343

到11世纪中叶，词已有一段过往，但尚无历史。归在唐和五代人名下的词作散见于诗话和笔记。冯延巳（或者归入他名下而流传的词作）已为人所知，但他的词仍被认为当代作品的一部分。有些逸闻也提到了李煜，并援引了他的词作。13世纪的书目中提到一部10世纪晚期的唐五代词选《家宴集》，但此书仅见于陈振孙作于13世纪的目录，且我们不知道它流传有多广。我们确知《花间集》保存下来了，但在12世纪之前并没有任何对此书的可靠征引。

在11世纪最后几十年，我们可以看到人们对唐五代词的兴趣日渐浓厚。这一点在苏轼作品中很明显。我们已经看到他如何取用张志和的曲子，惋惜其词已不被管弦，并尝试重新依照时调改写原作。他显然没有考虑到张词可能并没有像后来宋代那样有独立的曲调。苏轼著名的《洞仙歌》是以他记诵下来的后蜀后主之妃花蕊夫人的词句为基础发挥而成的。[1]最有趣的例子是他觉得五代的词牌名“忆仙姿”不够典雅，因此将它改名为“如梦令”。这

344

〔1〕《苏轼词编年校注》，第413页。这里我不打算介入关于花蕊夫人所作之词是否真的流传下来的争论。

一新名字立即就流行起来，成为代表五代风格的小令词牌。[2]

虽然贺铸主要致力于化用经典的唐诗作品，但他偶尔也会利用唐代词作的句子入词——这种做法在11、12世纪之交越来越常见。大概是同一段时间，我们也确信无疑地见到首次有人提到《花间集》。这出现在李之仪为吴可（吴思道）词所写的跋语中。吴可明显致力于模仿《花间集》模式来写词。《花间集》不仅是吴可作词的标准，李之仪在提到这部词选时也视之为常识。晁补之在1148年为绍兴本《花间集》写的跋语表明，当时有几个不同的本子流传；晁补之是在某个看起来是抄本的基础上对此集"正而复刊"。[3]

文体的历史意识并不仅仅在于有一批归在可系年的作者名下的文本，还涉及将该文体视作一个包含差异与变化的序列。[4]我们最早在李之仪为吴可词所写的跋中可以看到这种意识。此跋以对词体的概述开篇，接着是一系列评判，勾画出一个粗略叙述。在这一点，李之仪的跋与李清照简短的《词论》很相似。《词论》有可能更早出现，但这种可能性不大。[5]李清照也不太可能知道李之仪的跋，因为这一时期的题跋似乎仅仅在较为亲密的圈子内

---

〔2〕《苏轼词编年校注》，第546页。

〔3〕张惠民编：《宋代词学资料汇编》，汕头大学出版社，1993，第200页。现存吴可的作品有《藏海诗话》和一些诗（《全宋诗》13012及其后）。吴可的生卒年月不详。提及《花间集》的还有看起来更早但有争议的一例，即崔公度的跋。我们会在附录《冯延巳手稿》中讨论这个问题。

〔4〕吴曾引用了晁补之关于更早和同代词人的一系列评论，但并未连缀成史。《词话丛编》，第125页。

〔5〕关于李清照的《词论》出现更早的观点系于非常微弱的证据——她未提及周邦彦。如果周邦彦并不像通常认为的那么有名，这个观点就站不住了。此外，她很可能到了南宋才提及苏轼及其主要门人，在朝廷放松了对苏轼及其追随者作品的禁令之后。

流传。而李之仪的文集在12世纪后半才出版（前集在1167年出现，但他的跋语都收在后集）。[6]

李之仪是苏轼的追随者，也是黄庭坚、秦观的好友。我们已经看到他与贺铸也交情深厚。作为一个位居当时词坛中心的人物，他的重要之处在于所写的大量题跋，其中有些是专门为词作和词集而写的。

虽然李之仪为吴可词所作的跋没有日期，但他也为吴可的诗写了跋，并题署了1115年的编撰年份。他为吴词所作的题跋很可能与此相距不远。1115年时，徽宗在位已久，距离绍兴本《花间集》的发行仅有33年。[7]

跋吴思道小词

长短句于遣词中最为难工，自有一种风格，稍不如格，便觉龃龉。唐人但以诗句，而下用和声抑扬以就之，若今之歌阳关词是也。至唐末，遂因其声之长短句，而以意填之，始一变以成音律，大抵以《花间集》中所载为宗，然多小阕。至柳耆卿，始铺叙展衍，备足无余，形容盛明，千载如逢当日，较之《花间》所集，韵终不胜。由是知其为难能也。张子野独矫拂而振起之，虽刻意追逐，要是才不足而情有余。良可佳者，晏元宪、欧阳文忠、宋景文[8]，则以其余

〔6〕 祝尚书:《宋人别集叙录》，中华书局，1999，第543页。

〔7〕《宋代词学资料汇编》，第200页。

〔8〕 值得注意的是，黄庭坚为王观复词所作的跋也把宋祁和晏殊并提。黄庭坚告诉王观复须得“熟读”二人之作，这与他在诗论中的观点相同。如同其他同时期的例子一般，我们基本上可以把词看成纯文本的形态。参见《宋代词学资料汇编》，第200页。

力游戏，而风流闲雅，超出意表，又非其类也。谛味研究，字字皆有据。而其妙见于卒章，语尽而意不尽，意尽而情不尽，岂平平可得仿佛哉。思道覃思精诣，专以《花间》所集为准，其自得处，未易咫尺可论。苟辅之以晏、欧阳、宋，而取舍于张、柳，其进也，将不可得而御矣。

346 对任何一位词的读者来说，李之仪开篇的内容都显而易见：作词是比作诗更加艰险的事业。一首合格（虽然不出色）的诗尚且可读，而一首词只要不完美，就感觉“龃龉”。在李清照之前，李之仪通过他自己的方式观察到词“自有一种风格”。这里“风格”的“格”在之后也单独用来表示“规格”（“稍不如格”）。这意味着李之仪的“格”所指之意不止于严格遵循特定词牌的格律，还包括更广阔的意涵。和李清照一样，他未能精确地描述这种风格，只是说它很独特。

347

在李之仪看来，唐代的词仅仅是把诗唱出来，加入“和声”以符合音乐。考虑到曲调与诗歌声律规则的差别，我们有理由相信唐代歌者的施展空间比这大得多：她们可以用一种与宋代檃栝性质相类的技巧，把诗加工成词；或者通过“调笑”的表演，先给出诗，之后再演一遍词的版本。

李之仪认为词之正体始于唐末，即为特定曲调所填的韵文。对此最好的理解方式，大概是诗人化用［appropriate］了歌者的演出。我们看到《花间集》词在这里被视为“宗”，可译为“revered ancestor”。这段话中什么被省略了关系重大。在当时我们还不能期待看到李煜，时人知道他写过词，但他往往被视为一位悲剧人物，有时人们觉得他理应受到指责。这里明显被省略的人物是冯延巳，他的词风与晏殊和欧阳修（确实有些词作署了他们的名）太过相近；假如将他纳入，李之仪所追求的关于词体演变的叙述将会变得更加复杂。

李之仪对《花间集》词人的批评是他们的词作过短，这一“疵病”明显是挑出来为柳永慢词之“进”打开空间。晏殊、欧阳修和宋祁用了许多与《花间集》词人相同的短调［short tunes］。柳永让一首词更充分地展开，却在“韵”［可译为 euphony（韵律），或者 rhymes（押韵），resonance（余韵），甚至 flair（韵味）］上有所欠缺。之后是张先，他在纠正柳永之失方面有所成就，但才力不足。李之仪在评价晏殊、欧阳修和宋祁时，显然对他们的才力是认可的。

如果这是首次对词的文体历史进行陈述的话，在结尾部分我们看到这个历史被放入一个更深远的转变的语境来考虑。正如一位诗人会选择某位唐代或者先唐的诗人作为理念上的榜样，吴可也在填词时采取了相似的做法：他追溯至词这一形式最早、“最纯粹”的先例。李之仪对词史的重述［recitation］则是想激发一种与传统的不同关系。与黄庭坚的诗学相近，这是将传统作为一个整体来理解，试图汲取其中各个成员的种种长处。 348

那么问题来了：苏轼、秦观、贺铸以及其他 11 世纪晚期的词人去哪儿了？他们都是李之仪的文友并且深受其欣赏。一种解释方式是将李之仪的词跋系年到某个远远早于 1115 年的时段，但我们得往前推好长一段才能抵达一个时间点让李之仪感觉不到 11 世纪晚期任何一个主要词人的影响（这则词跋很明显写于吴可生前，他给吴可写的诗跋看来也一样）。更好的解释是此跋所采取的学术立场：他所考虑的问题在于如何将一个文体的过往用于当下，而非如何化用当下的词家。

在不强行推定李之仪跋早于李清照《词论》的前提下，我想提出一条从李之仪（大概作于1110年代）到李清照、最后到王灼《碧鸡漫志》(1149)的演变路径。虽然其中有些差异纯粹是基于个人评判的不同，但这一演变路径与同一时段内词迷们对词的理解的其他变化是相呼应的。

我们早先已经看到，11、12世纪之交所思考的一个大问题是，词是否基本上就像“诗”一样，我们一直把“诗”译为classical poetry。在某一时刻，苏轼曾经明确地说过词的确是诗，不过很幸运没有人引用那则评论。从陈师道提到苏轼以诗为词、晁补之宣称黄庭坚词不过是把好诗随曲调歌唱等评论中，我们看到时人对这个问题的辩论。这两则评论都预设了诗和词应该有基本的差别。李之仪的跋就是以强调这种区别开篇的。李清照的《词论》则将这一差别放在了论述的中心，引出了她对于词体最著名的观

349

点：“词别是一家”，我们可以译为“song lyric is a different family altogether”。[9]我们需要把这一陈述放入其语境来看。她一口气批评了晏殊、欧阳修和苏轼，他们不过是写节律不齐之诗的大学者，而他们的作品通常不合曲律。之后她通过两个在词坛名气比不上晏殊、欧阳修、苏轼的文人来重述自己的观点：

> 王介甫［王安石］、曾子固［曾巩］，文章似西汉，若作一小歌词，则人必绝倒，不可读也。乃知词别是一家，知之

〔9〕 对于李清照《词论》的讨论和全文翻译，参见Ronald Egan, *The Burden of Female Talent: The Poet Li Qingzhao and Her History in China* (Cambridge, MA.: Harvard University Asia Center, 2013)，第75—90页。［以下简称Egan 2013］

者少。

换句话说，词不仅仅是享有所有经典文学基本价值的又一“文体”。

李清照选择了“一家”这个屡见于古文献中的用词。这个用语最早出现在司马迁（约公元前135—约前86）的著作中，讲述自己渴望完成一部到他那个时候为止的中国大历史：要成“一家之言”。为了完成这个由他父亲开启的事业，他必须经受阉割之刑，这意味着他们一家血脉的终结。“一家”这个短语后来有了各种变体。到了11世纪，这个词不再指“家族”[family]，而是指个人独特的文学创作，因此苏东坡在前面所引的书信中才说他的词“亦自是一家”。[10]李清照再次将“一家”的意义扩展到群体——“写出一种适合词体的作品”。没有人清楚那是什么，但所有人都知道那不是什么。

我非常怀疑王灼没有读过李之仪的题跋，但很明显王灼知道李清照的《词论》。他在“各家词短长”这一篇幅颇长的讨论中，开篇即为李清照抨击的词人辩护（除了曾巩——要捍卫作为词人的曾巩是不可能的）。[11]

350

王荆公长短句不多，合绳墨处，自雍容奇特。晏元献公、欧阳文忠公，风流蕴藉，一时莫及，而温润秀洁，亦无其比。东坡先生以文章余事作诗，溢而作词曲，高处出神入

〔10〕见第七章《苏轼》中“苏轼与柳永”一节。

〔11〕从王安石谈到晏殊、欧阳修，再到苏轼的这个顺序，与李清照上面对这些著名词人的批评顺序刚好倒过来。若不把这一段看作王灼在响应李清照的辛辣批评，则颇难解释这个次序。

天，平处尚临镜笑春，不顾侪辈。或曰：长短句中诗也。为此论者，乃是遭柳永野狐涎之毒。[12]诗与乐府同出，岂当分异？若从柳氏家法，正自不得不分异耳。

我们在这里看到更加强硬的立场——也许是为了回应李清照对晏殊和欧阳修的攻击。需要指出，李之仪的立场是更均衡的：他认为晏殊和欧阳修有他们的闲雅之处，但词并非他们所长。王灼在这里对苏轼的捍卫尤为鲜明，他对柳永割裂诗与词的责难也同样值得注意（这就暗暗把李清照放入了被柳永蛊惑的阵营）。

这些讨论引出了同一时期对柳永评价的转变的问题。在12世纪初期的评论和逸闻中，我们明显能看到对柳永的评价总体上是正面的，接下来渐渐转变为对他的词作内容和风格在道德方面的负面评价；最终，到了12世纪中期，变成对他个人道德操守的谴责。[13]我们在三个版本的词的历史中能看到一个相似的过程。

351

首先，李之仪认为：

至柳耆卿，始铺叙展衍，备足无余，形容盛明，千载如逢当日，较之《花间》所集，韵终不胜。由是知其为难能也。

---

〔12〕“野狐涎”基于一种民间信仰：如果有人在地下埋入一罐肉，狐狸会到那个地方来并且流下馋涎。它的唾液会渗入肉中。之后如果挖出罐子，把其中的肉给人吃的话，那个人就会神志混乱。江枰：《碧鸡漫志疏证》，江西教育出版社，2008，第59页。

〔13〕参看宇文所安在哈佛亚洲中心（Harvard Asia Center）网站的文章，Owen, “Liu Yong (?-?) and Dancing Renzong,” https://asiacenter.harvard.edu/publications/just-a-song-chinese-lyrics-from-the-eleventh-and-early-twelfth-centuries-5b16a2b4455de72a8254200c。

接下来是李清照：

> 又涵养百余年，始有柳屯田永者，变旧声作新声，出乐章集，大得声称于世。虽协音律，而词语尘下。

到王灼时，柳永词已被视作鬼魅般的“野狐涎”。王灼没有在同一则评论中继续讨论柳永，但紧随“各家词短长”这一条目之后，他有单独一则完全用于声讨柳永。

令人惊讶的是，在这些喧哗的异议之下，词评家们有一系列共享的问题和一套共同的经典。比如，我们会注意到在李之仪笔下，宋祁是11世纪中期词人群体的中心人物（如上所述，他也被黄庭坚列为重要词人）。而他在李清照的《词论》之中，则作为柳永之“后”的人物再次登场：

352

> 又有张子野、宋子京兄弟（宋祁和宋庠）、沈唐、元绛、晁次膺辈继出，虽时时有妙语，而破碎何足名家。

这句话谈的是个奇怪的组合，它把晏殊和欧阳修一辈的词人与晁端礼混在一起——晁端礼属于11世纪40年代中期至50年代中期出生的那代词人。张先和晁端礼有词集传世，但提到的其他几个人只有少量词作留存（宋庠一篇都没有留下来）。此外，李清照说的“破碎”究竟是何意？一个可能是指这些人的词作中的优秀段落（暗指无法支撑起整首词）。也可能指他们有散见的词作，但没有成规模的词集。这就反过来表明李清照不知道或者未能见到张先和晁端礼更完整的词集。

这一段之后是李清照批评晏殊、欧阳修、苏轼写的不过是句读不葺之诗，以及评论王安石和曾巩可笑的劣作。李之仪跋在晏殊和欧阳修处打住，未提及自己的同代人。而李清照则继续往下，谈及 11 世纪 40 年代中期到 50 年代中期出生的那一代人：

> 后晏叔原、贺方回、秦少游、黄鲁直出，始能知之。又晏苦无铺叙；贺苦少典重；秦即专主情致，而少故实，譬如贫家美女，虽极妍丽丰逸，而终乏富贵态；黄即尚故实，而多疵病，譬如良玉有瑕，价自减半矣。

353 王灼也谈到同一批词人，还包括了另外几位，并按时间顺序一直讲到徽宗时期和南宋早期的词人。我们会在下一章探讨王灼对 12 世纪初期词界的总体呈现。由于王灼一定程度上是在回应李清照的《词论》，我们大概会留意到，李清照在上引一段中按词人对词律的理解而把最后四位词人归入一组，王灼则为他们每个人都重新定位——即使他们每个人都有致命缺陷。王灼在评论晏几道时，先把他归入那些“自成一家”的词人之中，接着他借用了黄庭坚的评价：

> 叔原如金陵王谢子弟，秀气胜韵，得之天然，将不可学。

至于贺铸，王灼把他与周邦彦放在一起评述：

> 贺、周语意精新，用心甚苦。

他同样为秦观的地位做了辩护：

> 张子野、秦少游俊逸精妙。少游屡困京洛，故疏荡之风不除。

最后是黄庭坚——李清照认为他是最早真正懂得词的特别之处的几个人之一。王灼认为这是错误的评价标准。他的做法是把黄庭坚和晁补之放到一组——他们都是苏轼的弟子，获得了这位词的真正宗师的十之“七八”。之后还加上这样一句：“黄晚年闲放于狭邪，故有少疏荡处。” 354

如果我们把王灼的这些不同评价作为一个整体来看的话，他在每个个案中都把李清照基于词作为一种文体的独特性质——尤其是音律——而做的评价，改成一个很容易就能运用于诗的判断。他大部分的评价都不是针对词的处理，而是词人的性格，暗含道德上的赞赏或非难。

至此我们集中探讨了针对11世纪词人不断演变的、带有争议的评价。虽然这些评价意见不一，但它们在强化同一个经典。不过，这三套评判的对比恐怕不是最重要的问题。在这波折重重的半个世纪背后，那不断发展的思想背景使得这些相异的评判成为一种对历史的勾勒，而非词迷间简单的争议——这才是关键。

回到本章的开头，这里的语境是唐和五代词作为宋词的根基，人们对这两个时代的影响与角色有了不同的认知。李之仪的跋语写在《花间集》的影响初现之时。他讲了一个简单的故事。首先，唐代加入了“和声”使诗可以演唱；后来作者们遵循某个特定的曲调填词。这是关于文体演变的一个简单的、形式上的记述，并不是完全基于历史的。

我想在这里补充几句，谈谈我们的无知。虽然我们有许多“关于”唐代音乐的文本，但我们完全不知道这些文本与实际发生的歌曲演唱有怎样的关联——那些曾在不同地点、不同时间或场所演出过的歌曲。宋代作家知道的并不比我们多，甚至有可能他们所知的更少。他们有一些自认为真实可信的口头和书面材料。但关于唐代歌曲实践及其与歌曲文本的关系，我们连一点点可靠的知识来源都没有。

宋代词迷们和当代学者一样，想要有可靠信息来讲述一个历史故事，并且他们在讲述时自由发挥。他们所讲的具体故事与其说呈现了唐五代的情况，不如说是反映了讲述者本身更来得有趣。但这种对于历史记述的渴求却是一种不容轻视的恒常。

李之仪在讲述吴可对《花间集》的兴趣的同时，也为词体起源做了一个简单的历史记述，从使用“和声”变为协调齐言诗与长短不齐的曲。他有可能是从《花间集》里皇甫松的一些词作生发出这一观点。皇甫松是《花间集》中年代最早的作者，他的一些词作是在绝句的奇数句加上“年少”，或在偶数句加上“举棹”等短语。李之仪认为这是真正向杂言的词的演变。从目前手头的证据看来，这个论断有一定道理。[14]

355

李清照的《词论》以一则关于起源的特定逸事开篇——不是词体形式的起源，而是关于词的流行。

乐府声诗并著，最盛于唐。开元、天宝间，有李八郎

〔14〕如果他知道《尊前集》的话就不太可能提出这样的论点。

者，能歌擅天下。时新及第进士开宴曲江，榜中一名士先召李，使易服隐姓名，衣冠故敝，精神惨沮，与同之宴所，曰："表弟愿与坐末。"众皆不顾。既酒行乐作，歌者进，时曹元谦、念奴为冠。歌罢，众皆咨嗟称赏。名士忽指李曰："请表弟歌。"众皆哂，或有怒者。及转喉发声，歌一曲，众皆泣下。罗拜曰："此李八郎也。"

自后郑、卫之声日炽，流靡之变日烦。[15]已有《菩萨蛮》《春光好》《莎鸡子》《更漏子》《浣溪沙》《梦江南》《渔父》等词，不可遍举。

对于一段"词论"来说，这实在是一种奇怪的开篇方式，尤其是一篇推崇词体音乐性的论述。[16]一位杰出歌者的成功既被视作词体流行的起始，也被视为一种恶劣的文化影响，而这种影响一直延续到宋代文化改革才告一段落。如果说李之仪尊《花间集》为"宗"的话，李清照在她那围绕衰亡的叙事中则完全跳过了这部集子，她只引用了南唐词人李璟和冯延巳的两句"亡国之音"—— 一个源自《诗大序》的用词。 356

李之仪相信书写句长不等的词始于晚唐，李清照则列出了一些她认为在8世纪就已经流行的词作。她给出的词牌名中有一些——绝非所有——也收录在《教坊记》中。她并未质疑曲调与演唱实践的关系，也没有考虑在这三个半世纪的跨度中乐曲的稳

[15] "郑卫之声"意味着糜烂和伤风败俗的影响。

[16] 曹元谦和念奴是女歌妓。前面谈到，王灼翻转了这则逸闻，其中由于词更需要一位美丽的年轻女子来演唱，才华横溢的男歌者因而受到冷落。参见第一章《早期宋词的流传》中"歌者"部分。

定性。但关于词可能的“发源”，她显然比李之仪所知更多，也更加在意。

王灼的《碧鸡漫志》对唐代词表现出更大的兴趣。此书有几个版本，五卷本的第一卷全都分给了关于唐代词的讨论。第二卷是王灼对宋词的评论。最后三卷则是关于词调，他通常会把各词牌溯源到唐代。

李之仪和王灼相隔约半个世纪，这个时期见证了人们对于词及其历史的兴趣的巨大增长。1148年我们有了胡仔《苕溪渔隐丛话》前集，其中收录了大量词话，几乎都来自此前半个世纪。胡仔关于词的章节是以收录对五代词人的评论开篇的，尤其是李煜。同一年我们有绍兴本的《花间集》。几年以后，到了1151年，王安石的词被收入他的文集，苏轼词集的印本也出现了。到这个时候，与变化的潮流相连的文学活动已经变成一种自具一段历史的实践。同时，人们也越来越容易获知同代词人是如何认识那段历史的。

357

第十四章　北宋最后一代词人及其后辈

358

生于11世纪七八十年代的那一代词人，有关他们的文献资料相当丰富，其中很多人经历了金灭北宋和宋室南渡。11世纪40年代中期至50年代中期那一代词人成长时，大环境是以柳永慢词为标准的；而对更年轻的这一代而言，苏轼则是他们最主要的文学人物。他的作品虽然被禁，却广为人知。无论是赞扬、贬抑或是无视，苏轼一直存在，从未缺席。

这一文化时刻与东汉后半段不无相似，我们看到传世文献的突然剧增。东汉的作者很可能原先并未写在纸上，但他们生活的时代与纸的逐渐丰产足够接近，因而他们的作品获得了巨大的生存优势。同样，在北宋末，抄本的流传仍然占主导——对词而言尤其如此。但一个发达、完善的印刷文化即将来临，并将在12世纪中期以后完全成熟。有些文献佚失的情况依然令人惊讶，但我们也开始感觉到传世文献的数量之多让人不堪重负。影响传世词作体量的一个重要因素是12世纪中期，词人的孝子贤孙和后人开始编纂、发行词集，因此，和基于个人兴趣而传抄的抄本传统相比，传世词集在作为当时和后世评判的指引方面显得不那么可靠。

359

我们也因此面临着这样的局面：那些看起来定义了时代气象［temper of the age］的词人作品并未被完整地保存下来。这一因文本保存而形成的扭曲局面，通常是由于12世纪初期诙谐、冶艳、有时明显带有讽刺意味的风气，令12世纪中期生活在更为道学化的风气之下的人们感到不快，而12世纪中期恰恰是编纂总集、批评词作以及保存前代作品的关键时期。

这带来的后果是一个长达一世纪的空洞，其间充溢着无人想读的词作。在生于11世纪40年代末及50年代初的那一代词人与南宋第一代著名词人——辛弃疾（1140—1207）和姜夔（约1155—1221）——之间，仅有一个名字幸存于词作经典的顶端。这就是李清照（1084—约1155）。而即使是李清照的词作，保存状况也是偏颇和扭曲的。不过，就她来说，即使我们没有看到那些可能代表了“时代气象”却又不被认可的词作，她还是如此才华横溢，以至于人们对她那些比较典雅的词作也一直保持着浓厚兴趣。可对于万俟咏和曹组来说，情况就大不一样了。

我们今天把李清照视作这半个世纪唯一杰出的词人，但12世纪中期的评论家看到的却是一幅广阔得多的图景，而这一图景在这一时期的传世词集中并未得到很好的体现。

在《乐府雅词》序中，曾慥明确地否认了所选之作代表他的个人评价，集中收录的只是他个人收藏的词作。《碧鸡漫志》中有一则题为“各家词短长”的条目，其中王灼给出了他眼中的词传统的完整记述。这条材料对王灼年轻时流行的词人记录得尤为详细。那应该是1145年再往前推二三十年——王灼于1145年与友人论词，留下札记，并于1149年写成《碧鸡漫志》。我们可以看到相当数量的评论，散见于12世纪中期的其他“词话”中，但没有任何论述像王灼这样描绘出12世纪开头几十年词坛的概观。他所写的未必是基于普遍共识，但代表了某一个群体的认知。

在本章的第一部分，我们将通过仔细考察王灼的记述来评价那个时期，而非依据现存词集的面貌。如上所说，我们会发现王灼对 12 世纪初词的记述集中于某些词人，他们的作品通常未能很好地保存下来。这一事实本身很可能在某些方面表明了王灼对这一时期的评价反映了他所处时代更普遍的认识——王灼经常有力地批评 12 世纪初的词人；而时人对这些词人普遍的不认同在一定程度上可以解释他们作品的失传。

360

王灼代表着一种新的“词迷”，他对词怀有一种超越词之“本色”的文体意识，但对于有些人借着在文坛的一般声誉来维持自己作为词人的名声，他隐然有种轻蔑的态度。按王灼的话来说，那些人词作最好的地方也不过“各如其诗”。王灼认为苏轼是早期词人中最杰出的。叶梦得则明显是北宋末到南宋初重要的文士。曾慥在他的总集中收录的叶梦得词数量仅次于欧阳修。王灼约与曾慥同时，他观察到：“晁无咎、黄鲁直皆学东坡，韵制得七八。……后来学东坡者，叶少蕴［叶梦得］、蒲大受［蒲瀛］亦得六七，其才力比晁、黄差劣。”[1] 虽然这种大师之后便是逐步衰落的论述是一种老生常谈的评价模式，但今天的读者却很难不同意他的说法。[2]

王灼的“各家词短长”是一个关于衰落的叙事，最终还出现了道德败坏。这一叙事最终以一个较有希望的片段作结：朝廷已下旨摧毁词作传统中最污贱无赖的曹组的印版。此人在 1120

〔1〕《碧鸡漫志校正》，第 34 页。

〔2〕蒋哲伦在他最近笺注的叶梦得词集的前言开篇就说叶梦得“算不上大家”，见蒋哲伦：《石林词笺注》，上海古籍出版社，2014 年，前言，第 1 页。

年（北宋覆亡前几年）通过殿试。在这一条目中，柳永仅仅作为“野狐涎”出现；不过，如前所述，紧跟在概述词坛短长的这一则之后，王灼写了一系列关于特定词人和书籍的条目，其中第一条即宣泄了对柳永的怒气。李清照也没有出现在概述之中，但王灼另有单独条目谈论她，其中混杂了对李清照词的至高称赞，以及对她在词作中显露的道德品质的严厉谴责。

361

词仍然主要以手抄本形式流传，而词迷们所知多少受限于他们手头的文本。很显然，王灼的知识比我们前面谈到的任何人都更加广博。王灼在序中告诉我们，他居住在成都碧鸡坊期间，曾与两位好友持续讨论词作，但更重要的恐怕是他与黄大舆的友谊。黄大舆编辑了《梅苑》——一部成于1129年的咏梅词词选。虽然一次阅读数百篇梅花词会令人麻木，但我们可以从中了解黄大舆资料源的范围。他看起来聚集了相当规模的词籍。如前所述，这一收藏大部分看来是单篇词作或组词的手抄本，但他的资料源肯定还包括了特定词人的词集（也许是像曾慥那样的小集）。王灼肯定也能够看到这些书。当王灼提到那些今天仅因《梅苑》而传世的四川词人时，似乎证实了我们的猜测：王灼罕见的博识正是由于他能够接触有相当规模但属于地方的收藏。

前面谈及王灼讨论叶梦得和蒲瀛的片段，现在让我们接着读下去。他之后谈到苏轼的追随者与这位宗师相距更远：

> 苏在庭、石耆翁入东坡之门矣，短气局步，不能进也。赵德麟［赵令畤，1061—1134］、李方叔［李庆，1059—1109］皆东坡客，其气味殊不近，赵婉而李俊，各有所长，晚年皆荒醉汝颍京洛间，时时出滑稽语。

贺方回［贺铸］、周美成［周邦彦］、晏叔原［晏几道］、僧仲殊各尽其才力，自成一家。贺、周语意精新，用心甚苦。毛泽民［毛滂，1060—约1124］、黄载万［黄大舆，约1095—约1160］次之。叔原如金陵王谢子弟，秀气胜韵，得之天然，将不可学。仲殊次之，殊之赡，晏反不逮也。张子野［张先］、秦少游［秦观］俊逸精妙。少游屡困京洛，故疏荡之风不除。陈无已［陈师道］所作数十首，号曰《语业》，妙处如其诗，但用意太深，有时僻涩。

陈去非［陈与义，1090—1139］、徐师川［徐俯，1075—1141］、苏养直［苏庠，1065—1147］、吕居仁［吕本中，1084—1145］、韩子苍［韩驹，1080—1135］、朱希真［朱敦儒，1081—1159］、陈子高［陈克，1081—1137］、洪觉范［惠洪，1071—1128］，佳处亦各如其诗。王辅道［王寀，1078—1118］、履道［王安中，1075—1134］善作一种俊语，其失在轻浮，辅道夸捷敏，故或有不缜密。李汉老［李邴，1085—1146］富丽而韵平平。舒信道［舒亶］、李元膺，思致妍密，要是波澜小。谢无逸字字求工，不敢辄下一语，如刻削通草人，都无筋骨，要是力不足。然则独无逸乎？曰：类多有之，此最著者尔。宗室中，明发［赵士暕］、伯山［赵子崧］久从汝洛名士游，下笔有逸韵，虽未能一一尽奇，比国贤、圣褒则过之。

362

王逐客［王仲甫］才豪，其新丽处与轻狂处皆足惊人。[3]

---

〔3〕关于王仲甫的身份众说纷纭。叶灿和王兆鹏在《北宋词人王仲甫、王观事迹考辨》(http://www.literature.org.cn/Article.aspx?id=55309）中反驳了王仲甫是王观的说法。

沈公述［沈唐］、李景元［李甲］、孔方平［孔夷］、处度［孔榘］叔侄、晁次膺［晁端礼］、万俟雅言［万俟咏］，皆有佳句，就中雅言又绝出。然六人者，源流从柳氏来，病于无韵。雅言初自集分两体：曰雅词，曰侧艳[4]，目之曰《胜萱丽藻》。[5]后召试入官，以侧艳体无赖太甚，削去之。再编成集，分五体：曰应制、曰风月脂粉、曰雪月风花、曰脂粉才情、曰杂类，周美成目之曰《大声》。[6]次膺亦间作侧艳。田不伐［田为］才思与雅言抗行，不闻有侧艳。田中行极能写人意中事，杂以鄙俚，曲尽要妙，当在万俟雅言之右。然庄语辄不佳。尝执一扇，书句其上云："玉蝴蝶恋花心动。"语人曰："此联三曲名也，有能对者，吾下拜。"北里狭邪间横行者也。宗室温之次之。

长短句中，作滑稽无赖语，起于至和［1054—1056］。嘉祐［1056—1063］之前，犹未盛也。熙、丰［1068—1085］、元祐［1086—1094］间，兖州张山人以诙谐独步京师，时出一两解。泽州孔三传者，首创诸宫调古传，士大夫皆能诵之。[7]元

〔4〕 英语中没有一个很好的词能捕捉"侧"字的语气，所以我没有翻译这个字。在这语境下"侧"的意味是"不正"［not proper］，但译为"improper"太极端了。我很想译为"naughty"，这能捕捉到某些挑战道德礼节的意思，但又过于轻巧，避开了"improper"的含义。从下面的讨论会看出，对一些人来说"侧"的确就是"improper"。"Bawdy"也许是"侧艳"的一个好翻译，但这个词带有太明显的性意味。

〔5〕 这是万俟咏第一个词集的名称。我把"萱"翻译成"herb of oblivion"，这是一种让人忘忧的草。

〔6〕 据说周邦彦给万俟咏重编的词集取了这个名字。

〔7〕 这是最早提及诸宫调（串接了叙事散文与各个不同宫调的乐歌的一种流行叙事文体）的材料之一。

> 祐间，王齐叟彦龄，政和［1111—1118］间，曹组元宠皆能文，每出长短句，脍炙人口。彦龄以滑稽语噪河朔。组潦倒无成，作《红窗迥》及杂曲数百解，闻者绝倒，滑稽无赖之魁也。夤缘遭遇，官至防御使。同时有张衮臣者，组之流，亦供奉禁中，号曲子张观察。其后祖述者益众，嫚戏污贱，古所未有。组之子知合门事勋［1098—1174］，字公显，亦能文。尝以家集刻板，欲盖父之恶。近有旨下扬州，毁其板云。

365

即使对熟悉词的学者来说（关注这段研究不足的时期的专家除外），这也是一个令人头昏脑涨的名单。前段提及的词人都很著名；后面的词人则不那么出名，或者几乎无人知晓。我们面临的一个问题是：王灼认为值得谈论的人物中有很多要么全无作品流传，要么仅有很少的几首传世，而这仅有的几首词作很少与王灼赋予该词人的特质相称。要么是王灼不可信，但也有可能是他精准地呈现了所处时代的喜好，而他谴责的那些人都在后世的流传中静静陨落了。

我们无法一一探讨王灼单独提出来赞扬或指责的词人，不过我们很容易就可以把他们分成不同的类别。第一段中王灼写完了苏轼一脉的词人，讲述了一个众人与宗师渐行渐远的故事，其中包括那些风格不同于苏轼的门人，以最终堕入“滑稽语”作结。[8]

第二段中包括了张先和生于11世纪中期那一代的许多最重要的词人。他们不属于苏门，王灼也不想让他们与柳永有任何关联。这里显然可以看到周邦彦的声名鹊起。

---

〔8〕 请注意，这里的分段是为了行文方便才在翻译中加入的，并非原文的划分。

第三段是一个很长的名单，上面是更晚的词人（即生于11世纪晚期），他们的词都“如其诗”。这一段像一个杂物袋，特别着力贬斥了模仿《花间集》的词人谢无逸过于雕琢的风格。

366 下一段中，王灼以那些他认为代表了柳永遗韵的词人结束了分类。万俟咏先在元祐年间得名，后于徽宗朝入仕大晟府。他宣告了堕落的开始。接着是第五段，首先王灼将我们带入通俗文学，接着又回到精英曹组。曹组代表着徽宗朝的彻底堕落，在这一切的背后笼罩着北宋即将覆亡的阴影。这并非一段真正的“历史”，因为其中年代先后混淆不清，但王灼的分类排列方式却造成了一种历史的错觉。

我们在这里无法处理王灼提到的所有人物，但可以探讨其中几位，包括那些现在几乎无人问津的词人。让我们先从一位仍然拥有读者，却被扔在一张长长的名单中、没有任何特质描述的词人开始。

经典诗人：朱敦儒

朱敦儒是词“如”其诗的其中一位词人。有些吊诡的是，朱敦儒的诗几乎完全散佚（数量不多也不著名）。[9] 王灼认为朱敦儒的词与诗拥有相同的长处，很可能只是朱敦儒的词听起来的确很像诗。我们聚焦北宋，而宋人已经观察到朱敦儒在词坛的名声到南宋才出现。我们把朱敦儒纳入，原因是不少人认为他代表了

〔9〕 朱敦儒现存的诗作参见《全宋诗》，卷25，16879。

词从北宋到南宋的转折。在五四时期，他甚至成为“白话”词的倡导者。当时确实有真正的白话词人，但朱敦儒并非他们的一分子。[10]只不过那些词人并未代表五四批评家们想要的那种“白话”。

对于“本色词”的热爱者来说，朱敦儒实在太过扁平。苏轼作品中有一种诗意的奇特性［poetic strangeness］，使得他在词体中平实的遣词迥异于诗。相较而言，朱敦儒或许才真的可称得上“以诗为词”，这在他的慢词中尤其显著。他的短词最佳——这些作品的确听起来像词。下面这首《鹧鸪天》运用了一个熟悉的模式：上下两阕在“曾经”与“当下”间转换，但它有一种令人难忘的流畅。[11]

367

曾为梅花醉不归。佳人挽袖乞新词。
轻红遍写鸳鸯带，浓碧争斟翡翠卮。

人已老，事皆非。花前不饮泪沾衣。
如今但欲关门睡，一任梅花作雪飞。

审美者：谢逸

吴可是李之仪的好友，他把《花间集》奉为圭臬，致力模仿它的风格。他的词作一首都没有传下来。但正如王灼指出的，《花间集》代表了一种风格；而在他看来最能实践这种词风的是

---

〔10〕 饶宗颐：《词籍考》，香港大学出版社，1963，第120页。
〔11〕《全宋词》，第1091页；邓子勉校注：《樵歌》，上海古籍出版社，1998，第140页。

精于雕琢的谢逸。谢逸生于 1068 年前后，大概在 1112 年或 1113 年逝世。在科举失败之后，他离群索居，四十多岁就英年早逝。因而他的词作可以稳妥地系于 11、12 世纪之交。

谢逸的作品不仅只限于小令，而且大多数是《花间集》风格的小令，与温庭筠尤其相似。温庭筠笔下勾栏瓦肆中的挑逗性场面在他那个时代相当流行，但到了谢逸手上，这些场景就变成了自觉的节制。他想要重现温庭筠的风格，但使它更加精巧完备。其他词人偶尔也会尝试这样的风格，但这是谢逸独霸的空间。当他需要作应酬之词时，他只从自己的词作世界跨出一小步，而且还会感到很不自在。

虞美人[12]

角声吹散梅梢雪。疏影黄昏月。落英点点拂阑干。
风送清香满院、作轻寒。

花瓷羯鼓催行酒。红袖掺掺手。曲声未彻宝杯空。
饮罢香熏翠被、锦屏中。

踏莎行[13]

柳絮风轻，梨花雨细。春阴院落帘垂地。

---

〔12〕《全宋词》，第 832 页。
〔13〕《全宋词》，第 829 页。

碧溪影里小桥横，青帘市上孤烟起。

镜约关情[14]，琴心破睡。轻寒漠漠侵鸳被。 369
酒醒霞散脸边红，梦回山蹙眉间翠。

两首词都是一阕写“外”，接着一阕写“内”，两阕间的关系保持开放。《踏莎行》的第二阕写人从梦中醒来，使人不太确定第一阕所写是否为她梦中所见。

宫廷宠儿与“词圣”：万俟咏

万俟咏在元祐年间就为人所知。但他科举不第便隐居山林，自号“词隐”。徽宗时期他被召回朝廷，并获授官，是少数几位有词作在大晟府留存的词人之一。据说周邦彦曾为他的词集作序。词选家黄升称他为“词圣”，并引用黄庭坚的话说他是“一 370 代词人”。万俟咏在他的时代显然声名卓著，但他原有五卷的词集至今仅有27首或29首流传下来。

我们从传世词作中很难看出王灼描述的那个万俟咏——或者更恰当地说，从现存词作中，我们仅能看到王灼笔下那个万俟咏的一小部分。想想那些词集未能独立留存的词人，他们全都面临这样的问题。如果这些词人留下了关于花草树木和节日的过高

---

〔14〕 指夫妻分别时定下的约定。

比例的词作，原因很简单——材料来源。黄大舆的《梅苑》为我们提供了如此多的梅花词，以至于这看起来是北宋词人普遍痴迷的话题，而它恐怕不过是黄大舆作为词选编纂者的个人喜好。当然，那时的确有很多关于季节和假日的作品，但我们要考虑到陈元靓编于13世纪的《岁时广记》也是辑录宋词词作的一个主要文献来源。同样，词人的确经常写花草，但不像我们在那些词集未能传世的词人身上看到的那样频繁。我们需要注意南宋的《群芳备祖》是一部更为重要的文献，保存了许多不见于他书的词作。不过，文献选录的对立面引发了更加严重的扭曲问题：在南宋道学逐渐严苛的文化背景下，那些轻浮或“侧艳”的作品留存机会很低。万俟咏很幸运，有12首词保存在黄升的《唐宋诸贤绝妙词选》中。这些作品不一定是写花与节日的，但也没有什么淫词艳语。

我们或许殷切地希望能见到万俟咏那些让昔人震惊的“侧艳”之词，或是那些让他成为“词圣”的作品（与之并肩的正是“诗圣”杜甫）。但我必须挑战一下读者的耐心，来简略考察一下他的应制词。我们不能肯定这些是不是他在大晟府时的奉命之作。下面一首调寄《三台》，词牌下有小注：“清明应制”。[15]

371

见梨花初带夜月，海棠半含朝雨。

内苑春、不禁过青门[16]，御沟涨、潜通南浦。

东风静、细柳垂金缕。

[15]《全宋词》，第1047页。

[16] 都城的东门。

望凤阙[17]、非烟非雾。[18]
好时代、朝野多欢，遍九陌、太平箫鼓。

乍莺儿百啭断续，燕子飞来飞去。
近绿水、台榭映秋千，斗草聚、双双游女。
饧香更、酒冷踏青路。
会暗识、夭桃朱户。
向晚骤、宝马雕鞍，醉襟惹、乱花飞絮。[19]

正轻寒轻暖漏永，半阴半晴云暮。
禁火天[20]、已是试新妆，岁华到、三分佳处。[21]
清明看、汉宫传蜡炬。[22]
散翠烟、飞入槐府。[23]
敛兵卫、阊阖门开，住传宣、又还休务。

万俟咏在这里歌咏徽宗的一次清明出游，从拂晓写到晚间，有序地谈及所有必须触及的话题。这首词构造精巧、专业并且完全地去个人化。 372

[17] 宫廷的入口。
[18] 祥瑞之气。
[19] 清明节也叫“踏青节”；“踏青”指清明节后的出游。
[20] 农历三月清明节的前几天是禁火的寒食节。
[21] 指春季的第三个月，也就是农历三月。
[22] 禁火结束后，宫中会将点燃的蜡烛从朝廷送到官员家中。这一做法因8世纪晚期诗人韩翃的绝句而闻名，这首绝句的最后一联是：“日暮汉宫传蜡烛，轻烟散入五侯家。”见《全唐诗》，12817。
[23] “槐府”指朝中重臣的宅邸。

除了篇幅较长、风格较鲜明的慢词之外，万俟咏流传下来的作品还包括一些轻巧的小令，比如下面这首《昭君怨》[24]：

春到南楼雪尽。惊动灯期花信。
小雨一番寒。倚阑干。

莫把阑干倚。一望几重烟水。
何处是京华。暮云遮。

373 我们面临着一个令人震惊的谜题：这是一位高产的词人，他的词作被同代人称赞，但有时也让他们感到惊异。他获得“一代词人”“词圣”的美誉；这意味着一种根本不可能从传世文献中重现的极高地位。虽然王灼并不赞同万俟咏，但仍然用了相当篇幅讨论他。然而，即使这位词人的风格丰富多样，此种写作能力也已从传世记录中完全消失，除了几首不知怎么幸存下来的平淡之作。

宋词的逆子（以他最好的表现示人）：曹组

12 世纪中期的时代风气之下，人们往往急于表达震惊和道德愤慨。我强烈地怀疑那些被认为是冒犯和不敬的作品其实没什么

〔24〕《全宋词》，第 1049 页。

大不了，但我们也看到王灼对曹组的反应特别激烈。曹组六次落榜，最后在1121年因徽宗恩赐而获得相当于进士的身份。不幸的是，我们无法验证王灼的判断，因为到目前为止曹组传世的词作绝大部分收录于曾慥《乐府雅词》（共31首词），其中显然排除了冒犯到王灼的那些作品。

虽然《乐府雅词》宣称要排除那些“谐谑”之作，但看起来曾慥偶有遗漏，这给我们留下了追寻缺席之作的零星线索。比如下面这首写元宵节的《醉花阴》[25]：

374

> 九陌寒轻春尚早。灯火都门道。
> 月下步莲人，薄薄香罗，峭窄春衫小。
>
> 梅妆浅淡风蛾袅。随路听嬉笑。
> 无限面皮儿，虽则不同，各是一般好。

我怀疑这首词能通过曾慥的内部筛查是因为最后一句可以单纯地读为“所有人都很美”。也许，这的确是对结束句语气的正确解读。不过，元宵之夜有寻找床第之伴的传统，且曹组在篇末转用非常直白的白话，这两者都把人引向一种更诙谐的解读：主人公口是心非，他其实是在意和谁在一起的，这样末句就可能译为：“她们中的任何一个都行”［any one of them will do］。早先所引的周邦彦的元宵词很明显是一首“雅词”；而对于这首词，我们可

〔25〕《全宋词》，第1041页。诸葛忆兵也在寻找同样的作品；毫无疑问，他也注意到了这首词。

以玩味另一种可能性：它是一首诙谐不敬的“侧艳”之词。

如果从曾慥的编选中无法看到王灼所见的曹组的话，我们可以从反面来看是什么力量导致了曹组的亵渎不敬。当时，词正变得循规蹈矩，内容也变得太易于预测——读者不禁会问：“我怕是在哪儿已经读过这首词了？”例如，曹组有一首迷人的词《渔家傲》[26]：

> 水上落红时片片。江头雪絮飞缭乱。渺渺碧波天漾远。平沙暖。花风一阵蘋香满。
>
> 晚来醉着无人唤。残阳已在青山半。睡觉只疑花改岸。抬头看。元来弱缆风吹断。

375 第一阕几乎毫无特色。第二阕的魅力在于看着词人醉后入眠，醒来发现江水已把船带到别处。然而，无论其设置如何不同，这首词都只是重写了欧阳修同一词牌的著名作品《渔家傲》。[27]我们在其他地方看到平凡的诗句被转化为词中精彩的一句，此处我们则见证了词中一个美好时刻的“转化”——不过这是借了比它更出色的先例的魅力。

我们还可以讨论更为著名的叶梦得（1077—1148）。他得了东坡的十之“六七”（也就是肯定了他未得的三分之一是苏轼的

〔26〕《全宋词》，第1040页。

〔27〕 见本书第五章《小令词集（下）》中“欧阳修及其词集”一节。

天才），但王灼想表达的观点很清楚：词看来走到了死路。王灼对生于11世纪中期以后的那些词人仅有很少的称赞。他的伦理评判与审美评判紧紧相连。在这两种判断被迫分离之处——王灼无法将二者调和的地方，我们找到一位重要词人：李清照。

李清照[28]

在本章的语境下，我们要重新衡量王灼对李清照的评价，并尝试将其放入当时的语境，关注李清照传世的作品如何为特定的保存途径所塑造。我们不知道她更完整的词集面貌如何。王灼谴责她个人及作品的伦理品德，这与曹组的情况完全平行。两个词人都因他们的词作而被批评，但他们传世的作品主要都依赖于曾慥《乐府雅词》中的选择，偏偏这本词选又排除了二人被指责的那类词作。我们永远无法看到那个“侧艳的”李清照——如果她确实有那样一面。

376

然而，王灼在处理李清照和与她同代的其他词人时有一个重大差异：他对李清照的称赞仅有他对苏轼的赞誉可以比肩。我们很容易就可以从王灼写李清照的一则材料中摘出一段来表明他痛恨她的作品；但我们也可以摘录出另一部分来表明他认为李清照——和苏轼——是所有词人中最伟大的。这些相反的评价并肩

〔28〕 面对着艾朗诺最近关于李清照的近四百页、一丝不苟的巨著，我在本书中无法再多说什么。读者可以阅读艾朗诺之作。关于李清照的确研究颇丰，我在这里会试着处理一些较少涉及的话题。

而存。可惜的是，我们无法读到王灼所知的李清照词作；我们仅能读到曾慥“删节”后的词集以及散见于早期文献中的其他一些词作。我们能看到朱敦儒写了一首与李清照唱和的词作，但李清照的原词已佚；我们仅能透过朱敦儒那首以自己的风格化金为铅的和词依稀感受到原作的面貌。[29]此外，李清照是一个磁铁式的人物，她的词集吸引了越来越多的可疑作品，而她的词集篇幅也因此越来越长。

李清照给我们留下了关于她生活的片段记述，但比我们所见宋代的任何书写都更为私密。这一点再加上中国读者长期存在的将词与词人生平简单关联的冲动，导致了对李清照词作的传记式阅读和系年。这不是一项有用的工作。李清照正是那个告诉我们词**不是**诗的人。而且，与同时代声名卓著的叶梦得不同，李清照的词通常没有记录场合的副题[30]，而叶梦得则把每个平平无奇的场合都记录下来。副题的省略正是我们一直以来称为“本色词”的最重要标志之一。[31]

377 杜甫被称为“集大成者”，大致可以译为“the one who brought it all together”[那个把所有东西聚合起来的人]，而且我们必须补充一点：杜甫在集大成的诗作中留下了个人的印记。有人也会用“集大成”的称号来描述周邦彦，不过周邦彦不一定能背负得起。李清照恰恰值得这个名号。人们能从她的所有作品中看到词的过去，但这需要经过训练——因为她所有作品看起来都是独一无二

〔29〕《樵歌》，第 116 页。

〔30〕 场景副题的缺席可能只是由于《乐府雅词》倾向于删除所有或部分记录场合的副题，我们可以在其他地方看到有的副题保留得更完整。

〔31〕 这在 12 世纪中叶就变了。

的李清照的手笔。她拥有一种天赋，代表了词最光明的前途：为韵文赋予一种声音。

李清照的传记让王灼感到很困惑，包括她的再嫁以及之后她自己提出的离婚。王灼因她的词作而特别困扰，而由于那些作品的大量遗失，目前我们已无法充分推测其面貌。王灼的判断代表了那个时代的共识，不过他无法否认李清照的天才。[32]

> 易安居士，京东路提刑李格非文叔之女，建康守赵明诚德甫之妻。自少年便有诗名，才力华赡，逼近前辈，在士大夫中已不多得，若本朝妇人，当推词采第一。赵死，再嫁某氏，讼而离之，晚节流荡无归。[33]
>
> 作长短句能曲折尽人意，轻巧尖新，姿态百出，闾巷荒淫之语，肆意落笔，自古搢绅之家能文妇女，未见如此无顾忌也。
>
> 陈后主游宴，使女学士狎客赋诗相赠答，采其尤艳丽者被以新声，不过“璧月夜夜满，琼树朝朝新”等语。李戡尝痛元白诗纤艳不逞，非庄士雅人，多为其破坏，流于民间，子父女母，交口教授，淫言媟语，冬寒夏热，入人肌骨，不可除去。二公集尚存，可考也。元与白书，自谓近世妇人，晕淡眉目，绾约头鬓，衣服修广之度，及匹配色泽，尤剧怪艳，因为艳诗百余首。今集中不载。元《会真诗》，白《梦游春诗》，所谓纤艳不逞，淫言媟语，止此耳。温飞卿号多

---

〔32〕《碧鸡漫志校正》，第41页。关于这段话更深入的讨论，参见Egan 2013，pp. 58-63。

〔33〕此句意义有含混之处，有可能是指她行为放浪无忌。

作侧辞艳曲，其甚者：“合欢桃核终堪恨，里许元来别有人”[34]，“玲珑骰子安红豆，入骨相思知不知”[35]。亦止此耳。今之士大夫学曹组诸人鄙秽歌词，则为艳丽如陈之女学士狎客，为纤艳不逞淫言媟语如元白，为侧词艳曲如温飞卿，皆不敢也。其风至闺房妇女，夸张笔墨，无所羞畏，殆不可使李戡见也。

379 我引用了全篇文字，这样就能清楚地看出王灼想要表明他并非过度迂腐，而且他相信自己有理由宣称当时有一种“空前”的风格，李清照很明显包括在其中。王灼告诉我们：此种风格的先行者的确已被某些更早的诗人丑化了，但他们的越界无足轻重，可以一笑置之。这里隐含的观点是：李清照天才横溢，却越过了一条界线，令早期那些背有不端污名的诗词显得微不足道。无论王灼是读到什么才做出这样的评判，我们在现存的李清照词中都找不到相关作品了。王灼通过驳斥更早的对淫言媟语的评价来立论，这表明当时有一种未能在时间长河中幸存的词作。

李清照词的保存情况与曹组非常相似。她在《梅苑》中有5首词，而写梅花时很难会有淫言媟语。她作品中最大的一批是收在《乐府雅词》中的23首词，而此书排除了她的侧艳之作。还有两首来自《全芳备祖》、一首出自《唐宋诸贤绝妙词选》、一首出自《阳春白雪》、两首出自《类编草堂诗余》。这些以外的文献时代都更晚。而我们现在能看到许多文献征引李清照的佚作，这

〔34〕 这里以“人”（他人）与“仁”（桃核硬壳里面的软仁）的双关为戏。

〔35〕 骰子通常是由骨头制成，上面用红点标记数字。“红豆”是一种植物，即“相思子”。

告诉我们她原来的词集要比今天多出相当一部分，并且毫无疑问王灼曾接触到这个集子的某个版本。李清照也有诽谤者，“恶意托名”是明显可能的。[36]但更恰当的结论是李清照的确曾写过低俗之词；如果王灼的推测正确，那是她晚年的作品。她也许写的数量不多，但她可能写过——我们永远无从得知。可以知道的是：我们面对的是李清照词作被扭曲后的模样，是受其文献来源的特定限制形塑而成的面貌。 380

她是否写过徽宗时期流行风格的词并不重要（很多批评这种风格的术语都与王灼的批判相照应）。即使是王灼也不能否认她的天赋。下面这首《南歌子》是曾慥所选的第一首词。[37]

> 天上星河转，人间帘幕垂。凉生枕簟泪痕滋。
> 起解罗衣、聊问夜何其。
>
> 翠贴莲蓬小，金销藕叶稀。旧时天气旧时衣。
> 只有情怀、不似旧家时。

李清照的读者大多更喜欢用第一人称来翻译她的作品。李清照的本意如何我们无从得知。读者的这种偏好证明了李清照驾驭词体艺术的造诣：她诉说平常，在其中加入新颖的细节，使她的词作听起来极为个人化；她笔下的平常看起来就像从那个时刻自

---

〔36〕 和欧阳修比起来，此种情况更有可能发生在李清照身上。因为此时“恶意托名”已经是时论的一个话题。

〔37〕 王仲闻校注：《李清照集校注》，人民文学出版社，2000，第 3 页。参见 Egan 2013，p. 345。

然生发的。写词时用“情怀不似旧家时”来收束全篇是一种常规做法，但此处的遣词造境使得这种感情鲜活起来。

李清照开篇就设置了天上与凡间的对立，帘幕分开了内与外，而且这一编织物的形象在第二阕继续发展。天体的运动标志着凡间时间的流逝，虽然在天界什么都没变。寒冷宣告了从夏到秋的流转。这凉意首先是从泪痕的湿意中感受到——又是一个内外分隔的标志，一种除此之外无法言喻的悲伤。词人对悲伤的缘由保持缄默；在接下来她对样貌与言语的照实描绘中，这种缄默让悲伤变得更加强烈。

381

她察觉秋的降临，知道自己应当将夏天的轻纱换为温暖的秋衣了。我们不知道她运用《诗经》习语所“聊”问的问题是指向侍女或是无特定对象。她必须掀开帘子走出去，才能看到天空，才能知道“夜何其”——但这首词拒绝直接吐露任何事物。

秋衣是以莲花式样的贴花点缀的——莲花凋零，莲叶也在秋天败落。这贴花似乎在抗拒季候变化，但衣服已旧，镀边的叶子已显得斑驳破损。它们不是永恒之物，却映射着外面的世界。秋天和她的秋衣是熟悉且周而复始的——虽然她告诉我们衣物确实已显出时间的印痕。这让她得以重设惯有的小令结尾，不过这经过巧思的末尾看上去如同她想到天气与衣物相似一般，好像只是不经意地浮现于脑中。她没有告诉我们那“情怀”是什么——正如她没有解释泪痕。她仅仅说了情怀“不似”什么，而这“不似”总带着“不及”的意味。

这是一首简单的词，但当我们拿此词与李清照的同代人相比时，我们会发现再找不出比这更好的例子来说明她的词写得多么完美，而且我们也能从中看出词是一种要求多么严苛的文体。

李清照词极为多样化（我们需要考虑到文献来源的原因，有比例过高的关于梅花和植物的词作留存）。其中有一些是在词坛的其他任何地方都找不到的，正如下面这首写梦的《渔家傲》[38]：

天接云涛连晓雾，星河欲转千帆舞。
仿佛梦魂归帝所，闻天语，殷勤问我归何处。

我报路长嗟日暮，学诗谩有惊人句。
九万里风鹏正举，风休住，蓬舟吹取三山去。

我们很难从这首词中找到一个固有形象，所以不得不翻译为第一人称的口吻。此词开篇描写了一片广阔水域之上的黎明——无论这片汪洋是大海还是长江。随着暮色来临，这黎明的景象为她设定了一条“路径”；千帆带着她的小船，她高飞至天帝的住所，天帝殷勤地询问她的去向。天帝通常不这么做——不过这是在梦中。

382

她用了一系列典故来回答天帝。虽然很多评论家都没有提到，但她的第一个回答毫无疑问地让人想起复仇者伍子胥。伍子胥在将杀父仇人楚王鞭尸之后，受到旧友申包胥的斥责。申包胥说他的复仇做得太过，已经到了违背天道（正途）的程度。伍子胥的回应是：“吾日暮途远。”[39]李清照的回答重述了此语，只是将“途”换为同义而更常用的“路”。伍子胥那充满回响的语句总是承载着后面的部分——所有读者都知道，那是伍子胥要“道

〔38〕《全宋词》，第 1202 页；《李清照集校注》，第 6 页。参见 Egan 2013，pp. 49-51。
〔39〕 司马迁：《史记》，中华书局，1959，第 2176—2177 页。

行而逆施之"。这句话在通行注释中被解释为要实现他的"志"。如果一个人抱有伍子胥那样的决绝，将会从一个残暴的目标走向下一个，也就是李清照化用杜甫的著名诗句："语不惊人死不休"。[40]接着，此词转移到《庄子》开篇关于大鹏的寓言：此鸟之大超出人们的想象，其翼遮天蔽日，依着升腾九万里的风，将它从北海载至南溟。接着这一宏大的维度突然缩小，聚焦到她的小舟，她让风将其吹送至蓬莱仙岛。

383

艾朗诺强调李清照对于自己空有"惊人"之句的沮丧。我想指出，杜甫在他最后的诗中也化身为大鹏，写自己正要前往南溟。这或许会对我们思考此事有所帮助。李清照加入了"正"举。艾朗诺说得很对：没有其他任何一首词能与之比肩。

到12世纪有一种词风被称作"易安体"（因李清照号易安居士而得名）。我们找到数个模仿这种词风的例子。从这些仿作及李清照现存的作品来看，这些是混有白话词汇的"雅词"。11世纪晚期和12世纪最初期的早期白话词在语体上要低俗得多，但主要用于情人的独白。较"雅"的长调有时在结尾使用白话语汇，通常是为了表达雅词词体中无法容纳的激切感情。[41]在通常会用"雅词"书写的主题下（至少在她现存的词作中），李清照几乎可以毫无痕迹地出入白话。最好的例子之一是她的《念奴娇》[42]：

萧条庭院，又斜风细雨，重门须闭。

---

〔40〕《全唐诗》，11167。

〔41〕例如周邦彦《风流子》的结尾，见第十二章《周邦彦》，第327—328页。

〔42〕《全宋词》，第1208页；《李清照集校注》，第49页。虽然这首词收在几部早期词集中，却并未收入规模最大的词选《乐府雅词》。这大概是因为词中使用了白话。

宠柳娇花寒食近，种种恼人天气。
险韵诗成，扶头酒醒，别是闲滋味。
征鸿过尽，万千心事难寄。

楼上几日春寒，帘垂四面，玉阑干慵倚。
被冷香消新梦觉，不许愁人不起。
清露晨流，新桐初引，多少游春意。
日高烟敛，更看今日晴未。

传世的两首仿“易安体”的词（其中一首的作者不是别人，正是辛弃疾）忠实地加入了白话词汇，但并没有像李清照那样使传统闺中的无聊场面变得自然而生动。我们从来没有在其他地方见过“不许愁人不起”这种针对冷被子的俏皮烦恼。此词在充满期待地观察当日天气处达到高潮。

384

如果能够穿透徽宗朝及南宋初期留存下来的平庸词作的泥淖——包括越来越多的“生日”词，我们便能看到一个更加生机勃勃的时代的光华与遗迹。在李清照留下来的词作中我们大概看到了其间的最高水平。再过几十年，当词的活力在12世纪下半叶回归时，这种文体已经成为文学，不再只是一首歌了。

385

以续为结

到这里，我希望在前文中已经清晰地呈现了一种表演实践如何转变为一种精英文学体裁。直至南宋末年，词都还在持续地蓬勃发展和变化。到了元代，词就成了精英文学的库存，活力渐失。如同其他更悠久的经典文体一般，后来的词人总会回到这段历史，从中汲取资源，并延展新的方向。的确，从16世纪开始，词成为最成功的经典文体之一，并一直延续至20世纪。

然而，从这一演变中还发展出另外一段故事，而且它的影响相当深远。在12世纪初，我们看到这个故事完整地浮现出来："雅词"与俗体［vernacular］或语体混杂的词出现了分裂——后者通常与机巧和俏皮的艳情［eroticism］相关联。我们看到在11世纪晚期的词集中收录了以爱人的口吻书写的俗体词，比如黄庭坚的词集，这样的词更可能发人一笑而非引发爱欲。从欧阳修词集的分裂，以及《近体乐府》假设欧阳修的某些词是他人所作、假设这些词被恶意地归属到他的名下因而删去这些作品的例子中，我们也可以看到这段故事。我们还可以在柳永的词集中看到相同的故事：柳词在宫廷与勾栏瓦肆之间流传，并继续传至各个地方州府。这种雅俗的混合有可能与歌妓的常备曲库有关——她

386 们需要各种各样的词来应对不同的观众，配合不同的宴会氛围或

听众的酒醉程度。[1]

除了戏谑以及狎亵歌曲之外，我们还要加上文字游戏的词作，例如王灼所引田中行自诩曾把三个词牌名合为一个七言句。元散曲的读者会对这一变体非常熟悉。有一些散曲家更喜散曲版的“雅词”，但很多散曲家作品种类丰富，不但会创作“雅词”以至于狎亵之作，还经常填写语言游戏的曲子。

我们有零星的南宋词的例子表明，当时词人在“雅词”之外仍继续书写其他体式的词。不过，在文献记录中，雅词或苏轼一派的词作占了绝对的多数。也就是说，随着词逐渐成为一种合法的文学体裁，它与其他歌曲之间划出了一条严苛的边界——一种文体上的“阶级区分”。这一边界警备森严。入侵者会被指认——比如曾慥藏书中的一些词和欧阳修词集的一部分，并予以驱逐。柳永身败名裂，他的词被斥为“野狐涎”。当曹组的孝子想要刊行父亲的文集时，皇帝下令将其印版销毁。这是一套严酷的制度。

然而酒馆和高级妓院一直到南宋还很普遍。要是说那些“文化卫道士”很少造访这些场所、没有享受过他们在公开场合批评的那些淫词艳曲，我将大感惊讶。那个版本的歌曲文化最终将在一种新的文学中重新浮现。这种文学为其歌曲、戏剧和故事中的低俗而自豪。其中一位反主流文化的英雄正是“柳三变”——柳永。

---

〔1〕 参见附录“‘雅’及其对立概念”。

附录

冯延巳手稿

这里我们必须讨论一下文献流传杂乱情况的一个案例——冯延巳手稿的问题。许多关系重大的议题都牵系于此。我们有两条不同材料宣称曾在早期见过冯延巳的完整词集。这些记载很可能都在响应陈世修关于冯延巳词集已佚的观点。其中最详尽的一则归在崔公度名下。崔公度是王安石政府的重要成员。据说他在元丰年间（1078—1085）曾为冯延巳集写过题跋。[1]12世纪晚期此事曾被两次提及，到了13世纪还有一则相关的记载。但它们引述此事的方式却有显著差异。罗泌在为《近体乐府》题跋时，提到崔公度跋见于1175年刊的《新安志》。这是现存少有的几部传自宋代的方志之一。罗泌还提到了已经散佚的《桐汭志》。

《新安志》中是这样记载的[2]：

> 冯相国乐府号《阳春录》者，冯氏子孙泗州推官璪，尝以示晏元献公，公以为真赏。至元丰中，高邮崔公度伯易

〔1〕 崔公度在《宋史》中有传，见《宋史》第353卷。他的文章见《全宋文》，第1653卷，第76册，第1页。

〔2〕 王兆鹏2004，第91页。《宋元方志丛刊》，中华书局，1990，第8册，第7764页。

388 跋，以为李氏既有江左，文物甲天下。而冯公才华风流，又为江左第一。其家所藏集乃光禄公手钞，最为详确。而《尊前》《花间》诸集中往往谬其姓氏。近时所锓欧阳永叔词，亦多有之。皆传失其真本也。崔公云。

罗泌写道[3]：

元丰中崔公度跋冯延巳《阳春录》，谓皆延巳亲笔。其间有误入六一词者，近世《桐汭志》《新安志》亦记其事。今观延巳之词，往往自与唐《花间集》《尊前集》相混。

陈振孙的记载[4]：

高邮崔公度伯易题其后，称其家所藏最为详确。而《尊前》《花间》诸集往往谬其姓氏。近传欧阳永叔词亦多有之。皆失其真也。

389 这部冯延巳手稿应该藏于冯家。晏殊在陈世修写序之前应当鉴赏过这个抄本。然而，崔公度指出的问题与我们在陈世修本中所见的相同；如果罗泌和陈振孙看到了源自家藏本的某个版本，那它就与陈世修本的篇幅大致相同；陈振孙仅仅指出两本中的一处差异。如果冯家的确持有一部冯延巳的手抄本，那就不可能像

〔3〕 吴昌绶，第42页。
〔4〕 陈振孙，第65页。

陈世修所说的存在一部比现存“十无一二”的本子更完备的“旧帙”。那样的话，陈世修那个几乎相同的版本就会是伪作。

假设当时真的有一个冯延巳亲笔的抄本，要让这个说法成立，所有系于多位作者名下的词作都必须出自冯延巳的手笔。对于冯集中有相当比重的词作见于其他词集，崔公度给出了一个显然有些荒唐的解释：他断言其他所有人——包括《花间集》的编者——都把作者名字弄错了。《新安志》的记载中尤为棘手的地方还在于它提到元丰年间欧阳修词的刻本。这比再下一次有文献提及词集的印行早出约七十年。假如说有人为了利用欧阳修那些香艳事迹的流言蜚语而发行这样的集子，也不是完全不可能。但在围绕欧阳修丰富的逸闻中，12 世纪中期以前没有任何一则材料提到过他的词集，更不用说一部印本。不过，《新安志》的最后还有一句：“崔公云”。

罗泌的版本更加可靠。他标明了崔公度和自己观点的时间差（在提及方志载有崔公度跋之后，他标上了“今观”），而他的说法部分重复了《新安志》中很清楚标明是崔公度所做的评论。

《新安志》这则记载表面上是引用元丰年间的一则题跋，但其中包含着相当数量的“第一”。这是我第一次见到一个家族宣称拥有一部词集的权威版本；这是最早的关于词集的题跋；这是我记忆所及宋代第一次提到《花间集》；这当然是第一次谈到《尊前集》；这是最早提到词集印本的材料；最后还有很重要的一点，这是第一次谈及词归属于多位作者名下的问题——这个问题在 12 世纪中期以后受到南宋学者的很大关注。

390

当我们在一则简短的文献材料中看到如此多的“第一”时，它要么是一则价值尚未得到充分认识的宝贵证据，要么就是后来的伪造，其中多处的时序倒错暴露了伪造的痕迹。

谈到伪造的议题，我们就应当考虑可能的动机。在这个例子中，动机再明显不过。陈世修的序对冯家构成了极为令人尴尬的冒犯：冯延巳外系亲戚的后裔竟然有人在**他**家编辑、保存了一位非常卓越的冯氏先人的著作。冯家挽回声誉的唯一办法就是拥有“原”本。他们很可能造了一部集子，然后宣称是冯延巳亲笔。晏殊对冯延巳词的欣赏广为人知，这里却被移花接木为他对冯家手稿的欣赏（这必定是第一次有人表现出对词作**手稿**的欣赏）。崔公度那则充满时序倒错的跋，很可能是写来证明这个冯家藏本确实存在，并将此集的混乱状况搪塞过去。

在这样的语境下读罗泌的版本就非常有趣了。罗泌是一位重要的学者，他看起来在“修补”“崔公度”文本中那些有问题的提法。他用“谓”来为引述的观点和自己的看法之间制造距离。陈振孙在谈到崔公度的说法时也用了一个拉开距离的动词“称”。罗泌重复了抄本是冯延巳亲笔的提法，但没说藏在冯家。他没有提到欧阳修词集在1080年左右的印本（罗泌自己正在准备一个欧阳修词集的版本，应当所知更详）。而且他还在描述冯集与《花间集》《尊前集》重出的词作时用了“今观”——把观点拉回他所处的12世纪晚期。很明显他不相信崔公度关于《花间集》中作者归属有误的说法。

391

时序倒错的危险之处在于，我们一旦误信了某事件发生的时间，它就会进入一系列环环相扣的论证。在这里，这种错乱为《尊前集》的存在构建了一个日期。白润德［Daniel Bryant］在中文和日文研究的基础上将《尊前集》系于1040年到1080年。[5]

---

〔5〕 Bryant 1994, p. 303.

这是基于王仲闻在《南唐二主词校订》中为该集所作的系年，而王著又是基于陈振孙的版本以及罗泌给出的年号。我们现今看到来自《百家词》的文本只有陈序但无崔跋。而且，陈振孙指出了他所见的版本并没有以“风乍起”开头的词作，但是，这首词在《百家词》本中却可以找到。

392

词的流转

下面这首《菩萨蛮》因收在《南唐二主词》中李煜名下而为人所知[1]：

> 花明月暗笼轻雾。今宵好向郎边去。
> 刬袜步香阶。手提金缕鞋。
>
> 画堂南畔见。一向偎人颤。
> 奴为出来难。教君恣意怜。

李煜如此受人们喜爱，而他在《南唐二主词》中的词又是如此之少，以至于编者特别抗拒把任何一首词牺牲给其他可能的作者——尤其是杜安世那样的无名词人。《南唐二主词》标明词作出自《尊前集》，虽然我们完全不清楚《尊前集》中的文本来自何时何地。和杜安世集一样，现存《尊前集》最早的版本就来自《百家词》。

393

在《全宋词》中，唐圭璋让出了李煜的著作权，且根本没有

〔1〕 曾昭岷：《全唐五代词》（二卷），中华书局，1999，第754页。

收录此词，但它的确收在《百家词》本的杜安世词集之中。

下面是《百家词》中杜安世集的文本。我用下划线标出了它与“李煜”版的差异：

> 花明月暗朦胧露。此时欲往郎边去。
> 划袜下香阶。手携金缕鞋。
>
> 药阑东畔见。执手偎人颤。
> 奴为出来难。从君恣意怜。

虽然在一首44字的词中有15字的异文（超过三分之一），但我们都能认出这是“同一首”词。[2]我并不关注这个文本是李煜或是杜安世所作——我怀疑都不是，它不过是常备曲库中一首来源不明的幽会词，每一次使用都会有所改易。

然而，这就是传世歌曲中会发生的文本“流转”——它与晏几道看到自己的词作从歌儿酒使处拾掇回来时反映的那种“流转”相同。在那些归属于多位小令词人的词作中，我们也看到很多异文，但这里真正有趣之处在于，它们的歧异鲜有达到如此程度的（三分之一强）。

在这里我们必须考虑一下关于杜安世仅有的零星信息。我们知道他曾在四川停留，也到过岭南，但我们没有看到他在汴京的记载。所以，我们可以将这理解为一首词的文本向偏远的州府流传时衍生的“流转”。

---

〔2〕 第一句中的“露”明显是李煜版中“雾”的误字。

这便引出一个与之相应的结论——无论从一般历史知识看来这有多么明显：11世纪中期冯延巳、晏殊、欧阳修等人活跃的场所，仅仅代表了汴京一个非常狭小且封闭的精英群体。其中即使词作的归属迥异，但文本发生“流转”的距离却相对较小。

“雅”及其对立概念

394

万俟咏把他的词集分为“雅词”和“侧艳”。这是一组意义在持续变化的对立概念：“雅词”是一个稳定的术语，围绕它有一系列相关的反义词。曾慥在其《乐府雅词》序中排除了涉及“谐谑”的词作。王灼用了其他术语来表述谐趣和幽默。“雅词”的对立面还有第三个层面：语体［register of language］——即使人们很少使用“雅”的标准反义词“俗”。李清照特别举出柳永的措辞，认为他词语“尘下”（可粗略译为 base）。词人可以“谐谑”，或者可以使用尘下的语句而不落“侧艳”，但以上三个方面通常是交织在一起的。如果一首词以“雅”的方式写及情爱，那么人们就会用“侧艳”以外的术语来描述它。

我们一直在谈论 12 世纪的评论。当我们回到 11 世纪晚期，会在很多词集中找到零星的既通俗又香艳的词作。我们会注意到它们通常不使用通行的词牌名。让我们回忆一下批评家质疑欧阳修《醉翁琴趣外篇》中一些“惹人遐思”的篇目时举出的原因：1. 内容冶艳，2. 用语，3. 所用词牌名不见于《近体乐府》。然而，这些词作本身看起来与整个词集是协调一致的。

我们可能会注意到，在 12 世纪的进程中，文人群体有一种越来越强的倾向：清除所有不属于“雅词”的词作。在王灼那

395

里，我们读到万俟咏删去了他的“侧艳”之作。还有一些词总集直接把自己的立场写在标题之中，比如《乐府雅词》《复雅歌词》。在这一语境下，罗泌对于欧阳修词作的清理不过是此持续过程中的一个片段。这个过程给我们留下了一个扭曲的词坛形象——尤其是12世纪早期的词坛。当代的学者在寻找作为删词标准的艳情内容或措辞时，还可以考虑另一个可能的排除基础——词牌名的含义。

我们来做一个假设：词的这种混杂状况可能源自歌者的常用曲库。如果男性观众喝得烂醉，他们很可能是听了为顺应宴会气氛而选的更具“活力”的词作及相应的乐曲。这就为晏殊的故事带来了新的视角。他举办宴席，让众人伴着歌唱表演饮酒作乐，随后又撤去歌妓，好让君子们作诗。撤去歌妓可能才是这则逸闻的趣味所在。如果宴会继续，客人们将会醉得更厉害。歌妓和乐人们定能察觉气氛的改变，知道该是时候转变歌的语体、主题和音乐了。

参考书目

396

文献来源

本书的读者可能已经看到，北宋词的文献来源存在很多不确定性。大多数情况下，最主要的问题有二：一是一个集子最早的版本如何形成；一是这个最早版本从开始到成为我们手头文献的过程中，它发生了什么变化。中文文献的研究者多着重探讨后世集子如何形成。上面的两个问题很少成为他们的关注焦点。

我们可以公允地说，大规模的词籍目录最早出现在陈振孙《直斋书录解题》中。很明显他曾试图获得13世纪初期印行的《百家词》，但当他编纂目录时，还是缺了其中的八家（邓子勉：《宋金元词籍文献研究》，第4页）。他列出了自己已有的本子，并表达了对坊刻本质量的怀疑。但我认为，到了13世纪已经很难有人可以很好地追溯一个早期词集的版本源流并借此判断何为“善本”。

《百家词》是一个非常重要的文献，因此需要再多说几句。吴讷（1372—1457）版《百家词》行世时，原来收录的一些集子有的已丢失，也有新的词集添补进去。此书以1441年两部明初抄本的残卷留存，并由天津古籍出版社于1989年影印出版。到这个时候，我们看到书依据编辑偏好成形的过程。目录学家毛晋（1599—1659）宣称他有《百家词》所收的大部分词集的宋本；能够直接见到这些问题重重的版本，也许会比依循大约两个世纪以前的吴讷抄本更好。但遗憾的是，这些宋本并未流传，因此我们无法逐一考察它们的面貌。我们只有毛晋编于1630年前后的《宋六十名家词》（事实上有六十一部词集）。这是基于毛晋所藏的版本。问题是，这些是重新删减的版本，其中编者介入的多少我们无从得知——编者进行调整在当时很常见，现在也一样。如果将这些版本与明抄本进行对比，我们会看到相当显著的差异。虽然毛晋写了题跋，在很多情况下，我们不知道它的底本为何。毛晋明显拥有《六十家词》的残本，这是另一部更晚于《百家词》的宋代词选。

397

散见的宋本词集最好的文献来源是《景刊宋金元明本词》。这个丛刻本由吴昌绶（约1867—1924）编辑，后来经银行家陶湘（1871—1939）增补而成。这套书的第一编成于1911—1917年间，并由上海古籍出版社在1989年影印出版。其中提及的一些版本流传下来，但有一些也已散佚了。这套书让人留意到很多有趣的现象，譬如，如果把《景刊宋金元明本词》中的陈元龙本周邦彦词与《续修四库全书》所录北京图书馆藏的南宋本放在一起比对，我们首先会注意到《景刊宋金元明本词》收录的本子没有藏书印。虽然两者有一些微小的差异，但丛书重印的质量还是很好的。

每一部早期文集和总集都有其独特的历史，而其中一些复杂得令人眼花缭乱。手抄本在其中扮演的角色远远超出我们平常的认知。

中文书目

陈振孙,《直斋书录解题》,上海:上海古籍出版社,1987
邓乔彬,《词学廿论》,上海:上海古籍出版社,2005
邓子勉,《樵歌》,上海:上海古籍出版社,1998
——,《宋金元词籍文献研究》,上海:上海古籍出版社,2008
邓子勉编,《宋金元词话全编》(三卷),南京:凤凰出版社,2008
丁传靖,《宋人轶事汇编》(三卷),北京:中华书局,1981
方智范等,《中国词学批评史》,北京:中国社会科学出版社,1994
傅幹,《注坡词》,重印本,北京:北京图书馆出版社,2001
高喜田、寇琪,《全宋词作者词调索引》,北京:中华书局,1992
顾之京等,《柳永词新释辑评》,北京:中国书店,2005
华东师范大学中文系,《词学论稿》,上海:华东师范大学出版社,1986
——,《词学研究论文集(1949—1979)》,上海:上海古籍出版社,1982
黄拔荆,《词史》(二卷),福州:福建人民出版社,1989
黄杰,《宋词与民俗》,北京:商务印书馆,2005
黄进德,《冯延巳词新释辑评》,北京:中国书店,2006
黄畬,《欧阳修词笺注》,北京:中华书局,1983
江枰,《碧鸡漫志疏证》,南昌:江西教育出版社,2008
蒋哲伦,《石林词笺注》,上海:上海古籍出版社,2015
金启华等,《唐宋词集序跋汇编》,南京:江苏教育出版社,1990
——,《全宋词典故考释辞典》,长春:吉林文史出版社,1991
孔凡礼,《全宋词补辑》,北京:中华书局,1981
赖桥本,《柳永词校注》,台北:黎明文化事业有限公司,1995
李冬红,《花间集接受史论稿》,华东师范大学博士论文,2004
李复波,《词话丛编索引》,北京:中华书局,1991
李剑亮,《唐宋词与唐宋歌妓制度》,杭州:浙江大学出版社,2006
李明娜,《小山词校笺注》,台北:文津出版社,1981
梁丽芳,《柳永及其词之研究》,香港:三联书店,1985
梁荣基,《词学理论综考》,北京:北京大学出版社,1991
廖珣英,《全宋词语言词典》,北京:中华书局,2007

林玫仪,《词学考诠》, 台北：联经出版事业公司，1987
林玫仪主编,《词学论著总目 1901—1992》(四卷), 台北："中央研究院"文哲研究所，1995
刘靖渊和崔海正,《北宋词研究史稿》, 济南：齐鲁书社，2006
刘乃昌和杨庆存,《晁氏琴趣外篇·晁叔用词》, 上海：上海古籍出版社，1991
刘双琴,《六一词接受史研究》, 广州：中山大学出版社，2011
刘晓珍,《宋词与禅》, 北京：人民文学出版社，2010
刘扬忠,《晏殊词新释辑评》, 北京：中国书店，2003
刘尊明和王兆鹏,《唐宋词的定量分析》, 北京：北京大学出版社，2012
龙榆生,《东坡乐府笺》, 上海：商务印书馆，1958
——,《龙榆生词学论文集》, 上海：上海古籍出版社，1997
罗忼烈,《词学杂俎》, 成都：巴蜀书社，1990
——,《清真集笺注》(二卷), 上海：上海古籍出版社，2008
马莎,《陈元龙详注周美成词片玉集考论》,《词学》22 (2009), 页 58—69
马兴荣和祝振玉,《山谷词》, 上海：上海古籍出版社，2001
马兴荣等,《中国词学大辞典》, 杭州：浙江教育出版社，1996
毛晋,《宋六十名家词》, 重刊本，上海：上海古籍出版社，1989
缪钺、叶嘉莹,《灵谿词说》, 上海：上海古籍出版社，1987
宇文所安 (Owen，Stephen),《华宴：十一世纪的性别与文体》,《学术月刊》(2008 年第 11 期)；复旦大学文史研究院、中华书局编辑部,《鼎和五味》, 北京：中华书局，2010，页 115—140
彭国忠,《唐宋词学阐微》, 合肥：安徽大学出版社，2008
——,《元祐词坛研究》, 上海：华东师范大学出版社，2002
钱锡生,《唐宋词传播方式研究》, 上海：复旦大学出版社，2009
乔力,《晁补之词编年笺注》, 济南：齐鲁书社，1992
秦惠民,《唐宋名贤百家词集版本考辨》,《词学》3 (1985), 页 146—160
邱少华,《欧阳修词新释辑评》, 北京：中国书店，2001
曲向红,《两宋俗词研究》, 山东师范大学博士论文，2007
曲彦斌校注,《杂纂七种》, 上海：上海古籍出版社，1988
饶宗颐,《词籍考》, 香港：香港大学出版社，1963
任半塘,《敦煌歌辞总编》, 上海：上海古籍出版社，1987
——,《唐声诗》, 上海：上海古籍出版社，1982
舍之,《历代词选集叙录》,《词学》1 (1981), 页 276—287;《词学》2 (1983), 页

226—240;《词学》3（1985），页 273—280;《词学》4（1986），页 242—255;《词学》5（1986），页 255—267;《词学》6（1988），页 215—227
沈松勤,《唐宋词社会文化学研究》，第二版，杭州：浙江大学出版社，2004
沈英名,《宋词辨正》，台北：正中书局，1978
史双元,《宋词与佛道思想》，北京：今日中国出版社，1992
施议对,《词与音乐关系研究》，北京：中华书局，2008
施蛰存,《词学名词释义》，北京：中华书局，1988
苏轼研究学会,《东坡词论丛》，成都：四川人民出版社，1982
孙虹,《清真集校注》，北京：中华书局，2002
孙维城,《张先与北宋中前期词坛关系探论》，合肥：安徽大学出版社，2007
谭锦家,《山谷词校注》，台北：学海出版社，1984
谭新红,《宋词传播中的男声演唱》，http://big5.gmw.cn/g2b/www.gmw.cn/01gmrb/2003-11/12/17-DD49368CE9D4717A48256DDB0080D060.htm
唐圭璋,《词话丛编》（五卷），北京：中华书局，1986
——,《词学论丛》，上海：上海古籍出版社，1986
——,《宋词纪事》，上海：上海古籍出版社，1982
——,《宋词四考》，南京：江苏古籍出版社，1985
——,《全宋词》，北京：中华书局，1999
唐圭璋编,《唐宋词鉴赏词典》，南京：江苏古籍出版社，1986
唐圭璋和潘君昭,《唐宋词学论集》，济南：齐鲁书社，1985
陶尔夫,《北宋词坛》，太原：山西人民出版社，1986
陶尔夫和刘敬圻,《宋词史》，哈尔滨：黑龙江人民出版社，2005
王辉曾,《淮海词笺注》，1934 年版重印，北京：中国书店，1985
王鹏运,《四印斋所刻词》，重印本，上海：上海古籍出版社，1989
王强,《周邦彦词新释辑评》，北京：中国书店，2006
王晓骊,《唐宋词与商业文化关系研究》，北京：中国社会科学出版社，2004
王毅,《中国古代俳谐词史论》，上海：上海古籍出版社，2013
王兆鹏,《词学史料学》，北京：中华书局，2004
——,《两宋词人年谱》，台北：文津出版社，1994
王兆鹏和刘尊明编,《宋词大辞典》，南京：凤凰出版社，2003
王兆鹏等,《两宋词人丛考》，南京：凤凰出版社，2007
王仲闻,《李清照集校注》，北京：人民文学出版社，2000
——,《南唐二主词校订》，北京：中华书局，2007

吴昌绶、陶湘辑,《景刊宋金元明本词》，上海：上海古籍出版社，1989
吴讷,《百家词》，天津：天津古籍出版社，1989 年序，据 1441 年抄本影印
吴文治主编,《宋诗话全编》(十卷)，南京：江苏古籍出版社，1998
吴熊和,《唐宋词通论》，北京：商务印书馆，2003
——,《吴熊和词学论集》，杭州：杭州大学出版社，1999
吴熊和、沈松勤,《张先集编年校注》，杭州：浙江古籍出版社，1996
吴熊和编,《唐宋词汇评》(五卷)，杭州：浙江教育出版社，2004
夏承焘,《唐宋词人年谱》，上海：上海古籍出版社，1979
——,《夏承焘集》(八卷)，杭州：浙江古籍出版社和浙江教育出版社，1997
肖鹏,《群体的选择——唐宋人词选与词人群通论》，南京：凤凰出版社，2009
谢桃坊,《中国词学史》，修订本，成都：巴蜀书社，2002
徐安琪,《唐五代北宋词学思想史论》，北京：人民文学出版社，2007
许柏卿,《宋词题材研究》，北京：中华书局，2007
徐培均,《淮海居士长短句》，上海：上海古籍出版社，1985
——,《秦少游年谱长编》(二卷)，北京：中华书局，2002
徐培均、罗立刚,《秦观词新释辑评》，北京：中国书店，2003
薛瑞生,《东坡词编年笺证》，西安：三秦出版社，1998
薛瑞生,《乐章集校注》，北京：中华书局，1994
杨海明,《唐宋词史》，天津：天津古籍出版社，1998
杨景龙,《谢逸的生平交游和创作》,《词学》16(2005)，页 65—76
杨世明,《淮海词笺注》，成都：四川人民出版社，1984
杨万里,《宋词与宋代的城市生活》，上海：华东师范大学出版社，2006
杨晓霭,《宋代声诗研究》，北京：中华书局，2008
姚学贤等,《柳永词详注及集评》，郑州：中州古籍出版社，1991
叶嘉莹,《迦陵论词丛稿》，上海：上海古籍出版社，1980
——,《唐宋词名家论集》，台北：国文天地杂志社，1987
俞平伯,《读词偶得》，上海：开明书店，1935
——,《清真词释》，上海：开明书店，1948
岳珍,《碧鸡漫志校正》，成都：巴蜀书社，2000
曾慥辑，陆三强校点,《乐府雅词》，沈阳：辽宁教育出版社，1997
——,《乐府雅词》,《四部丛刊初编》本
曾昭岷等,《全唐五代词》(二卷)，北京：中华书局，1999
詹安泰,《宋词散论》，广州：广东人民出版社，1980

詹安泰、汤擎民编,《詹安泰词学论稿》，广州：广东人民出版社，1984
张草纫,《二晏词笺注》，上海：上海古籍出版社，2008
张春义,《宋词与理学》，杭州：浙江大学出版社，2008
张惠民,《宋代词学资料汇编》，揭阳：汕头大学出版社，1993
张自文,《冯延巳词研究》，北京：京华出版社，1999
钟振振,《东山词》(二卷)，上海：上海古籍出版社，1989
——,《北宋词人贺铸研究》，台北：文津出版社，1994
周义敢等,《秦观资料汇编》，北京：中华书局，2001
朱崇才,《词话学》，台北：文津出版社，1995。后增订为《词话史》，北京：中华书局，2006
朱德才主编,《增订注释全宋词》(四卷)，北京：文化艺术出版社，1997
诸葛忆兵,《徽宗词坛研究》，北京：北京出版社，2001
——,《宋词说宋史》，北京：中华书局，2008
——,《宋代文史考论》，北京：中华书局，2002
邹同庆、王宗堂,《苏轼词编年校注》，北京：中华书局，2002

英文书目

Ashmore, Robert. “The Banquet’s Aftermath: Yan Jidao’s *Ci* Poetics and the High Tradition.” *T’oung Pao* LXXXVIII (2002), pp. 211-249

Bossler, Beverly. “Shifting Identities: Courtesans and Literati in Song China. ” *Harvard Journal of Asiatic Studies* 62.1 (2002) : 5-37

Bryant, Daniel. *Lyric Poets of the Southern T’ang: Feng Yen-ssu, 903-960, and Li Yü, 937-978*. Vancouver: University of British Columbia Press, 1982

——. “Messages of Uncertain Origin: The Textual Tradition of the *Nan-Tang erh-chu tz’u,* ” in Yu 1994, pp. 298-348

Chang, Kang-I Sun. *The Evolution of Chinese Tz’u Poetry: From Late Tang to Northern Sung*. Princeton: Princeton University Press, 1980

Egan, Ronald. *The Burden of Female talent: the Poet Li Qingzhao and her History in China*. Cambridge: Harvard University Asia Center, 2013

——. *The Literary Works of Ou-yang Hsiu (1007-72)*. Cambridge UK and New York:

Cambridge University Press, 1984
——. *The Problem of Beauty: Aesthetic Thoughts and Pursuits in Northern Song Dynasty China*. Cambridge: Harvard University Asia Center, 2006
——. *Word, Image, and Deed in the Life of Su Shi*. Cambridge: Council of East Asian Studies, Harvard University Press, 1994
Hightower, James R. "The Songwriter Liu Yung," *Harvard Journal of Asiatic Studies* 41.2 (1981), pp. 323-376; 42.1 (1982), pp. 5-66
——. "The Songs of Chou Pangyan, " *Harvard Journal of Asiatic Studies* 37.2 (Dec., 1977), pp. 233-272
Liu, James J.Y. *Major Lyricists of the Northern Sung*. Princeton: Princeton University Press, 1974
Owen, Stephen. "Meaning the Words: The Genuine as a Value in the Tradition of the Song Lyric, " in Pauline Yu, ed., *Voices of the Song Lyric in China*. Berkeley: University of California Press, 1994
——. "What Did Liuzhi Hear? The 'Yan Terrace Poems' and the Culture of Romance." *T'ang Studies* (13), 1995
——. "Who Wrote That? Attribution in Northern Song *Ci*." Paul W. Kroll ed., *Reading Medieval Chinese Poetry: Text, Context, and Culture*. Leiden: Brill, 2015, pp. 202-220
Rouzer, Paul. *Articulated Ladies: Gender and the Male Community in Early Chinese Texts*. Cambridge: Harvard University Asia Center, 2001
Yu, Pauline ed. *Voices of the Song Lyric in China*. Berkeley: University of California Press, 1994

索 引

（词条后数字为原书页码，即本书边码）

B

C

D

E

F

G

H

I

J

K

L

M

N

Q

R

S

T

V

W

X

Y

Z